HEYNE BÜCHER

Von Johanna Lindsey
sind als Heyne-Taschenbücher erschienen

Zorn und Zärtlichkeit · Band 01/6641
Die gefangene Braut · Band 01/6831
Zärtlicher Sturm · Band 01/6883
Das Geheimnis ihrer Liebe · Band 01/6976
Wenn die Liebe erwacht · Band 01/7672
Herzen in Flammen · Band 01/7746
Stürmisches Herz · Band 01/7843
Wildes Liebesglück · Band 28/44
Auf den Wogen der Leidenschaft · Band 28/53
Paradies der Leidenschaft · Band 28/59
Sündige Liebe · Band 28/67
Die Sprache des Herzens · Band 28/79
Liebe unter heißer Sonne · Band 28/85

JOHANNA LINDSEY

WILD WIE DER WIND

Roman

Deutsche Erstausgabe

WILHELM HEYNE VERLAG
MÜNCHEN

HEYNE ALLGEMEINE REIHE
Nr. 01/6750

Titel der amerikanischen Originalausgabe
BRAVE THE WILD WIND
Deutsche Übersetzung von Uschi Gnade

7. Auflage

Printed in Germany 1990
Umschlagzeichnung: Oliviero Berni/Schlück
Umschlaggestaltung: Atelier Ingrid Schütz, München
Satz: IBV Satz- und Datentechnik GmbH, Berlin
Druck und Bindung: Ebner Ulm

ISBN 3-453-02353-6

PROLOG

1863, Wyoming Territory

Thomas Blair blieb auf einem Hügel stehen, von dem aus man das Tal sehen konnte, in dem zwischen Wacholdersträuchern und Pinien seine Ranch lag. Seine Augen strahlten vor Stolz. Das Haus hatte nur drei Zimmer, ein Blockhaus, doch es würde den Schneestürmen des Winters standhalten. Rachel behauptete, es mache ihr nichts aus, daß er sie in dieses karge Heim gebracht hatte. Schließlich hatten sie erst vor zwei Jahren damit begonnen, die Ranch aufzubauen. Er hatte noch Zeit, Rachel ein großes Haus zu bauen, ein Haus, auf das sie stolz sein konnte.

Wie geduldig sie war, seine schöne junge Frau. Und wie sehr er sie bewunderte. Sie war der Inbegriff von Güte, Schönheit und Tugend. Rachel und die Ranch, von der er inzwischen wußte, daß sie gedeihen würde, waren die Gründe, aus denen Thomas behaupten konnte, alles zu haben, was er vom Leben wollte. Alles. Nun... vielleicht doch nicht ganz. Was immer noch ausstand, war ein Sohn, um den ihn eine Tochter und zwei Fehlgeburten gebracht hatten. Dennoch warf er Rachel nichts vor. Sie hatte es immer wieder versucht, ohne je zu klagen. Jessica war es, die er ablehnte, weil sie nicht der Sohn war, um den er gebetet hatte, und noch schlimmer wurde alles dadurch, daß er sie während der ganzen ersten Woche ihres Lebens für einen Jungen gehalten hatte. Er hatte sie sogar auf den Namen Kenneth getauft, Kenneth Jesse Blair. Die Witwe Johnson, die bei der Geburt geholfen hatte, weil der Arzt nicht aufzufinden war, hatte sich zu sehr vor Thomas gefürchtet, um ihm die Wahrheit zu sagen, nachdem er erst einmal angenommen hatte, daß es sich bei dem Baby um einen Jungen handelte. Und Rachel, die beinah gestorben wäre und so schwach war, daß sie das Baby kaum stillen konnte, nahm ebenfalls an, sie habe ihm einen Sohn geschenkt.

Es war ein Schock für sie beide, als Mrs. Johnson diese Situation nicht länger ertragen konnte und die Wahrheit bekannte. Wie erbittert er gewesen war! Er hatte das Baby nie mehr ansehen wollen. Und er wurde auch nie warm mit ihm, verzieh dem Kind nie, daß es ein Mädchen war.

Das war vor acht Jahren gewesen, in St. Louis. Ein Jahr vorher hatte Thomas Rachel geheiratet, und sie hatte ihn überredet, sich dort niederzulassen. Für sie hatte er die Berge und die Steppen des Westens aufgegeben, in denen er den größten Teil seines Lebens zugebracht hatte, als Trapper, Fährtensucher und Lieferant der Forts in der Wildnis.

St. Louis war zu zivilisiert, zu beengend für einen Mann, der die erhabene Pracht der Rocky Mountains gewohnt war, die ehrfurchtgebietende Stille der Steppe. Doch sechs Jahre lang hielt er durch und führte den Kolonialwarenladen, den Rachels Eltern ihr hinterlassen hatten. Sechs Jahre lang versorgte er die Siedler, die nach Westen zogen, in *seinen* Westen, in *seine* weiten, freien Landstriche, mit Gütern. Erst als in Colorado und im Oregon Territory Gold gefunden wurde, kam er auf die Idee, die Goldgräberlager und die Städte, die sich in dem Land ausbreiteten, das er so gut kannte, mit Rindfleisch zu beliefern.

Er hätte diese Ideen vielleicht nicht in die Praxis umgesetzt, wäre nicht Rachels Zuspruch gewesen. Sie kannte keine Unannehmlichkeiten und hatte nie in der Steppe genächtigt, aber Rachel liebte ihn, und sie wußte, daß ihn das Leben in der Stadt unglücklich machte. Die Vorstellung gefiel ihr zwar nicht, doch sie erklärte sich einverstanden, das Geschäft zu verkaufen, und sie war bereit, das Jahr auf Thomas zu warten, das er brauchte, um die Ranch aufzubauen, die wilden Rinder in Texas einzufangen, die man sich dort nur zu holen brauchte, die stämmigeren Rinder aus dem Osten zu erwerben, um eine Kreuzung aus beiden zu züchten und um ihnen ein Haus zu bauen. Schließlich hatte er Rachel geholt, um dort mit ihr zu leben, und sie hatte die Ranch Rocky Valley getauft.

Rachel hatte nur eine Bitte gehabt, ehe sie ein gänzlich anderes Leben begann, das ihr nicht vertraut war, und diese

Bitte hatte darin bestanden, daß ihre Tochter die Ausbildung bekommen sollte, die ihr zuteil geworden wäre, wenn sie in St. Louis geblieben wären. Sie wollte, daß Jessica in der Privatakademie für junge Damen blieb, die sie seit ihrem fünften Lebensjahr besuchte. Thomas erklärte sich bereitwillig einverstanden, da es ihm nichts weiter ausgemacht hätte, seine Tochter nie wiederzusehen.

Seine Tochter nannte sich K. Jessica Blair. Rachel hatte ihr den Namen Jessica gegeben. Jeder, der ihren Namen nicht geschrieben sah, ging davon aus, daß das K kein Buchstabe war, der einen Namen abkürzte, sondern der Name Kay. Den Namen Kenneth zu tragen, war eine entsetzliche Demütigung für das puppenartige Geschöpf, zu dem sie geworden war. Ihr Haar war so schwarz wie die Flügel eines Adlers, und ihre Augen hatten die Farbe von Türkisen, und sie glich Thomas wie aus dem Gesicht geschnitten, was ihn erst recht immer wieder daran erinnerte, wie sehr er sich danach sehnte, einen Sohn zu haben.

Doch all das würde sich jetzt ändern. Rachel war wieder schwanger, und da jetzt die härteste Arbeit, die für dieses neue Leben erforderlich gewesen war, getan war, konnte er ihr mehr Zeit widmen. Seine Herde hatte zwei Winter überlebt und sich vermehrt, und sein erster Viehtrieb nach Virginia City war ein voller Erfolg gewesen, denn er hatte für jedes Stück Vieh das Doppelte dessen eingenommen, wofür er es in St. Louis hätte verkaufen können. Jetzt war er wieder zu Hause, wesentlich eher, als Rachel ihn erwarten konnte, und er konnte es kaum erwarten, ihr von seinem Erfolg zu berichten. Er hatte es sogar so eilig, daß er seine drei Männer in Fort Laramie zurückgelassen hatte.

Er wollte Rachel überraschen, ihr mit seinem Erfolg eine Freude machen und sie für den Rest des Tages ohne jede Unterbrechung lieben. Er war fast einen Monat fortgewesen. Wie sehr er sie vermißt hatte!

Thomas machte sich auf den Weg zu seiner Ranch und malte sich den Ausdruck der Überraschung und der Freude auf Rachels Gesicht aus, wenn sie ihn sah. Draußen war niemand. Will Phengle und sein alter Freund Jeb Hart, die Thomas zurückgelassen hatte, um hier nach dem Rechten zu sehen, waren um diese Tageszeit sicher mit der Herde auf der Weide. Und das Schoschonen-Halbblut, das er Kate nannte, hatte wohl in der Küche zu tun.

Der größte Raum des Hauses war leer. Aus der Küche strömte der verlockende Duft von Bratäpfeln und Zimt, und er sah eine Pastete auf dem Küchentisch, aber keine Kate war zu sehen. Alles war so still, daß er zu dem Schluß kam, Rachel müsse in dem breiten Bett, das sie aus St. Louis mitgebracht hatten, einen Mittagsschlaf halten. Er lehnte seine Waffen an die Eingangstür, damit sie ihm nicht im Weg waren, und ganz langsam und leise öffnete Thomas die Tür zu seinem Schlafzimmer, denn er hoffte, seine bezaubernde Rachel mit dem goldenen Haar nicht gleich aufzuwecken.

Doch sie schlief nicht. Der Anblick, den Thomas vorfand, war so absolut unglaublich, daß er erstarrt in der Tür stehenblieb. Was er sah, war das Ende aller seiner Träume – seine Frau, die mit Will Phengle im Bett lag, ihre Beine unter ihm, ihre Arme um ihn geschlungen. Zum Glück war ihr Gesicht unter Will verborgen.

»Ganz ruhig, Frau.« Wills tiefes Lachen hallte von den Wänden, während sich seine Hüften an ihre Hüften stießen. »Wir haben keine Eile. Mein Gott, du bist ja ganz ausgehungert danach, stimmt's?«

Ein tiefer Laut stieg in Thomas auf, ein dumpfes Grollen, das als ein wildes Knurren aus ihm herauskam, und es klang so erschreckend, daß sich auf dem Bett nichts mehr rührte.

»Ich bing' dich um! Ich bringe euch beide um!«

Will Phengle sprang blitzschnell aus dem Bett und packte seine Kleider, die auf dem Boden verteilt waren. Als er sah, daß niemand mehr in der Tür stand, wußte er, daß Thomas Blair sein Gewehr holte. Er war ein toter Mann.

»Du brauchst nicht wegzulaufen, Will. Er muß nur sehen, daß er...«

»Bist du verrückt, Frau!« schrie Will. »Dieser Mann wird erst schießen und dann schauen. Wenn du sterben willst, kannst du bleiben und es ihm erklären, aber ich haue ab!«

Ehe er den Satz auch nur beendet hatte, stieg er schon aus dem schmalen Fenster.

Durch den roten Nebel vor seinen Augen, der ihn fast blind machte, fand Thomas schließlich den Weg ins Schlafzimmer. Er feuerte augenblicklich zwei Schüsse aus seiner Flinte ab. Als der Dunstschleier sich lichtete, sah er, daß das Bett leer war. Auch das übrige Zimmer war leer. Er hörte ein Pferd davongaloppieren und rannte ins Freie. Er schoß auf den Umriß des nackten Rückens von Will Phengle, der davonritt, bis die Flinte leer war. Mit dem letzten Schuß verfehlte er ihn ebenso wie mit den vorangegangenen.

»Rachel!« brüllte Thomas, während er die Flinte nachlud. »Soviel Glück wie er wirst du nicht haben. Rachel!« Er sah sich im Hof um, dann wieder im Haus, und dann lief er auf den Stall zu. »Du kannst dich nicht vor mir verstecken, Rachel!«

Im Stall war sie auch nicht. Und je länger er nach ihr suchte, desto zorniger wurde er. Kalt und ohne jedes Zögern erschoß er die beiden Pferde, die im Stall standen. Dann ging er wieder zum Haus und erschoß sein eigenes Pferd, das noch vor dem Haus stand.

»Wir werden ja sehen, ob du jetzt noch entkommen kannst, Rachel!« plärrte er zum Himmel hinauf, und seine Stimme hallte durch das ganze Tal. »Ohne ein Pferd kannst du nicht entkommen. Hörst du mich, du Hure? Du wirst durch meine Hand sterben, oder du wirst in dieser Wildnis sterben, aber für mich bist du schon tot.«

Dann ging er wieder ins Haus und machte sich daran, sich vollaufen zu lassen. Als die Wirkung einsetzte, verwandelte sich sein Zorn in Herzensleid, dann wieder in Zorn. Immer wieder stand er auf und sah aus den Fenstern, um nach seiner Frau Ausschau zu halten. Während er immer betrunkener wurde, dachte er, daß er jetzt endlich den Drang der Indianer nach Rache verstehen konnte. Die Cheyenne und die Sioux, mit denen er Handel getrieben und sich angefreundet hatte, hatten manchmal für ihre Rachegelüste gelebt, waren für sie gestorben und hatten nicht geruht, bis sie Rache geübt hatten. Das verstand er jetzt. Die

Trunkenheit ließ ihn die Dinge langsamer verstehen, aber er verstand sie doch.

Als Jeb am Spätnachmittag von der Weide kam und darauf beharrte, zu erfahren, wer die Pferde getötet hatte und wo die Frauen waren, gab ihm Thomas keine Erklärung. Mit gezückter Waffe bestand er darauf, daß Jeb nach Fort Laramie ritt, um Thomas' Männer eine Woche lang dort aufzuhalten. Auch Jeb sollte sich nicht eher blicken lassen. Er warf Jeb das Gold hin, das er für die Herde bekommen hatte, denn ihn interessierte im Moment nichts anderes, als ungestört zu sein.

Jeb wollte nicht mit einem Betrunkenen streiten, am allerwenigsten mit einem Betrunkenen, der eine Flinte in der Hand hielt. Er kannte Thomas Blair seit fast dreißig Jahren, und er wäre nie auf den Gedanken gekommen, daß die Frauen in Gefahr sein könnten, wenn er sie mit Thomas allein ließ. Daher ritt er los.

Thomas wartete und trank weiter. Irgendwann fiel ihm Kate ein, und er fragte sich, wo sie wohl sein mochte, doch er dachte nicht lange darüber nach. Er hatte noch nie viel über das Indianermädchen nachgedacht. Sie war die Tochter von Old Frenchy, und sie war eine Schoschonen-Squaw. Frenchy hatte Thomas gebeten, sich um sie zu kümmern, falls ihm etwas zustoßen sollte. Dazu kam es auch, und Thomas fand das Mädchen im Lager des Forts. Dort hurte sie für die Soldaten. Daher nahm er sie bei sich auf, und das klappte bestens, denn Kate war dankbar, ein Zuhause zu haben, und Rachel konnte Kates Hilfe gut gebrauchen.

Thomas machte sich keine Gedanken über Kate und bemerkte nicht einmal die sehnsüchtigen, hoffnungsvollen Blicke, die sie ihm häufig zuwarf. Er hatte nie auf das geachtet, was deutlich in ihren Augen zu lesen war. Er hatte immer nur Augen für Rachel gehabt, selbst nach all diesen Jahren.

Er wartete und wartete. Er sollte nicht vergebens warten. Sie betrat das Haus bei Sonnenaufgang und Thomas stürzte sich auf sie, ehe sie auch nur ein Wort sagen konnte. Er schlug hemmungslos auf sie ein und wollte nicht aufhören. Er schrie sie an und gab ihr keine Gelegenheit, auf die Beschuldigungen zu reagieren, mit denen er sie gleichzeitig mit seinen Schlägen überhäufte. Nach einer Weile hätte sie auch gar nicht mehr antworten können, weil ihre Zunge zerbissen und ihr Kiefer gebrochen war. Zwei Finger und ihr linkes Handgelenk hatte sie sich bei ihren Versuchen gebrochen, seine Fäuste abzuwehren. Ihre Augen waren trüb und schwollen schnell an, und als sie auf dem Boden zusammenbrach, setzte er seine Füße gegen sie ein. Ehe er aufhörte, brach er ihr eine Rippe. Sie wußte nicht, warum er aufhörte, doch plötzlich war es vorbei.

»Raus«, hörte sie nach der qualvollen Stille. »Wenn du es überlebst, dann komm mir nie wieder unter die Augen! Und wenn du es nicht überlebst, werde ich dich anständig begraben. Aber jetzt raus, ehe ich das beende, was ich begonnen habe.«

Jebs Neugier hatte die Oberhand gewonnen, und er kehrte noch in derselben Nacht auf die Ranch zurück, denn irgend etwas ließ ihn nicht in Ruhe. Er fand Rachel kurz vor dem Gipfel des Hügels im Norden, durch den das kleine Tal entstand. Soweit war sie gekommen, ehe sie das Bewußtsein verloren hatte. Jeb erfuhr erst später, was ihr zugestoßen war und warum. Im Moment wußte er nur, daß sie sterben würde, wenn sie keine Hilfe bekam, und der nächste Arzt war zwei Tagesritte entfernt.

1

1873, Wyoming Territory

Blue Parker sah sie bereits aus einer Meile Entfernung nahen. Der grobknochige Appaloosa, mit dem sie im letzten Jahr nach Hause gekommen war, trabte näher. Ein übellauniges, hinterhältiges Pferd, wie es kaum welche gab. Aber schließlich war auch Jessica Blair recht ruppig. Nein, natürlich nicht immer. Manchmal war sie eine bezaubernde junge Dame, ein gütiger Engel. Sie hatte eine Art, die Beschützerinstinkte eines Mannes anzusprechen und sein Herz zu rühren.

Blue hatte sein Herz verloren, als sie ihn zum allerersten Mal angelächelt hatte und ihre schönen weißen Zähne aufblitzten. Das war jetzt zwei Jahre her, und es war an dem Tag gewesen, an dem er angekommen war, um bei ihrem Vater zu arbeiten. Er hatte sich als zusätzliche Arbeitskraft für den Viehtrieb im Herbst verdingt. Nach dem Viehtrieb war er geblieben, und er hatte Jessie näher kennengelernt, während sie gemeinsam arbeiteten. Er hatte sich in sie verliebt – hatte sie zeitweilig hassen gelernt, nämlich dann, wenn sie sich ihm und allen anderen gegenüber verschloß. Oder wenn sie sich mit ihrem Vater stritt und das auf den Rücken aller, die gerade in der Nähe waren, ausfocht. Dann konnte sie grausam sein, wenngleich Blue auch daran zweifelte, daß ihre Grausamkeiten beabsichtigt waren. In ihrer Erbitterung schlug sie manchmal nach allen Seiten um sich, das war alles. Jessica Blair hatte kein leichtes Leben hinter sich. Er hätte ihr wahrhaft gern das Leben leichtergemacht, doch als er mühsam seinen Mut zusammengenommen und sie um ihre Hand gebeten hatte, hatte sie das für einen Witz gehalten.

Sie kam näher, und als sie Blue bemerkte, winkte sie. Er hielt den Atem an und hoffte, sie würde ihren Ritt unterbrechen. Er hatte sie in letzter Zeit so selten gesehen. Seit dem Tod ihres Vaters hatte sie nicht mehr in den Bergen gearbeitet, bis letzte Woche *sie* eingetroffen waren. Sie war aus dem Haus gestürmt und hatte ihr Pferd mit einem scharfen Galopp fast umgebracht.

Jessie hielt ihr Pferd an, beugte sich im Sattel vor und lehnte sich auf den Knauf. Sie grinste Blue schief an. »Jeb hat gestern an dem Bach im Süden einige Tiere ohne Brandzeichen entdeckt. Wie wäre es, wenn du mir hilfst, sie einzufangen?«

Sie wußte, wie seine Antwort lauten würde, und als er nickte und sein Gesicht sich zu einem Strahlen aufhellte, wurde ihr Grinsen breiter. Sie fühlte sich heute leichtfertig. Sie war etlichen anderen Farmhelfern begegnet, doch sie hatte keinen von ihnen um Hilfe gebeten, weil sie gehofft hatte, statt dessen Blue zu finden.

In ihrer Verwegenheit forderte sie ihn heraus. »Ich reite mit dir um die Wette, und wenn ich gewinne, schuldest du mir einen Kuß.«

»Die Wette ist angenommen, Mädchen!«

Der Bach war nur wenige Meilen entfernt. Natürlich gewann Jessica. Selbst wenn Blues Fuchs so gut gewesen wäre wie Blackstar, hätte Blue ihn nicht gewinnen lassen.

Jessica hatte alles in dieses Wettreiten investiert und einen Teil der Spannung freigelassen, die sie ständig als einen Knoten in sich trug. Erschöpft stieg sie ab und ließ sich in das hohe Gras am Flußbett fallen. Sie lachte. Im nächsten Moment war Blue bei ihr, um seinen Kuß einzulösen, und nichts hätte ihn glücklicher machen können als diese Belohnung für das verlorene Rennen.

Genau das hatte Jessica sich die ganze Zeit über gewünscht; das und noch mehr, sagte sie sich aufrührerisch. Es war angenehm, von Blue geküßt zu werden. Aber sie hatte vorher gewußt, daß es ihr gefallen würde, denn er hatte sie schon einmal geküßt, im Frühling, und das hatte ihr gut gefallen. Es war ihr erster Kuß gewesen. Auch andere Männer hätten sie gern geküßt, und das wußte sie, aber sie war die Tochter des Bosses, und sie fürchteten sich gleichermaßen vor ihrem aufbrausenden Temperament und vor seinem Zorn. Daher wagte es keiner von ihnen. Aber Blue hatte es gewagt. Sie hatte nichts dagegen gehabt.

Er war ein gutaussehender Mann, dieser Blue Parker mit seinem goldenen Haar und den braunen Augen, seinen ausdrucksvollen Augen, die ihr sagten, wie sehr er sie mochte. Die meisten Männer sahen sie so an wie Blue, obwohl ihre Weiblichkeit unter der Männerkleidung verborgen war, die zu tragen ihr Vater angeordnet hatte.

Ihr Vater. Bei dem Gedanken an ihn sank ihre Stimmung.

Vor Monaten war sie fast daran verzweifelt, wie allein sie auf dieser Welt war. Doch jetzt war sie nicht mehr allein, und das war ihr noch verhaßter. Was mochte bloß in ihren Vater gefahren sein, diesen Brief zu schreiben, der *sie* auf die Ranch geholt hatte? Sie hatte den Brief gesehen, und die Handschrift ihres Vaters kannte sie zur Genüge. Aber warum hatte er das bloß getan?

Die Unfaßbarkeit, daß Thomas Blair ausgerechnet den Menschen um Hilfe bat, den er mehr als alle anderen haßte! Kannte Jessie diesen Haß nicht seit zehn Jahren?

Doch ihr Vater *hatte* diesen Brief geschrieben. Und dann war er gestorben, und der Brief war entsprechend seinem letzten Willen zugestellt worden. Dann waren *sie* gekommen und hatten Jessies Freiheit, die sie gerade erst wiedergefunden hatte, ein Ende gesetzt. Und sie konnte nichts daran ändern, da ihr Vater es so arrangiert hatte.

Es war eine große Ungerechtigkeit! Jessie brauchte keinen Vormund. Schließlich hatte ihr Vater dafür gesorgt, daß sie auf sich selbst aufpassen konnte. Sie hatte das Jagen gelernt, das Reiten, und sie schoß besser als die meisten Männer. Sie kannte sich in allen Bereichen der Viehzucht aus und konnte die Ranch ebenso gut leiten, wie es ihr Vater getan hatte.

Blue saß jetzt ein paar Meter weiter weg, denn er wußte, daß sie nachdenken mußte. Sie dachte an die ersten acht Jahre ihres Lebens, ehe ihr Vater sie aus dem Pensionat geholt und sie auf seine Ranch gebracht hatte. Er hatte sie gezwungen, die Wahrheit über ihre Mutter zu verstehen, doch sie hatte ihn trotz alledem geliebt. Vielleicht hörte sie nie auf, ihn zu lieben, selbst dann nicht, wenn sie ihn haßte. Hatte sie sich nicht schrecklich gegrämt, als er gestorben war? Hatte sie nicht den Mann töten wollen, der ihn erschossen hatte? Dennoch war ihr klargeworden, daß sein Tod für sie die Freiheit bedeutete. Sie hatte nicht gehofft, auf diese Weise ihre

Freiheit zu erlangen, aber das änderte nichts daran, daß sie jetzt die Chance hatte, das zu sein, was sie in Wirklichkeit war – nicht das, was Thomas Blair aus ihr gemacht hatte. Und jetzt wurde ihr die Freiheit wieder untersagt.

Sie mußte sich eingestehen, daß das, was sie immer gewollt hatte, jetzt plötzlich an die zweite Stelle gerückt war, denn an erster Stelle stand ihr Wunsch, sie zu schockieren, ihnen zu zeigen, was Thomas Blair aus ihr gemacht hatte. Sie wollte, daß *sie* sich Vorwürfe machte, sich schuldig fühlte und Jessica für wild und unmoralisch hielt. Zu dem Zweck hatte Jessica die vielen schönen Kleider versteckt, die sie gerade erst nach Hause gebracht hatte, die Parfums und die Bänder und den Schmuck – all die Dinge, die sie sich endlich hatte selbst kaufen können. Und sie hatte sich Blue auserkoren und wollte, daß er mit ihr schlief, damit *sie* es herausfand und schockiert war. Bei dem Gedanken daran fiel ihr Blue wieder ein. Er war dichter zu ihr gekrochen, und als sie sich zu ihm umdrehte, küßte er sie wieder, diesmal drängend. Ihr blaues Leinenhemd schien sich ganz von allein zu öffnen, und sie war verblüfft, als sie seine Hand auf ihren Brüsten spürte. Sollte sie ihn davon abhalten?

Das Geräusch eines männlichen Räusperns ersparte es Jessica, Blue von weiteren Schritten abhalten zu müssen. Sie war dankbar, doch ihr wurde auch bewußt, wie das für den Farmarbeiter aussehen mußte, der auf sie gestoßen war. Sie betete, es möge Jeb sein, denn er würde es verstehen.

Vorsichtig blickte sie über Blues Schulter, und dann spürte sie die Hitze, die in ihr Gesicht strömte. Der Mann, der auf dem wunderbaren Falben saß, war ein Fremder. In seinen dunklen Zügen spiegelte sich große Belustigung wider, als er auf sie herunterblickte. Er war jung und, *verdammt noch mal,* der bestaussehende Mann, den sie je gesehen hatte. Aus unerfindlichen Gründen erstarrte sie. Warum nur konnte er seinen Blick nicht abwenden?

Blue war entsetzlich verlegen. Er wollte aufstehen, doch Jessie hielt ihn am Hemd fest und warf ihm einen wütenden Blick zu. Beinah hätte er dem fremden Eindringling das Stadium ihres Unbekleidetseins enthüllt. Blue schoß das Blut ins

Gesicht, und er grinste dämlich. Jessie funkelte ihn weiterhin böse an und zog gleichzeitig ihr Hemd vor ihre Brüste. Als das getan war, stieß sie ihn an, damit er aufstand, und beide rappelten sich auf die Füße. Blue wandte sich dem Mann zu, während Jessie sich hinter ihm verbarg.

»Es tut mir leid, daß ich störe«, sagte der Mann mit einer tiefen Stimme, aus der deutlich herauszuhören war, daß es ihm keineswegs leid tat, sondern daß ihm die Situation großes Vergnügen bereitete. »Ich bräuchte allerdings wirklich ein bißchen Hilfe, und daher habe ich mein Pferd angehalten, um mit Ihnen zu sprechen.«

»Hilfe in welcher Form?« fragte Blue.

»Ich suche das Rocky Valley und eine gewisse Mrs. Ewing. In Cheyenne hat man mir gesagt, ich würde die Ranch nach einem Tagesritt in Richtung Norden finden, aber ich hatte gestern und heute kein Glück. Könnten Sie mir sagen, ob ich in die richtige Richtung reite?«

»Sie... aua...!«

»...befinden sich widerrechtlich auf diesem Gebiet«, beendete Jessie den Satz für Blue, nachdem sie ihn derart gekniffen hatte, daß er verstummt war. Sie kam hinter seinem Rücken hervor. »Und von Rocky Valley sind Sie weit entfernt.«

Chase Summers musterte das Mädchen, das so kriegerisch vor ihm stand. Ihre plötzliche Feindseligkeit entgeisterte ihn. Angesichts der Situation, in der er sie vorgefunden hatte, hatte er nicht damit gerechnet, daß sie ganz so jung sein könnte. Sie sah aus wie vierzehn oder fünfzehn, noch ein Kind und jung genug, um Hosen tragen zu dürfen. Der Mann schien Anfang Zwanzig zu sein und war entschieden zu alt, um ein Kind auszunutzen.

Doch das ging Chase nichts an. Sein Gesichtsausdruck veränderte sich nicht, nicht einmal dann, als die blaugrünen Augen des Mädchens Pfeile auf ihn abschossen. Verflucht hübsch sah sie aus, und diese ungewöhnlichen Augen waren umwerfend.

»Aber...«, setzte Blue an, doch sie sprang wieder hinter seinen Rücken und kniff ihn.

»Ich wußte nicht, daß ich mich unbefugt auf Privatgrund bewege«, sagte Chase entgegenkommend. »Wenn Sie mir nur die Richtung angeben würden, bin ich auch schon fort.«

»Halten Sie sich weiterhin nach Norden, Mister«, antwortete Jessie. Dann verwarnte sie ihn mit scharfer Stimme: »Und reiten Sie nicht auf diesem Weg zurück. Wir mögen es nicht, wenn Fremde unser Land durchqueren.«

»Ich werde es mir merken«, erwiderte Chase. Dann nickte er zum Dank, überquerte den Bach und ritt weiter.

Jessie starrte ihm nach und funkelte eine ganze Weile böse seinen Rücken an, bis sie spürte, daß Blue sie auf dieselbe Weise beäugte. Sein Gesichtsausdruck war eine Mischung aus Verwirrung und Zorn, und sie blickte schnell wieder weg. Sie bückte sich, hob ihren Pistolengürtel auf, schnallte ihn um und mied seine Augen.

»Einen Moment mal, Kleines.« Blue griff nach ihrem Arm, als sie ihren Hut aufhob und auf ihr Pferd zugehen wollte. »Was zum Teufel soll das alles heißen?«

Sie versuchte, seinen Arm abzuschütteln. »Ich kann Fremde nicht leiden.«

»Was hat das mit Lügen zu tun?« bohrte er weiter.

Jessica riß ihren Arm aus seinem Griff los und sah ihm ins Gesicht. Die ganze Wut, die sich in ihr aufgestaut hatte, blitzte in ihren Augen auf. Blue hätte beinah seinen eigenen Zorn vergessen, denn sie war eine bemerkenswerte Erscheinung. In ihren Augen loderte blaugrünes Feuer auf, ihre Brüste wogten, ihr langes Haar war über ihre Schulter geworfen, und das Ende des Zopfes berührte ihre schmalen Hüften. Ihre rechte Hand lag auf ihrer Waffe, und wenn er auch bezweifelte, daß sie wirklich auf ihn schießen würde, so war es doch deutlich eine Drohung.

»Jessica, ich verstehe das nicht. Wenn du mir einfach nur sagen könntest, was dich so wütend gemacht hat?«

»Alles!« fachte sie. »Du! Er!«

»Ich weiß, was ich getan habe, aber...«

»Das, was du getan hast, solltest du lieber nie wieder probieren, Blue Parker!«

Er runzelte die Stirn. Sie meinte es nicht so. Er hätte sie ohnehin nicht aufgegeben. Aber es schien ihm eine gute Idee zu sein, ihre Gedanken für eine Weile abzulenken.

»Was hat er dir denn getan? Warum hast du ihn belogen?«

»Du hast doch gehört, wen er sucht.«

»Ja, und?«

»Glaubst du etwa, ich kann mir nicht denken, warum er sie sucht?«

Jetzt konnte Blue ihren Überlegungen folgen. »Du kannst es nicht mit Gewißheit sagen.«

Jessie richtete sich zu ihrer vollen Größe auf. »So, kann ich das nicht? Er hat zu gut ausgesehen. Er muß einer ihrer Liebhaber sein, und ich will verdammt sein, wenn ich zulasse, daß er auf meine Ranch kommt und es unter meinem Dach mit ihr treibt.«

»Und was hast du vor, wenn er herausfindet, daß du ihn angelogen hast, und wenn er zurückkommt?«

Jessie war zu sehr außer sich, um sich damit zu befassen. »Wer sagt denn, daß er zurückkommt? Wahrscheinlich kommt er aus der Stadt wie sie. Wahrscheinlich würde er den Weg nicht einmal aus einer Höhle heraus finden«, fügte sie verächtlich hinzu. »Hast du denn nicht gesehen, wie voll bepackt seine Satteltaschen waren? Er gehört zu der Sorte, die nicht ohne die Sachen leben kann, die man im Laden kauft. Wenn er Fort Laramie erreicht oder wieder nach Cheyenne kommt, wird er nicht darauf versessen sein, sich noch einmal in die Berge zu wagen, in eine Gegend, die Tage entfernt vom nächsten Geschäft ist. Er wird wieder dorthin gehen, woher er gekommen ist, und er wird warten, bis sie zu ihm kommt – und mir kann das gar nicht schnell genug gehen.«

Blue schüttelte den Kopf. »Du mußt sie wirklich hassen.«

»Ja, ich hasse sie!«

»Das ist unnatürlich, Jessie«, sagte er sachte. »Sie ist deine Mutter.«

»Nein, das ist sie nicht!« Jessie wich zurück, als hätte er sie geschlagen. »Das ist sie nicht! Meine *Mutter* hätte mich nicht im Stich gelassen. Sie hätte nicht zugelassen, daß Thomas Blair aus mir den Sohn macht, den er immer haben wollte.

Meine Mutter ist hier gestorben. Diese Frau ist nichts anderes als eine Hure. Sie hat sich nicht um mich gekümmert.«

»Vielleicht hat sie dich nur verletzt, Jessie«, sagte er liebevoll.

Jessie hätte am liebsten geweint. Verletzt? Wie viele Male hatte sie sich in den Schlaf geweint, weil niemand da war, der die Qualen ihres Lebens hätte lindern können, eines Lebens, das sie haßte. Lag das nicht alles an ihrer Mutter? Alles, aber auch alles, was ihr Vater tat, diente nur dazu, diese Hure, als die er ihre Mutter bezeichnet hatte, zu kränken. Er hatte Jessie die Schule untersagt, weil ihre Mutter gewünscht hatte, daß sie eine Schulbildung bekam. Er hatte ihr alles abgeschlagen, was weiblich war, weil ihre Mutter gewollt hatte, daß eine Dame aus ihr würde. Er hatte sie zu dem gemacht, was sie war, weil er wußte, daß ihre Mutter sie hassen würde. Unlogischerweise hatte er sich in Schulden gestürzt, um ein Haus zu bauen, das einer Königin angemessen wäre, und er hatte das ausschließlich getan, weil es das war, was ihre Mutter gern gehabt hätte und nie bekommen würde.

»Ich bin schon längst über den Punkt hinaus, an dem es weh tut, Blue«, sagte Jessie mit ruhiger Stimme. »Ich habe sie lange Zeit nicht gebraucht, und jetzt brauche ich sie ganz bestimmt nicht.«

Ehe ihr die Tränen aus den Augen schossen, rannte Jessie zu ihrem Pferd und ritt los. Sie hatte nichts dagegen zu weinen, aber sie wollte nicht, daß jemand sie dabei sah. Sie ritt nach Süden, fort von dem Grund ihrer Tränen.

2

Als Jessie auf den Hof ritt, ging die Sonne gerade unter, und im Westen zeigten sich jenseits der Berge dunkelrote und violette Streifen am Himmel. Auf die Veranda vor dem weitschweifigen Gutshaus fiel das Licht, und daher ritt sie um das Haus herum, um ungesehen durch die Küche das Haus betreten zu können. Sie stieg ab und schickte Blackstar mit einem leisen Wort und einem Klaps auf den Rücken in den Stall. Er würde direkt in seine Box laufen und dort darauf warten, daß sie kam und ihn abrieb. Sie war völlig ausgehungert, und das schon seit Stunden, und sie wollte nur eine Kleinigkeit zu sich nehmen, um den schlimmsten Hunger loszuwerden, ehe sie ihr Pferd für die Nacht versorgte.

Blackstar würde es nichts ausmachen, wenn er ein paar Minuten warten mußte. Blackstar hatte nie Einwände gegen irgend etwas, was Jessie tat. Bei anderen Leuten konnte es vorkommen, daß er sie zwickte, und ab und zu versuchte er sogar, jemanden mit seinen Hufen zu treffen, aber Jessie gegenüber war er sanft wie ein Lamm. Weißer Donner hatte gewußt, daß er zart mit ihr umgehen würde, als er ihr den Hengst gab. Weißer Donner war im Umgang mit Pferden unschlagbar, und er hatte Blackstar aufgezogen, seit er ein Füllen war, und er hatte ihn nur für Jessie aufgezogen. Von diesem Geheimnis hatte sie jedoch nie etwas geahnt. Sie hatte während der ganzen Zeit geglaubt, daß sie ihrem Freund dabei half, ein Pferd zuzureiten.

Es war ein sehr großzügiges Geschenk. Unter den Indianern galten Pferde als Zeichen für Reichtum, und man konnte nicht behaupten, daß Weißer Donner allzu viele Pferde hatte. Aber so war Weißer Donner nun einmal. Blackstar war nicht das einzige Geschenk, das er ihr in den Jahren ihrer Freundschaft gemacht hatte. Neben dem alten Jeb war er wirklich ihr engster Freund. Blackstar bedeutete ihr alles, und zwar wegen dieser Freundschaft. Schon bei dem Gedanken daran vergaß sie fast, daß sie etwas essen wollte, während sie dem Pferd nachblickte, das sich in seinen Stall begab. Doch ihr Magen brachte sich in Erinnerung, und sie trat in die dunkle Küche und schloß leise die Tür hinter sich.

Die Gerüche des Abendessens hingen noch in dem großen Raum, und Jessie freute sich schon jetzt darauf, nachher zurückzukommen und einen großen Teller von Kates Stew zu essen. Sie sah sich auf den Regalen nach etwas um, was sie sich schnell in den Mund stecken konnte, und als sie eine Platte mit frischgebackenem Sauerteigbrot entdeckte, strahlte sie. Doch dann hörte sie die Stimme ihrer Mutter aus dem Wohnzimmer am anderen Ende des Ganges, und ihr Lächeln schwand. Dann hörte sie eine andere Stimme.

Sie blieb auf der Stelle stehen und starrte durch die offene Tür, die zur Eingangshalle führte. Sie mußte sich verhört haben. Das war doch *diese* Stimme, oder? Sie schlich sich näher zur Tür und ein Stück weit durch den Gang bis zu ihrem Schlafzimmer. Dort blieb sie stehen. Sie konnte die Stimme deutlich hören, und ihr Gesicht wurde glühend rot, als sie sich an diesen Vorfall erinnerte. Verdammt noch mal, bei einer Lüge ertappt zu werden! Zentimeterweise näherte sie sich dem großen Wohnzimmer. Sie ging auf den Zehenspitzen, weil sie noch ihre Reitstiefel mit den fünf Zentimeter hohen Absätzen trug. Gott sei Dank, daß sie nie Sporen trug, wenn sie Blackstar ritt! Sie streckte ihren Kopf vor, bis sie das ganze Zimmer sehen konnte, das Zimmer, das mit all den Schätzen angefüllt war, die Thomas Blair in Schulden gestürzt hatten, Schulden, die Jessie geerbt hatte.

Auf dem dick gepolsterten Sofa saßen Seite an Seite mit dem Rücken zu Jessie ihre Mutter und der Fremde. Jessie starrte die beiden einen Moment lang an. Er hatte seinen Hut abgesetzt, und dunkles, kastanienbraunes Haar fiel gelockt in seinen Nacken. »Ich kann mir nicht vorstellen, wer das Mädchen gewesen sein könnte, Chase«, sagte Rachel. »Aber ich bin erst seit einer Woche hier, und ich habe noch keinen von Jessicas Nachbarn kennengelernt.«

»Wenn sie alle so feindselig sind wie dieses leichtsinnige junge Ding, dann solltest du dir die Mühe gar nicht machen. Wenn ich nicht auf einen der Arbeiter getroffen wäre, der mich wieder in die richtige Richtung geschickt hat, hätte ich heute nacht wieder im Freien schlafen müssen. *Eine* solche Nacht hat mir gereicht, vielen Dank!«

Rachel lachte. »Du scheinst dich ganz schön an die Zivilisation gehalten zu haben, seit ich dich das letzte Mal gesehen habe.«

»Falls man die Farmersiedlungen von Kansas als Zivilisation bezeichnen kann.« Chase schüttelte den Kopf. »Aber jedes Hotelzimmer und jede warme Mahlzeit sind besser als täglich ein einsames Lagerfeuer.«

»Ich bin jedenfalls froh, daß du da bist. Als ich diese Telegramme abgeschickt habe, war ich nicht sicher, daß du sie bekommst. Du warst immer viel unterwegs. Und außerdem war ich gar nicht sicher, ob du kommen würdest.«

»Habe ich dir nicht gesagt, daß du mich nur benachrichtigen mußt, wenn du mich jemals brauchst?«

»Ich weiß. Aber keiner von uns hätte geglaubt, daß ich darauf zurückkommen könnte. Ich bin auch nicht darauf zurückgekommen. So waren meine Telegramme nicht gemeint.«

»Du bittest nicht gern um Hilfe.« Das war eine Aussage.

»Wie gut du mich doch kennst!« Rachel lachte ein liebevolles Lachen, und dieser Laut ließ die Enden von Jessies Nerven schmerzen.

»Wo liegt denn das Problem, Rachel?« fragte Chase.

Jessie zuckte zusammen. Der zärtliche Tonfall, in dem er sprach, behagte ihr nicht.

»Ich bin nicht ganz sicher, Chase«, sagte Rachel zögernd. »Jedenfalls ... ist es bisher nichts Bestimmtes. Was ich damit sagen will, ist, daß ich dich vielleicht überflüssigerweise um Hilfe gebeten habe. Ich meine ...«

»Jetzt hör aber auf«, sagte Chase abrupt. »Es sieht dir gar nicht ähnlich, um den heißen Brei herumzuschleichen, Rachel.«

»Nein, ich meine nur, es wäre mir ein entsetzliches Gefühl, dich wegen nichts und wieder nichts hierhergeholt zu haben.«

»Das kannst du augenblicklich vergessen. Ganz gleich, ob an dem, was dir Sorgen macht, etwas dran ist oder nicht – es war mir ein Vergnügen, herzukommen. Es gibt nichts, was mich in Abilene gehalten hätte, und es war ohnehin an der Zeit für mich weiterzuziehen. Sehen wir es doch einfach als einen Besuch, der längst überfällig war, und wenn es etwas gibt, was ich für dich tun kann, solange ich hier bin, dann ist es auch gut.«

»Ich kann dir gar nicht sagen, wie froh ich darüber bin.«

»Schon gut. Aber jetzt sag mir, was dir Sorgen bereitet.«

»Es hat mit dem Mann zu tun, der Thomas Blair umgebracht hat.«

»Blair war dein erster Mann?«

»Ja.«

»Wer hat ihn getötet?«

»Der Mann nennt sich Laton Bowdre. Ich habe ihn vor ein paar Wochen in Cheyenne getroffen, ehe ich hierhergekommen bin, auf die Ranch. Ich ging zur Bank, um Mr. Crawley aufzusuchen, den Mann, der mir den Brief von Thomas zugeschickt hat. Ich dachte, er könnte mir vielleicht erklären, warum Thomas nach all den Jahren seine Meinung geändert hat.«

»Hat er dir in dem Brief keine Erklärung dafür gegeben?«

»Nicht wirklich.«

»Konnte dir der Bankier mehr sagen?«

»Nein. Er hat mir allerdings erzählt, daß Thomas beträchtliche Schulden bei der Bank hatte.«

»Du glaubst, er hat dich deshalb zu Jessicas Vormund ernannt? Weil er glaubte, sie käme nicht allein damit zurecht?«

»Das kann sein«, sagte Rachel nachdenklich. »Ich weiß ganz sicher, daß er nicht wollen würde, daß sie die Ranch verliert. Das ist aber auch schon alles, dessen ich mir sicher bin.«

»Jesus«, stöhnte Chase. »Wie sollst du ihr denn helfen? Du hast keine Ahnung, wie man eine Ranch leitet.«

»O nein, Thomas hat nicht von mir erwartet, daß ich die Ranch leite, nur, daß Jessica nichts zustößt, ehe sie zwanzig Jahre alt oder verheiratet ist, je nachdem, was eher der Fall ist. Er hatte das Gefühl, sie sei noch nicht soweit, die Zügel selbst in die Hand zu nehmen, wie er es ausgedrückt hat. Er hatte den Eindruck, daß sie für die nächsten Jahre noch eine gewisse Führung braucht, jemanden, der ihr notfalls in die Zügel greift. Ich bin ziemlich sicher, daß ich diesen Brief nicht bekommen hätte, wenn er zwei Jahre später gestorben wäre. Mr. Crawley sagte, daß der Brief seit vier Jahren bei der Bank gelegen hat. Thomas hat sich Sorgen um Jessica gemacht, weil sie noch so jung ist. Und was die Ranch angeht, so wird sie von Jessica geführt, und nach allem, was ich sehe, weiß sie, was sie tut.«

»Das ist doch wohl nicht dein Ernst!«

»Ich wünschte, es wäre nicht so.« In Rachels Stimme schwang Erbitterung mit. »Aber Thomas hatte zehn Jahre Zeit, mit ihr zu arbeiten, ihr alles beizubringen, was man auf einer Ranch braucht. Und Schlimmeres.«

»Schlimmeres?«

»Wenn du sie siehst, wirst du verstehen, was ich meine. Aber, wie ich schon sagte, traf ich Mr. Bowdre in der Bank. Mr. Crawley stellte uns einander vor. Natürlich drückte er sein Beileid aus – höchst unaufrichtig, um das noch hinzuzufügen – und erklärte, was vorgefallen war. Es scheint als sei es in einem der Salons zu einem Kartenspiel gekommen, und Thomas muß eine unglaubliche Summe gesetzt haben, weil er sicher war, das beste Blatt zu haben. Das hatte er aber nicht, und er warf Bowdre vor, zu betrügen. Thomas zog seine Waffe, aber Bowdre war schneller und hat Thomas erschossen.«

»Was sagt der Sheriff dazu?«

»Er sagt, daß es die Wahrheit ist. Es gab ein Dutzend Zeugen, und ich habe mit mehreren von ihnen gesprochen. Alle sagen dasselbe – daß es ein fairer Kampf war. Die Frage, ob Laton Bowdre beim Spiel betrogen hat, ist allerdings nie wirklich beantwortet worden, und jetzt ist es dafür zu spät. Das Problem besteht darin, daß er nach wie vor Thomas' Schuldschein in der Hand hat. Spielschulden sind in dieser Gegend soviel wert wie Gold.«

»Ich als As im Kartenspiel«, sagte er mit einem zynischen Grinsen, »kann nicht sagen, daß ich das ungern höre.«

»Ja, und das ist eben das Gräßliche. Er will sein Geld haben, und Jessica besitzt das Geld nicht. Ich glaube wirklich, daß er die Ranch von ihr gefordert hätte, wenn sie ihn nicht vor Zeugen mit dieser Angelegenheit konfrontiert hätte, und somit ist es ihr gelungen, ihn zu zwingen, daß er ihr mit dem Abzahlen der Schulden Zeit läßt.«

»Wieviel Zeit?«

»Drei Monate.«

»Und was sagt Jessica dazu?«

»Sie ist ganz unbesorgt. Sie sagt, daß sie sich nach dem Viehtrieb im Herbst um Bowdre kümmert. Sie hat mit etlichen der Goldgräberlager im Norden Verträge. Sie nehmen ihr das Rindfleisch ab.«

»Worin liegt dann das Problem, Rachel?«

»Mir geht es um diesen Laton Bowdre. Er scheint ein verschlagener Kerl zu sein, oder zumindest ist das der Eindruck, den ich von ihm habe.« Rachel gestand nach einigem Zögern: »Ich glaube, daß er das Geld gar nicht haben will, Chase. Ich glaube, er will die Ranch.«

»Du glaubst also, er könnte etwas unternehmen, um Jessica daran zu hindern, ihn auszuzahlen?«

»Ja. Ich habe keine Vorstellung davon, wie er das anstellen könnte. Vielleicht bilde ich mir das alles auch nur ein. Aber ich würde mich wesentlich wohler fühlen, wenn du ihn dir einmal ansiehst und mir sagst, was für einen Eindruck du von ihm hast.«

»Selbstverständlich«, erklärte sich Chase sofort bereit. »Aber warum nimmst du dich nicht einfach der Schulden an und schaffst sie aus der Welt? Das kannst du dir doch sicher leisten.«

»Glaubst du, das wollte ich nicht? Ich habe versucht, Jessica das Geld zu geben, aber sie hat es mir ins Gesicht geworfen. Sie nimmt nichts von mir.«

»Wieso denn das?«

Rachel lachte bitter. »Ihr Vater hat mich gehaßt, und er hat sie gelehrt, mich auch zu hassen. Sie war eine ausgezeichnete Schülerin.«

Einen Moment lang herrschte Schweigen. Dann sagte Chase: »Wann werde ich dieses halsstarrige Mädchen kennenlernen?«

Jessie wartete die Antwort nicht ab. Sie zog sich durch den Gang zurück und schlüpfte in ihr Schlafzimmer. Sie packte ein paar Sachen zusammen, ging dann wieder in die Küche, nahm den ganzen Brotlaib mit und verließ leise das Haus.

Sie war wutentbrannt. Wie konnten sie es wagen, über sie zu sprechen? Wie konnte Rachel es wagen, einen Fremden heranzuziehen, damit er sich in ihre Geschäfte einmischte? Halsstarriges Mädchen? Dieser Schuft! Sollte er doch ruhig nach Cheyenne reiten und herumschnüffeln! Sollte er doch zurückkommen und Rachel seinen Bericht vorlegen! Und dann, zum Teufel, sollte er aus Jessicas Leben verschwinden. Doch sie würde nicht dasein, um ihn kennenzulernen. Sie würde nicht zurückkommen, ehe er fort war.

3

Am späten Abend dieses Tages sorgte sich Rachel um Jessica, die sie immer noch nicht gesehen hatte. Sie hatte Chase bereits gebeten, in den Nebengebäuden nach ihr zu suchen, doch er war allein zurückgekommen und hatte den Kopf geschüttelt. Jessica lebte nach eigenwilligen Tageszeiten, aber so spät war sie noch nie zurückgekommen. Ihre Mutter fing an, sich entsetzliche Dinge aller Art auszumalen.

Sie machte sich auf die Suche nach Jeb, und Chase folgte ihr. Allmählich ärgerte er sich über diese nicht auffindbare Tochter, die sich anscheinend kein bißchen um die Gefühle anderer kümmerte.

Sie fanden Jeb im Stall. Er pflegte ein krankes Füllen. Es war deutlich zu erkennen, daß er nicht von ihnen belästigt werden wollte. Chase war sicher, daß Rachel nur ihre Zeit vergeudete, denn er hatte den alten Mann schon vor einer Weile gefragt, ob das Mädchen zurückgekehrt war. Jeb hatte barsch geantwortet, man könne doch sehen, daß sie nicht dasei.

»Jeb, bitte, wenn Jessica hier ist...«, setzte Rachel an.

»Ist sie nicht. Sie ist heimgekommen, hat gesehen, daß du Gesellschaft hast, und ist wieder fortgeritten.«

»Fortgeritten? Für wie lange?«

»Kann ich nicht sagen.«

»Gut. Aber wann ist sie losgeritten?«

»Vor zwei Stunden.«

»Dann kommt sie doch sicher bald zurück, meinst du nicht?« fragte Rachel ihn voller Hoffnung.

Jeb sah sie kein einziges Mal an. »Rechne nicht mit ihr.«

»Warum nicht?«

»Sie war reichlich hitzig, als sie losgeritten ist – wie früher, wenn sie sich mit ihrem Pa gestritten hat. Ich rechne nicht damit, daß wir die Kleine in den nächsten ein bis zwei Wochen wiedersehen, kann aber auch länger sein.«

»Was?«

Endlich sah Jeb zu Rachel auf. Sie wirkte so entsetzt, daß er sich erbarmte. »Wenn es im letzten Jahr gewesen wäre, wäre sie wahrscheinlich nur für ein paar Tage fort, weil sie häufig zu den Andersons gegangen ist, etwa zehn Meilen von hier. Früher ist sie gegen den Willen ihres Vaters hingeritten, weil er sich geweigert hat, sie etwas lernen zu lassen. Mr. Anderson war früher im Osten Lehrer.«

Rachel war überrascht. »Sie hat ihre Ausbildung also doch fortgesetzt?«

»Das kann man wohl sagen.« Jeb kicherte in sich hinein. »Aber, wie ich schon sagte, letztes Jahr wäre sie vielleicht dort gewesen, aber die Andersons sind wieder in den Osten gezogen.«

»Was hat es dann für einen Sinn, diese Leute zu erwähnen, Mr. Hart?« fragte Chase erbost.

Rachel legte ihre Hand auf seinen Arm, um ihn zurückzuhalten, denn sie hatte im Lauf der Zeit gelernt, daß Jeb Hart die Dinge auf seine eigene Weise ausdrückte. Er gab niemals freiwillig Informationen preis, und wenn er einmal zum Reden gebracht wurde, war das eine langwierige, verzwickte Angelegenheit.

»Mach dir nichts daraus, Jeb«, sagte sie eilig. »Wenn du mir bloß sagen könntest, wo sie deiner Meinung nach vielleicht sein könnte.«

»Das hat sie mir nicht gesagt«, antwortete er barsch. Dann wandte er seine Aufmerksamkeit wieder dem Füllen zu.

»Hast du irgendeine Ahnung, wohin sie geritten sein könnte, Jeb? Ich ängstige mich zu Tode.«

»Wenn du es wüßtest, würde das auch keinen Stein von deiner Seele nehmen«, bemerkte er.

»Bitte, Jeb!«

Er zögerte und zuckte dann die Achseln. »Vermutlich besucht sie ihre indianischen Freunde. Und sie kommt nicht eher zurück, als sie es für richtig hält.«

»Indianer? Aber sind sie nicht… ist sie bei ihnen in Sicherheit?«

»Schätze, sie ist dort so sicher wie sonstwo.«

»Ich wußte gar nicht, daß es hier in der Nähe Indianer gibt«, murmelte Rachel geistesabwesend vor sich hin. Sie war äußerst verwirrt.

»Es gibt keine. Sie sind gut drei bis vier Tagesritte von hier entfernt, je nachdem, wie eilig sie es hat.«

»Das ist doch nicht dein Ernst«, keuchte Rachel mit weitaufgerissenen Augen. »Willst du damit sagen, daß sie drei oder vier Tage allein durch diese Wildnis reitet und allein im Freien übernachtet?«

»Das hat sie immer getan.«

»Wieso hast du sie gehen lassen?« fauchte Rachel, und ihre Angst gab ihrer Stimme mehr Schärfe, als sie beabsichtigt hatte.

Doch Jeb sagte ganz schlicht: »Man kann die Kleine nicht davon abhalten, etwas zu tun, wenn sie sich dazu entschlossen hat. Hast du das noch nicht gemerkt?«

Rachel drehte sich zu Chase um, und in ihren blauen Augen stand eine flehentliche Bitte.

»Würdest du hinter ihr her reiten? Mir ist die Vorstellung unerträglich, daß sie allein dort draußen ist. Sie ist erst seit ein paar Stunden weg, Chase. Du könntest sie heute nacht noch finden.«

»Rachel…«

»Bitte, Chase.«

Ein Blick in diese riesengroßen blauen Augen machte es ihm unmöglich, ihr diesen Wunsch abzuschlagen. Er seufzte. »Ich bin nicht gerade der beste Fährtensucher, aber irgendwie finde ich sie schon. Also, wo liegt dieses Indianerreservat, in das sie aufgebrochen ist?«

»Das müßte das Schoschonen-Reservat sein, das stimmt doch, Jeb, oder nicht?« sagte Rachel. Sie wartete seine Antwort nicht ab. »Es liegt nordwestlich von hier. Aber allzuweit wirst du wohl ohnehin nicht reiten müssen. Sie würde doch nicht die ganze Nacht reiten, oder was meinst du, Jeb?«

Diesmal wartete sie Jebs Antwort ab. Er sah die beiden an, als seien sie übergeschnappt. »Schätze, sie wird sich irgendwo hinlegen heute nacht.«

»Da, hast du es gehört«, sagte Rachel zu Chase. »Wenn du nur immer den Bergen nach Norden folgst, sollte es dir ein leichtes sein, sie zu finden.«

»Erwarte uns lieber nicht vor morgen früh zurück, Rachel. Sie hat zwei Stunden Vorsprung vor mir.«

»Ganz gleich, wie lange es dauert. Ich fühle mich schon viel wohler, wenn ich nur weiß, daß du ihr nachreitest und sie suchst.«

Jeb sah zu, wie der Fremde sein Pferd sattelte und losritt. Gar nicht so übel, der Gaul, gestand er sich mürrisch ein. Nur ein Jammer, daß dieses arme Tier ohne jeden Grund einen Tagesritt nach dem anderen vor sich hatte. Völlig sinnlos, das Ganze. Aber schließlich war es nicht Jebs Schuld, wenn sie davon ausgingen, daß Jessies Indianer die Indianer eines Reservats waren. Er hatte sich nicht verpflichtet gefühlt, sie eines Besseren zu belehren. Er hielt zu Jessie und zu niemandem sonst. Er wußte, daß Jessie gar nicht mögen würde, daß ihr jemand folgte. Hatte denn nicht gerade dieser Mann sie dazu veranlaßt, fortzureiten? War sie etwa nicht seinetwegen außer sich?

Es war wohl nur gut, daß Jeb den beiden nicht erklärt hatte, wohin Jessie ritt – zum Powder River, an dem ein Gebiet lag, das die amerikanische Armee den Indianern 1868 abgetreten hatte. Dort lagen die Jagdgründe der Cheyenne des Nordens und ihrer furchteinflößenden Verbündeten, der Sioux. Wenn Chase Summers in etwa einer Woche mit leeren Händen zurückkehrte, dann war das der rechte Zeitpunkt, ihn darüber aufzuklären. Er würde Jeb zweifellos dankbar dafür sein, daß er ihn davor bewahrt hatte, sich auf feindliches Indianergebiet zu wagen.

Was soll's, wahrscheinlich habe ich ihm das Leben gerettet, indem ich meinen Mund gehalten habe, sagte sich Jeb. Danach verschwendete er keinen Gedanken mehr an diese Angelegenheit.

4

Es war nach Mitternacht, als Jessie das kleine Häuschen erreichte, das von den Männern benutzt wurde, die in den nördlichen Bergen arbeiteten. In den wärmeren Monaten schlief hier niemand, und daher hatte sie das kleine Lagerhaus, das aus nur einem Raum bestand, ganz für sich. Sogar eine Pritsche stand dort. Am nächsten Morgen packte sie in der Dämmerung ein paar Vorräte zusammen und machte sich wieder auf den Weg. Ihr Schnitt war ausgezeichnet, und daher ereicht sie ihr Ziel am Abend des dritten Tages.

Dann stellte sie fest, daß sie den Weg umsonst zurückgelegt hatte. Sie starrte über den gewundenen Wasserlauf auf das Gebiet, auf dem sich im Winter fünfzig Indianerzelte unter den Bäumen zusammendrängten. Sie war entweder zu früh gekommen, oder die Indianer kehrten später als sonst von ihrer Verfolgung der Büffel zurück. Der kleine Stamm, dessen Häuptling Weißer Donner war, war noch nicht eingetroffen.

Sie sah einem Eichhörnchen zu, das durch das hohe Gras huschte. Das Gras war im Frühjahr und im Sommer gut gewachsen. Es würde die Pferde des Stammes für den größten Teil des Winters ernähren können, und dann zog der Stamm ohnehin weiter. Jessie stand da und sah sich versonnen um. Sie hatte sich darauf gefreut, mit Weißer Donner zu sprechen, und sie war schrecklich enttäuscht. Sie hatte ihn seit dem Frühling nicht mehr gesehen, und daher wußte er noch nicht, daß ihr Vater gestorben war. Jetzt würde sie Weißer Donner wahrscheinlich nicht vor dem Spätherbst wiedersehen. Es war ihr wohl kaum möglich, noch einmal hierherzureiten, erst nach dem herbstlichen Viehtrieb.

Jessie überquerte den Fluß und entschloß sich, hier ihr Lager für die Nacht aufzuschlagen. Sie ging direkt zu der Stelle, an der sie so viele Nächte verbracht hatte, dem Ort, an dem die Mutter von Weißer Donner, Breiter Fluß, immer ihren Wigwam errichtet hatte. Doch sie fühlte sich einsam hier ohne ihren Freund und seine Familie, ohne die Laute der Kinder, ohne die Frauen, die Geschichten erzählten, während sie arbeiteten, und die Männer, die nach einer Jagd triumphierende Schreie ausstießen. Hier erschien es ihr einsamer als an irgendeiner anderen Stelle während ihres langen Ritts.

Während sie ihren leichten Schlafsack ausbreitete und Feuerholz sammelte, dachte Jessie daran, wie sie vor acht Jahren zum ersten Mal in diese Gegend gekommen war. Sie war ihrem Vater ohne dessen Wissen gefolgt, und sie war ihm gefolgt, weil er ein neugeborenes Baby bei sich hatte und sie fürchtete, daß er das Baby irgendwo aussetzen wollte, damit es starb. Er war wütend gewesen, weil es ein Mädchen war. Jessie war nicht so dumm, daß sie nicht gewußt hätte, wer dieses Baby war. Es war ihre Stiefschwester.

Ihr Vater hatte das Baby hierhergebracht, und sie war erleichtert gewesen. Ihr war allerdings nicht klargewesen, daß er das Baby der Pflege seiner Großmutter übergeben hatte. Die indianische Mätresse, die ein Jahr lang mit Thomas zusammengelebt hatte, war bei der Geburt gestorben. Es war die ältere Stiefschwester von Weißer Donner. All das erfuhr Jessie erst wesentlich später.

Da sie sich vergewissern wollte, daß das Baby hier in Sicherheit war, ging Jessie zu den Indianern, nachdem ihr Vater das Lager verlassen hatte, und sie gestand ihnen, daß sie Zeuge der Vorgänge gewesen war. Die Mutter von Weißer Donner schloß aus Jessies Ähnlichkeit mit ihrem Vater, wer das Mädchen war, und da sie Englisch sprach, freundeten Jessie und sie sich miteinander an. Selbst der gestrenge Stiefvater von Weißer Donner, Rennt Mit Dem Wolf, duldete Jessies Anwesenheit. Er kannte Thomas Blair aus seinen früheren Zeiten als Trapper – Ende der dreißiger Jahre –, und sie hatten über lange Zeit hinweg freundschaftlichen Handel miteinander betrieben.

In jenem Jahr kam Jessie einmal im Monat, um nach dem Baby zu sehen, bis das Wetter zu rauh für den Ritt wurde. Sie freundete sich enger mit Weißer Donner und seiner jüngeren Schwester, Kleiner Grauer Vogel, an, und sie genoß es, zum ersten Mal in ihrem Leben Freunde zu haben. Ihr Vater war kein warmherziger Mensch, und die Indianer füllten eine

Lücke, die bis dahin schmerzlich in Jessies Leben geklafft hatte.

Im folgenden Jahr, als das Wetter es Jessie endlich ermöglichte, wieder in den Norden zu reisen, mußte sie herausfinden, daß ihre kleine Schwester in diesem harten Winter gestorben war. Jessie hätte jetzt keinen Grund mehr gehabt, weiterhin das Lager aufzusuchen, doch sie hatte festgestellt, daß dieses Indianerlager der einzige Ort war, an dem sie sie selbst sein konnte. Sie durfte sich sogar wie ein Mädchen kleiden, was ihr Vater nie zugelassen hätte. Die Freundschaften, die sich gebildet hatten, vertieften sich, insbesondere ihre Freundschaft mit Weißer Donner.

Wenn sie bei den Indianern war, genoß sie die Vorteile beider Welten. Sie konnte sich im Zelt aufhalten, wie es von jungen Mädchen erwartet wurde, dort das Nähen und die Fertigung von Perlenschmuck erlernen, das Kochen, das Schneidern und das Färben von Büffelhäuten. Aber es sah sie auch niemand schief an, wenn sie mit Weißer Donner jagen gehen wollte, bei einem Wettreiten teilnahm oder bei den Spielen der Jungen mitmachte. All das duldete man freundlich, weil sie nicht eine der ihren war und auch deshalb weil sie in Männerkleidung zu ihnen gekommen war und die männlichen Fertigkeiten oft ausgezeichnet beherrschte.

Sie akzeptierten sie. Sie nannten sie Sieht Wie Frau Aus. Mit ihrem mitternachtsschwarzen Haar und ihrer sonnengebräunten Haut sah sie wie eine Indianerin aus. Jessica liebte ihren indianischen Namen.

Der Gedanke an die Menschen, die sie mehr als alle anderen auf Erden liebte, rief ihr wieder den Mann in Erinnerung, den sie mehr als jeden anderen haßte – Laton Bowdre. Er war in seinen mittleren Jahren und wurde bereits kahl, und er hatte braune Augen, die deutlich die Gaunereien kundtaten, die ihm unablässig durch den Kopf gingen. Es gab nicht viel, was für diesen Mann sprach, bestimmt nicht seine prunkvolle Aufmachung und noch weniger seine finstere Gestalt. Er war häßlich. Er erinnerte Jessie an ein Wiesel, das nichts als sein eigenes Vergnügen im Sinn hat.

Als sie zum ersten Mal mit ihm zusammengetroffen war,

weil er die Einlösung des Schuldscheins forderte, den er von ihrem Vater besaß, waren seine Augen währenddessen dreist über Jessies Körper gestreift. Sie hatte das Gefühl, wenn nicht andere dabeigewesen wären, wären seine Hände seinen Augen gefolgt.

Wie recht sie gehabt hatte! Als sie diesem Mann das zweite Mal über den Weg gelaufen war, war es nicht so einfach gewesen. Bowdre hatte sie auf dem Weg zur Bahnstation abgefangen, als sie nach Denver fahren wollte, um dort einen Einkaufsbummel zu machen. Niemand war in der Nähe, der ihr zur Hilfe hätte kommen können.

Sie konnte sich nur zu genau an diese schnarrende Stimme erinnern.

»Toll, daß wir uns treffen, Miß Blair. Ich hätte Sie kaum erkannt, meine Liebe – in einem Kleid.«

»Wenn Sie mich jetzt entschuldigen.« Jessie wollte weiterreiten, doch Laton Bowdre versperrte ihr den Weg.

»Haben Sie nicht vielleicht etwas für mich?« fragte Bowdre in seiner schmierigen Art.

Jessie wurde wütend. »Wir haben uns darauf geeinigt, daß Sie Ihr verfluchtes Geld in drei Monaten bekommen.«

Der Mann zuckte die Achseln. »Ich dachte ja nur, daß Sie vielleicht doch eher zahlen wollen. Aber das können Sie sich natürlich nicht leisten, oder etwa doch? Nein, natürlich nicht, wie konnte ich das bloß vergessen?« Er grinste. »Es war recht großzügig von mir, Ihnen Zeit zu lassen, finden Sie nicht? Meine Freundlichkeit ist mir nie angemessen gedankt worden.«

Jessie fletschte die Zähne. »Das war anständig von Ihnen«, sagte sie steif.

»Es freut mich, daß Sie das zur Kenntnis nehmen. Natürlich könnte ein wenig Interesse auch nicht schaden.« Ehe sie antworten konnte, fuhr er fort. »Meine Liebe, ich könnte mich sogar beschwatzen lassen, einen Teil Ihrer Schulden zu streichen, wenn Sie...«

»Das können Sie glatt vergessen!« fauchte Jessie. »Ich werde diese Schulden abzahlen – in Form von Geld!«

Bowdre kicherte über ihre Entrüstung und streckte eine

knochige Hand aus, um ihr Gesicht zu berühren. »Denken Sie noch mal darüber nach. Ein Mädchen braucht einen Mann. Vielleicht würde ich sogar eine Heirat in Betracht ziehen. Schließlich kann man nicht erwarten, daß Sie ganz allein eine Ranch führen. Ja, eine Heirat könnte durchaus in Frage kommen.« Er ließ seine Hand auf ihre Schulter fallen und wollte sich weiter nach unten tasten.

Jessie reagierte instinktiv. Sie ballte eine Faust und holte aus. Das Ergebnis war, daß ihr die Hand noch in Denver weh tat. Weder seine Überraschung noch das Blut, das ihm aus einem Mundwinkel rann, konnten ihren Zorn mildern.

»Legen Sie nie mehr Hand an mich, Mr. Bowdre«, verwarnte sie ihn eisig.

»Das wirst du noch bereuen, kleines Mädchen«, sagte Bowdre ebenso kalt. Jegliche Heuchelei war von ihm abgefallen.

»Das möchte ich bezweifeln«, gab Jessica hitzig zurück. »Ich könnte eine gewisse Reue empfinden, wenn ich meine Waffe bei mir hätte, denn dann müßte ich dem Sheriff erklären, warum ich Ihnen eine Kugel durch den Kopf gejagt habe. Guten Tag, Mr. Bowdre.«

Allein der Gedanke an diesen Zwischenfall ließ ihr einen Schauer über den Rücken laufen, und sie schob diese Erinnerung weit von sich.

Jessie setzte sich an das Feuer, das sie angezündet hatte, und rupfte das große Waldhuhn, das sie im Laufe des Tages geschossen hatte. Sie zerlegte es und warf es in einen Topf mit Wasser. Dazu warf sie getrocknete Erbsen, Kräuter und ein bißchen Mehl, und dann knetete sie den festen Teig, der unter ihren Vorräten war, formte ihn zu Klößen und warf auch diese in den Topf. Sie hatte schon vor langem gelernt, daß man nie an einer Mahlzeit sparen sollte, wenn man ganz allein war. Eine üppige Mahlzeit reichte lange. Endlose, ermüdende Tage im Sattel erforderten deftiges Essen.

Als das Essen über dem Feuer kochte, ging sie zu Blackstar und rieb ihn gründlich trocken. Dann warf sie ihm für die Nacht eine Decke über. Ihre Lederjacke mit den Fransen behielt sie an, um nicht zu frieren. Ihr wurde bewußt, daß der

Sommer vorübergegangen war. Sie wickelte sich die einzige andere Decke, die sie bei sich hatte, um die Beine und setzte sich ans Feuer, um zu essen.

Sie war gerade beim Essen, als Blackstar anfing, zu schnauben und mit seinen Hufen zu stampfen. Sie wußte, daß sie nicht mehr allein war. Jessie kannte sich zu gut mit den Indianern aus, um erschreckt aufzuspringen. Genau das erwarteten die Indianer von den Weißen, und diese Dummheit hätte ihr einen Pfeil im Rücken einbringen können. Sie blieb einfach sitzen.

Nachdem sie noch einen Moment gewartet hatte, sprach sie mit lauter, deutlicher Stimme. Ihr Tonfall war freundlich. »Ich hätte gern Gesellschaft, und ich habe noch genug Essen, um etwas abzugeben, wenn du ans Feuer kämst, damit ich dich sehen kann.«

Niemand antwortete. Sollte sie dasselbe noch einmal in der Sprache der Cheyenne sagen?

Sie rührte sich weiterhin nicht von der Stelle, doch sie probierte es mit Cheyenne. »Ich bin Sieht Wie Frau Aus, eine Freundin der Cheyenne. Ich kann mein Feuer und mein Essen mit dir teilen, wenn du dich mit mir bekannt machst.«

Immer noch keine Antwort. Sie schwankte zwischen Angst und Erleichterung, als zehn Minuten vergingen, ohne daß ein Laut zu hören war. Blackstar hatte sich ebenfalls beruhigt. Und doch sah es Blackstar gar nicht ähnlich, einen Wirbel um nichts zu machen.

Dann war er plötzlich da, stand direkt neben ihr. Jessie war so schockiert, daß ihre Hand sich automatisch an ihre Brust hob. Sie hatte nicht gehört, wie er näher gekommen war. Im einen Moment war sie allein, und im nächsten Moment standen diese Füße in den Mokassins neben ihr, leicht auseinandergespreizt und nur wenige Zentimeter von ihren Beinen entfernt. Sie saß im Schneidersitz da.

Ihre Augen wanderten an seinen langen Beinen nach oben, die in einer Lederhose mit Fransen steckten, höher auf den Beinkleidern, die nur bis auf seine Schenkel reichten, über seine kräftige Brust, die bloß und sehr muskulös war. Narben bezeugten seinen Mut und seine Ausdauer. Weißer

Donner hatte ähnliche Narben, Narben, die von einem Sonnentanz vor etlichen Jahren stammten.

Während ihre Augen immer höher wanderten, stellte sie überrascht fest, daß sie einen Mann vor sich hatte, der nicht älter als fünfundzwanzig Jahre war. Sein Gesicht war faszinierend. Kupferbraune Haut spannte sich über hohen Backenknochen, dazu kamen eine Adlernase und Augen, die die Farbe von Ebenholz hatten. Diese Augen verrieten nichts. Sein schwarzes Haar war lang und fiel ihm lose auf den Rücken. Vorn war es zu zwei dünnen Zöpfen geflochten. In einem der Zöpfe trug er eine einzige blaue Feder. Über die Schulter hatte er sich Pfeil und Bogen geschlungen. Seine Hände waren leer, was bewies, daß er in ihr keine Bedrohung sah.

»Du siehst wirklich gut aus, weißt du das?« sagte Jessie, als sie ihn von Kopf bis Fuß gemustert hatte.

Ihre Blicke trafen sich mit denen des kühnen Kriegers, und sie errötete, als ihr klarwurde, was sie gerade gesagt hatte. Aber sein Gesichtsausdruck veränderte sich nicht. Hatte er verstanden, was sie gesagt hatte? Sie stand langsam auf, um ihn nicht zu erschrecken. Dann ließ er erstmals eine Reaktion erkennen, als die Decke auf den Boden fiel und ihre hautenge Hose und den Waffengürtel freilegte.

Sie hatte keine Zeit, sich etwas zu überlegen, ehe er nach ihrer Jacke griff und sie öffnete. Seine Augen verweilten auf den zarten Rundungen, die sich gegen ihr Hemd preßten, doch Jessie wagte es nicht, sich loszureißen.

Endlich ließ er sie los, und Jessie stieß den Atem aus, den sie angehalten hatte. »So, nachdem wir das geregelt haben, können wir uns jetzt vielleicht verständigen. Sprichst du Englisch? Nein?« Sie ging zu der einzigen Indianersprache über, die sie beherrschte. »Cheyenne? Bist du ein Cheyenne?«

Er überraschte Jessie, indem er mit einer tiefen, klangvollen Stimme einen Wortschwall losließ. Leider war das einzige Wort, das sie verstand, ein Dakota-Wort.

»Du bist Sioux«, schloß sie enttäuscht daraus, denn

wenn sich die Dialekte der Cheyenne und der Sioux auch ähnelten, so war es doch nicht dieselbe Sprache.

Jessie hatte noch nie mit einem Sioux-Krieger geredet und nur einige von ihnen im Laufe der Jahre gesehen, die wenigen, die das Lager von Weißer Donner aufgesucht hatten. Dieser kühne Krieger gehörte zu den Stämmen, die nach wie vor aktive Feindseligkeiten mit den Weißen austrugen, zu den Stämmen, die so mächtig waren, daß sie die Armee gezwungen hatten, dieses Gebiet aufzugeben. Die Sioux und die Cheyenne aus dem Norden hatten sich im Gegensatz zu den meisten anderen Indianern der Prärien nicht von den Weißen unterwerfen lassen. Sie hatten die gesamte Region am Powder River als Jagdgrund für sich gefordert – und sie hatten das gesamte Gebiet bekommen. Da stand sie jetzt, einem Sioux-Krieger gegenüber, und er hatte sie auf seinem Territorium entdeckt.

Die Richtung, die ihre Gedanken einschlugen, war erschreckend, und Jessie gebot ihnen auf der Stelle Einhalt. Es bestand kein Grund, sich vor diesem tapferen Krieger zu fürchten. Bisher jedenfalls nicht. Er hatte sich dazu herabgelassen, mit ihr zu sprechen, und das war ein gutes Zeichen.

»Von den Weißen werde ich Jessica Blair genannt, und die Cheyenne nennen mich Sieht Wie Frau Aus. Ich komme oft hierher, um meinen Freund Weißer Donner und seine Familie zu besuchen, aber dieses Jahr bin ich zu früh gekommen, und daher werde ich morgen früh wieder nach Hause reiten, in den Süden. Kennst du Weißer Donner?«

Sie unterstützte ihre ausgiebigen Erklärungen mit den Gesten der Zeichensprache, die sie kannte, aber er gab ihr mit keinem Zeichen zu erkennen, daß er sie verstand. Sie verstummte, und er wandte seinen Blick von ihr ab und ihrem Pferd zu.

Er trat zu dem Pferd, um Blackstar näher zu mustern, und sie rief: »Weißer Donner hat ihn mir geschenkt.«

Endlich sagte der tapfere Krieger etwas, doch sie konnte es nicht verstehen. Er streckte die Hand aus und ließ sie über die Flanken des Pferdes gleiten. Als Blackstar seinen Kopf wandte und ihn beißen wollte, lachte er.

Jetzt verlor Jessie die Geduld. Sie fauchte: »Verdammt noch mal, du kannst jetzt wirklich aufhören, dir mein Pferd genau anzusehen. Du kriegst es nicht!«

Der Zorn, der in ihrem Tonfall mitschwang, war unverkennbar, auch wenn die Worte unverständlich waren. Es war ihr gelungen, seine Aufmerksamkeit wieder auf sich zu lenken, und er schlenderte zu ihr herüber und baute sich vor ihr auf. Diesmal stand er so dicht vor ihr, daß sie gezwungen war, aufzublicken, um ihm in die Augen zu sehen.

Sein Gesichtsausdruck war jetzt nicht mehr ganz so finster. Er sprach wieder mit ihr und gab ihr mit Zeichen zu verstehen, daß er ihr seinen Namen nannte. Sie bemühte sich, seine Worte zu entziffern, und schließlich grinste sie, weil sie ihm die entsprechende englische Bezeichnung nennen konnte.

»Kleiner Falke!« sagte sie stolz, aber er schüttelte den Kopf. Er hatte sie nicht verstanden.

Jessie lächelte und bedeutete ihm noch einmal, daß er herzlich eingeladen war, Feuer und Essen mit ihr zu teilen. Diesmal nahm er ihr Angebot an und setzte sich ans Feuer. Jessie setzte sich wieder auf den Platz, auf dem sie gesessen hatte, und wickelte sich die Decke wieder um die Beine. Sie hatte nur einen Teller, auf den sie jetzt eine neue Portion häufte. Dann reichte sie ihm den Teller. Als von dem Essen nur noch das übrig war, was sie ihm auf den Teller gehäuft hatte, gab er ihr den Teller zurück. Er sah zu, während sie eilig den Rest aufaß, und als sie gegessen hatte, stand sie auf, um das Kochgeschirr zu reinigen und zu verstauen. Sie konnte spüren, daß seine Augen jeder ihrer Bewegungen folgten.

Als sie zum Feuer zurückkehrte, fand sie ihn ins Gras gestreckt vor. Er lehnte auf einem Ellenbogen und sah auf ihren Platz am Feuer.

Sie hätte sich eine andere Stelle suchen können, aber sie war zu sehr auf der Hut, um irgendwelche Veränderungen zu riskieren. Sie legte sich hin und wandte ihm ihr Gesicht zu. Ihre Blicke trafen sich, und es schien, als starrten sie einander eine Ewigkeit an. Sein Blick wurde kühner. War das nicht der Blick, mit dem Blue sie angesehen hatte? Es war offensichtlich, daß Kleiner Falke sie begehrte, und doch war sie überrascht, als er auf das Gras neben sich klopfte und ihr bedeutete, daß er sie neben sich haben wollte. Sie schüttelte langsam den Kopf, ohne den Blick auch nur eine Sekunde lang von seinen Augen abzuwenden. Kleiner Falke zuckte die Achseln, sah sie lange an und legte sich dann hin und schloß die Augen.

Jessie starrte ihn immer noch an. Sie war erleichtert und zugleich merkwürdig verstört. Was war bloß mit ihr los? Es lag an seinen Augen, entschied sie schließlich, an der Art, wie er sie angesehen hatte, mit diesen dunklen, faszinierenden Augen Liebe mit ihr gemacht hatte.

Doch während Jessie in den Schlaf hinübertrieb, waren es nicht die Augen von Kleiner Falke, die sie vor sich sah, sondern andere Augen, die ebenso dunkel waren – die Augen von Chase Summers.

5

»Du hättest ihn sehen sollen, Jeb«, sagte Jessie, während sie Blackstar den Sattel abnahm. Sie war gerade zurückgekehrt, und seit ihrer Ankunft vor zehn Minuten redete sie ohne Punkt und Komma. »Er war so stolz und arrogant, so unwahrscheinlich indianisch, wenn du verstehst, was ich meine.«

Jeb zog auf einer Seite die Augenbraue herunter. »Und du hast dich nicht vor ihm gefürchtet? Er war doch schließlich ein Sioux.«

»Ja, doch, ein bißchen schon, vor allem, als er deutlich ausgedrückt hat, daß er... mich will.«

»So, hat er das getan?« sagte Jeb. »Also, dafür, daß er dich gehabt hat, siehst du gar nicht schlecht aus.«

»Hat er doch gar nicht«, sagte Jessie ganz schlicht. »Ich habe abgelehnt, und er hat meine Wünsche geachtet.«

»Ist das wahr?«

»Du glaubst mir nicht?« fragte sie. »Tatsache ist, daß er

mich nicht so ohne weiteres angreifen konnte, nachdem ich mein Essen mit ihm geteilt habe. Sie haben ein sehr ausgeprägtes Ehrgefühl, verstehst du. Oder zweifelst du vielleicht daran, daß er mich haben wollte? Manche Männer finden mich anziehend, Jeb Hart, sogar in einer solchen Aufmachung.«

»Jetzt sei bloß nicht sauer, Mädchen.«

Sie war nicht sauer. »Jedenfalls«, fuhr sie fort, »war er am nächsten Morgen schon fort, als ich aufgestanden bin. Ich dachte sogar, ich hätte das alles nur geträumt.«

»Bist du sicher, daß es kein Traum war?«

Sie bedachte ihn mit einem bösen Blick. »Ja, ich bin sicher. Das Gras war an der Stelle, an der er geschlafen hat, noch ganz flach, und das hier hat er zurückgelassen.« Sie zog die blaue Feder heraus, die sie in ihrer Tasche aufbewahrt hatte.

»Was glaubst du – warum hat er die Feder zurückgelassen?«

Jessie zuckte die Achseln. Sie wußte es nicht. »Ich denke, ich werde sie behalten.« Sie grinste. »Als Erinnerung an einen gutaussehenden Mann, der mich begehrt hat.«

Jeb knurrte. »Du entwickelst dich zu einem ungezogenen Mädchen, Jessie Blair. So was habe ich noch nie gehört, dieses ganze Gerede von Begierden, und dabei bist du erst achtzehn.«

»Das liegt nur daran, daß du in mir einen Jungen siehst. Jeb, du hast mich immer als einen Jungen angesehen. Aber viele Mädchen sind in meinem Alter und eher schon verheiratet, und daher sage ich mir, daß es längst überfällig ist, wenn ich von Flirts rede.«

»So, dann laß das Rachel lieber nicht zu Ohren kommen«, brummte er. »In dieser letzten Woche hat sie sich zu Tode um dich gesorgt.«

Bei der Erwähnung ihrer Mutter veränderte sich Jessies gesamtes Verhalten.

»Sie hat uns mit ihrem Kummer verfolgt und uns die Hölle heiß gemacht. Sie hat sogar diesen Kerl noch in der Nacht, in der du losgeritten bist, ausgeschickt, damit er dich sucht.«

»Sie hat was getan?« brauste Jessie auf. »Wie kann sie es wagen...«

»Jetzt aber Schluß. Er hat dich schließlich nicht gefunden, oder? Tatsache ist, daß er bis jetzt noch nicht zurückgekommen ist.«

Jessie mußte diese Neuigkeit erst einsickern lassen. Sie grinste. Dann lachte sie schallend. »Wirklich? Das ist ja wunderbar! Wir sind ihn also doch noch losgeworden.«

Jeb sah sie einen Moment lang an, ehe er fragte: »Du stehst ihm nicht gerade freundlich gegenüber, was?«

»Wie würdest du dich denn fühlen, wenn sich ein Fremder in deine Angelegenheiten einmischt?«

»Ist es das, was er getan hat?«

»Noch nicht«, sagte sie und preßte die Lippen zusammen. »Aber ich habe gehört, daß Rachel ihn darum gebeten hat, und ich habe gehört, daß er sich einverstanden erklärt hat. Also paßt es mir nur zu gut in den Kram, wenn er nie mehr zurückkommt.«

Fünf Tage später kam Chase zurück. Er war erschöpft, die Knochen taten ihm weh, der Sattel hatte ihn aufgescheuert, und er war schmutzig und freute sich nicht gerade darauf, Rachel mitzuteilen, daß er das Mädchen nicht gefunden hatte. Mehr als zweihundert elendigliche, staubige Meilen, um nur endlich dieses Reservat zu erreichen, und wozu das Ganze? Der dortige Agent hatte den Namen Jessica Blair noch nie gehört, und die Indianer, die Englisch sprachen, hatten ihm auch nicht das geringste sagen können. Einen Tag hatte er damit verbracht, das Gebiet abzureiten und Fragen zu stellen, aber er war sicher, daß niemand etwas wußte.

Jeb hielt sich im Geräteschuppen im vorderen Teil des Stalls auf, als Chase Goldenrod in den Stall führte. Chase starrte ihn an, und die gesamte Erschöpfung und der Zorn der vergangenen eineinhalb Wochen waren ihm anzumerken. Aber wenn Jeb in sechzig Jahren irgend etwas gelernt hatte, dann, mit welchen Worten man sich aus der Affäre zog, wenn man es mit miesen Skunks zu tun hatte.

»So, ich muß sagen, Sie sind flott vorwärtsgekommen,

nicht wahr, Sie junger Spund?« lautete Jebs angemessene Äußerung.

»So, finden Sie?« erwiderte Chase barsch. »Überrascht Sie das denn gar nicht?«

»Nicht, daß ich wüßte.«

»Wirklich? Ich als Spieler glaube, ruhigen Gewissens jeden Cent, den ich besitze, darauf wetten zu können, daß Sie damit gerechnet haben, mich nie wiederzusehen.«

Jeb grinste. »Es wäre leicht ergaunertes Geld, aber ein glatter Betrug von mir, wenn ich Sie auf diese Wette festnageln würde. Tatsache ist, daß ich um ziemlich genau diese Zeit mit Ihnen gerechnet habe – und das in einem Stück, denn der Weg, den Sie eingeschlagen haben, ist wahrhaft sicher. Auf dieser Strecke hat es seit ganz schön vielen Jahren keinen Ärger mehr gegeben.«

»Das steht nicht zur Debatte«, sagte Chase kalt. »Es war reine Zeitverschwendung, ins Reservat der Schoschonen zu reiten, und ich nehme an, daß Sie das vorher wußten.«

»Tja, zum Teufel, ich hätte Ihnen sagen können, daß...«

»Warum haben Sie es mir nicht gesagt?«

»Sie haben mich nicht gefragt«, erwiderte Jeb achselzukkend. »Es ist nicht meine Schuld, daß Sie und die Dame sich ausgerechnet haben, daß Jessies Indianer Schoschonen sind. Mister, ich habe Ihnen einen Gefallen damit getan, daß ich meinen Mund gehalten habe, wenn man bedenkt, wie sehr Rachel darauf aus war, daß Sie losreiten. Dorthin, wo das kleine Mädchen war, wären Sie bestimmt nicht geritten. Kein Weißer reitet in diese Gegend, wenn er auch nur einen Funken Verstand hat.«

»Von welcher Gegend sprechen Sie? Wohin, zum Teufel, ist sie denn geritten? Und hören Sie endlich auf, mir diesen Unsinn über Indianer zu erzählen.«

»Ich kann gar nicht verstehen, warum Sie sich so aufregen«, brummte Jeb. »Ich habe Ihnen wahrscheinlich das Leben gerettet, und das ist der Dank, den ich dafür bekomme!«

»Zum Teufel mit dir, du alter Mann!« explodierte Chase. »Wenn du nicht schon in der Nähe des Grabes stündest, würde ich dich ins Grab befördern. Und jetzt will ich anständige Antworten und nicht...«

»Lassen Sie ihn in Ruhe!«

Chase wirbelte zu dieser zornigen Stimme herum und war verblüfft, als er das Mädchen vor sich sah, das ihn in die falsche Richtung geschickt hatte, als er erstmals auf dem Weg hierher gewesen war. »Du schon wieder! Was tust du denn hier?« Als sie nicht antwortete, fragte er Jeb: »Wer ist das?«

Jeb bemühte sich, seine Belustigung nicht zu zeigen, doch ganz gelang es ihm nicht. Er wußte, daß die Funken fliegen würden, und es bestand kaum ein Zweifel daran, wer sich verbrennen würde. Das würde dem Kerl recht geschehen, dachte er sich.

»Aber, aber, das ist doch das Mädchen, das Sie gesucht haben«, erwiderte Jeb mit Unschuldsmiene.

Chase drehte sich wieder zu dem Mädchen um, und der Zorn gewann die Oberhand über seine Vernunft. »Du Miststück!« fluchte er. Er war außer sich vor Wut. »Dir sollte ich das Fell gerben.«

Jessie trat einen Schritt zurück, und ihre Hand legte sich automatisch auf die Waffe an ihrer Hüfte. »Das würde ich an Ihrer Stelle nicht versuchen, Mister«, teilte sie ihm mit kühler, ruhiger Stimme mit. »Ich würde gar nicht erst an so etwas denken, wenn ich Sie wäre.«

Chase musterte sie vorsichtig. Die Waffe hatte er bisher nicht zur Kenntnis genommen, denn er hatte nur das fein geschnittene, ovale Gesicht gesehen, ein Gesicht, das ihm in den letzten eineinhalb Wochen aus irgendwelchen ärgerlichen Gründen immer wieder vor Augen gestanden hatte. In der Zeit, die er damit vergeudet hatte, sie zu suchen, *dieses* Mädchen, nicht Rachels gesichtslose Tochter, sondern diesen kleinen Wildfang, der wie ein Junge angezogen war. Jesus, er wollte Hand an sie legen!

Chase kochte immer noch vor Wut, doch es gelang ihm, seinen Zorn nicht zu deutlich zu zeigen. »Würdest du mich wirklich erschießen, Kind?« fragte er.

»Besser für Sie, wenn Sie es glauben«, steuerte Jeb, der hinter ihm stand, freiwillig bei.

Chase ließ seine Gesichtszüge weicher werden und wiederholte mit seiner trügerischsten, einschmeichelndsten Stimme: »Tätest du das, Jessica?«

Jessie wußte nicht, was sie mit dieser direkten Frage anfangen sollte, aber sie ließ sich nicht einlullen. Ein Teil ihres Zorns diente zu ihrer Verteidigung, weil sie diesen Mann belogen hatte und beide es wußten. Doch ein Großteil ihres Zorns rührte daher, daß es ihm nicht zustand, Jeb anzuschreien.

»Wenn Sie mir nicht in die Nähe kommen, muß sich Ihnen diese Frage nicht stellen.«

»Ich denke, wenn das so ist, halte ich Distanz«, räumte er ein, während er sich an die Wand lehnte. »Aber du bist doch wohl meiner Meinung, daß zwischen dir und mir ein paar offene Worte fällig sind.«

»Nein«, antwortete sie geradeheraus. »Ich bin Ihnen keine Erklärung schuldig, aber das, was ich Ihnen jetzt sage, sollten Sie sich aufmerksam anhören. Wagen Sie es nicht, Jeb noch einmal schlecht zu behandeln. Er arbeitet für mich, und er braucht Ihre Fragen nicht zu beantworten. Er braucht Ihnen nicht einmal die Tageszeit zu sagen, wenn er keine Lust hat. Sie arbeiten hier nicht, und daher ist es nicht Ihre Angelegenheit, ihn bei der Arbeit zu stören. Ist das klar genug, Mister?«

»Absolut«, erwiderte Chase unerschrocken. »Und da du hier diejenige zu sein scheinst, die die Antworten parat hat – warum sagst du mir nicht, warum du mich belogen hast?«

Jessie funkelte ihn böse an. »Weil ich Sie hier nicht haben will!« fauchte sie. »Mehr brauchen Sie nicht zu wissen.«

Sie drehte sich auf dem Absatz um und wollte den Stall verlassen, doch Chase hielt sie durch das unheilvolle Klikken seiner Flinte und seine eisige Warnung auf: »Du bleibst jetzt sofort stehen!«

Sie war keinen Meter von ihm entfernt, und als sie sich umdrehte, starrte sie ihn ungläubig an. Einen Moment lang sah sie auf die Waffe, die er auf sie gerichtet hatte, und dann trat Verachtung in ihr Gesicht. »Das täten Sie nie«, bemerkte sie herablassend. »Wie würden Sie Ihrer teuren Rachel erklären, daß Sie mich erschossen haben?«

Mit diesen Worten ging sie aus der Tür. Chase steckte seine Waffe wütend weg. Jebs krächzendes Kichern brachte ihn noch mehr in Wut. Er konnte sich nicht erinnern, wann eine Frau ihn jemals so rasend gemacht hatte, und er würde den Fall nicht dabei belassen.

Er folgte Jessie und holte sie auf halber Strecke zwischen dem Stall und dem Haus ein. Zu spät hörte sie ihn hinter sich, und ehe sie Zeit hatte, zu reagieren, hatte er sie herumgerissen und ihr Gewehr durch den Hof geschleudert.

»Und jetzt unterhalten wir uns«, sagte Chase barsch.

»Den Teufel tun wir!« schrie Jessie, und ihre Stimme wurde von Wort zu Wort lauter. Noch ehe sie ausgeredet hatte, holte sie zu einem Fausthieb aus.

Chase fing ihr Handgelenk in der Luft ab und bog ihr den Arm auf den Rücken. Dann packte er ihren anderen Arm und bog ihn ihr ebenfalls auf den Rücken. Jetzt konnte sie nur noch mit den Füßen nach ihm treten. »Du hast vorhin nur teilweise recht gehabt«, sagte er mit scharfer Stimme zu ihr. »Es ist nicht so, daß ich es nicht wagen würde, auf dich zu schießen, Kind. Es geht darum, daß ich es nicht will. Aber ich wäre nicht abgeneigt, dir eine wohlverdiente Tracht Prügel zu verpassen, wenn du nicht sofort Ruhe gibst.«

Jessie gab augenblicklich jeden Widerstand auf und ließ sich ermattet gegen ihn fallen. Chase hielt sie fest und wartete darauf, daß sie sich etwas abregen würde. Während des Wartens wurde er sich der Nähe ihres Körpers akut bewußt. Die Verwirrung setzte ein. Was hatte Rachel über das Alter ihrer Tochter gesagt? Achtzehn! Sie war eine ausgewachsene Frau, auch wenn sie sich nicht so benahm und ihre Kleidung diesen Umstand verbarg. Ein zarter, voller Busen schmiegte sich an seine Brust. Kein Wunder, daß er anfing, auf ihre Nähe zu reagieren.

Chase fluchte leise vor sich hin und stieß Jessie von sich. Ihre Handgelenke hielt er auf Armeslänge fest. Er sah sie von Kopf bis Fuß an und bemerkte die verlockenden Rundungen, die ihm bisher entgangen waren; er bemerkte, daß ihre Hose saß wie eine zweite Haut und daß sich ihr Hemd über ihren Brüsten spannte.

»Wirst du dich jetzt benehmen?«

Jessie hatte den Kopf gesenkt und schien gebändigt zu sein.

»Sie tun mir weh«, sagte sie.

Er lockerte seinen Griff. Noch im selben Moment riß sie sich los und lief auf das Haus zu. Als er sie einholte, hatte sie schon die Stufen zur Veranda erreicht. Diesmal hatte er es satt. Jessie schrie, als er sich auf die Stufen setzte und sie quer über seine Knie zog. Sie wand sich mit aller Macht und wollte sich zu ihm umdrehen, doch er stieß sie wieder auf seinen Schoß. Sie hörte nicht auf zu schreien.

Rachel hörte das Gebrüll und eilte auf die Veranda. Der Anblick, den sie vorfand, schockierte sie. »Hör auf, Chase!«

Chase, der mit einer fauchenden, zischenden Wildkatze alle Hände voll zu tun hatte, konnte sich nicht zu ihr umdrehen und sie ansehen. Erbost sagte er: »Sie hat es verdient, Rachel.«

»So kannst du nicht mit Jessica umgehen, Chase.« Sie ging um ihn herum, um ihm ins Gesicht zu sehen. »Und jetzt laß sie los.«

Chase sah sie fest an, und ganz allmählich kam er wieder zur Vernunft. »Du hast recht. Es ist nicht meine Sache, dein Kind zur Disziplin zu erziehen, ganz gleich, wie sehr es das auch bräuchte.«

Er ließ Jessie los, und in dem Moment, in dem sie auf die Füße kam, baute sie sich energisch vor ihm auf, holte aus und versetzte ihm einen Hieb auf die Nase. Er war derart überrascht, daß es ihr möglich war, ins Haus zu laufen, ehe er reagieren konnte. Knurrend stand er auf und wollte ihr nachlaufen.

Rachel griff nach seinem Arm. »Laß sie in Ruhe, Chase.«

»Hast du gesehen, was dieses kleine Miststück mit mir gemacht hat?« schrie er wütend.

»Ja, und das war das mindeste, was *du* verdient hast«, verkündete Rachel nicht ohne Schärfe. Dann sagte sie in einem ruhigeren Tonfall: »Sie ist eine junge Frau, Chase. So kannst du nicht mit ihr umspringen.«

»Zum Teufel, von wegen junge Frau! Sie ist eine verzogene Göre.« Er tastete seine Nase ab, und als er seine Hand zurückzog, war sie blutbeschmiert. »Ist sie gebrochen?«

»Laß mal sehen.« Rachel tastete die Nasenflügel und den Nasenrücken ab und schüttelte den Kopf. »Ich glaube nicht, aber du blutest ziemlich stark. Komm rein, und ich kümmere mich darum.«

Chase trat durch die Haustür, doch er betrat das Haus so wachsam, als rechne er damit, daß Jessie nur darauf wartete, ihm den nächsten Hieb zu verpassen. Rachel merkte, daß er sich umsah, und sie sagte: »Die Tür zu ihrem Zimmer steht offen. Das heißt, daß sie wahrscheinlich durch den Hintereingang aus dem Haus gelaufen ist.«

»Falls ihr von Jessie sprecht«, ergriff Billy Ewing, der ihnen entgegenkam, unaufgefordert das Wort, »dann kann ich nur sagen, daß sie gerade auf Blackstar losgeritten ist.«

»Wahrscheinlich verdrückt sie sich, um zu schmollen«, sagte Rachel.

»Jessie?« fragte Billy höhnisch. »Nee, die hat zu tun. Sie hat mir gesagt, daß sie arbeiten muß, als ich sie gefragt habe, wohin sie reitet. Und was ist dir zugestoßen?«

»Das geht dich nichts an.«

»Mann!« rief Billy, als er sich umdrehte und wieder in die Richtung ging, aus der er gekommen war. »Von Erwachsenen bekommt man aber auch nie eine direkte Antwort.«

Rachel lächelte ihrem Sohn nach. Er war so ganz anders als ihr erstes Kind. Es machte einen solchen Unterschied, ob ein Kind die Liebe von zwei Elternteilen bekam. Billy war so umgänglich, so anders als Jessica. Es war alles ein solcher Jammer.

»Aus frechen jungen Dingern kriegt man auch keine direkten Antworten raus«, knurrte Chase.

»Was?«

»Hat deine Tochter dir zufällig mitgeteilt, wo sie war? Und wann ist sie überhaupt zurückgekommen?«

»Vor fünf Tagen«, erwiderte Rachel. »Nein, sie wollte mir

nicht sagen, wo sie gewesen ist. Ich habe versucht, mit ihr zu reden, aber sie hat mir vorgeworfen, daß ich nur Sorge heuchle, daß ich ihr etwas vormache. Sie hat gesagt, daß es mich nichts angeht, wo sie war, und daß ich nicht das Recht hätte, dich hinter ihr herzuschicken. Ich glaube, das hat sie am allermeisten erbost – der Umstand, daß du ihr nachgeritten bist.«

»Langsam glaube ich, daß deine Jessica als Dauerzustand wütend ist. Willst du wissen, warum sie damals in der Nacht weggeritten ist? Sie hat es getan, weil ich hier war.«

»Hat sie dir das gesagt?«

»Das war nicht nötig«, erwiderte Chase. »Zufällig handelt es sich bei ihr nämlich um das Mädchen, von dem ich dir erzählt habe; das Mädchen, das mich an jenem Tag in die falsche Richtung geschickt hat. Sie hat mich belogen. Deshalb ist sie abgehauen. Ich bin sicher. Sie hatte nicht den Mumm, mir gegenüberzutreten, als sie feststellen mußte, daß ich doch noch hier angekommen bin.«

»Aber, Chase, du hast doch gesagt, daß dieses Mädchen mit einem Mann zusammen war, daß die beiden...«

»Ich weiß, was ich gesagt habe. Aber es war Jessica, ein und dieselbe.« Dann fügte er noch gehässig hinzu, ob er nun daran glaubte oder nicht: »Es würde mich nicht wundern, wenn es das war, womit sie diese Woche verbracht hat. Irgendwo zusammen mit einem Mann.«

»Du gehst zu weit, Chase Summers«, sagte Rachel abwehrend.

»Okay, aber wie soll das weitergehen? Schließlich bist du ihr Vormund, Rachel. Ihr Vater hat sie deiner Obhut anvertraut. Willst du sie einfach wüst ins Kraut schießen lassen?«

»Was soll ich denn tun, wenn sie sich weigert, mit mir zu reden? Sie glaubt mir nicht, daß ich mir etwas aus ihr mache. Wie kann ich sie erreichen, wenn sie mich haßt?«

»Ich kann dir sagen, was ich täte.«

»Was du tätest, habe ich bereits gesehen«, sagte Rachel finster. »Und darin liegt die Antwort bestimmt nicht. Es muß eine andere Möglichkeit geben.«

»Du solltest ganz einfach einen Mann für sie suchen, damit

du sie los bist. Soll sich doch jemand anders Sorgen um sie machen.«

Rachel antwortete nicht, aber sie sah ihn nachdenklich an. Eine Idee begann in ihrer Vorstellung Gestalt anzunehmen, eine Idee, die Jessica ganz und gar nicht gefallen hätte.

6

»Hast du meine Schwester gesehen?« fragte Billy, als Chase zu ihm auf die Veranda trat.

»Seit gestern nicht mehr«, knurrte Chase. »Wenigstens hat deine Mutter mich diesmal nicht gebeten, ihr nachzureiten, als sie gestern nacht nicht nach Hause gekommen ist.«

»Aber sie ist doch nach Hause gekommen«, sagte Billy. »Es war schon spät, aber ich habe gehört, daß sie zurückgekommen und in ihr Zimmer gegangen ist. Heute morgen habe ich sie verpaßt. Ich habe nämlich gehofft, daß ich heute mit ihr ausreiten darf.«

Chase lächelte über Billys Begeisterung. »Ich habe ganz den Eindruck, daß es dir hier besser gefällt als in der Stadt, stimmt's?«

»Ja, klar. Hier muß es doch jedem besser gefallen.«

»Ich persönlich mag das Stadtleben recht gern.«

»Aber du warst lange Zeit draußen im Westen. Jedenfalls hat meine Mutter das gesagt. Für mich ist das alles ganz neu hier.«

»Und was ist mit deiner Schule? Wenn ich mich recht erinnere, war es eine der goldenen Regeln im Haushalt der Ewings, daß du eine Ausbildung bekommst oder die Folgen selbst zu tragen hast. Oder sollte sich daran etwas geändert haben, nachdem Jonathan Ewing ...« Chase unterbrach sich. Er verfluchte sich für seine dumme Plumpheit. Warum hatte er das gesagt?

»Das stimmt schon«, kam ihm Billy zur Rettung. »Vater ist jetzt seit drei Jahren tot. Es tut nicht mehr weh, darüber zu reden. Aber was die Schule betrifft, wünschte ich, du hättest nicht davon angefangen. Ich wollte nicht daran erinnert werden. Mutter hat gesagt, daß sie mich wahrscheinlich bald nach Chicago zurückschickt, weil hier die nächste Schule einen Tagesritt entfernt ist.«

»Du willst nicht nach Chicago gehen?«

»Nicht allein«, gab Billy zu. »Aber Mutter sagt, daß sie Jessie auch nicht allein lassen kann und daß es für Jessie nicht in Frage kommt, mit uns zu gehen. Das kann man Jessie allerdings nicht vorwerfen. Ich würde diese Ranch auch nicht aufgeben, wenn es meine wäre. Ich wünschte nur, ich könnte auch hierbleiben.«

»Also ich kann mir nicht vorstellen, daß deine Mutter sich gern von dir trennt«, sagte Chase mit einem breiten Grinsen. »Insofern bist du wohl noch eine ganze Weile hier. Genieße es, solange es geht.«

»O ja, das werde ich tun«, erwiderte Billy. Als er merkte, daß Chase sich geistesabwesend den Nasenrücken rieb, fragte er: »Was war gestern los?«

Chase warf ihm einen Seitenblick zu und hatte bereits eine bissige Antwort bereit. Dann zuckte er die Achseln. Billy meinte es nicht böse. »Deine Schwester hat mir einen Hieb verpaßt.«

»Hat sie das wirklich getan?« Billy grinste, und seine blauen Augen strahlten.

»Ich weiß gar nicht, was daran so komisch sein soll«, sagte Chase mit gereizter Stimme. Seine Augen zogen sich zusammen.

»Ich finde es gar nicht komisch«, versicherte Billy ihm eilig. »Es ist nur... ja, also, ich meine, sie ist nicht viel größer als ich, und du, du bist doppelt so groß wie sie. Aber so ungewöhnlich ist es nun auch wieder nicht, wenn man bedenkt, daß es Jessie war. Sie kann *alles.*«

Chase schüttelte den Kopf. Hier lag ganz offensichtlich Heldenverehrung vor, und die Heldin, das Idol, das angebetet wurde, war ein Mädchen. Das war doch absurd. Wußte Rachel etwas davon?

»Mir scheint, du kannst sie gut leiden?« sagte Chase trokken.

»Und wie. Ich wußte überhaupt nicht, daß ich eine Schwester habe, bis Mutter diesen Brief bekommen hat, und dann hat sie mir von Jessica erzählt – ich meine: Jessie«, verbesserte er sich. »Verstehst du, sie mag es nicht, wenn man sie Jessica nennt. Und sie ist so ganz anders! Und so schön. Die Jungen zu Hause werden mir niemals glauben, wenn ich ihnen von ihr erzähle.« Er senkte die Stimme. »Ich wünschte nur, daß sie mich auch ein bißchen mag.«

Chase richtete sich auf. »Was soll das heißen? Hat sie ihre Übellaunigkeit etwa auch schon an dir ausgelassen?«

Billy wandte verlegen den Blick ab. »Ich wünschte, sie hätte es getan«, sagte er. »Aber Tatsache ist, daß sie mich völlig übersieht. Ich werde sie aber doch noch für mich gewinnen«, fügte er zuversichtlich hinzu. »Sie versucht doch nur, grob zu sein, weil sie glaubt, sich so verhalten zu müssen. Das kann ich gut verstehen. Schließlich ist sie erst achtzehn, und sie muß Männern Vorschriften machen, die älter sind als sie. Um so was hinzukriegen, muß ein Mädchen hart sein. Hier draußen muß ein Mädchen sowieso schon zäh sein, weil es schwer ist, hier ein Mädchen zu sein.«

Chase lehnte sich versonnen zurück. Diese ganze Logik, die hier aus einem Jungen hervorsprudelte, der nur neun Jahre alt war! Er war erstaunt. Das, was Billy gesagt hatte, war durch und durch vernünftig und richtig. Und es erklärte stimmig das Gesamtverhalten des Mädchens. Chase sah Jessica Blair plötzlich in einem anderen Licht.

Chase wandte sich an Billy. »Was hältst du davon, daß wir beide statt dessen ausreiten? Wie du gerade ganz richtig gesagt hast, muß deine Schwester eine Ranch leiten und ist wahrscheinlich zu beschäftigt, um mit dir auszureiten.«

Jessie war erschöpft, als sie am späten Abend in den Hof ritt. Sie hätte draußen im Gelände bleiben und am nächsten Morgen zeitig mit der Arbeit beginnen können. Das Zusammentreiben der Rinder, die in den Norden gebracht werden sollten, damit sie ihre Verpflichtungen einlösen konnte, hatte begonnen, und im Lauf der nächsten Wochen stand lange, harte Arbeit bevor. Doch Jessies Neugier hatte gesiegt, und daher war sie zur Ranch zurückgeritten. Sie wollte sehen, ob der Freund ihrer Mutter abgereist war.

Ihre Frage beantwortete sich, sobald sie Blackstar in den Stall führte, denn dort stand der wunderbare Falbe neben Jebs altem Rotschimmel. Seltsam war, daß Jessie nicht wußte, was sie wirklich empfand. Doch sie war zu müde, um sich ausgerechnet jetzt damit auseinanderzusetzen.

Die Aussicht, Blackstar in ihrem Zustand der Erschöpfung den Sattel abzunehmen, der dreißig Pfund wog, verlangsamte Jessies Bewegungen. Sie zündete eine Lampe an und führte Blackstar in seine Box. Sie bedauerte, daß Jeb schon zu Bett gegangen war.

Es blieb ihr nichts anderes übrig, als die Sache hinter sich zu bringen und die Vorkehrungen für die Nacht zu treffen. Obwohl sie völlig ausgehungert war, hatte Jessie die Männer in dem Moment zurückgelassen, in dem sich diese zum Essen setzten. Sie dagegen hatte den dreistündigen Ritt zur Ranch zurückgelegt. Sie war zu müde, um sich auch nur noch etwas Eßbares zu organisieren.

»Brauchen Sie Hilfe?«

Jessie fuhr zusammen und drehte sich um. Sie sah Chase Summers, der an Blackstars Box lehnte. Er trug ein blaues Baumwollhemd, das in eine schwarze Hose gesteckt war. Sein offenes Hemd gab den Blick auf seine flächige schwarze Brustbehaarung frei. Seine starke Anziehungskraft brachte Jessie aus der Fassung, und sie spürte ein Aufwallen des Bedauerns darüber, daß sie ihn niemals mögen konnte.

»Ich konnte nicht schlafen, und ich habe zufällig gesehen, daß das Licht angegangen ist«, sagte er mit freundlicher Stimme. »Daher dachte ich mir, ich gehe mal raus und sehe nach, wer so spät noch auf ist.«

Jessie äußerte sich dazu gar nicht. Sie war auf der Hut und mißtraute seinem plötzlichen Entgegenkommen. Sie würde ihm nie verzeihen, was er ihr hatte antun wollen. Warum war er so freundlich, nachdem sie ihm einen Hieb verpaßt hatte? Sie stellte fest, daß seine Nase nicht angeschwollen war, sondern nur eine leichte Verfärbung aufwies, die man kaum wahrnehmen konnte. Unwillig gelobte sie sich, beim nächsten Mal fester zuzuschlagen.

Sie wandte sich von ihm ab und fing an, die Sattelgurte aufzuschnallen. Wenn sie ihn weiterhin ignorierte, konnte sie hoffen, daß er wieder verschwand. Doch als sie den Sattel vom Pferd heben wollte, stand er neben ihr. Er packte den Sattel und warf ihn mit Leichtigkeit über die Einfassung der Box. Jessie bedankte sich nicht für seine Hilfe und sah ihn auch kein einziges Mal an, während sie Blackstar mit kräftigen Bewegungen trockenrieb und sich dann um Futter und Wasser für ihn kümmerte.

Als sie fertig war, ging sie an Chase vorbei, nach wie vor wortlos, und sie löschte das Licht und ging auf das Haus zu. Er fiel an ihrer Seite in ihren Schritt ein.

»Sie wollen es uns wohl nicht gerade leichtmachen, oder?« fragte Chase mit sanfter Stimme. Als sie nicht antwortete, seufzte er. »Sehen Sie, Miß Blair, mir ist klar, daß wir beide einen schlechten Start miteinander hatten, aber sehen Sie einen Grund, so weiterzumachen? Ich würde mich gern entschuldigen, wenn Sie es zulassen.«

Jessie blieb nicht stehen, aber nach einer Weile fragte sie: »Wofür genau entschuldigen Sie sich eigentlich?«

»Ja, also... für alles.«

»Tut es Ihnen wirklich leid, oder hat Rachel Ewing Sie überredet, sich zu entschuldigen?«

Chase zuckte innerlich zusammen, als er hörte, mit welcher Kälte in der Stimme sie den Namen ihrer Mutter aussprach. Rachel hatte nicht übertrieben. Dieses Mädchen haßte sie. Er wollte herausfinden, woran das lag, doch das war jetzt nicht der geeignete Augenblick. Endlich hatte er sie dahin gebracht, mit ihm zu reden, und es war wohl besser, wenn er behutsam vorging.

»Ich entschuldige mich nicht oft, Miß Blair. Wenn es nicht meine eigene Idee wäre, täte ich es nicht, das können Sie mir glauben.«

»Sie reisen also ab?«

Chase blieb die Luft weg. Er war entgeistert. »Können Sie meine Entschuldigung nicht einfach annehmen?«

»Klar kann ich das«, sagte sie leichthin, während sie weiterging. »Aber Sie haben mir meine Frage noch nicht beantwortet.«

Jessie wartete seine Antwort auch gar nicht erst ab. Als sie die Hintertür erreicht hatte, die zur Küche führte, trat sie ein. Rachel hatte eine Lampe brennen lassen, und Jessie stellte sie heller.

Chase folgte ihr ins Haus und fand sie am Küchentisch vor. Sie stand mit dem Rücken zu ihm und machte eine Dose Bohnen auf. Als sie anfing, die Bohnen kalt aus der Dose zu essen, schnitt er eine Grimasse.

»Wir haben Sie beim Abendessen vermißt«, sagte er, während er die Tür hinter sich schloß. »Ich glaube, die Reste stehen noch auf dem Herd, wenn Sie hungrig sind.«

Sie drehte sich um, und ihre Augen schossen Blitze. Ihm wurde klar, daß er an einen wunden Punkt gerührt haben mußte. Es war tatsächlich ein wunder Punkt, denn Jessie hatte sich an keiner einzigen der köstlichen warmen Mahlzeiten beteiligt, die Kate zubereitete, seit Rachel und Billy gekommen waren. Das rief ihr ins Gedächtnis, daß es ihnen gelungen war, sie aus ihrem eigenen Haus zu vertreiben. Auch wenn es ihre eigene Entscheidung war, änderte das nicht viel daran.

»Aber das Abendessen war ohnehin wieder mal nicht besonders gut heute«, fügte Chase eilig hinzu, eine glatte Lüge, doch diese Lüge schien Jessie zu beschwichtigen. Sie hörte auf, ihn böse anzufunkeln, und aß ihre kalten Bohnen auf.

Jessie hatte nicht vorgehabt, überhaupt etwas zu essen, denn sie hatte sich durch nichts davon abhalten lassen wollen, augenblicklich ins Bett zu fallen. Doch aus irgendwelchen Gründen war sie nicht mehr ganz so müde.

»Sie haben meine Frage noch nicht beantwortet, Mr. Summers«, sagte Jessie beiläufig.

»Ich kann mich nicht erinnern, daß Sie sich mit mir unterhalten wollten«, sagte Chase grinsend. Er bemühte sich, einen lockeren Ton beizubehalten.

Jessie runzelte die Stirn. »Ich habe die einzige Frage beantwortet, die zu stellen Ihr Recht war. Ich habe Ihnen gesagt, warum ich Sie belogen habe. Aber meine Frage geht mich etwas an, und daher hätte ich gern eine Antwort von Ihnen.«

»Und wie lautete Ihre Frage?« versuchte es Chase.

Jessie knallte die Konservendose auf den Tisch. »Versuchen Sie bewußt, mich zu provozieren, Summers?«

»Ist Ihnen alles so ernst? Macht Ihnen das Leben denn nie Spaß?« Als sie die Küche verlassen wollte, griff Chase nach ihrem Arm, diesmal jedoch zart. »Würden Sie bitte noch einen Moment bleiben?«

Sie sah nicht ihn an, sondern seine Hand, und er ließ ihren Arm los. »Was ist?« fragte sie barsch.

»Ich weiß einfach nicht, wie ich Ihnen antworten soll. Ich weiß, daß Sie meine Anwesenheit hier nicht wünschen, aber Rachel hat mich um meine Hilfe gebeten, und die kann ich ihr nicht so ohne weiteres abschlagen.«

»Warum nicht?« fragte Jessie.

Er erwiderte mit gepreßter Stimme: »Sie hat sonst niemanden, der ihr hilft. Und *Sie* verhalten sich auch nicht gerade kooperativ.«

»Kann man das etwa von mir erwarten?« fauchte Jessie. »Ich habe sie nicht gebeten herzukommen!«

»Nein, nicht Sie, aber Ihr Vater hat sie darum gebeten.«

In ihren türkisfarbenen Augen wogten Stürme, doch sie behielt ihre Stimme unter Kontrolle, als sie sagte: »Wollen Sie wissen, warum? Ich habe gehört, wie Sie damals nachts mit ihr darüber geredet haben, und ich kann Ihnen einen besseren Grund nennen als den, den sie genannt hat. Er hat sie so sehr gehaßt, daß er sich selbst nach seinem Tod noch an ihr rächen wollte! Er wollte, daß sie sieht, was er aus mir gemacht hat. Er wollte, daß sie dieses schöne Haus sieht und bedauert, daß es nicht ihr gehört.«

»Aber sie ist doch selbst reich, Jessie, oder wußtest du das nicht?« sagte Chase ganz ruhig. »Schließlich ist ihr Haus in Chicago viermal so groß wie dieses hier.«

»Aber das hat *er* nicht gewußt. Alles, was er wollte, war, daß wir zusammenkommen, damit die Funken fliegen. Er wußte, daß es so kommen würde. Er wußte, daß ich sie hasse. Er hat dafür gesorgt, daß es so ist.«

»Warum haßt du sie so sehr, Jessie?«

»Verdammt noch mal, Summers!« zischte sie durch Lippen, die nur noch ein Strich waren. »Stecken Sie Ihre Nase nicht in meine Angelegenheiten. Und außerdem habe ich Ihnen nicht erlaubt, mich Jessie zu nennen!«

»Schon gut, es tut mir leid.«

»Und noch etwas«, fuhr sie fort. »Ich habe auch gehört, worum sie Sie gebeten hat, als sie sich mit Ihnen über mich unterhalten hat – was Sie ohnehin nichts angeht. Es ist eine Tatsache, daß mir durchaus klar ist, mit was für einer Art von Mann ich es bei Laton Bowdre zu tun habe. Ich *glaube* nicht nur, daß er versuchen wird, mich zu begaunern, sondern ich *weiß*, daß er es versuchen wird. Darauf bin ich bereits eingestellt. Sie verschwenden somit nur Ihre Zeit, wenn Sie sich damit befassen.« Dann fügte sie aus reiner Gehässigkeit hinzu: »Aber Sie verschwenden Ihre Zeit wohl öfter, nicht wahr?«

Diese Stichelei war ein Volltreffer. Chases Augen wurden so gut wie schwarz. »Ich frage mich, woran das liegt. Könnte es daran liegen, daß ein gewisses Mädchen, das wir beide kennen, einfach noch nicht erwachsen ist?«

»Sie scheinen einen zweiten Hieb auf Ihre Nase herausfordern zu wollen, Mister!« gab Jessie hitzig zurück.

»Sehen Sie«, erwiderte er, »ich sage damit nur, daß gehässige Lügen und anschließendes Schmollen nicht auf eine reife junge Frau hinweisen.«

»Und nur ein Dummkopf läßt sich dämliche Botengänge aufbrummen!«

Jetzt, da ein Patt erreicht war, standen beide nur noch da und funkelten einander wütend an. Jessie sagte sich, daß sie einfach gehen sollte, doch irgend etwas zwang sie zu bleiben. Es war spannend und reizvoll, sich an ihm zu messen. Sie fragte sich, was er wohl als nächstes tun würde.

Wie üblich gelang es ihm, sie zu erstaunen. Er gestand mit sanfter Stimme ein: »Sie haben natürlich recht. Ich habe mich zu einem dämlichen Ritt ausschicken lassen, und damit hat man mich für dumm verkauft.«

»*Sie* sind derjenige, der sich geirrt hat«, sagte Jessica. »Ich bin nicht losgeritten, um zu schmollen.«

»Warum sind Sie dann eine ganze Woche fortgeblieben?«

»So lange braucht man, um dahin zu kommen, wo ich war, und wieder zurück.«

Chase seufzte. »Und wo waren Sie?«

Jessica runzelte die Stirn. »Warum fragen Sie mich? Jeb hat Ihnen doch schon gesagt, wo ich war.«

»Nein«, sagte er. »Er hat irgendeinen Unsinn über Indianer zusammengesponnen, aber ich weiß ganz sicher, daß Sie nie im Reservat Wind River gewesen sind.«

Jessie lächelte. »Da waren Sie also?«

»Natürlich«, erwiderte er knapp und deutlich. »Aber die Frage ist, wo Sie waren.«

Jessie schüttelte den Kopf. »Sie sollten wirklich mehr über eine Gegend in Erfahrung bringen, ehe Sie sie betreten, Mr. Summers. Ich schließe daraus, daß Sie noch nie so weit nördlich waren, denn sonst wüßten Sie, daß die zahmen Schoschonen nicht die einzigen Indianer sind, die es in unserer Gegend gibt. Es gibt außerdem noch die Cheyenne und die...«

Chase fiel ihr ins Wort. »Ich habe mich lange genug westlich des Mississippi aufgehalten, um zu wissen, daß die Cheyenne schon vor langem geschlagen wurden, und das, was noch von ihnen übrig ist, sitzt in einem Reservat etwa fünfhundert Meilen südlich von hier fest.«

Jessie stemmte die Hände in die Hüften. »So, Sie glauben also, Sie wüßten alles, was? Okay. Die Cheyenne von Schwarzer Kessel, die, von denen Sie eben sprechen, sind auf ein Reservat beschränkt, ja. Sie hatten keine andere Wahl, nachdem die Kavallerie ihr friedliches Dorf angegriffen und die meisten von ihnen massakriert hat. Dieses Gemetzel der Armee war es, was die Stämme im Norden erzürnt und sie zu engeren Verbündeten der Sioux gemacht hat. Nicht alle Cheyenne sind in ihrer Bewegungsfreiheit eingeengt, in Reservaten zusammengepfercht, Mr. Summers. Die Cheyenne des Nordens streifen immer noch durch die Steppen und beschützen das bißchen Land, das ihnen geblieben ist.«

»Und Sie erwarten von mir, daß ich Ihnen glaube, daß Sie diese Indianer besucht haben?« fragte er ungläubig.

»Ich gebe keinen Pfifferling darauf, was Sie glauben«, sagte sie mit ruhiger Stimme. Dann wandte sie sich ab, ging in ihr Zimmer und ließ ihn stehen.

Chase hörte, wie sich die Tür zu ihrem Zimmer schloß. Er fuhr sich matt mit einer Hand durch das Haar. Sie würde nicht zurückkommen, um die Auseinandersetzung zu beenden. Auseinandersetzung? Zum Teufel, er hatte keinesfalls vorgehabt, sich wieder mit ihr zu streiten. Er hatte vorgehabt sich sehr vernünftig zu verhalten, Er hatte sich reumütig zeigen wollen, ja, sogar charmant. Er hatte wirklich den Wunsch gehabt, die feindselige Haltung zu beenden. Verflucht noch mal! Was war danebengegangen?

7

Jessie war gewöhnlich keine Langschläferin, doch als sie erwachte, war es schon recht hell in ihrem Zimmer. Die ersten Morgenstunden waren vorüber. Wieso? Gewöhnlich kam Kate, um sie zu wecken, wenn sie um sieben Uhr noch nicht auf war. Vielleicht war Kate davon ausgegangen, sie sei bereits aufgestanden und losgeritten.

Während sie sich anzog, fragte sich Jessie, was Kate wohl von diesem ganzen Aufruhr in ihrer beider Leben hielt. Kate hätte es ihr wohl kaum gesagt, selbst dann nicht, wenn sie sie danach gefragt hätte. So weit Jessie zurückdenken konnte, war die Indianerin schon hier, wie so vieles andere auf der Ranch. Doch Kate und sie waren einander nie nähergekommen. Die ältere Frau ermutigte sie niemals zu einem offenen oder persönlichen Gespräch. Vor allem in letzter Zeit war sie oft ausgesprochen verdrießlich. War Kate irgendwann einmal die Mätresse ihres Vaters gewesen? Jessie wußte, daß sie nie eine Antwort auf diese Frage bekommen würde. Oft tat es ihr leid für Kate, daß sie ihr Leben hier vergeudete und keine Familie hatte. Doch jedesmal, wenn Jessie Kate gefragt hatte, warum sie hierblieb, hatte Kate unweigerlich erwidert, daß Thomas sie brauchte. Selbst nach seinem Tod, als Jessie Kate angeboten hatte, sie irgendwo anders unterzubringen, wo es ihr gefiel, hatte Kate abgelehnt. Es gab keinen Ort, der sie hätte reizen können. Die Ranch war alles, was Kate jetzt noch geblieben war.

Daraufhin hatte Jessie es beim alten belassen, und sie war froh, daß die Indianerin da war und sich um das Haus kümmerte, denn Jessie hatte bestimmt nicht die Zeit, auch noch das zu übernehmen. Der Haushalt wurde makellos geführt, und wenn Jessie nach einem langen Arbeitstag nach Hause kam, war immer ihr Bett gemacht, ihre Kleider waren gewaschen und hingen in ihrem Kleiderschrank, und eine heiße Mahlzeit erwartete sie.

Sobald sie sich angezogen hatte, eilte Jessie in den Stall. Sie war wütend auf sich, weil sie so spät dran war. Rachels Stimme, die von der Veranda herüberdrang, nahm sie kaum zur Kenntnis, doch sie blieb stehen, als sie hörte, daß Chase Summers seine Stimme gehoben hatte. Endlich einmal ärgerte er sich über einen anderen Menschen, nicht über Jessie.

»Rachel, deine verzogene Göre würde ich nicht einmal heiraten, wenn du mir Geld dafür zahlen würdest! Wie, zum Teufel, bist du auf eine derart dämliche Idee gekommen?«

Jessie erstarrte.

»Du hast mich auf diese Idee gebracht«, erwiderte Rachel ruhig. »Du hast gesagt, ich sollte ihr einen Mann suchen, wenn ich die Verantwortung loswerden will.«

»Das habe ich doch im Zorn gesagt und nicht im Ernst. Sie ist noch ein Kind. Sie braucht keinen Mann, sie braucht einen Vater.«

»Sie *hatte* einen Vater. Du siehst ja selber, wie gut ihr das getan hat«, gab Rachel erbittert zurück. »Und du weißt ganz genau, daß sie alt genug ist, um zu heiraten.«

»Das hat doch nichts mit dem Alter zu tun. Ihr Benehmen ist das eines Kindes. Vergiß es, Rachel. Such dir einen anderen, an den du sie abschieben kannst, wenn es sein muß, aber ich will nichts mit dieser Göre zu tun haben.«

»Willst du es dir nicht wenigstens noch einmal überlegen?«

Rachels Stimme war jetzt zart und flehend. »Du bist jahrelang durch die Gegend gezogen, Chase. Das hier ist ein hübscher Flecken Land, um sich niederzulassen, und die Ranch ist nicht klein und gut eingeführt.«

»Und mit Schulden belastet«, rief er ihr ins Gedächtnis.

»Die Schulden würde ich bezahlen«, sagte sie eilig. »Sie bräuchte nichts davon zu erfahren.«

»Hör dir doch einmal selbst zu, Rachel!« fauchte Chase. »Ich kann nur hoffen, daß du keinem anderen ein solches Angebot machst. Jeder andere Mann würde freudig darauf eingehen, und damit tätest du dem Mädchen keinen Gefallen. Nein, ich will dir wirklich gern helfen, aber nicht bis zu diesem Punkt des Menschenopfers. Auch du bist nicht so kaltblütig, und daher tun wir jetzt am besten so, als wärst du nie auf diese Idee gekommen.«

»Dann sag mir doch, was, um Gottes willen, ich tun soll!« Rachel fing an zu weinen. »Ich halte das nicht mehr lange aus. Eine derartige Feindseligkeit bin ich nicht gewohnt, und das auch noch von meiner eigenen Tochter – es ist einfach unerträglich! Sie will mich hier nicht haben. Wenn ich versuche, mit ihr zu sprechen, läßt sie mich stehen. Sie wäre glücklicher, wenn ich fortginge, aber ich kann sie doch nicht einfach allein lassen. Das geht doch nicht. Sie braucht jemanden, der sich um sie kümmert.«

»Jetzt beruhige dich erst mal, Rachel.« Chase bemühte sich, sie zu beschwichtigen. »Vielleicht ist es jetzt an der Zeit zu überlegen, ob du einen Vormund für sie suchst, den du bezahlst, damit du dich nicht darum kümmern mußt.«

»Aber wem könnte ich diese Verantwortung anvertrauen? Wem könnte ich trauen, wenn ich sicher sein will, daß sie nicht ausgenutzt oder übervorteilt wird?« Plötzlich hellte sich ihr Gesicht auf. »Dir könnte ich trauen, Chase. Würdest du nicht vielleicht ...«

»Nein, ganz bestimmt nicht! Ich käme nicht damit zurecht, Rachel. Aus irgendwelchen Gründen platzt mir jedesmal der Kragen, wenn ich mit diesem Mädchen rede. Wenn man sie meiner Obhut anvertrauen würde, würde ich ihr irgendwann den Hals umdrehen.«

Jessie setzte sich in Bewegung. Ihr Entsetzen und ihr Gefühl der Demütigung gingen über alles hinaus, was sie je empfunden hatte. Sie spürte einen Stich in ihrer Brust, und ihre Kehle zog sich schmerzhaft zusammen. Sie litt höllische Qualen, den Schmerz, verachtet und verhöhnt zu werden, den Schmerz, abgelehnt und zurückgewiesen zu werden. Es tat weh, es tat so schrecklich weh, daß sie am liebsten geweint hätte. Doch wegen dieser Menschen würde sie nicht weinen, sagte sie sich. Nein, das würde sie nicht tun.

Als sie den Stall erreichte, war sie tränenblind. Sie stand kurz vor dem Zusammenbruch, als eine Kinderstimme sagte: »Was ist denn los, Jessie?«

Es war ihr unerträglich, daß jemand wissen könnte, was ihr fehlte, am allerwenigsten Rachels Sohn.

»Nichts ist los«, fauchte sie. »Ich habe nur ein Staubkorn im Auge.«

»Kann ich dir helfen?«

»Nein, es ist schon wieder gut. Das Staubkorn ist schon rausgespült.«

Sie ging an ihm vorbei zu Blackstars Box, doch Billy folgte ihr. »Ich wußte gar nicht, daß du noch da bist.«

»Ich bin noch da, das siehst du doch.«

Er ließ sich nicht abwimmeln. »Reitest du jetzt raus?« fragte er, als sie Blackstar sattelte. Als sie ihm keine Antwort gab, blieb er beharrlich. »Darf ich heute mitkommen?«

»Nein!«

»Aber ich bin dir auch nicht im Weg, Jessie, ich verspreche dir, daß ich dir nicht im Weg bin. Bitte!«

Seine Stimme war so eifrig und so flehentlich, daß Jessie sich dem nicht ganz entziehen konnte. Sie ließ sich erweichen.

»Na gut.« Dann fügte sie streng hinzu, damit er nicht auf den Gedanken kommen konnte, sie sei leicht von ihrer Meinung abzubringen: »Aber nur heute. Du kannst den Fuchs da drüben nehmen, wenn du weißt, wie man ihn sattelt.«

Billy stieß einen Freudenschrei aus und lief zu dem Pferd. Leider war es aber so, daß der alte Jeb jedesmal, wenn er ihm gezeigt hatte, wie man ein Pferd sattelt, damit Billy durch das

Tal reiten konnte, das Pferd letztlich doch selbst gesattelt hatte. Billy war in einer üblen Klemme. Er konnte den schweren Sattel gar nicht erst hochheben, ganz zu schweigen davon, daß er nicht allein aufsitzen konnte. Sowohl das Pferd als auch die Einfassung der Box waren höher als er.

Jessie hatte Blackstar gesattelt und führte ihn jetzt zu der Stelle, an der Billy sich abmühte. Belustigt schüttelte sie den Kopf. Der Sattel, mit dem Billy kämpfte, war ein altes Modell, das vierzig Pfund schwer war. Weit und breit war kein anderer Sattel zu sehen. Sie mußte zugeben, daß der Junge Entschlossenheit bewies.

Sie half ihm, den Sattel von der Brüstung zu ziehen. »Und jetzt zusammen... eins, zwei, *drei.*« Sie schwangen den Sattel nach oben und auf den Rücken des Pferdes, und Jessie trat einen Schritt zurück. »Kommst du jetzt wirklich allein zurecht?«

»Klar, und danke auch.«

Jessie wartete ungeduldig, während er sich abmühte, die Gurte zuzuschnallen, die unter dem Sattel steckten. Mit seinen kurzen Armen kam er nicht an den Gurt. Schließlich ging er um das Pferd herum, zog den Gurt unter dem Pferd durch und schnallte den Gurt zu locker.

»Sag mal ehrlich, was kannst du überhaupt?« sagte sie mürrisch, als sie ihm wieder zu Hilfe kam.

Billy besah sich ihren finsteren Gesichtsausdruck, während sie die Sache zu Ende führte, die er begonnen hatte. Er grinste beseligt. Das, was sie hier tat, sagte mehr aus als Worte.

»Du haßt mich doch nicht wirklich, oder, Jessie?«

Sie sah verblüfft auf. Wie kam es, daß er sie derart durchschauen konnte? »Natürlich hasse ich dich.«

Doch Billy blieb beharrlich, und auch das breite Grinsen schwand nicht von seinem Gesicht. »Ich glaube, ein bißchen magst du mich doch.«

»Damit hast du ja wohl selbst gesagt, wieviel du weißt«, sagte sie leichthin. Sie hatte ihn nur necken wollen, doch als sie ihn ansah, glitzerten Tränen in seinen Augen. »Oh, Billy, das war doch nur Spaß. Ganz ehrlich. Natürlich mag ich dich.« Er wirkte erleichtert, und sie fügte hinzu: »Aber wage es nicht, deiner Mutter zu sagen, daß ich dir das gesagt habe, hörst du?«

8

Der alte Jeb war in seinem Element, wenn er Geschichten erzählte, und in Billy Ewing hatte er einen begeisterten Zuhörer gefunden. Jessie lehnte sich belustigt an eine Box und beobachtete die Veränderungen im Gesichtsausdruck ihres Stiefbruders, während er gebannt Jeb lauschte, der gerade erzählte, wie es *so dicht* bevorgestanden hatte, daß man ihn hängte.

Damals, Ende '63, hätte die Freiwillige Bürgerwehr von Montana Jeb beinah aufgehängt. Diese Bürgerwehr hatte sich in Virginia City gebildet, einer Stadt, zu deren Schande es bekannt war, daß sie in nur sechs Monaten der Schauplatz von mehr als zweihundert Morden gewesen war. Jeb war ganz schlicht verwechselt und für ein Mitglied einer großen Bande gehalten worden. In einem Verfahren hatte man ihn zum Tod durch Hängen verurteilt. Der einzige Grund, aus dem er verschont blieb, war der, daß genau das Bandenmitglied, für das man ihn gehalten hatte, sich unter die Menge mischte, um der Hinrichtung zuzuschauen. Man erkannte ihn in der Menschenmenge. Das war ein Erlebnis, von dem Jeb leidenschaftlich gern erzählte.

Jessie hatte diese Geschichte schon sehr oft gehört. Sie verließ den Stall, ohne bemerkt zu werden, da beide Männer, der junge und der alte, zu vertieft waren, um ihr Verschwinden wahrzunehmen.

Langsam ging sie auf das Haus zu. Sie blieb auf der Veranda und streckte sich auf einem der Ledersofas aus. Die Luft war still und nicht zu kühl. Jessie wollte nicht gleich ins Haus gehen. Es war schon spät, aber noch nicht zu spät.

Jessie schloß die Augen, um sich von ihren Gedanken abzulenken, und sie hoffte, die frische Luft würde ihren Kopf so weit freiwehen, daß sie schlafen konnte. Als sie gerade spürte, daß sie sich ruhiger und friedlicher fühlte, hörte sie die Frage: »Wo ist der Junge?«

Jessie öffnete langsam die Augen. Im ersten Moment sah sie Chase nicht. Als sie sich umsah, stellte sie fest, daß er auf den Stufen hockte, an das Geländer gelehnt. Er saß ihr gegenüber und sah sie an.

»Sie finden Billy bei Jeb im Stall.«

»Ich habe ihn nicht gesucht. Ich habe mich nur gefragt, wo er stecken könnte. Ich dachte, nach dem langen Ritt sei er vielleicht schon im Bett.«

Jessie lachte in sich hinein, als sie daran dachte, wie sehr Billy sich bemüht hatte, mit ihr Schritt zu halten. »Morgen früh ist er wahrscheinlich wund gescheuert, aber ich glaube, es hat ihm Spaß gemacht.«

»Das bezweifle ich nicht. Er will schon lange mit dir ausreiten.«

Jessie richtete sich abrupt auf und sah ihn an. »Woher wollen Sie das wissen?«

»Er erzählt mir manches«, erwiderte Chase nicht ohne Stolz. »Wirst du ihn noch mal mitnehmen?«

»Das habe ich mir noch nicht überlegt.« Jessie zuckte die Achseln. »Morgen jedenfalls bestimmt nicht. Ich werde morgen nicht hiersein.«

»Ach?«

Jessie spürte Zorn in sich aufsteigen, und unterschwellig empfand sie wieder einen Teil des Schmerzes, den Chase ihr an jenem Morgen zugefügt hatte.

»Ja, ›Ach‹, und der Grund geht Sie nichts an, Mister.«

»Es würde mich freuen, wenn du mich als Chase sehen würdest«, sagte er liebenswürdig.

»Dazu kenne ich Sie nicht gut genug.«

Er grinste. »Das läßt sich leicht ändern. Was möchtest du über mich wissen?«

»Nichts«, sagte sie halsstarrig, ohne ihre Augen zu öffnen.

»Das ist zu schade, weil ich unendlich neugierig bin, was dich angeht.«

Sie sah ihn scharf an. Machte er sich über sie lustig?

»Wieso?« fragte sie.

»Weil du ganz anders bist als die meisten Mädchen. Mich fasziniert, wie du aufgewachsen bist. Sag mir eins: Ist diese Art von Leben, wie du es lebst, das, was du wolltest?«

»Worin liegt der Unterschied?« sagte sie. »Es ist geschehen und vorbei. Ich bin so, wie ich bin.« Sie bemühte sich sehr, die Bitterkeit, die sie empfand, nicht hörbar werden zu lassen. Niemals würde sie diesem Mann oder Rachel eingestehen, wie sehr sie ihr Leben haßte. Mehr als alles andere auf Erden wollte sie so aussehen und sich so verhalten wie andere Mädchen. Als ihr Vater gestorben war, hatte sich ihr die Gelegenheit geboten, sich zu ändern, die Gelegenheit, endlich ein normales Leben zu führen. Diese Chance würde sie erst dann wieder bekommen, wenn diese beiden Eindringlinge verschwunden waren.

»Ja«, sagte Chase freundlich. »Du bist mit Sicherheit einzigartig. Deshalb kannst du es einem Mann nicht vorwerfen, wenn er neugierig ist, oder?«

Sein Lächeln war ausgesprochen gewinnend. Seine Zähne waren so gerade, gleichmäßig und weiß, seine Lippen so voll und doch nicht zu voll. Und das dunkle Haar fiel ihm in die Stirn wie...

Jessie schüttelte sich. Was war bloß in sie gefahren, ihn so anzustarren?

»Die Männer hier draußen stellen nicht viele Fragen, ob sie nun neugierig sind oder nicht«, sagte sie zu ihm. »Aber ich scheine zu vergessen, daß Sie nicht von hier sind. Ich reite morgen nach Cheyenne, da es Sie interessiert. Ich muß noch ein paar Männer für den Viehtrieb anheuern.«

»Hättest du was dagegen, wenn ich mitreite?«

»Weshalb? Um das zu tun, worum Rachel Sie gebeten hat? Ich sagte Ihnen doch, daß Sie Ihre Zeit vergeuden.«

»Warum läßt du mich das nicht selbst beurteilen? Ich reise nämlich nicht ab, ehe ich das getan habe, worum mich deine Mutter gebeten hat.« Er bemühte sich, es so behutsam wie möglich zu sagen.

»Wenn das so ist, können Sie selbstverständlich unter allen Umständen morgen mitkommen«, erwiderte Jessie.

Chase lachte kurz auf. »Wie eilig du es hast, mich loszuwerden! Du verletzt mich ganz schrecklich, Jessica. Die meisten Frauen finden mich charmant und geistreich. Gewöhnlich haben mich die Frauen gern um sich, ob du es nun glaubst oder nicht.«

»So? Aber schließlich bin ich ja keine Frau, oder doch?« sagte Jessie mit absolut ruhiger Stimme und unverändertem Gesichtsausdruck. »Ich bin nichts weiter als eine verzogene Göre. Und daher macht es so oder so keinen Unterschied, was ich von Ihnen halte, das stimmt doch?«

Chase runzelte die Stirn. Das klang zu verdächtig nach dem, was er am Morgen desselben Tages zu Rachel gesagt hatte. Sie konnte dieses Gespräch unmöglich mit angehört haben, oder etwa doch? Nein. Wenn sie es gehört hätte, würde sie jetzt kein Wort mit ihm reden.

»Wo ist Rachel?« unterbrach Jessie seine Gedanken.

»Sie ist schon ins Bett gegangen«, antwortete er, wobei er sie abschätzend musterte. »Findest du nicht, es wäre angemessener, wenn du sie Mutter nennen würdest?«

»Nein, das finde ich nicht«, erwiderte sie schlicht und einfach. »Und ich glaube, ich lege mich jetzt auch gleich schlafen.«

Jessie richtete sich auf und streckte sich, um zu betonen, daß sie erschöpft war und nicht gewaltsam das Gespräch abbrechen wollte. Seine Augen streiften über ihren Körper, insbesondere in der Höhe, in der sich ihre Brüste durch ihr Hemd abzeichneten.

Das war also alles, was nötig war, damit er sie als eine Frau ansah! Jessie streckte sich noch etwas ausgiebiger, ehe sie aufstand. Sie kostete seinen Gesichtsausdruck aus. Es schien ihm nicht bewußt zu sein, daß er sie unverhohlen anstarrte.

»Ich breche vor der Morgendämmerung auf, falls Sie immer noch entschlossen sind mitzureiten«, äußerte sich Jessie unaufgefordert.

»Ja, gut...«

»Gute Nacht, Mr. Summers.«

Chase sah ihr nach, als sie ins Haus ging. Allein in der Abgeschiedenheit ihres Zimmers würde sie ihre Kleider ausziehen, diese Männerkleider, die ihre Weiblichkeit in Wirklichkeit gar nicht verbergen konnten. Wie mochte das Nachtgewand aussehen, das sie sich überzog? Ein Nachthemd? Gar nichts? Er mußte bemerken, daß er sie sich sehr gut vollkommen nackt vorstellen konnte.

Er fing an, sich zu fragen, ob das Bild, das er sich von ihr machte, der Realität entsprach. Waren ihre Brüste wirklich so voll und rund, wie sie wirkten, ihre Taille so schmal? Ihr Gesicht und ihre Hände waren von der Sonne bestrahlt, doch den Rest ihres Körpers stellte er sich so hell und zart wie eine weiße Rose vor. Ihre Beine dürften das Aufregendste von allem sein. Sie waren wunderbar lang, wenn man sie an ihren übrigen Proportionen maß, doch sie verbrachte viele Stunden täglich auf dem Sattel, und daraus mußten feste, straffe Muskeln entstehen. Diese Beine mußten kraftvoll sein und einen Mann zwischen sich gefangenhalten können, bis sie ihn freiwillig losließ. Ja, in der Liebe war Heftigkeit, wenn nicht Aggressivität von ihr zu erwarten.

Gütiger Himmel, was, zum Teufel, tat er hier? Dazusitzen und sich solche Dinge durch den Kopf gehen zu lassen! Ungeachtet ihres wohlgestalteten Körpers war sie noch ein Kind, nichts weiter als ein Kind. Er hatte sie nicht auszuziehen, nicht einmal in seinen Gedanken. Sie war sehr hübsch, sogar wirklich schön, wenn er sich selbst gegenüber ehrlich war. Sogar absolut umwerfend, wenn sie lächelte.

Aber er konnte sie wirklich nicht leiden. Nein, er mochte sie überhaupt nicht.

9

Es bereitete Jessie keine Schwierigkeiten, früh wach zu werden. Es war noch dunkel, und sie zündete ihre Lampe an, um sich fertig zu machen. Sie kleidete sich mit Sorgfalt und wählte ihre weichste Wildlederhose aus, hellbeige, und dazu eine passende Weste, die beidseits mit silbernen muschelförmigen Nieten versehen war. Die Weste wurde mit Silberschnüren zugebunden. Ein schwarzes Seidenhemd vervollständigte ihre Aufmachung. Ehe sie ihr Zimmer verließ, tat sie etwas, was sie fast noch nie getan hatte. Sie öffnete die Truhe, die unter ihrem Bett stand, holte eine Flasche Jasminparfüm heraus und rieb sich einen Hauch Parfüm hinter beide Ohren. Wie er das wohl finden wird? Sie lächelte vor sich hin.

Kate war in der Küche, und sowie sich Jessie an den Tisch setzte, servierte sie ihr ein Steak und Eier. Kate schnupperte, als sie den blumigen Duft roch, der von Jessie ausging. Sie zog eine Augenbraue hoch, aber sie gab keinen Kommentar dazu ab. Jessie sah ihr mit einem breiten Grinsen nach. Natürlich sagte Kate nichts. Sie sagte nie etwas.

Dann legte sich Jessies Stirn in Falten, als sie sah, wie matt Kates Schultern herunterhingen. »Warum gehst du nicht einfach wieder ins Bett, nachdem du Mr. Summers das Frühstück serviert hast, Kate? Du siehst so müde aus«, sagte Jessie. »Rachel kann selbst für sich sorgen.«

»Mir macht es nichts aus«, sagte Kate leise. »Und Mr. Summers hat schon gefrühstückt.«

Das überraschte Jessie. Sie hatte nicht damit gerechnet, daß er so früh aufstehen würde. Sie aß eilig ihr Frühstück auf und eilte in den Stall. Das kalte Mittagessen, das Kate vorbereitet hatte, nahm sie mit. Chase sprach mit Jeb, und sein Pferd war gesattelt. Sie begrüßte ihn mit einem Lächeln, denn sie war entschlossen, den Tag angenehm beginnen zu lassen, und er entlohnte sie nur allzu großzügig.

Sie freute sich über den bewundernden Blick, mit dem Chase sie musterte. Während sie Blackstar sattelte und aufstieg, ließ er sie nicht aus den Augen. Sie war sich ihrer eigenen Bewegungen noch nie so bewußt gewesen wie jetzt in diesem Moment. Es war aufregend, dieses Spiel. Würde sie sein Interesse so lange fesseln können, daß er zugeben würde, daß sie kein Kind mehr war, keine Göre?

Der Himmel wurde rötlich, als sie losritten. Jessie ritt voraus, um ihm den Weg zu weisen, der aus dem Tal führte. Der Pfad lag noch im Dunkeln. Sobald die Sonne aufgegangen war, ritten sie Seite an Seite, doch sie sprachen nicht miteinander. Es war kein Ritt zum Vergnügen. Jessie mußte die

Stadt am frühen Nachmittag erreichen, und sie sorgte für ein rasches Fortkommen und fiel auf ebenen Strecken manchmal sogar in einen Galopp.

Fünf Stunden später hielten sie ihre Pferde an dem kleinen Bach an, an dem sie immer Rast machte, wenn sie nach Cheyenne ritt. Es war ein hübsches Fleckchen im Schatten der Bäume, das auf einer Höhe mit dem Wasser lag, und das rote und goldene Herbstlaub verlieh dem Ort einen zusätzlichen Zauber. Zudem war man hier sicher, da die gesamte Umgebung Flachland war. Jeden Fremden, der sich näherte, hätte man sofort gesehen.

Als erstes versorgten sie ihre Pferde, und dann setzten sie sich unter die Bäume, um gemeinsam einen Laib Brot, aufgeschnittenes Roastbeef und Käse zu verzehren. Jessie wusch nach dem Essen das Geschirr ab und lehnte sich an ihren Sattel, um sich eine Weile auszuruhen. Chase, der noch nicht mit dem Essen fertig war, saß neben ihr.

Jessie verschränkte die Arme hinter dem Kopf und zog sich die Krempe ihres schwarzen Filzhutes mit einem Ruck über die Augen. Sie zog ein Bein an und bewegte das Knie träge von einer Seite auf die andere, damit er wußte, daß sie nicht schlief. Diese Haltung drückte ihre Brüste heraus und lenkte die Aufmerksamkeit auf ihren flachen Bauch, und genauso hatte sie es beabsichtigt. Seine Blicke ruhten auf ihr, und sie behielt ihren Hut auf dem Gesicht, damit er sie in aller Ruhe ansehen konnte.

Jessies Stimme war verblüffend laut, als sie fragte: »Wie lange kennen Sie Rachel schon, Mr. Summers?«

Er seufzte. »Falls du doch noch anfangen willst, mich kennenzulernen, findest du nicht, daß es dann an der Zeit ist, mich Chase zu nennen?«

»Ich denke schon.«

Sie sah sein Grinsen nicht. »Ich kenne deine Mutter seit etwa zehn Jahren.«

Jessie zuckte zusammen. Vor zehn Jahren hatte Rachel Thomas Blair verlassen. Jessie war damals acht Jahre alt gewesen. Ihr wurde nicht klar, daß Chase zu dem Zeitpunkt nicht älter als fünfzehn oder sechzehn gewesen sein konnte.

Daher ging sie augenblicklich davon aus, daß Chase exakt zu der Zeit, nachdem Rachel Thomas verlassen hatte, Rachels Liebhaber gewesen war.

»Lieben Sie sie immer noch?« fragte Jessie mit gepreßter Stimme.

Es folgte eine Pause.

»Was genau willst du eigentlich wissen?«

Jessies Tonfall veränderte sich, denn sie versuchte, die Sache so leichtfertig hinzustellen, als sei ihr völlig egal, ob es nun so war oder nicht. »Sie sind doch einer ihrer Männer, oder etwa nicht?«

Chase holte tief Atem. »Moment mal, Mädchen. Ist es das, was du geglaubt hast?«

Jessie setzte sich jetzt auf und sah ihn direkt an. »Sie sind doch sofort hergekommen, als sie nach Ihnen geschickt hat, oder?«

Er lachte über ihren harten, anklagenden Blick.

»Du hast eine schmutzige Fantasie, Jessie. Oder liegt es nur daran, daß du von deiner Mutter immer nur das Schlechteste denkst?«

»Du hast meine Frage noch nicht beantwortet«, sagte sie hartnäckig.

Er zuckte die Achseln. »Ich denke schon, daß ich sie liebe, soweit ich eine Frau irgend lieben kann.«

Jetzt brauchte Jessie eine Atempause. Es dauerte eine Weile, bis sie entschieden hatte, was sie als nächstes sagen sollte. »Klingt ganz so, als würdest du Frauen nicht allzusehr mögen.«

»Jetzt hast du mich aber ganz falsch verstanden. Ich mag alle Frauen. Es geht nur darum, daß ich es überflüssig finde, mich für eine bestimmte zu entscheiden.«

»Du teilst dich wohl gern unter den Frauen aus?« sagte sie gehässig.

»So könnte man es sagen.« Er grinste. »Aber das liegt nur daran, daß ich noch nie eine Frau gefunden habe, die ich für längere Zeit in meiner Nähe ertragen könnte. Wenn Frauen erst einmal glauben, einen Mann geködert zu haben, ist es aus mit der Romanze, und die Launenhaftigkeit setzt ein, das

Nörgeln, die Eifersucht. Dann ist der Zeitpunkt gekommen, an dem man besser weiterzieht.«

»Versuchst du, mir weiszumachen, alle Frauen seien so?« fragte Jessie leise.

»Natürlich nicht. Im Osten gibt es alle Arten von Frauen, aber man muß einfach wissen, daß nur ein bestimmter Typ Frau in den Westen kommt. Die, die bereits verheiratet sind und deren Töchter verheiratet werden wollen, Frauen, die sich uninteressiert geben, bis man sie auffordert.«

»Ich nehme an, daß unter diese zweite Gruppe von Frauen auch die Mädchen aus den Saloons und Tanzbars fallen?«

»Mit denen hat man den meisten Spaß«, sagte er. Er wußte, daß er sich auf einem gefährlichen Territorium befand.

»Mit anderen Worten: Huren?«

»Als das würde ich sie nicht bezeichnen«, sagte er entrüstet.

»Hast du so Rachel kennengelernt?« höhnte sie.

Er legte verärgert die Stirn in Falten. »Da es dir offensichtlich niemand erzählt hat, kann ich es dir ebensogut jetzt erzählen. Rachel war allein und am Verhungern und offensichtlich schwanger, als mein Stiefvater Jonathan Ewing sie zu uns nach Hause geholt hat.«

»Dein Stiefvater?«

»Das überrascht dich?«

Jessie war weit mehr als nur überrascht. Sie hatte Ewing für Billys Vater gehalten, doch offensichtlich war Will Phengle Billys Vater. Ob Billy das wußte? Dann ging ihr auf, daß Rachel heute vierunddreißig war. Vor zehn Jahren, mit vierundzwanzig, mußte sie wesentlich älter gewesen sein als Chase. Das hieß, daß sie wahrscheinlich keine Affäre miteinander gehabt hatten.

»Und wo war deine Mutter?« fragte Jessie.

»Sie war schon lange tot.«

»Das tut mir leid.«

»Kein Anlaß«, sagte er hämisch.

Erbitterung war deutlich aus seinem Ton herauszuhören,

doch Jessie wollte nichts darüber wissen. Erbitterung kannte sie selbst gut genug.

»Dein Stiefvater hat Rachel also geheiratet, obwohl sie das Kind eines anderen Mannes austrug?«

»Wegen dieses Kindes«, erwiderte Chase knapp.

Gütiger Himmel, dachte Jessie, was ging hier vor?

»Dieser Schuft hat sie erst geheiratet, nachdem sie einen Sohn geboren hatte. Ich bezweifle nicht, daß er sie vor die Tür gesetzt hätte, wenn das Kind ein Mädchen gewesen wäre.«

Jessie schnappte nach Luft. »Noch so ein Mann wie Thomas Blair! Und ich dachte, das sei nur bei ihm so!«

»In dem Fall gab es einen Grund. Dein Vater konnte Kinder haben. Jonathan Ewing konnte das nicht. Er war ein reicher Mann, und er wollte einen Sohn haben, der sein kleines Reich eines Tages übernimmt. Das war der einzige Grund, aus dem er meine Mutter geheiratet hat. Er hat sie nicht geliebt, er wollte nur einfach mich haben. Und sie machte sich nichts aus ihm, sondern nur aus seinem Reichtum. Aber mir machte das etwas aus. Ich haßte ihn.« Er schwieg, sprach aber dann doch weiter.

»Ich war alt genug, um seine Motive zu verstehen, alt genug, um seine hochfahrende Art abzulehnen. Er glaubte, mit seinem Reichtum könne er sich alles kaufen. Ich war nicht bereit, ihn zu akzeptieren, denn irgendwo hatte ich ja schon einen Vater. So kam es zwischen Ewing und mir zu einem langen, zermürbenden Kampf – der nie endete. Im letzten Jahr, das ich dort verbracht habe, hat Rachel mir die Sache leichter gemacht. Sie war freundlich. Sie mochte mich und hat sich um mich gekümmert, und sie war ein Puffer zwischen uns beiden. Sie hat mir sehr geholfen. Verstehst du jetzt, warum ich ihr gern einen Gefallen tue?«

Jessie blieb stumm. Seine Kindheit mußte grauenhaft gewesen sein, der Kampf gegen einen Vater, der Verlust einer Mutter. Dennoch wiesen ihn seine kurz zuvor gemachten Bekenntnisse auf anderen Gebieten als einen schäkernden Bösewicht aus.

»Du kennst Rachel nicht gut genug«, sagte Jessie.

»Ich glaube, ich kenne sie besser als ...« Er unterbrach sich und starrte über ihren Rücken in die Ferne. »Jemand scheint sich ganz furchtbar für uns zu interessieren.«

»Was?«

»Zweifellos einer deiner freundlichen Indianer.«

Jessie wirbelte sofort herum und folgte seinem Blick mit ihren Augen. Ein gutes Stück von ihnen entfernt saß ein Indianer auf einem gescheckten Pony. Er saß ganz einfach da und starrte in ihre Richtung. War das Weißer Donner? Nein, er wäre näher gekommen, um sie zu begrüßen. Jessie stand auf, wühlte in ihren Satteltaschen, holte ihren Feldstecher heraus und richtete ihn auf den Indianer.

Im nächsten Moment senkte sie den Feldstecher und sagte: »Was hat *der* denn hier zu suchen? Was glaubst du?«

»Ein Indianer aus dem Reservat?« fragte Chase.

Sie warf ihm einen flüchtigen Blick zu und schüttelte den Kopf. »Für dich sind wohl alle Indianer Reservats-Indianer, was? Mein Gott, bist du ein Dickschädel. Ich habe mich wirklich bemüht, dir zu erklären... ach, was soll das, es macht ja doch keinen Unterschied.«

Chase kniff die Augen zusammen. »Willst du damit sagen, daß wir in Gefahr sind?«

»Ich bin nicht in Gefahr, aber ich weiß nicht, wie das mit dir ist«, lautete ihre brutale Antwort.

»Hör mal«, sagte er ungeduldig, »könntest du mir das vielleicht erklären?«

»Das da draußen ist ein Sioux-Krieger. Sie verlassen ihr Territorium nicht, wenn sie nicht einen guten Grund dafür haben, und ohne guten Grund sitzen sie auch nicht da und beobachten einen.«

»Hältst du es für möglich, daß es mehrere sind?«

Jessie schüttelte den Kopf. »Nein, das glaube ich nicht. Als ich letzte Woche Kleiner Falke getroffen habe, war er allein.«

»Du hast ihn letzte Woche getroffen?« echote Chase.

Sie wandte sich ab, um ihren Feldstecher wieder einzupakken. Die Verwirrung, in die sie ihn gestürzt hatte, bereitete ihr großes Vergnügen. »Er hat mit mir gegessen und eine Nacht lang das Lagerfeuer mit mir geteilt. Allzu freundlich war er trotzdem nicht. Genaugenommen war er sogar ziemlich arrogant. Aber das findet man oft.« Dann grinste sie Chase an. »Man muß sagen, daß er in einer Hinsicht äußerst freundlich zu mir sein wollte, aber ich habe nein gesagt.«

Chase gelang es mühsam, seinen Unglauben zu verhehlen. »Er wollte dich also? Ich nehme an, dann ist er deshalb hier.«

Jessie sah ihn scharf an, doch sein Gesichtsausdruck zeigte nicht, was er sich wirklich dachte. »Ich kann mir zwar nicht vorstellen, was er hier zu tun hat, aber ich bin nicht so eingebildet zu glauben, daß er meinetwegen hiersein könnte.«

»Und wenn es doch so sein sollte – warum zeigen wir ihm nicht, daß du nicht zu haben bist?«

Ehe sie erfaßt hatte, was Chase meinte, hatte er sie schon in seine Arme gezogen, und sein Mund senkte sich auf ihre Lippen. Sie hätte nicht erstaunter sein können, wenn ein Pferd sie abgeworfen hätte. Diese Berührung war atemberaubend. Jessie war entgeistert. Sie ließ sich in seine Arme sinken und gab sich dem zarten Druck seiner Lippen hin. Selbst, als sie wieder bei Sinnen war, rührte sie sich nicht von der Stelle. Seine Berührung und seine Nähe gefielen ihr, der Taumel, an dem sie sich berauschte. So war sie wahrhaftig noch nie geküßt worden, und das mußte daran liegen, daß er genau wußte, was er tat.

Natürlich, es war eine Frage von Erfahrung! Chase kannte die Frauen schließlich gut, wie sie sich jetzt ins Gedächtnis zurückrief. Jessie gelang es jedoch trotz der Empörung, die jetzt einsetzte, nicht ganz, sich von ihm loszureißen.

Aber alle beide hatten Kleiner Falke vergessen. Chase ließ Jessie los, als er das Pferd hörte, das im Galopp auf sie zukam. Im nächsten Moment sprang der Indianer von seinem Pferd ab. Chase kam nicht dazu, auch nur zu seiner Verteidigung die Hände zu heben, ehe Kleiner Falke, der regelrecht durch die Luft flog, ihn an der Kehle packte und auf den Boden warf.

Jessie sah ihn mit weit aufgerissenen Augen an. Einen derart eleganten Sprung von einem galoppierenden Pferd hatte sie noch nie gesehen. Aber warum stand Chase nicht auf und kämpfte? Er rührte sich nicht. Kleiner Falke zog sein Messer.

»Nein!« rief sie ihm zu. »Kleiner Falke!«

Sie rannte auf ihn zu und stand in dem Moment vor ihm, als er Chase packen wollte. Sie stellte sich zwischen ihn und Chase. Kleiner Falke und sie starrten einander länger an. Endlich steckte er sein Messer ein und richtete seinen Blick auf Chase. Er ließ einen wütenden Wortschwall los und überschüttete sie dann mit schnell aufeinanderfolgenden Zeichen.

In ihrer Verwirrung interpretierte sie die Zeichensprache, so gut es ging. »Du willst wissen, was er mir bedeutet? Aber ich wüßte nicht...«

Sie unterbrach sich, als sie sich erinnerte, daß er sie nicht verstehen konnte. »Vielleicht bist du auch nur verrückt«, murmelte sie. »Ich kann es nicht erklären... er bedeutet mir nichts.«

»Warum hast du ihn dann geküßt?«

Jessie schnappte nach Luft. »Das ist ja die Höhe, du gemeiner Kerl!« schrie sie. »Du hast *von Anfang an* Englisch verstanden. Und ich habe mein Gehirn strapaziert, um mich wieder an die Zeichensprache zu erinnern, damit – oh! Wenn ich nur daran denke, wie sehr ich mich gefürchtet habe, und du hättest mir nur sagen müssen...«

»Du redest zuviel, Frau«, schnaubte Kleiner Falke. »Sag mir, warum du diesen Mann geküßt hast.«

»Ich habe ihn nicht geküßt. Er hat es getan, und er hat es nur getan, damit du weiterreitest. Einen anderen Grund gab es nicht, denn er mag mich nicht, und ich kann ihn nicht ausstehen. Und warum zum Teufel muß ich dir das erklären? Warum hast du ihn angegriffen?«

»Wolltest du seine Aufmerksamkeiten?«

»Nein, aber...«

Kleiner Falke hörte sich das nicht an, sondern ging zu seinem Pferd. Er stieg auf, ritt zu ihr herüber und sah auf sie herab.

»Weißer Donner ist in sein Winterlager zurückgekehrt«, sagte er beiläufig.

»Du kennst ihn also?«

»Ich habe seine Bekanntschaft gemacht, nachdem wir uns

getroffen haben. Er sagt mir, daß du keinen Mann hast, nur deinen Vater.«

»Mein Vater ist vor kurzem gestorben.«

»Dann hast du gar keinen Mann?«

»Ich brauche keinen«, antwortete sie matt.

Kleiner Falke lächelte und versetzte sie in neuerliches Staunen. »Wir werden uns wiedersehen, Sieht Wie Frau Aus.«

»Verdammt noch mal!« fluchte sie. Sie wandte sich zu Chase um, während Kleiner Falke fortritt. Er lag immer noch auf dem Boden, doch sein Atem ging normal. Sie untersuchte seinen Kopf nach eventuellen Verletzungen und fand eine dicke Beule. Sie ging zum Bach, füllte ihren Hut mit Wasser und schüttete ihm das Wasser ins Gesicht.

Spuckend und stöhnend richtete er sich auf, und sie stieß einen Seufzer der Erleichterung aus.

»Hat dieser Mistkerl mich angegriffen?« frage Chase, der seinen Kopf abtastete. Er stieß einen jämmerlichen Laut aus, als er die Beule fand.

»Er hätte dich töten können«, sagte Jessie barsch. »Ein großer Kämpfer bist du nicht gerade.«

Er runzelte die Stirn. »Warum bist du so sauer? Mußtest du ihn erschießen?«

»Nein, ich mußte ihn nicht erschießen. Und ich würde sein Leben ohnehin nicht für dein Leben aufs Spiel setzen.«

Ihre Gehässigkeit versetzte ihm einen Stich. »Du haßt mich wirklich, stimmt's?«

»Merkt man das?«

Sie ging weg, um ihr Pferd zu satteln. Chase fehlte nichts. Um ihn brauchte sie sich nicht mehr zu kümmern.

Mit äußerst vorsichtigen Bewegungen ging Chase zu seinem Pferd, um es ebenfalls zu satteln. »Warum hat er mich angegriffen? Weißt du das?« fragte er.

»Vielleicht kommst du selbst dahinter, du Greenhorn.«

»Verdammt noch mal!« fluchte er. »Ist es zuviel verlangt, daß du ein bißchen freundlicher bist? Schließlich bin ich derjenige, der verletzt worden ist.«

»Und weißt du auch, warum?« höhnte Jessie. »Wegen deiner Aufschneiderei, deshalb.«

Er sah sie nachdenklich an. »Bist du deshalb so wütend? Weil ich dich geküßt habe?«

Sie antwortete nicht. Schweigend stieg sie auf und ritt los. Sie überließ es ihm, ihr zu folgen oder auch nicht. Chase kletterte mit pochendem Schädel auf den Sattel. Er war sich nicht mehr sicher, warum er sie geküßt hatte, aber es war eine Dummheit gewesen. Er würde sich in acht nehmen und sich nicht mehr in Versuchung bringen lassen, es noch einmal zu tun, das nicht, nein, nie mehr!

10

Der Ärger ging los, als sie gerade erst in Cheyenne angekommen waren. Sie ließen ihre Pferde im Mietstall stehen, und Jessie ging ins Hotel, um sich ein Zimmer zu nehmen. Sie hatte Chase nicht von ihren Plänen unterrichtet, und daher war er gezwungen, ihr wortlos zu folgen und zu rätseln, was sie vorhaben mochte. Sie sprachen kaum ein Wort miteinander. Jessie teilte ihm mit, wo er einen Arzt finden konnte, falls er es für nötig halten sollte. Dann ignorierte sie ihn wieder wie bisher. Ihre verbissenen Gesichtszüge und ihr erboster Gang zeigten ihm deutlich, daß ihr seine Gesellschaft unangenehm war, und er wußte verdammt gut, daß es keinen Sinn hatte, sie nach ihren weiteren Plänen zu fragen. Sie hätte darauf nur geantwortet, das ginge ihn nichts an.

Im Hotel trug sich Jessie in das Gästebuch ein, und Chase wollte sich ebenfalls eintragen. Doch ehe er auch nur seinen Namen schreiben konnte, wurde ihm das Buch abrupt aus den Händen gerissen.

»Es ist genauso, wie er gesagt hat, Charlie«, rief der Mann, der neben Chase stand, über seine Schulter. Er kicherte in sich hinein. »Vor ihrem Namen steht ein K.«

»Kann ich das Gästebuch vielleicht wiederhaben?« fragte Chase erbost.

»Ja, klar, Mister.« Der Mann schob ihm das aufgeschlagene Buch wieder hin. Er grinste. »Wollte nur mal schnell was nachschauen.«

Als er weggegangen war, warf Chase einen Blick auf Jessies Namenszug. Ja, vor ihrem Namen stand ein K. Als er sich wieder umdrehte, mußte er feststellen, daß ihnen der Weg zur Eingangstür von einem quadratischen Kerl mit breiter Brust verstellt wurde. Der schlaksige Mann, der eben noch neben Chase gestanden hatte, näherte sich Jessie von hinten und zog ihre Waffe aus ihrem Gurt, ehe sie ihn davon abhalten konnte.

Chase erwartete gespannt ihre Reaktion. Er freute sich darauf, beobachten zu dürfen, daß sie ihre grauenhafte Laune zur Abwechslung an einem anderen ausließ.

Doch Jessie stand nur einfach da, mit steifem Rücken und den Händen auf den Hüften und finsterem Gesicht.

»Laton hat uns also doch nicht auf die Schippe genommen«, lachte Charlie. »Er hat gesagt, daß der Name Kenneth Jesse Blair auf dem Dokument steht. Aber ich habe gesagt nein, der alte Blair muß irgendwo einen Sohn haben. Und dem hat er seine Ranch vermacht. Kann kein Mädchen sein, was Kenneth heißt. Hab' ich's nicht gesagt, Clee?«

»Exakt deine Worte«, stimmte der schlaksige Clee mit einem Nicken zu.

»Aber Laton hat wie üblich recht gehabt«, fuhr Charlie fort. »Da haben wir aber einen schönen Kenneth geschnappt. Sieht sie nicht ganz wie ein Kenneth aus?«

»Mit Reithosen und allem, was dazugehört«, stimmte Clee mit einem meckernden Lachen zu.

»Sie haben Ihren Spaß gehabt, Mister, und mir reicht es jetzt von Ihnen«, sagte Jessie mit gesenkter Stimme. Sie sah Clee an. »Und jetzt hole ich mir meine Waffe zurück.«

»So?« sagte Clee grinsend. »Wozu, wenn du nicht Manns genug bist, sie zu benutzen? Bist du Manns genug?«

Die Männer lachten und freuten sich über den Scherz. Jessie überlegte nicht lange, ehe sie Clee einen Kinnhaken versetzte. Ihre Waffe fiel ihm aus der Hand, und Charlies Gesicht wurde fleckig vor Zorn. Er trat die Waffe aus Jessies Reichweite und hielt ihr die Arme fest.

Chase hatte genug gesehen.

»Jetzt läßt du die Dame los, Freund«, sagte Chase. Er stieß Clee gegen die Wand.

»Sie bezeichnen diese Wildkatze als Dame?« knurrte Charlie.

Aber er ließ Jessie los, und sie holte sich ihre Waffe. »Hat Bowdre euch geschickt, damit ihr mir Ärger macht?« fragte sie. Dabei sah sie Charlie ins Gesicht.

Diese Wendung der Ereignisse gefiel Charlie gar nicht. Laton würde nicht erfreut sein, wenn er davon hörte. Wenn sie zu ihm ging oder in Gegenwart von anderen Wirbel machte, würde er wütend sein. Laton wollte sichergehen, daß niemand mit dem Finger auf ihn zeigte.

»Laton will keinen Ärger mit dir haben, Mädchen. Alles, was er will, ist sein Geld. Es war Clees Idee, daß wir uns einen kleinen Scherz mit dir erlauben. Und es *war* nur ein Scherz. Du hast halt keinen Humor, Mädchen«, brummte Charlie.

»Oh, doch, ich habe durchaus Humor.« Jessies Lächeln war beißend. »Ich stelle mir vor, daß es wirklich ein Spaß wäre, dir eine Kugel in die Eingeweide zu jagen.« Dann sagte sie: »Kommen Sie mir bloß nicht zu nah, Mister!«

»Ist sie nicht angenehm, die Kleine?« höhnte Charlie, während Clee und er ihr nachsahen, als sie das Hotel verließ und auf die Straße stolzierte.

Chase holte sie mitten auf der Straße ein. »Bleib stehen, Mädchen.« Er mußte sie am Arm festhalten, weil sie nicht stehenbleiben wollte.

»Was willst du?« fauchte sie.

Er starrte sie ungläubig an. Sie war wirklich wütend, weil er sich eingemischt hatte!

»Ich schwöre es dir, Kleines, jemand sollte dir den Hintern verhauen. Du kannst doch nicht einfach rumlaufen und nach Lust und Laune mit deinen Fäusten um dich schlagen. Beim nächsten Mal könntest du weniger Glück haben.«

»Wer, zum Teufel, hat dich zu meinem Schutzengel bestimmt, Summers?« fauchte sie.

Schon wieder einmal hatten sie ein Unentschieden erreicht. Und sie hatte recht. Er war nicht ihr Hüter.

Er grinste. »Ich dachte, wir hätten uns darauf geeinigt, daß du mich Chase nennst.«

»Ich habe auch einen Namen, und der ist bestimmt nicht ›Kleines‹«, sagte Jessie unerbittlich.

Er lachte. »Touché.« Sie ging weiter, und er lief neben ihr her. »Wohin gehst du jetzt – falls es dir nichts ausmacht, wenn ich frage?«

»Ins Büro des Sheriffs.«

»Wegen des Vorfalls, zu dem es gerade gekommen ist?«

»Weshalb sollte ich denn den Sheriff damit belästigen?« Sie wirkte ehrlich verblüfft.

»Warum sonst?«

»Wer sonst weiß so genau, wer sich in der Stadt aufhält, wer gerade auf der Durchreise ist und wer Arbeit sucht? Ich hoffe, daß er mir ein paar Leute vorschlagen kann, damit ich die geschäftlichen Dinge heute noch erledigen und morgen früh zur Ranch zurückreiten kann.«

»Wenn das so ist, komme ich einfach mit, wenn du nichts dagegen hast«, sagte er. »Der Sheriff sollte von deinem Zusammenstoß mit diesem Indianer unterrichtet werden.«

Jessie blieb abrupt stehen. »Wieso?«

»Es könnten sich noch mehr Indianer in dieser Gegend aufhalten«, erwiderte Chase. »Findest du nicht, daß er das wissen sollte?«

»Nein«, sagte sie mit Nachdruck. »Sieh mal, der Sheriff würde dich nur auslachen, wenn du etwas über Feindseligkeiten in dieser Gegend faseln würdest. Er weiß es ja besser. Aber wenn andere Leute hören, was du sagst, dann gäbe es ein Tohuwabohu. Und dann ständest du reichlich dumm da, weil Kleiner Falke allein war und ich außerdem sicher bin, daß er bereits wieder nach Norden geritten ist.«

Sie ging weiter, doch Chase folgte ihr nicht mehr. Er starrte ihr mit Augen nach, die wie brennende Kohlen glühten. Sie hatte es wieder getan, ihm das Gefühl gegeben, ein absoluter Trottel zu sein. Verdammt, das tat sie doch absichtlich!

Er fand einen Saloon, ohne länger suchen zu müssen.

Nach mehreren Drinks war er in der Lage, sich abzuregen. Er beteiligte sich sogar an einem Kartenspiel. Zu seiner Überraschung wurde ihm Laton Bowdre vorgestellt, der mit von der Partie war. Der dürre Mann mit dem Schnurrbart, dem dünnen, strähnigen Haar, den hervortretenden Backenknochen, der eine unglaubliche Habgier ausstrahlte, entsprach ganz dem Bild, das sich Chase von ihm gemacht hatte. Somit sollte der Tag doch noch nicht ganz verloren sein.

11

Als es an der Tür klopfte, hatte Jessie gerade ihre Stiefel angezogen. Es war Chase. Sie hatte sich entschlossen, sich wirklich zu bemühen, heute netter zu ihm zu sein, und daher begrüßte sie ihn mit einem »Guten Morgen«, das fast herzlich klang.

Er sah grauenhaft aus. Die Bartstoppeln ließen sein Kinn dunkel wirken, seine Kleider waren verknittert, und seine Augen waren von zu viel Rauch und zu wenig Schlaf gerötet. Vielleicht hatte er überhaupt nicht geschlafen.

Chase war nicht so müde, daß er den Wandel, der sich mit Jessie vollzogen hatte, nicht augenblicklich bemerkt hätte. Ganz abgesehen davon, daß sie frisch und sauber wirkte und hübscher aussah, als es irgendeinem Mädchen erlaubt sein dürfte, am frühen Morgen direkt nach dem Aufstehen auszusehen, lächelte sie ihn tatsächlich an.

Er zog daraus seine eigenen Schlüsse. »Ich nehme an, du hast deine fünf Helfer angeheuert und freust dich darauf, wieder nach Hause zu reiten?«

»In der Tat habe ich nur einen einzigen Mann gefunden, der etwas taugt«, erwiderte Jessie. »Die beiden anderen, mit denen ich gesprochen habe, könnten eine Kuh nicht von einem Ochsen unterscheiden.«

Chase kicherte. »Städter.«

»Städter«, stimmte sie zu, und sie grinste jetzt auch.

»Du wirst die Stadt also heute gar nicht verlassen?«

»Ich glaube kaum, es sei denn, ich habe heute morgen mehr Glück. Ich habe Ramsey, den Kerl, den ich angeheuert habe, schon auf die Ranch vorausgeschickt. Es hat keinen Sinn, seine Arbeitskraft auch nur einen Tag lang zu vergeuden.«

»Bist du sicher, daß du ihm erklärt hast, wie er die Ranch findet?«

Er zog sie auf, um ihr zu zeigen, daß er ihr nicht mehr wegen jenes Tages grollte, an dem sie ihn in die falsche Richtung geschickt hatte.

Sie grinste. »Ich nehme an, er findet den Weg, da er hier aus der Gegend ist.«

Es machte Spaß, sie einmal bei guter Laune zu erleben, und impulsiv sagte er: »Sieh mal, eigentlich ist es Unsinn, daß du noch jemanden anheuerst. Ich bin doch ohnehin auf der Ranch, und solange ich dort bin, könnte ich eigentlich etwas dazu beitragen, mir meinen Unterhalt zu verdienen.«

Jessie nahm das nicht ernst. »Du verstehst doch nichts von Rindern«, sagte sie verblüfft.

»Wer sagt, daß ich nichts davon verstehe? Ich habe Rinder von Texas nach Kansas getrieben.«

»Wie oft?« fragte sie.

»Nur einmal«, gab er zu. »Ich habe mich nur für den Viehtrieb anheuern lassen, um Gesellschaft zu haben, weil ich ohnehin in diese Richtung reiten wollte und es nicht eilig hatte. Einmal hat mir gereicht.«

Sie war erstaunt. »Du verstehst also wirklich etwas von Rindern? Das hätte ich nie gedacht.«

»Ich gebe zu, daß ich nie mit den Brandzeichen zu tun hatte, aber mit einem Lasso kann ich ganz gut umgehen. Außerdem kann ich einen Ochsen und eine Kuh auseinanderhalten.«

Sie lachte. »Wenn das so ist, dann bist du wohl engagiert – Chase.«

Er lächelte. »Gib mir eine Stunde Zeit, um mich frischzumachen, und dann können wir gemeinsam zurückreiten.«

Jessie lächelte wieder. »Wir treffen uns unten zum Frühstück.«

Doch als sie Chase, der das Zimmer verließ, nachblickte, schüttelte sie den Kopf. Das hätte sie nie geglaubt. Er brauchte sich seinen Unterhalt auf der Ranch doch nicht zu verdienen. Rachel hatte ihn eingeladen, und er war ihr Gast. Warum also hatte er ihr seine Hilfe angeboten?

Chase stellte sich exakt dieselbe Frage. Was die ganze Sache noch verwirrender für ihn machte, war der Umstand, daß er Thomas Blairs Schuldschein in der Tasche hatte. Er hatte die ganze Nacht gebraucht, um diesen Schuldschein von Bowdre zu gewinnen, doch es war ihm schließlich gelungen.

Warum war er nicht gleich damit herausgerückt und hatte Jessie erzählt, daß er den Schuldschein zurückgewonnen hatte? Er war nicht sicher, warum er es für sich behielt. Vielleicht hatte er das Gefühl, sie könnte wütend auf ihn sein – wieder einmal.

Er seufzte. Er war sich keineswegs sicher, daß Jessies Sorgen ein Ende hatten, nicht, nachdem er gesehen hatte, wie unwürdig Bowdre den Schuldschein verloren hatte. Chase erkannte, daß er die Lage eventuell nur verschlimmert hatte.

Sie erreichten Rocky Valley am späten Nachmittag. Jeb erzählte ihnen sofort von dem großen Springbock, der vor der Hintertür gelegen hatte, nachdem Jessie nach Cheyenne geritten war. Niemand hatte beobachtet, wer das Tier, das gerade erst getötet worden war, dort hingelegt hatte. Niemand wußte, wer es gewesen sein könnte. Wenn jemand Frischfleisch verschenkte, erwartete er im allgemeinen ein Dankeschön.

Nur Jessie wußte augenblicklich, wer der mysteriöse Besucher war, der dieses Geschenk zurückgelassen hatte. Es konnte nur Kleiner Falke gewesen sein.

Während sie die Pferde versorgten, sagte Jessie zu Jeb: »Du erinnerst dich an den jungen Sioux, von dem ich dir erzählt habe? Kleiner Falke? Wir haben ihn gestern nachmittag im Flachland getroffen.«

»Ist das wahr?« Jeb stieß einen Pfiff aus. »Er war es also?«

»Es sieht ganz danach aus.«

»Schrecklich nett von ihm«, sagte Jeb kichernd.

Jessie warf einen Seitenblick auf Chase. Er rieb das goldene Fell seines Falben und tat so, als hörte er nicht zu.

»Ich nehme an, du bist nicht dieser Meinung?« fragte Jessie betont.

Er blickte nicht auf. »Ich bin sicher, daß ihr beide gute Gründe dafür habt anzunehmen, daß es Kleiner Falke war. Ich sterbe vor Neugier, bis ich weiß, was er damit erreichen wollte, das ist alles.«

»Sie wissen nicht viel über die Indiander, stimmt's, junger Mann?« fragte Jeb spöttisch.

»Allmählich glaube ich selbst, daß ich nicht viel über sie weiß«, antwortete Chase ohne jeden Groll.

»Indianer stehen nicht gern in der Schuld eines anderen, und schon gar nicht, wenn der andere ein Weißer ist. Kleiner Falke hat Jessies Angebot angenommen, ihr Abendessen und ihr Feuer mit ihm zu teilen, ohne ihr etwas dafür zu geben.« Jeb kicherte schon wieder. »Das muß ihn gewurmt haben. Daher hat er seine Schuld jetzt beglichen, und zwar gehörig. Ausgesprochen großzügig sogar. Dieser riesige Springbock hätte für seinen ganzen Stamm gereicht.«

»Jetzt weißt du, warum er so weit im Süden war«, fügte Jessie hinzu. »Er mußte es so anstellen, daß ich ihn sehe, weil ich sonst nie erfahren hätte, daß er seine Schuld bei mir beglichen hat.«

»Ja, aber das erklärt noch lange nicht den Vorfall, zu dem es gestern gekommen ist«, sagte Chase unwillig.

Jessie lachte, als sie sich neben ihn stellte und eine Hand auf seinen Arm legte. »Jetzt komm schon. Ich bin sicher, daß Billy sich mit Begeisterung die Geschichte anhören wird, wie du von einem wilden Sioux angegriffen worden bist und es überlebt hast, damit du es ihm jetzt erzählen kannst. Ich verspreche dir auch, dir nicht ins Wort zu fallen, wenn du die Geschichte ausschmückst.«

Er merkte, daß sie ihn hänselte, aber das störte ihn nicht weiter. Das, worüber sie sprachen, nahm er eigentlich gar nicht mehr wahr, seit sie ihn berührt hatte. Ihre Berührung schien seinen Arm zu versengen, selbst dann noch, als sie ihre Hand weggezogen hatte.

12

Trotz seiner großen Erschöpfung konnte Chase in jener Nacht beim besten Willen keinen Schlaf finden. Seine Gedanken ließen ihn nicht zur Ruhe kommen. Was zum Teufel sollte ein Mann machen, wenn er feststellen mußte, daß er ein Mädchen begehrte, das für ihn verboten war?

Jessie war noch ein Kind. Nun, vielleicht nicht direkt ein Kind. Aber sie war Rachels Tochter. Das hieß, daß er sie selbst dann nicht haben konnte, ohne sie zu heiraten, wenn sie ihn gewollt hätte – nicht Rachels Tochter.

Chase war noch lange nicht soweit, sich seßhaft machen zu wollen. Er war erst sechsundzwanzig, und es gab noch viel zu viele Dinge, die er vorher unternehmen wollte. Dazu gehörte unter anderem, daß er seinen richtigen Vater finden wollte. Er hatte diesen Plan für ein paar Jahre zurückgestellt, nachdem er in Kalifornien kein Glück gehabt hatte, obwohl seine Mutter behauptet hatte, Carlos Silvela dort kennengelernt zu haben. Vielleicht war jetzt der richtige Zeitpunkt gekommen, um die Suche fortzusetzen. Sollte er nach Spanien reisen, der angeblichen Heimat seines Vaters? Auf alle Fälle war es besser, darüber nachzudenken als über ein achtzehnjähriges Kind, an das zu denken ihm nicht zustand.

Doch es klappte nicht lange. Nichts half dagegen. Immer wieder sah er diese strahlenden Türkisaugen vor sich, diese Stubsnase und das vorgereckte Kinn, die zarte Rundung ihres Hinterns.

»Verflucht noch mal!«

Er sprang aus dem Bett, als hätte er sie dort vorgefunden. Er brauchte frische Luft, kühle Nachtluft, und vielleicht würde er sogar ein Bad in dem Fluß nehmen, der hinter dem Haus vorbeifloß.

Er warf sich im Dunkeln etwas zum Anziehen über und

verließ sein Zimmer, doch nur, damit ihm die Ursache seiner inneren Aufgewühltheit direkt in die Arme lief. Im ersten Moment fragte er sich, ob er träumte, doch ihre Wärme und ihr Duft waren wirklich. Dann stellte er fest, daß sie ihm versehentlich in die Arme gelaufen war. Sie stieß sich von ihm ab.

»Es tut mir leid«, flüsterte sie. »Ich habe dich im Dunkeln nicht gesehen.«

»Es ist wirklich sehr dunkel hier«, brachte Chase mühsam heraus. Er wußte selbst nicht, was er sagte.

»Ich konnte nicht schlafen«, erklärte Jessie. »Ich dachte, ich reite aus. Der Mond ist hell genug für einen Ausritt.«

»Das war auch mein Problem. Warum reiten wir nicht gemeinsam aus?«

»Wenn du magst«, sagte sie. Sie ging in die Küche, ohne auf ihn zu warten.

Chase rührte sich nicht von der Stelle. Er hätte sich am liebsten selbst den Hals umgedreht. Wenn es um sein Leben gegangen wäre, hätte er trotzdem nicht erklären können, wie er dazu gekommen war, ihr das Angebot zu machen, gemeinsam auszureiten. Das war das letzte auf Erden, was er wollte. Gerade vor ihr hatte er davonlaufen wollen. Dann riß Chase sich zusammen und schalt sich dafür, sich vor einem kleinen Mädchen zu fürchten. Es ging ohnehin nicht an, daß er sie nachts allein ausreiten ließ.

Jessie ritt voraus auf die kleineren Hügel der Gebirgskette und nicht in die Ebene, wie er erwartet hatte. Sie hielt ihr Pferd an einer Stelle an, von der aus man einen wunderbaren Blick auf das Tal hatte. Es dauerte nicht allzu lange, bis sie diese Stelle erreicht hatten. Auf einem Bergrücken teilten sich die Bäume und gaben einen Blick frei, der vor allem bei Mondschein so atemberaubend schön war, daß beide völlig verzaubert waren.

»Ist es nicht bezaubernd?« sagte er leise, als beide abstiegen.

»Bei diesem Licht sieht der Fluß wie flüssiges Silber aus«, sagte sie, während sie in die Richtung deutete. »Und dort drüben siehst du noch ein paar andere Gebirgsbäche. Weiter oben ist einer, in dem ich gern schwimme, eine schöne, sonnige Stelle, die völlig abgeschieden ist.«

»Du willst doch nicht etwa jetzt schwimmen gehen, oder?« fragte Chase entgeistert.

Jessie lachte leise. »Natürlich nicht. Nachts ist es zu kalt.« Sie sah ihn genauer an und sagte mit strengem Blick: »Sieh dich nur an. Warum hast du keine Jacke angezogen?«

»Daran habe ich nicht gedacht«, sagte er unbeholfen. »Aber das macht nichts, wirklich, mir ist es nicht zu kalt.«

»Unsinn«, sagte sie. Sie holte die Decke, die sie immer in ihrer Satteltasche hatte. »Hier. Du kannst dich auf dem Heimritt in diese Decke wickeln.«

Sie beugte sich vor, um ihm die Decke über die Schultern zu werfen. Diese Nähe war einfach mehr als er ertragen konnte. Sie war nur wenige Zentimeter von ihm entfernt. Seine Arme handelten eigenmächtig, schlangen sich um sie und zogen sie an seinen Körper. Sein Mund suchte ihre Lippen. Es stand nicht in seiner Macht, seinen höheren Instinkten zu gehorchen, und daher überließ er es Jessie. Er flehte sie stumm an, sich gegen ihn zu wehren. Vielleicht konnte sie ihn wieder zu Sinnen bringen.

Doch Jessie dachte gar nicht daran, sich gegen ihn zu wehren. Er hatte sie in einem Moment erwischt, in dem sie nicht auf der Hut war, und sie dachte an nichts anderes mehr als an die Empfindungen, die sie durchzuckten, und an die Wärme, die sie durchflutete. Der Druck seiner Lippen wurde heftiger, und gleichzeitig wuchs ihr Verlangen.

Seine Zunge bahnte sich gewaltsam einen Weg durch ihre Lippen, und sogleich öffnete sie ihren Mund, um ihn in sich aufzunehmen, denn dieser neuerliche Vorstoß war wohltuend. Sie stöhnte leise und preßte sich dichter an seine feste, muskulöse Gestalt. Sie konnte den Beweis seines Verlangens spüren, und das erregte sie außerordentlich. Chase gab seinen stummen Kampf auf und beugte sich. Sie würde die seine sein. Er verschwendete nicht einen Gedanken an die Folgen.

Er zog sie auf den Boden, und die Decke breitete sich von selbst unter ihnen aus. Es gelang ihm, sie so auf sich sinken zu lassen, daß sich wenig an der bisherigen Nähe änderte. Sie lag auf ihm, und ihre Beine lagen zwischen seinen Beinen. Ihr gesamtes Gewicht, das jetzt auf ihm lag, bedeutete einen leichten Schock für ihn. Er rollte sich auf die Seite und plazierte sie unter sich. In jeder einzelnen seiner Bewegungen lag etwas unbändig Drängendes.

Jessie spürte, daß er ihren Gürtel aufschnallte und an ihrem Hemd zog. Seine Hand schlich sich unter ihr Hemd, und als sie auf ihren Brüsten angelangt war, entrang ihr das kleine Laute des Vergnügens, die ihn vollständig wild machten. Er war zu lodernd entflammt, um zart mit ihr umzugehen, doch ihr ging es auch nicht anders. Sie riß einen Knopf von seinem Hemd ab, als sie versuchte, seine bloße Haut zu berühren. Seine Haut war heiß und versengte sie, und die Muskeln auf seinem Rücken waren hart und angespannt. Sie grub ihre Finger in diese Muskeln und krallte sich fest.

Eine winzige Stimme in ihrem Hinterkopf fragte, was zum Teufel sie hier eigentlich tat, doch sie hörte nicht auf diese Stimme. Sie legte beide Hände auf seine Brust, ließ ihre Finger durch seine Brustbehaarung gleiten, griff nach seinen Schultern, umfaßte seinen muskulösen Nacken und strich durch sein Haar.

Inzwischen verschlang sein Mund ihre Lippen, und er tat ihr weh, doch sie drängte ihn, weiterzumachen. Er zerrte an ihrer Hose, und sie half ihm, die Hose bis auf ihre Füße zu ziehen. Doch als er sich bewegte, um mit ihren Stiefeln zu kämpfen, um sie ganz entkleiden zu können, hielt sie ihn davon ab. Sie stand in Flammen. Sie hätte es nicht ertragen, wenn er sich auch nur einen Moment lang von ihr entfernt hätte, um sich mit ihren Stiefeln zu befassen.

Sie packte sein Haar und zog ihn wieder auf sich. »Ich will dich jetzt«, flüsterte sie heiser. »Jetzt gleich.«

Seine Lippen versengten ihre Kehle und wanderten zu ihrem Ohr. »Aber ich will dich ganz spüren...«

»Jetzt sofort, Chase!«

Sein Verlangen, ihre Haut von Kopf bis Fuß an seiner Haut zu spüren, sie im Mondschein von Kopf bis Fuß zu betrachten, konnte nicht gegen ihr dringliches Flehen ankommen.

Er zog sich in Windeseile aus, und sie winkelte beiderseits seines Körpers ihre Knie an. Ihre feuchte Wärme machten ihm das Eindringen leicht, doch Chase hielt sich einen genüßlichen Augenblick lang zurück, weil er diesen ersten Stoß voll auskosten wollte. Und dann wurde ihm der Weg durch etwas versperrt, was das allerletzte war, womit er gerechnet hätte.

»Oh, mein Gott«, keuchte er. Nie in seinem Leben hatte er sich elender gefühlt. »Es tut mir leid, Jessie.«

Sie achtete nicht auf das, was er sagte, und stieß ihm ihre Hüften eindringlich entgegen. Jessie schnappte nach Luft. Niemand hatte ihr je gesagt, daß es weh tun würde. Doch der Schmerz ließ nach und verschwand ganz. Augenblicklich kehrte ihre Begierde zurück und wogte wie eine Flutwelle durch ihren Körper.

Er bewegte sich in ihr, und sie kostete jeden Zentimeter von ihm aus. Er ging sachter mit ihr um, als es ihr lieb war, langsamer auch, aber sie stellte fest, daß diese köstliche Folter belohnt wurde, ihre Lust nur immer stärker werden ließ und ihr Sehnen hinauszögerte. Und als sie erst den Punkt erreichte, an dem diese Welle überschwappte, folgte eine Explosion, die nicht mehr aufzuhören schien.

Wenige Momente später, als Chase bewegungslos auf ihr zusammengebrochen war, drückte Jessie ihn zärtlich an sich. »Wie wunderschön«, murmelte sie träumerisch.

Er hob seinen Kopf. »Noch schöner, als du glaubst«, sagte er zärtlich.

Seine Lippen kosten zart wie Federn ihre Lippen und bewegten sich dann zu ihrem Hals, ihrem Ohr. Mit einem tiefen, zufriedenen Seufzen legte er seinen Kopf auf ihre Schulter. Chase hatte sich nie entspannter, nie seliger gefühlt. Der Schlaf griff nach ihm, doch er kämpfte dagegen an, weil er es auskosten wollte, wie sie sich an ihn schmiegte.

Sie war wie keine andere Frau, mit der er je zusammengewesen war. Eine derart heftige Leidenschaft von seiten einer Frau kannte er nicht. Sie war ebenso wild darauf gewesen, ihn zu haben, wie er wild darauf gewesen war, sie zu haben. Nicht einmal ihre Jungfräulichkeit hatte sie zurückhalten können. Ihre Jungfräulichkeit! Das hatte er zwischendurch vergessen. Verdammt noch mal! Jetzt war es aus mit ihm!

Jessie spürte, daß er sich plötzlich verspannte. »Was ist los mit dir?« fragte sie.

»Nichts«, erwiderte er zu schnell.

Jessie runzele die Stirn. »Es tut dir leid, daß wir das getan haben, oder?«

»Tut es dir nicht leid?« gab er zurück.

»Weshalb sollte es mir leid tun?«

»Du warst noch Jungfrau!« sagte er schmerzlich.

Jessie lächelte. »Natürlich war ich das. Hast du etwa etwas anderes von mir geglaubt?«

Er hatte das Gefühl, in eine Falle gelaufen zu sein. »Du hast dich nicht gerade wie eine Jungfrau benommen, als ich dich zum ersten Mal gesehen habe.«

»Ach, das«, wehrte Jessie ab. »Das war gar nichts. Ich habe nur zu spät gemerkt, was Blue da getan hat.«

»Ich nehme an, das wirst du auch über das sagen, was sich heute nacht hier abgespielt hat.«

Jessie grinste, weil sie glaubte, er sei eifersüchtig. »Ich war mir durchaus bewußt, was *du* getan hast.«

Er blieb stumm, und sein Schweigen fing an, sie zu verwirren.

»Ich verstehe nicht, worüber du dich aufregst«, sagte sie.

»Du warst Jungfrau! Ich hatte nicht das Recht... ich hätte aufgehört.«

»Ich weiß«, sagte sie zart, und sie erinnerte sich an den Moment, in dem er wirklich aufgehört hatte. »Aber ich bin froh, daß du nicht aufgehört hast.«

»Du hast doch dafür gesorgt, daß ich nicht aufhöre, oder etwa nicht?«

Sie kicherte.

»Ich weiß nicht, was daran komisch sein soll, Jessie.«

»Und ich weiß nicht, wo das Problem liegt. Ich wollte dich doch auch. Und wenn ich mich nicht darüber aufrege, was passiert ist, warum solltest du dich dann darüber aufregen?«

»Du erwartest doch nicht... irgend etwas... wegen dieser Geschichte?«

Schon während er diese Frage stellte, rollte er sich von ihr herunter und fing an, sich anzuziehen.

»Was soll das heißen, etwas erwarten?« fragte sie vorsichtig.

»Jetzt hör aber auf, Jessie, du weißt ganz genau, was ich meine. Ich bin sicher, daß du nicht so bist wie die meisten Jungfrauen, die ihre Unschuld nur hergeben, um einen Mann in die Falle zu locken, aber wenn Rachel etwas von diesem Vorfall erführe, würde sie darauf bestehen, daß...«

»Wir heiraten«, beendete Jessie seinen Satz. In ihren Augen war ein plötzliches und volles Verständnis getreten, und sie flammten auf. »Und ich bin natürlich nicht gut genug für eine Heirat mit dir.«

»Das habe ich nicht gesagt.«

Mit der Kraft der gesamten Wut, die in ihr aufstieg, schlug sie ihm ins Gesicht. »Du Schurke!« zischte sie, während sie aufsprang. »Während du bekommen hast, was du wolltest, hat es keine Rolle gespielt, aber hinterher hast du angefangen, dich vor den Folgen zu fürchten, stimmt's?«

»Jessie, ich...«

»Du verfluchter Kerl, ich hasse dich! Du hast mir das Gefühl gegeben, schmutzig und berechnend und hinterlistig zu sein. Aber so bin ich nicht! Dafür hasse ich dich!«

Er hätte sich am liebsten die Zunge herausgeschnitten. »Jessie, es tut mir leid«, setzte er zerknirscht an, aber sie ließ ihn stehen, um sich – ungesehen von ihm – anziehen zu können. Sowie sie angezogen war, packte sie ihre Decke und stieg auf ihr Pferd.

»Du hast das, was geschehen ist, kaputtgemacht, und daran kannst du nichts mehr ändern«, rief sie ihm zu. »Ich würde dich selbst dann nicht heiraten, wenn du mich darum bitten würdest. Du brauchst dir also keine Sorgen zu machen, daß ich Rachel etwas erzählen könnte. Das fehlte mir gerade noch, daß sie mich an etwas erinnert, was ich vergessen will.«

Jessie ritt los. Wenigstens kam er nicht auf die Idee, ihr zu folgen.

13

Chase erwachte in der Morgendämmerung. Auf dem Ritt zur Ranch ließ er sich Zeit, weil er darüber nachzudenken versuchte, was er Jessie sagen sollte. Er hatte ihr den ersten Geschmack an der Liebe verdorben, und es war ihm ein schreckliches Bedürfnis, etwas dazu beizutragen, da sie sich wohler fühlte.

Rachel stand auf der Veranda und sah noch bezaubernder aus als sonst. Sie trug ein frühlingsgrünes Kleid mit weißen Rüschen. Ihr goldblondes Haar war zu einem straffen Knoten in ihrem Nacken frisiert, und einzelne Löckchen fielen auf ihre Schläfen.

Sie sah elegant aus. Rachel wirkte immer elegant, vornehm und ausgeglichen, als könne nichts sie aus der Fassung bringen. Das gehörte zu den Dingen, die Jonathan Ewing an ihr bewundert hatte. Und gleichzeitig war es das einzige, was Chase an Rachel störte – diese natürliche Selbstbeherrschung.

»Du meine Güte, Chase, du siehst aus, als seist du die ganze Nacht im Freien gewesen«, sagte Rachel, als er sein Pferd vor der Veranda anhielt.

Er sah an sich herunter, grinste und rieb sich die Stoppeln auf dem Kinn. »War ich auch. Ich konnte letzte Nacht nicht schlafen und bin ausgeritten. Leider bin ich in der Dunkelheit vom Weg abgekommen, und daher habe ich mich bis zum Einbruch des Tageslichts hingelegt.«

Sie schüttelte den Kopf. »Also wirklich, Chase, das sieht dir gar nicht ähnlich.«

»Ich bin eigentlich nicht mehr ganz der Alte, seit ich hierhergekommen bin, Rachel«, gab er zurück. »Diese Tochter, die du hast, hat eine Art, Leute zu verändern..«

Darauf ging sie nicht ein. »Hättest du nicht heute morgen mit deiner Arbeit beginnen sollen?«

Er schämte sich. Das hatte er ganz vergessen. »Doch, ich denke schon. Ich nehme an, Jessie ist schon losgeritten?«

»Ich weiß es nicht«, seufzte Rachel. »Sie erzählt mir nie etwas.«

»Morgen, junger Mann.« Jeb war um das Haus herum gekommen und hatte Chase entdeckt. »Hab' schon gemerkt, daß Ihr Pferd heute nacht nicht im Stall geschlafen hat. Kommen Sie gerade erst von irgendwo zurück?«

»Ja«, erwiderte Chase, ohne dem etwas Näheres hinzuzufügen.

Jeb brummte, als er merkte, daß er keine weiteren Informationen bekommen würde. Dann wandte er sich an Rachel und tat Chase damit ab, daß er ihm den Rücken zukehrte.

»Hab' mir gedacht, das zeige ich Ihnen lieber, ehe Sie sich wieder so aufregen wie beim letzten Mal«, sagte er mürrisch zu ihr.

Sie riß Jeb den Zettel aus der Hand und überflog ihn eilig. Dann stöhnte sie. »Nicht schon wieder!«

Chase stieg ab und las, was auf dem Blatt Papier stand.

> Jeb,
> ich muß für eine Weile fort. Kümmere du dich an meiner Stelle um alles. Sag Mitch, daß er ohne mich mit dem Viehtrieb anfängt, wenn ich nicht zurück bin, ehe er alles soweit hat. Er kommt allein zurecht. Du weißt, wo ich zu finden bin, wenn ich gebraucht werde. Jessie

»Wo steckt sie denn diesmal, Jeb?« fragte Chase.

»Da, wo sie letztes Mal auch war«, sagte Jeb nicht allzu freundlich.

»Willst du schon wieder damit anfangen?« schrie Chase. Er explodierte.

»Du weißt, wo du sie findest, Jeb. Du mußt ihr nachreiten«, sagte Rachel.

»Das geht nicht.« Jeb schüttelte hartnäckig den Kopf. »Nur wenn sie gebraucht wird. Das schreibt sie doch selbst.«

Rachel wandte sich an Chase, und in ihren großen Augen stand entsetzliche Angst. »Schon gut, Rachel«, stöhnte er. »Soviel bin ich nicht mehr geritten, seit ich Kalifornien nach meinem Vater durchgekämmt habe.«

Sie legte eine Hand auf seinen Arm. »Ich kann dir gar nicht sagen, wie froh ich bin, daß du das für mich tust, Chase.«

»Ich weiß«, sagte er. »Aber deine Tochter wird sich gar nicht freuen, wenn ich sie einhole.«

Diese zweite Hetzjagd paßte ihm überhaupt nicht in den Kram. Und nach dem, was in der vergangenen Nacht passiert war, bereitete ihm der Umstand, daß Jessie wieder ausgerissen war, ganz entschiedenes Unbehagen. Sie war seinetwegen verschwunden.

14

Es war so wunderschön, wieder bei Weißer Donner und seiner Familie zu sein, so schön, ihre Waffen abzulegen und das indianische Kleid zu tragen, das sie mit Hilfe von Kleiner Grauer Vogel genäht hatte, ihr Haar zu flechten und sich Perlen- und Federschnüre um ihre Zöpfe zu binden. Es war einfach wunderbar. Aber es war nicht dasselbe wie früher, denn diesmal gab es einen Störfaktor, einen Eindringling.

Kleiner Falke war ihr zum Dorf der Cheyenne gefolgt. Er war keineswegs in den Norden zurückgekehrt, sondern hatte sich in ihrer Nähe aufgehalten. Wenn er sich in der Gegend herumgetrieben und sie beobachtet hatte, konnte er sie dann nicht auch in jener Nacht mit Chase gesehen haben? Sie war so verlegen wie in ihrem ganzen bisherigen Leben noch nicht. Warum hatte er darauf beharrt, ihr zu folgen? Weißer Donner konnte ihr das auch nicht erklären. Er sagte nur, daß Kleiner Falke darum gebeten habe, mit ihr sprechen zu dürfen.

In der vergangenen Nacht war es ihr gelungen, Kleiner Falke zu vergessen. Sie und Weißer Donner hatten sich viele Stunden lang unterhalten, und sie hatte ihm ihr Herz ausgeschüttet, insbesondere, was den Tod ihres Vaters betraf. Sein Mitgefühl hatte es ihr erlaubt, sich auszuweinen, und das hatte ihr gutgetan. Dann hatte sie ihm von Rachel erzählt und von den Sorgen, die sie im Moment belasteten, doch er hatte ihr keine Lösung anbieten können. Aus irgendwelchen Gründen sprach sie mit keinem Wort über Chase. Vielleicht schämte sie sich zu sehr.

An jenem Nachmittag saß Jessie mit ihrem Freund in einem Wigwam, und sie erwartete das Eintreffen von Kleiner Falke. Sie hatten einen großen Wigwam ganz für sich. Der kleine Bruder von Weißer Donner war mit seinen Freunden ausgeritten, um mit kleinen Pfeilen und Bögen Steppenhunde und Hasen zu jagen. Rennt Mit Dem Wolf war ausgegangen und spielte mit einigen der älteren Männer. Breiter Fluß und Kleiner Grauer Vogel färbten hinter dem Wigwam eine Büffelhaut, und immer wieder hörte Jessie ihre leisen Stimmen. Die Unterhaltung, die sie hörte, belustigte sie.

»Ich habe gesehen, daß du Grauer Kessel angelächelt hast, Tochter, und dabei habe ich dir schon so oft gesagt, daß du niemals einen Mann anschauen oder anlächeln darfst, und am allerwenigsten einen Mann, der dir den Hof macht.«

»Aber es war doch nur ein kleines Lächeln, Mutter«, protestierte Kleiner Grauer Vogel.

»Mit jedem kleinen Lächeln verlierst du an Wert. Er wird glauben, daß er dich bereits für sich gewonnen hat, und daher wird er nicht so viele Pferde für dich bieten. Willst du eine arme Ehefrau sein?«

»Nein, Mutter.« Die Stimme von Kleiner Grauer Vogel war unterwürfig. »Und ich werde daran denken, nicht so oft zu lächeln.«

»Überhaupt nicht zu lächeln, Tochter«, wurde sie von Breiter Fluß ermahnt. »Und du darfst nicht zulassen, daß Grauer Kessel oder Weißer Hund so lange bleiben, wenn sie zu Besuch kommen.«

»Ja, Mutter.«

»Hat einer von den beiden jungen Männern dich gefragt, ob du ihn heiraten willst?« In der Stimme von Breiter Fluß lag jetzt noch mehr Ernst.

»Nein, bisher noch nicht.«

»Du mußt immer daran denken, daß du ablehnst, wenn du zum ersten Mal gefragt wirst. Lehne freundlich ab, aber laß sie wissen, daß du nicht leicht zu erobern bist.«

»Aber, Mutter...«

»Hör auf mich. Ich sage dir diese Dinge zu deinem eigenen Besten«, sagte Breiter Fluß geduldig. »Laß niemals zu, daß einer der beiden jungen Männer dich sieht, wenn du allein bist, auch nicht, wenn es der Mann ist, den du bevorzugst. Du darfst dich nicht von einem Mann berühren lassen, Tochter, vor allem deine Brüste nicht. Wenn ein Mann deine Brüste berührt, betrachtet er dich als seinen Besitz. Willst du vielleicht, daß es dazu kommt, daß die beiden Männer gegeneinander kämpfen, weil einer von beiden damit prahlt, dich für sich gewonnen zu haben, ehe er die Einwilligung hat? Nein, natürlich willst du das nicht, denn der, den du bevorzugst, könnte verlieren. Hast du deine Wahl schon getroffen? Mein Mann zieht Weißer Hund vor, und ich bin seiner Meinung, aber wenn Grauer Kessel mehr bieten sollte, dann...«

Ihre Stimmen ebbten ab. Jessie war knallrot geworden. Sie hatte zugelassen, daß Chase Summers ihre Brüste berührt und sogar noch weit mehr getan hatte. Aber er war kein Indianer. Er würde sie nicht als seinen Besitz ansehen. Nein, ganz im Gegenteil. Chase hatte sie so intim, wie es nur irgend ging, kennengelernt, und dann hatte er nichts mehr mit ihr zu tun haben wollen!

Weißer Donner hatte Jessie aufmerksam beobachtet, und er kannte sie schon lange.

»Du errötest. Bist du von einem Mann berührt worden, Sieht Wie Frau Aus?«

Jessie blieb die Luft weg. Konnte er ihre Gedanken lesen? Es war unheimlich, und doch war es schon so oft so gewesen.

»Möchtest du darüber reden?« fragte er zögernd.

»Nein, noch nicht.«

»Es war aber nicht Kleiner Falke?«

Sie lachte bitter, und er war schockiert.

»Er würde eine Frau wenigstens nicht im einen Moment wollen und im nächsten Moment beschließen, daß sie seiner unwürdig ist.«

»Wer hat dich so behandelt?« Weißer Donner stand auf. Er war wutentbrannt.

»Setz dich, mein Freund«, sagte Jessie zart. »Wahrscheinlich trifft mich ebensoviel Schuld an dem, was vorgefallen ist, wie ihn. Ich war naiv.«

»Aber es hat dich verletzt.«

»Ich werde darüber hinwegkommen.«

Jessie wandte sich wieder den wilden Kirschen zu, die sie mitsamt den Kernen und allem in einen Steinmörser warf. Später würden sie getrocknet und mit Streifen von Büffelfett und Fleisch vermengt werden, um Pemmikan daraus zu machen, eine Speise, die monatelang haltbar war.

Er stand auf und überließ sie ihren Gedanken. Jessie war froh, daß sie es ihm gesagt hatte. Jetzt würde er verstehen, wenn sie plötzlich trübsinnig wurde.

Weißer Donner war so weise und verständig für einen so jungen Mann. Er war nicht mehr als zwei Jahre älter als sie. Wie sehr sie ihn liebte, diesen teuren Freund! Sie sah ihn von der Seite an und lächelte, als er sie ansah.

Die Cheyenne waren der größte Stamm unter den Prärie-Indianern, und Weißer Donner war einen Meter achtzig groß. Außerdem war er ein fast beunruhigend gut aussehender Mann mit diesen erstaunlich braunen Augen, die er von seinem Vater geerbt hatte. Seine Haut hatte die Farbe von Kupfer, doch das kam von der Sonne. Er war ein junger Krieger, der sich bereits als überdurchschnittlich geschickt und stärker als die meisten anderen erwiesen hatte. Sie war stolz auf ihre Freundschaft mit ihm.

Kleiner Falke kam wenige Minuten später. Schweigend betrat er den Wigwam. Er trug ein Hemd, das besonderen Anlässen vorbehalten war, ein Hemd aus dem Leder der Dickhornschafe. Die langen Ärmel waren ebenso wie die Beinkleider mit Fransen besetzt, und sein Perlenschmuck war sehr schön. Da und dort hingen auch Troddeln und Quasten und Metallstückchen und Muscheln. In seinen Zöpfen waren weiße Fellstreifen geflochten, und er trug eine einzelne blaue Feder im Haar, ganz so wie die, die er ihr zurückgelassen hatte.

Weißer Donner war beeindruckt, aber auch besorgt. Die Kleidung und der Schmuck des Sioux sprachen dafür, daß sein Anliegen von Bedeutung war, und Weißer Donner fürchtete zu wissen, worum es sich handelte. Das gefiel ihm gar nicht.

Kleiner Falke hielt alle förmlichen Anstandsregeln ein und wartete auf eine Aufforderung, sich hinzusetzen. Weißer Donner ließ ihn einen Moment lang warten und sah Jessie an, weil er wissen wollte, ob sie sich über die Bedeutung dieses Besuchs im klaren war. Schließlich seufzte er und hieß Kleiner Falken in der Sprache der Sioux willkommen. Jessie sah die beiden an, während sie miteinander sprachen, und sie wurde ungeduldig, als die Unterhaltung fortgesetzt wurde, ohne sie einzubeziehen, da sie kein Wort verstand. Sie dachte, Kleiner Falke sei gekommen, weil er sich mit ihr unterhalten wollte. Sie fing an, sich zu ärgern.

Endlich drehte sich Kleiner Falke zu ihr um, und Weißer Donner sagte: »Er bittet um die Erlaubnis, mit dir sprechen zu dürfen.«

Jessie erwiderte: »Aber ich habe mich doch längst einverstanden erklärt, mit ihm zu sprechen. Ist er denn nicht deshalb gekommen?«

»Er bittet jetzt förmlich um diese Erlaubnis.«

Jessie unterdrückte ein Grinsen über diese absurde Situation. »Dann willige ich förmlich ein.«

Weißer Donner fuhr feierlich fort: »Er hat außerdem darum gebeten, daß ich für ihn übersetze.«

»Aber wozu denn das? Er spricht Englisch.«

»Er verschmäht den Gebrauch dieser Sprache, wenn es nicht unbedingt notwendig ist«, erklärte Weißer Donner.

Jessie war gereizt. »Warum hat er diese Sprache dann überhaupt gelernt?«

»Willst du, daß ich ihm diese Frage stelle?«

»Ich kann ihn auch selbst fragen«, sagte sie barsch.

»Sprich ihn nicht direkt an«, warnte sie Weißer Donner leise aber eindringlich. »Und sieh ihn auch nicht so kühn an, oder enthülle, was du denkst.«

Sie lachte. »Jetzt klingst du schon genauso wie deine Mutter.«

»Bleib ernst, Frau.« Weißer Donner sah sie finster an. »*Ihm* ist es ernst. Im übrigen ist es bei einem Anliegen wie dem seinen Sitte, daß er durch einen Dritten spricht.« Er zog die Augenbrauen hoch und sah sie fragend an. »Hast du jetzt verstanden?«

Jessie legte ihre Stirn in Falten. Was versuchte er ihr anzudeuten? So mysteriös drückte sich Weißer Donner doch sonst nie aus.

»Wenn wir jetzt vielleicht einfach anfangen würden«, schlug Jessie vor. Sie warf Kleiner Falke einen besorgten Seitenblick zu.

Die beiden Männer sprachen länger miteinander, und Jessies Besorgnis wuchs, als offensichtlich zu erkennen war, daß sie miteinander stritten. Wenn sie doch wenigstens einen Schimmer hätte, worum es bei diesem Besuch eigentlich ging!

Die Männer verstummten, und Jessie stellte fest, daß sie den Atem angehalten hatte. Als keiner der beiden Männer wieder ansetzte, zu sprechen, fragte sie: »Nun?«

»Es ist so, wie ich es mir dachte«, sagte Weißer Donner kurz und bündig zu ihr. »Er will dich zur Frau haben.«

Jessie war sprachlos. Sie sagte sich, daß sie sich gar nicht zu wundern brauchte, doch ihr Erstaunen war grenzenlos.

Dann wandte sie sich an Kleiner Falke, und ihre Blicke trafen sich für einen Moment, ehe sie ihre Augen wieder abwandte. Ja, er wollte sie haben. Plötzlich fühlte sie sich geschmeichelt. Nach der widerwärtigen Behandlung, die sie von Chase erfahren hatte, war das Balsam für ihre Seele.

»Will er mich zur Frau haben oder als seine Ehefrau?« fragte sie geschwind.

»Als seine Ehefrau.«

»Ich verstehe...«, sagte Jessie. Versonnen richtete sie ihren Blick zur Spitze des Wigwams.

Weißer Donner war entgeistert. »Du spielst doch nicht etwa mit dem Gedanken, seinen Antrag anzunehmen?«

»Wieviel hat er für mich geboten?«

»Sieben Pferde«, antwortete er.

»Sieben?« Jessie war beeindruckt. »Warum so viele? Ist er reich?«

»Ich halte ihn eher für fest entschlossen. Ein Pferd wäre für mich, weil ich mich bereit erklärt habe, für ihn zu sprechen, da er hier keinen guten Freund hat, der das für ihn hätte übernehmen können. Zwei Pferde würde Rennt Mit Dem Wolf bekommen, weil es sein Wigwam ist, in dem du untergebracht bist. Die übrigen vier Pferde sind für dich und würden gemeinsam mit deiner eigenen Habe in deinem Besitz bleiben.«

»Und das Wigwam gehört mir«, fügte sie hinzu, da sie wußte, daß ein Wigwam als der Besitz der Ehefrau angesehen wurde.

»Nein, das Wigwam nicht«, gestand Weißer Donner behutsam ein. »Das ist der Hauptgrund, aus dem ich ihm gesagt habe, daß nichts daraus werden wird. Er hat bereits eine erste Ehefrau.«

»Er ist verheiratet?«

»Ja.«

»Ich verstehe«, sagte Jessie steif.

Sie wußte nicht, warum sie plötzlich so erbost war. Vielleicht lag es daran, daß es ihr gutgetan hatte, sich begehrt zu wissen und ihre Sorgen zu Hause auf der Ranch zu vergessen. Auch wenn das hier nichts weiter als ein Märchen war.

»Sag Kleiner Falke, daß ich mich geschmeichelt fühlte«, sagte Jessie, »aber daß ich seinen Antrag unmöglich annehmen kann. Sag ihm, daß weiße Frauen ihre Ehemänner nicht teilen. Ich werde nicht eine zweite Ehefrau sein.«

Zu Jessies Erleichterung nahm Kleiner Falke ihre Ablehnung gelassen hin. Er wechselte noch ein paar Worte mit Weißer Donner, ehe er den Wigwam verließ.

»Er hat gesagt, daß er erwartet hat, daß du seinen Antrag beim ersten Mal ablehnst«, teilte Weißer Donner ihr sehr ernst mit. »Er scheint zu glauben, daß du dich an die Vorstellung gewöhnen wirst und es dir schließlich anders überlegst.«

»Oh!« Jetzt war Jessie wirklich besorgt. »Ich nehme an, daß er in der Nähe bleiben wird, um seinen Antrag zu wiederholen?«

»Ich kann dir garantieren, daß du ihn nicht zum letzten Mal gesehen hast«, erwiderte Weißer Donner.

Jessie schüttelte den Kopf. Noch vor wenigen Tagen war sie ohne einen Mann und so frei gewesen, wie man es sich nur denken konnte. Jetzt gab es mehr Männer in ihrem Leben, als sie bewältigen konnte.

15

Es war am späten Nachmittag des vierten Tages, seitdem Chase ihrer Fährte gefolgt war. Er hätte nie geglaubt, daß er so weit reiten müßte. Im Fort Laramie hatte er Rast gemacht und eine Nacht dort verbracht. Hier hatte man ihm den Weg zum Dorf von Weißer Donner beschrieben. Er wußte, daß das der richtige Ort war. Es mußte der richtige Ort sein. Hier gab es sonst keine Ansiedlungen.

In der späten Nachmittagssonne lag das Dorf friedlich da. Er sah Kinder beim Spielen, Frauen bei der Arbeit und Männer, die in Gruppen zusammenstanden. Viele Pferde waren an den Wigwams angebunden, Fleisch ging zum Trocknen an Schnüren, Büffelhäute waren zum Färben ausgebreitet. Es schien ein wohlhabendes, stilles Dorf zu sein. Er kauerte am Ufer eines Baches und sah sich um. Konnte sie hier sein?

Seine Frage wurde augenblicklich beantwortet, als er sich vorsichtig flußabwärts vortastete und eine Stelle erreichte, an der üppige Sträucher und Bäume den Blick auf das Dorf verstellten. Hier hatte er sich verbergen wollen, doch er rührte sich nicht mehr von der Stelle, als er eine Frau sah, die im Fluß badete. Sie war nackt bis zur Taille und trug einen indianischen Lendenschurz. Chase führte sein Pferd langsam näher zum Ufer. Er war weit genug entfernt, um nicht von der Frau gesehen zu werden.

Er vergaß das ganze Dorf und alles andere auch, während er diese Frau beim Baden beobachtete. Es war Jessie. Er war ganz sicher. Sie hatte ihr Haar gelöst, und es hing naß auf ihrem Körper. Bei allen Himmeln, sie war schön, eine Göttin, die die Sonne geküßt hatte. Ihre Brüste waren wesentlich voller, als er sie in Erinnerung hatte, und sie waren von keinem Hemd bedeckt. Stolz und aufrecht hoben sie sich über ihrer schmalen Taille und den zarten Rundungen ihrer Hüften ab. Chase war von diesem Anblick gebannt. Was war es bloß, das sie so schön machte, sie etwas ganz Besonderes sein ließ?

Seiner Versonnenheit wurde ein jähes Ende gesetzt, als er sah, daß Jessie mit jemandem sprach. Dann sah er den Indianer. Er saß da und lehnte mit dem Rücken an einem knorrigen Baumstamm. Der Indianer saß nicht mit dem Gesicht zu Jessie, doch als sie mit ihm sprach, drehte er sich zu ihr um.

Chase war außer sich vor Wut. Ein Mann beobachtete Jessie beim Bade! Es war eine Schande, daß sein Zorn ihn übermannte, denn dadurch nahm er seine gesamte Umgebung nicht mehr wahr. Schwarzer Bärenjäger, der ältere Bruder von Weißer Donner, bewegte sich langsam auf den fremden Weißen zu. Er kam aus einer Richtung, aus der er weder Jessie noch Weißer Donner sehen konnte, den Mann, mit dem sie sprach. Für ihn entstand der Eindruck, daß der fremde Weiße sein Dorf ausspionierte. Schwarzer Bärenjäger näherte sich Chase mit äußerster Behutsamkeit.

Als sie das kühle Wasser des Gebirgsbaches über ihren Körper rinnen ließ, gelang es Jessie endlich, Kleiner Falke aus ihren Gedanken zu verbannen. Sie und Weißer Donner hatten oft gemeinsam im Fluß gebadet, als sie beide noch jünger waren, doch Breiter Fluß hatte dem Einhalt geboten, als Jessies Körper erste Rundungen zu entwickeln begann. Weißer Donner begleitete sie jedoch weiterhin, um sie beschützen zu können.

Der eigentliche Grund dafür, daß Weißer Donner Jessie begleitete, war Schwarzer Bärenjäger. Er war der einzige im Dorf, der Jessies Besuche nie hatte dulden wollen. Zweimal hatten sich die Brüder ihretwegen zerstritten, und etliche Male hatte Schwarzer Bärenjäger Jessie allein angetroffen und sie ganz schrecklich verängstigt.

Weder im letzten Jahr noch während ihres Besuchs im Dorf in diesem Jahr hatte sie Schwarzer Bärenjäger gesehen. Sie wußte, daß er sich kürzlich eine Frau genommen hatte und jetzt mit ihr in einem eigenen Wigwam wohnte. Sie fragte sich, ob er nun vielleicht weniger bedrohlich war.

Jessie schnitt dieses Thema an, indem sie Weißer Donner über ihre Schulter zurief: »Haßt dein Bruder mich eigentlich immer noch?«

Weißer Donner war so erstaunt über diese Frage, daß er sich vergaß und sich zu ihr umdrehte. »Aber er hat dich doch nie gehaßt.«

»Natürlich hat er mich gehaßt.«

Weißer Donner wandte sich schnell wieder ab. Es war lange her, seit er sie zum letzten Mal unbekleidet gesehen hatte. Ihm wurde heiß. Es war passiert. Er konnte nicht dulden, was er ihr gegenüber manchmal empfand. Sie waren Freunde. Das würde er nicht aufs Spiel setzen.

»Hast du mich gehört, Weißer Donner?«

»Ja«, rief er zurück, ohne sie anzusehen. »Aber du irrst dich, wenn du das, was er für dich empfindet, als Haß auslegst.«

»Du weißt doch selbst, wie er sich mir gegenüber immer verhalten hat«, rief Jessie ihm ins Gedächtnis zurück.

»Ihm war nicht recht, daß du hierherkommst, aber doch nur, weil du weiß bist wie mein Vater, der Mann, der Breiter Fluß von ihrem ersten Ehemann fortgeholt hat, dem Vater von Schwarzer Bärenjäger. Dadurch hat er seinen Vater verloren, und seit damals hegt er einen Groll gegen Weiße, der sich unterschiedslos gegen alle Weiße richtet.«

»Aber ich war doch noch ein Kind. Mir konnte er doch keine Schuld daran geben.«

»Das wußte er selbst. Er hat sogar später bereut, daß er dich so schlecht behandelt hat, aber damals war es zu spät.«

»Wieso? ich hätte das verstanden.«

»Ja, aber hättest du alle Gründe dieser Veränderung verstanden, die sich in ihm vollzogen hat? Siehst du, er wollte dich eines Tages haben.«

Sie war erstaunt und konnte es nicht recht glauben. »Er hatte allerdings eine seltsame Art, mir das zu zeigen«, spottete sie.

»Weil du weiß bist. Weil er es sich nicht gestatten konnte, eine weiße Frau zu wollen. Er hat große Qualen auf sich genommen, um es dich nie ahnen zu lassen. Er war grob zu dir, weil es nicht leicht für ihn war, das zu verbergen, was er für dich empfand.«

»Aber woher weißt du das, Weißer Donner?« fragte Jessie. »Hat er es dir gesagt?«

»Nein. Ich weiß es ganz einfach.«

»Du könntest dich irren, meinst du nicht?«

»Das bezweifle ich. Wäre es dir denn wirklich lieber, weiterhin zu glauben, daß er dich haßt, wenn das gar nicht wahr ist?«

»Ja, es wäre mir lieber.« Sie schien es durchaus ernst zu meinen. »Es ist reichlich verwirrend, plötzlich festzustellen, daß ich von vielen Männern begehrt werde. Das bin ich nicht gewohnt, und ich kann es auch nicht verstehen. Ich bin doch schließlich alles andere als eine Schönheit. Im allgemeinen bin ich staubig und verschwitzt von der Arbeit, und ich trage Hosen. Schau mal, Kleiner Falke hat mich bis heute nie auch nur in einem Kleid gesehen. Und doch wollen er und Chase...«

»Das ist also der Name dieses anderen?« fiel ihr Weißer Donner ins Wort.

»Über *ihn* reden wir jetzt ganz bestimmt nicht«, sagte Jessie eisern. »Aber sag mal, ist Schwarzer Bärenjäger glücklich mit seiner Frau? Kann ich damit rechnen, daß er mir jetzt weniger feindselig begegnet?«

»Er ist glücklich, aber was er dir gegenüber empfinden wird, kann ich dir nicht sagen.«

»Wo ist er?«

»Er ist auf die Jagd gegangen und muß demnächst zurückkommen. In der Tat...« Weißer Donner stand auf, und auf sein Gesicht trat ein wachsamer Ausdruck. »Ich glaube, das ist sein Siegesschrei. Hörst du das?«

»Ja. Geh schon voraus, Weißer Donner. Ich bin gleich soweit.«

»Bist du sicher?«

»Ja. Kleiner Falke wird sich die Beute von Schwarzer Bärenjäger ansehen, und somit wird er mich nicht belästigen, und im übrigen mache ich mir wegen niemandem Sorgen. Geh schon voraus.«

Jessie wusch sich noch die Haare. Sie ließ sich Zeit. Ihr ging soviel durch den Kopf, daß sie nicht neugierig auf die Beute war, die Schwarzer Bärenjäger mitbringen würde. Sie war sicher, daß sie die ganze Geschichte später noch ausführlich hören würde.

Sich vorzustellen, daß auch Schwarzer Bärenjäger sie begehrte...! Sie schüttelte verwirrt den Kopf. Es war alles so seltsam, diese verschiedenen Aspekte des Wollens. Blue hatte sie begehrt. Kleiner Falke begehrte sie. Chase hatte sie begehrt, aber nur für dieses eine Mal. Und Schwarzer Bärenjäger kämpfte gegen sein Begehren an und hatte sie ständig mit Feindseligkeiten verfolgt, weil er sie eigentlich haben wollte. Und ansonsten? Rachel hatte nur so getan, als würde sie Thomas lieben, und das, was Thomas empfunden hatte, konnte man nicht als Liebe bezeichnen, weil es in Haß umgeschlagen war. In Büchern war die wahre Liebe überschwenglich, doch Jessie hatte nie zwei verheiratete Menschen gesehen, die die Art von Liebe zur Schau stellten, von der sie in den Büchern gelesen hatte. Gab es wirklich so etwas wie Liebe?

Eine Weile später war Jessie angezogen. Ihr Haar war noch naß, doch es war in zwei glatte Zöpfe geflochten. Sie bog auf den schmalen Pfad ein, der zum Indianerlager führte. Doch dort stand Kleiner Falke und versperrte ihr den Weg. Seine Beine waren leicht gespreizt, seine Arme über seiner breiten Brust verschränkt. Er hatte sein Hemd für besondere Anlässe und seine Beinkleider abgelegt und trug nur noch seinen Lendenschurz und Mokassins.

Es gelang Jessie, ihre Überraschung zu verbergen. Sie sah ihn fest an.

»Wenn du fertig bist, begleite ich dich zum Dorf zurück«, erbot sich Kleiner Falke.

»Jetzt bist du plötzlich bereit, Englisch zu sprechen?«

»Wenn nur wir beide allein sind, ist es unvermeidlich«, erwiderte er achselzuckend. Dann sagte er abrupt: »Du solltest hier nicht ohne die Waffe herumlaufen, die du sonst an deiner Hüfte trägst.«

»Das war nicht nötig. Ich war bis vor einem Moment nicht allein, kurz bevor du gekommen bist. Du bist doch gerade eben erst gekommen, oder etwa nicht?«

»Wenn ich ja sage, macht dich das glücklich?«

»Was ist denn das für eine Antwort?« fauchte Jessie.

»Willst du lieber hören, daß ich gekommen bin, während du dich noch abgetrocknet hast?«

Jessies Augen flammten auf. »Warum hast du mir nicht zu erkennen gegeben, daß du da bist? Du hattest nicht das Recht... dazustehen und mich zu beobachten!«

»Du hast dir von Weißer Donner beim Baden zusehen lassen.« Diese Feststellung äußerte er ganz ruhig.

»Er hat mir nicht zugesehen«, beharrte sie. »Das täte er nie. Er ist mein Freund. Ich vertraue ihm.«

Kleiner Falke grinste. »Du wirst es lernen, auch mir zu vertrauen.«

»Wie kann ich dir vertrauen, wenn du dich heimlich an mich heranschleichst?«

»Bleib stehen, Sieht Wie Frau Aus.« Er schnitt ihr mit zwei schnellen Schritten den Weg ab und zwang sie, ihm in die Augen zu sehen. »Warum bist du wütend? Mißgönnst du mir den Anblick deines Körpers, nachdem ich meine Absichten deutlich ausgedrückt habe? Ist es nicht verständlich, daß ein Mann die Nähe der Frau sucht, die er gebeten hat, ihn zu heiraten? Ich wußte nicht, daß ich dich so vorfinden würde, aber es tut mir nicht leid. Dein Anblick hat mir viel Vergnügen bereitet.«

Er sagte noch mehr, doch er war zu seiner Sprache übergegangen, und während Jessie noch verwirrt zuhörte, küßte er sie.

Es war ein Schock. Sie spürte seinen Kuß bis in ihre Zehenspitzen. Sein Kuß erschreckte sie, aber sie war machtlos und konnte sich nicht dagegen wehren.

Als er sie schließlich losließ, blieb er vor ihr stehen und sah sie eindringlich und leidenschaftlich an. Er lächelte, denn er war in dem Glauben, diese Runde gewonnen zu haben. »Du hast den Himmel und auch den Wald in deinen Augen, und wenn du wütend bist, leuchten sie auf wie die Sterne. Aber du mußt noch lernen, dein Temperament zu zügeln, Sieht Wie Frau Aus. Meine erste Frau ist ein zartes Wesen – sie würde deine Gefühle nicht verstehen, die wie Stürme wüten.«

»Du brauchst dir darum keine Sorgen zu machen!« sagte sie hitzig. »Ich werde deine Frau nicht kennenlernen – niemals. Und außerdem kann ich allein zum Lager zurückgehen, vielen Dank für das Angebot.«

Sie versuchte, an ihm vorbeizugehen, aber er hielt ihre Arme fest. »Stört es dich so sehr, daß ich schon eine Frau habe?« fragte er sanft.

»Natürlich stört es mich.«

»Aber ich kann euch beide lieben.«

»Ich kenne eure Gebräuche«, sagte sie vorsichtig. »Aber ich komme aus einer anderen Kultur, und mich würde es nicht glücklich machen, einen Mann zu teilen.«

»Dann werde ich meine Frau aufgeben.«

»Wag das bloß nicht!« keuchte Jessie. »Damit würde ich nicht fertig. Mit dieser unerträglichen Vorstellung, daß du das meinetwegen tätest, könnte ich nicht leben. Du mußt dich um sie kümmern.«

»Ja, aber ich will dich, Sieht Wie Frau Aus.«

Jessie hätte am liebsten laut aufgeschrien. »Sieh mal, ich bin nicht einmal mehr eine Jungfrau«, sagte sie leise, und ihre Wangen erröteten. »Also vergiß mich und...«

»Das macht nichts.«

»Das macht nichts?« fragte sie ungläubig.

»Nein.«

Da sie ihm nichts mehr zu sagen hatte, stieß sie ihn von sich und rannte auf dem Pfad zum Dorf.

Er ließ sie laufen, doch er rief ihr nach: »Ein Sioux gibt nicht so leicht auf, Sieht Wie Frau Aus!«

»Um deinetwillen solltest du es lernen!« rief sie zurück, ehe sie sich durch die Büsche zwängte und das Lager vor sich sah.

Sie hörte ihn lachen und lief schneller. Sie rannte, bis sie vor dem Wigwam von Rennt Mit Dem Wolf stand.

16

Chase kam langsam wieder zu sich, doch der Schmerz in seinem Kopf betäubte ihn und nahm ihm jede Orientierung. Seine Schultern taten weh, und seine Hände waren taub. Was zum Teufel hatte das zu bedeuten?

Er schlug die Augen auf. Er lag zwischen Wigwams, und nicht weit von ihnen entfernt saß eine Gruppe von Indianern um ein Feuer herum. Er versuchte, seine Arme zu bewegen, und eine ungegerbte Lederschnur schnitt in seine Handgelenke. Dieser Schmerz brachte ihn vollends wieder zu sich. Chase stöhnte. Er wünschte, er wäre nicht erwacht.

Einer der Indianer hörte das Stöhnen und gab den anderen ein Zeichen. Zwei der Indianer standen auf und näherten sich ihm. Sie sahen auf ihn herunter. Er saß auf dem Boden, und seine Hände waren an einen Pfahl hinter seinem Rücken gebunden. Als er aufblickte, bemühte er sich, nicht verängstigt zu wirken. Beide Indianer waren jung, vermutlich jünger als er, aber das trug auch nicht dazu bei, daß er sich wohler fühlte.

»Du hast unser Abkommen gebrochen, Bleichgesicht«, sagte der größere der beiden Indianer. »Dafür wirst du die Strafe auf dich nehmen müssen. Aber sag uns erst, wer dich hierhergeschickt hat, damit du uns nachspionierst?«

Chase erkannte in dem Mann, der mit ihm sprach, nicht denjenigen wieder, den er mit Jessie am Bach gesehen hatte. Doch er bemerkte die blauen Augen und die ähnlichen Gesichtszüge, und er faßte sich ein Herz.

»Sie sind ein halber Weißer, nicht wahr?«

»Du wirst Fragen beantworten, nicht Fragen stellen«, lautete die rauhe Antwort.

»Das ist doch lächerlich«, sagte Chase ungeduldig. »Ich weiß nicht, wer mich angegriffen hat, aber es war ein Fehler. Ich bin nicht aus dieser Gegend, und ich weiß nichts von eurem Abkommen. Und spionieren tue ich ganz gewiß nicht.«

Chase wartete, während sich die beiden Männer in ihrer eigenen Sprache verständigten. Dann sah ihn der größere der beiden Männer zornig an.

»Schwarzer Bärenjäger sagt, daß du lügst. Er ist derjenige, der dich gefangengenommen hat. Er hat dich gefunden, als du dich am Flußufer versteckt hast, um unser Dorf zu beobachten. Er glaubt, daß die Armee dich zu uns geschickt hat, und er wird die Wahrheit erfahren, selbst wenn er dich zwingen muß, ihm die Wahrheit zu sagen.«

Chase spürte, daß sich seine Eingeweide zusammenzogen. »Darum geht es doch gar nicht. Ich bin hierhergekommen, weil ich Jessica Blair suche. Und ich weiß, daß sie hier ist. Fragt sie doch nach mir.«

Die beiden Indianer sprachen wieder miteinander, und diesmal entfernte sich der kleinere von beiden zornig. Chase wagte es, Hoffnung zu schöpfen, als der andere Indianer sich wieder zu ihm umdrehte und auf sein Gesicht, dessen Ausdruck gelockerte war, langsam ein Lächeln trat.

»Das hättest du gleich sagen sollen«, schalt ihn der tapfere Krieger.

»Das ist mir jetzt auch klar«, erwiderte Chase. »Aber Ihr Freund war nicht allzusehr darüber erfreut, oder?«

»Nein. Er hätte es vorgezogen, dich zu töten.«

Chase erbleichte. »Ist das die Strafe, die darauf steht, das Abkommen zu brechen? Das kann die Armee nicht vereinbart haben.«

»Die Armee hat uns die Ansprüche auf dieses Gebiet abgetreten. Wir haben ihre Forts zerstört und sie vertrieben. Wegen eines Mannes würde die Armee das Abkommen nicht brechen, selbst, wenn sie diesen Mann selbst ausgeschickt hätte. Dieses Gebiet gehört den Cheyenne und den Sioux, und die Armee hat das unbefugte Betreten dieses Gebietes durch Weiße untersagt.«

»Und doch erlauben Sie Jessica Blair, dieses Abkommen zu brechen?«

Der Indianer sah ihn finster an. »Wir betrachten sie als unseren Freund. Wer bist du überhaupt?« fragte er mit strengem Gesicht.

»Jessie kennt mich. Wenn Sie ihr nur sagen würden, daß Chase Summers...«

»Chase!« wiederholte der Indianer. Seine Augen wurden

schmaler. »Ich glaube. Sieht Wie Frau Aus würde es vorziehen, dich meinem Bruder zu überlassen.«

Mit diesen Worten wandte er sich ab. Chase versuchte, ihn zurückzurufen, doch er blieb nicht stehen.

Was zum Teufel hatte dieser Indianer plötzlich so erzürnt? Er hatte nichts weiter gesagt, lediglich seinen Namen genannt. Chase spürte ein wachsendes Unbehagen in sich aufsteigen. Jessie mußte etwas über ihn erzählt haben, und was sie auch gesagt haben mochte – es konnte nichts Gutes gewesen sein.

Die Sonne ging unter. Niemand kam. Die Indianer, die um das Feuer herum gesessen hatten, verschwanden einer nach dem anderen, und noch immer kam niemand zu ihm. Chase versuchte, sich aus seinen Fesseln zu befreien, aber sie saßen zu fest. Allmählich begann er zu verzweifeln. Wo blieb Jessie?

Als Jessie kam, war der blauäugige Indianer in ihrer Begleitung, und Chase erkannte sie im ersten Augenblick kaum. Sie sah aus wie eine Indianerin, und sie trug ein indianisches Kleid und kniehohe Mokassins, und ihr Haar war in zwei Zöpfe geflochten. Es schien ihm unmöglich, in ihrem Gesicht etwas zu lesen. War sie gekommen, um ihm zu helfen, oder kam sie, um sich an seiner mißlichen Lage zu ergötzen?

»Du hättest etwas eher kommen können«, sagte Chase. Er bemühte sich, seinen Tonfall beiläufig klingen zu lassen.

Jessies Gesichtsausdruck änderte sich nicht. »Ich habe geschlafen. Weißer Donner hat keinen Grund gesehen, mich zu wecken, nur um mir mitzuteilen, daß du hier bist. Weggehen konntest du ohnehin nicht.«

»Danke.«

Jessies Augen wurden zu Schlitzen. »Behalte deinen Sarkasmus für dich, Summers. In diese Lage hast nur du selbst dich gebracht.«

»Verdammt noch mal, ich habe nichts weiter getan, als hierherzukommen, um dich zu holen«, fauchte Chase.

Weißer Donner trat einen Schritt näher an Chase heran, und Jessie hielt seinen Arm fest. Sie zog ihn fort, und Chase sah, wie die beiden miteinander stritten. Dann kam Jessie allein zu ihm zurück.

Chase war überrascht. »Du sprichst ihre Sprache.«

»Ja.«

»Worum ist es gegangen?«

»Es hat ihm nicht gefallen, daß du mich angeschrien hast. Ich kann ja verstehen, daß du dich aufregst, aber ich rate dir, einen höflicheren Ton anzuschlagen. Es wäre unsinnig, ihn zu erzürnen, wenn er dich ohnehin hier behalten will.«

»Wieso denn das?« fragte Chase erbost. »Was zum Teufel hast du ihm über mich erzählt?«

»Nur die Wahrheit. Das du mich ausgenutzt hast. Du hattest deinen Spaß, und dann bist du in Panik geraten, ich könnte dich deswegen heiraten wollen. Leugnest du das etwa?«

»Du hast mir nie Gelegenheit gegeben, es dir zu erklären, Jessie.«

»Es gab nichts zu erklären. Der Fall lag reichlich klar«, sagte sie steif.

Bei Gott, wie gern er diese Fassung von ihr abgeschüttelt hätte. »Und was ist mit dir, Jessie? Ich könnte denselben verdammten Mist auch von dir behaupten. Du hattest deinen Spaß. Du hast mich ausgenutzt. Was wäre denn gewesen, wenn ich darauf bestanden hätte, dich deswegen zu heiraten?«

»Erzähl mir bloß keinen Unsinn!« fauchte sie.

»Jetzt stell dir das mal genau vor. Wer wäre denn derjenige gewesen, der einen Rückzieher gemacht hätte?«

»Aber du hättest nicht auf einer Heirat bestanden«, sagte sie. Ihre Stimme war wieder ganz ruhig. »Und du hast mir nie auch nur die Gelegenheit gegeben, herauszufinden, was ich empfunden habe.«

Aus ihrer Stimme war so deutlich herauszuhören, wie verletzt sie war, daß es ihm einen Stich versetzte. »Ich habe dir gesagt, daß es mir leid tut, und das war ernst gemeint. Vielleicht hast du es nicht als eine größere Sache empfunden, deine Jungfräulichkeit zu verlieren, aber ich war so schockiert über diesen Umstand, daß ich nicht mehr wußte, was zum Teufel ich sage, Jessie.«

»Das tut alles nichts zur Sache. Ich habe dir gesagt, daß ich das alles vergessen will.«

»Das tut durchaus etwas zur Sache, wenn dein indianischer Freund mir aufgrund dessen, was du ihm von mir erzählt hast, die Kehle durchschneiden will.«

»Wenn du es unbedingt wissen willst – ich habe ihm so gut wie nichts von dir erzählt. Er hat gesehen, daß ich außer mir war, und er hat seine eigenen Schlüsse daraus gezogen. Er fühlt sich in hohem Maß als mein Beschützer.«

»Was bedeutet er dir, wenn ich fragen darf?«

»Er ist ein sehr guter Freund. Und jetzt hast du es lange genug hinausgeschoben, mir zu sagen, was du hier zu suchen hast.«

»Wie gut?«

»Das geht dich nichts an!« fauchte Jessie. »Was ist auf der Ranch passiert? Weshalb bist du hier?«

»Gar nichts ist auf der Ranch passiert.«

»Nichts?« Ein glühendes Funkeln trat in ihre Augen. »Erzähl mir jetzt bloß nicht, daß Rachel dich wieder hinter mir hergeschickt hat.«

»Sie hat sich Sorgen gemacht.«

»Verdammt noch mal!« explodierte Jessie. »Was bist du denn, ein Schoßhund, daß du ihr aufs Wort folgst? Sie hätte dich damit in den Tod treiben können.«

»Jetzt hör aber auf.« Chase fühlte sich unbehaglich, da Weißer Donner, der sie beide nicht aus den Augen ließ, jetzt die Stirn runzelte.

»Du hörst mir jetzt zu.« Jessie senkte ihre Stimme. »Du hattest kein Recht, mir zu folgen. Ich brauche keinen Wachhund, und wenn ich einen bräuchte, dann ganz bestimmt nicht dich. Dieses Gebiet hier ist für mich ein zweites Zuhause, aber für dich ist es eine Todesfalle. Du hast verfluchtes Glück gehabt, daß Schwarzer Bärenjäger dich nicht auf der Stelle getötet hat, als er dich gefunden hat. Und du solltest lieber hoffen, daß dein Glück noch eine Weile anhält, denn du wirst allein zurückreiten. Ich bin nicht da, um dir beizustehen. Du hast deine Zeit vergeudet – wieder einmal.«

Wenigstens hatte sie gesagt, daß er zurückreiten würde. Doch Chase ließ es nicht lange dabei bewenden. Er starrte Weißer Donner an, der am Feuer stand. Der Indianer hatte sich abgewandt, als Jessie ihre Stimme senkte. Chase konnte nur sein Profil sehen. Das brachte ihm wieder in Erinnerung, welches Schauspiel er am Bach vorgefunden hatte. Ungeheißen übermannte ihn wieder der Zorn.

»Wann werde ich freigelassen, Jessie?« fragte Chase.

»Weißer Donner wird deine Stricke durchschneiden«, teilte sie ihm mit.

»Würdest du mir eine Frage beantworten, ehe du ihn rufst, ja?«

Jessie hätte darauf gefaßt sein müssen, doch die Eiseskälte in seiner Stimme entging ihr. »Was soll ich dir beantworten, Summers?«

»Bin ich dafür verantwortlich, daß du zur Hure geworden bist, oder hattest du schon immer dieses Potential? Ich wüßte nur zu gern, ob ich mir die Schuld daran geben muß.«

Jessie schnappte nach Luft. »Bist du verrückt?«

»Das meintest du doch, als du gesagt hast, daß dein Freund dort ein sehr guter Freund ist, oder?« fragte Chase weiter. Er spürte den Drang, gemein zu sein. »Oder macht es dir nur Spaß, manchmal eine Schau für ihn abzuziehen?«

»Wovon sprichst du?« flüsterte Jessie entgeistert.

»Ich habe ihn mit dir am Fluß gesehen«, schnaubte Chase. »Als dieser andere Indianer mich gefunden hat, habe ich nicht das Lager beobachtet, sondern dich. Und ich war nicht der einzige, der dich beobachtet hat«, höhnte er. »Hatte er bereits das...«

Jessie ließ ihn nicht ausreden. Sie schlug ihm ins Gesicht. »Du Schuft! Wie kannst du es wagen, etwas Derartiges zu unterstellen? Er ist wie ein Bruder zu mir!«

Sie bebte vor Wut. Weißer Donner trat zu ihr und drehte sie an den Schultern zu sich herum. Sie wich seinen Blicken aus.

»Du hast gehört, was er gesagt hat?« fragte sie jämmerlich.

»Ja. Beschämt es dich?«

Sie brauchte nicht zu antworten. Weißer Donner führte

Jessie fort und fragte sie: »Willst du, daß ich ihn für dich töte?«

Chase hörte die Frage, aber er konnte Jessies Antwort nicht hören. Er sah den beiden nach, bis sie hinter den Wigwams am anderen Ende des Lagers verschwunden waren. Dann schloß er die Augen. Es war seltsam, aber er war vollkommen ruhig. Vielleicht war er verrückt. Warum sonst hätte er sich mit einem Menschen angelegt, der sein Leben in der Hand hatte? Er schien sich selbst nicht mehr zu kennen.

17

Jessie kniete neben Chase. Es war noch dunkel. Sie hatte ihm etwas zum Essen gebracht und trug außerdem ein Messer bei sich, um ihm die Fesseln durchzuschneiden. Er schlief, und sie weckte ihn nicht. Nachdenklich sah sie ihn sich genauer an. Wieso besaß er die Macht, sie zum Weinen zu bringen? Thomas Blair war früher der einzige Mann gewesen, der das erreichen konnte.

Weißer Donner hatte Jessie erklärt, daß Chase das, was er gesagt hatte, nicht so meinte. Er hatte Chase sogar tatsächlich verteidigt, und das, nachdem er sich erboten hatte, ihn um Jessies willen zu töten. Sie war schockiert gewesen, doch hinterher, als sie allein war, hatte sie sich das, was er gesagt hatte, noch einmal durch den Kopf gehen lassen, und ihr war klar geworden, daß es wahrscheinlich stimmte.

Weißer Donner hatte Jessie noch ganz andere Gedankengänge nahegelegt, empörende Dinge, und sie war ganz und gar nicht seiner Meinung gewesen. Er hatte gesagt, es könne sein, daß Chase nach allem, was zwischen ihnen passiert war, das Gefühl hätte, sie gehöre ihm, und seine Vorwürfe könnten ausschließlich von seiner Eifersucht herrühren. Jessie wußte es besser. Ein Besitzanspruch auf sie wäre das allerletzte, was Chase angestrebt hätte. Das hatte er wahrhaft klargestellt.

»Wie lange bist du schon hier?«

Jessies Blicke trafen sich mit seinen Blicken, doch sie wandte ihre Augen schnell ab. »Ich bin gerade erst gekommen.«

Sie trat von hinten an ihn heran und durchschnitt die ungegerbte Lederschnur, mit der seine Handgelenke gefesselt waren. Chase bewegte behutsam seine Arme, doch als das Blut wieder in seine Hände strömte, schnappte er nach Luft. Er schüttelte seine Hände, doch das nutzte auch nichts.

Jessie trat wieder neben ihn und steckte ihr Messer in ihre kniehohen Mokassins. »Ich habe dir deine Sachen und etwas zum Essen gebracht.«

Er sah seinen Sattel, seine Waffen und seine übrige Habe auf dem Boden liegen. Er warf Jessie einen Seitenblick zu. »Danke. Ich hatte wirklich meine Zweifel daran, daß du mir helfen wirst.«

»Dir helfen?«

»Hier wieder rauszukommen. Nach allem, was...«

»In dem Glauben sollte ich dich eigentlich lassen.« Sie schnitt die Fesseln an seinen Füßen durch. Verbittert sagte sie: »Es würde dir recht geschehen, dich einer Hure zu Dankbarkeit verpflichtet zu fühlen.«

»Oh, Jessie«, stöhnte er. »Du mußt doch wissen, daß ich es nicht so gemeint habe.«

»Ja, das weiß ich«, sagte sie verdrossen. »Weißer Donner hat mich darauf hingewiesen, daß du heute eine ganze Menge durchgemacht hast. Ein Mann sieht dem Tod tapfer oder gar nicht tapfer ins Angesicht. Du hast deine Sache schlecht gemacht. Aber das war ja nicht anders zu erwarten.«

Diese Erklärung war ihm lieber als die eigentlich zutreffende, und daher stimmte er ihr bereitwillig zu. »Ja. Es stimmt, daß ich in letzter Zeit nichts von dem, was ich getan habe, gut gemacht habe, findest du nicht?«

»Nein, das hast du nicht getan.«

Er stand auf und streckte sich genüßlich. »Danke für das Losschneiden. Ich hatte nicht den Eindruck, daß einer der anderen in näherer Zukunft die Absicht gehabt hätte.«

Sie tat das mit einem Achselzucken ab, denn seine Dankbarkeit bereitete ihr Unbehagen. »Irgend jemand hätte es schon getan, wenn du nur lange genug gewartet hättest. Du hast es hier nämlich nicht mit Wilden zu tun. Du warst bereits von dem Moment an kein Gefangener mehr, als sie wußten, da du meinetwegen gekommen bist.«

»So ist mir die Sache aber gar nicht vorgekommen.«

»Wenn du Unannehmlichkeiten hattest, dann geschieht dir das schon allein deshalb recht, weil du hierher gekommen bist«, hob sie deutlich hervor. »Niemand hat dich gebeten, hierherzukommen.«

»Das ist wahr«, gestand er ein. »Und ich gehe auch nur zu gern wieder. Können wir jetzt losreiten?«

»Du kannst jederzeit gehen. Ich würde dir jedoch raten, bis zum Morgen zu warten. Am Morgen ziehen mehrere der Indianer aus, um zu jagen, und sie werden dich aus dem Gebiet der Indianer sicher hinausbegleiten. Wenn du mit ihnen zusammen reitest, bist du in Sicherheit. Andernfalls...«

Er sah sie einen Moment lang nachdenklich an, ehe er sagte: »Mit dir wäre ich doch auch sicher, oder?«

»Ja, aber ich komme nicht mit.«

»Doch, du kommst mit, Jessie. Ich bin nicht umsonst den ganzen Weg geritten.«

»Komm mir bloß nicht damit, Summers«, warnte sie ihn kühl. »Das steht hier überhaupt nicht zur Debatte. Selbst wenn ich morgen zurückreiten wollte, würde ich nicht mit dir gehen. Deine Gesellschaft ist mir nun einmal nicht erwünscht.«

Chase trat auf sie zu, doch Jessie wich ihm geschickt aus.

»Vielleicht sollte ich mich anders ausdrücken«, sagte Jessie. »Ich brauche nur einmal zu schreien, und sämtliche Wigwams sind innerhalb von Sekunden leer. Dann kannst du selbst sehen, wie du den Zwischenfall erklärst.«

Chase seufzte. »Ein Punkt für dich.«

Jessie geriet jetzt, da sie sich nicht mehr bedroht fühlte , erst richtig in Rage. »Weißt du eigentlich, daß du verrückt bist? Wozu zum Teufel sollte das Ganze überhaupt gut sein?«

Er zuckte die Achseln und sagte kühl: »Ich wollte mich wenigstens ein bißchen für den Ärger entschädigen, den ich gehabt habe. Und dich vielleicht auch dazu bringen, an deinen eigenen Worten zu ersticken, was meine unerwünschte Gesellschaft betrifft.«

Jessie schnappte entgeistert nach Luft. »Du glaubst, du brauchst mich nur zu küssen, und schon vergesse ich alles andere? Mein Gott, bist du eingebildet!«

»Hast du Angst, es könnte stimmen?«

»Eine so dumme Frage beantworte ich nicht. Ich weiß überhaupt nicht, warum ich eigentlich noch dastehe und mit dir rede. Wenn du jetzt losreiten willst, hole ich mein Pferd.«

»Du kommst also doch mit?«

»Nein«, erwiderte Jessie zögernd. »Ich gestatte es dir, mein Pferd auszuleihen.« Sie betete, er möge nicht explodieren.

Er hob die Stimme. »Stimmt irgend etwas nicht mit Goldenrod?«

»Nein, aber...« Er ließ es sich gar nicht erst von ihr erklären, sondern drehte sich um und ließ sie stehen.

»Wohin gehst du?«

»Ich hole mein Pferd.«

Jessie sah das Tier, und sie sah auch, an wessen Wigwam es angebunden war. Sie lief hinter Chase her und hielt ihn am Arm fest.

»Mach dich am Wigwam von Schwarzer Bärenjäger zu schaffen, und du wirst feststellen, daß du einen Haufen Ärger kriegst.«

»Wie sonst soll ich an Goldenrod kommen?«

»Gar nicht. Er behält dein Pferd. Glaubst du, ich würde dir mein Pferd borgen, wenn es nicht unbedingt sein müßte?«

Seine Augen wurden so schwarz wie Kohlen. »Ich hoffe in deinem Interesse, daß das ein Witz ist.«

»Nein, eben nicht«, sagte sie steif.

»Ist das auch einer der hiesigen Bräuche? Wie zum Beispiel, einen Mann grundlos den ganzen Tag lang festzubinden?«

»Nein. Du hast nur einfach das Pech gehabt, daß Schwarzer Bärenjäger derjenige war, der dich gefunden hat. Er haßt Weiße – mich inbegriffen. Wenn er nicht in bezug auf deine Person eine falsche Schlußfolgerung gezogen hätte, lägen die Dinge anders, aber so war es nun einmal, und er war wütend, als er erfahren mußte, daß er sich geirrt hat, insbesondere, da ich auch noch in diese Geschichte verwickelt war. Dadurch hat er sich zum Narren gemacht. Er bewahrt sein Gesicht, indem er dein Pferd behält. Du hast keine andere Wahl.«

»Vergiß es, Jessie. Ich habe dieses Pferd schon zu lange, um mich von ihm zu trennen.«

»Verdammt noch mal, du kannst froh sein, daß er nicht auch deinen Sattel und deine Waffen für sich beansprucht. Er hätte dir alles wegnehmen können. Schließlich hat er dich gefangen genommen, ob Spion oder nicht, ob Irrtum oder nicht.«

»Ohne mein Pferd gehe ich nicht, und mehr ist dazu nicht zu sagen.«

»Sei nicht albern«, zischte sie. »Du müßtest um dein Pferd kämpfen, und...«

»Dann kämpfe ich eben um mein Pferd.«

Ihre Blicke trafen sich, und keiner von beiden schlug die Augen nieder. »Du hast dich zehnfach zum Narren gemacht, indem du hierhergekommen bist«, sagte sie mit einer Stimme, deren Ruhe erzwungen war. »Welche Chance hättest du gegen einen Krieger der Cheyenne? Er würde keine Minute brauchen, um dich zu töten.«

»Dazu muß er erst gewinnen.«

»Verdammt noch mal, wir reden hier nicht von einem sportlichen Wettkampf. Ich habe dir doch gesagt, daß er mich nicht leiden kann. Er würde es dir nicht um meinetwillen leicht machen, wie es die anderen Krieger täten. Er wird ernstlich versuchen, dich zu töten.«

»Du hältst wohl nicht allzu viel von mir, was?«

Sie starrte ihn entgeistert an. »Nein, Summers, das tue ich wahrhaftig nicht.«

»Vereinbare einen Kampf, Jessie.«

»Warum willst du nicht auf mich hören?«

Er zog die Brauen zusammen. »Seit wann interessiert es dich, ob mir etwas zustößt?«

»Oh!« fauchte Jessie erbost. »Dann kämpf doch gegen ihn!«

Sie stolzierte davon. Chase atmete tief ein. Er würde diesen Ort nicht ohne Goldenrod verlassen – und auch nicht ohne Jessie.

18

Jessie und Weißer Donner suchten Schwarzer Bärenjäger auf, um ihm mitzuteilen, daß er eine Kampfansage um das goldene Pferd erhalten hatte. Er erklärte sich eilfertig bereit, nur zu eilfertig. Jessica flehte ihn an, Chase nicht zu töten, im Kampf mit ihm nur seine Kräfte zu messen, doch Schwarzer Bärenjäger starrte sie nur versteinert an. Nichts hatte sich geändert.

Der gesamte Stamm erschien, um sich dieses Schauspiel anzusehen. Wetten wurden abgegeben, denn die Indianer liebten das Spiel. Es gingen nicht allzu viele Wetten ein, bis Chase seinen Oberkörper entblößte. Erst jetzt ging das Wetten ernstlich los. Jessie faßte wieder Mut. Sie hätte sich an diese strammen Muskeln erinnern müssen. Zum Glück waren Chase und Schwarzer Bärenjäger etwa gleich groß und ähnlich muskulös.

»Hör mal, bis jetzt kannst du es dir immer noch anders überlegen«, sagte Jessie zu Chase.

Doch ehe er antworten konnte, traten harte Züge auf sein Gesicht, und er sagte: »Was hat der denn hier zu suchen?«

Sie folgte der Richtung seines Blickes und sah Kleiner Falke, der sich der Menge näherte.

»Ich habe ihn genau gesehen, ehe er mich damals niedergeschlagen hat, Jessie«, sagte Chase erbost.

»Paß auf, was du sagst! Er spricht Englisch«, zischte sie ihm zu.

»Soll das eine Warnung sein?« fragte Chase geringschätzig. »Kann ich damit rechnen, daß er sich wieder auf mich stürzt?«

Jessie zog Chase schnell ein paar Schritte zurück und flüsterte: »Verdammt noch mal, halte deinen vorlauten Mund.«

Besaß er denn keinen Funken Verstand? »Er gehört nicht zu diesem Stamm, aber was du tust, zählt trotzdem. Du bist meinetwegen hergekommen, und daher fällt das, was du hier tust, auf mich zurück.«

»Aber er...«

»Ich spreche nicht nur von ihm. Schwarzer Bärenjäger ist zufällig der Bruder von Weißer Donner. Ich bitte dich, ihn nicht zu töten, Chase.«

»Oh, du erwartest also von mir, daß ich mich ganz einfach von ihm töten lasse?« schrie Chase. Ihm war völlig egal, wer ihn jetzt hören konnte.

»Natürlich nicht«, zischte Jessie ungeduldig. »Aber wenn du ihn tötest, kann ich nie mehr hierherkommen. Ich sage doch nur... tu es nicht, wenn es nicht sein muß. Sei ihm nur überlegen. Verstehst du jetzt?«

»Klar verstehe ich«, sagte Chase sarkastisch. Dann wandte er sich von ihr ab und trat in die Runde. Schwarzer Bärenjäger erwartete ihn bereits, und sobald Chase vor ihm stand, trat Weißer Donner zwischen die beiden. Er sprach ein paar Worte, die Jessie nicht hören konnte, und dann band er ein langes Tuch um die Taillen beider Männer. Somit waren sie für diesen Wettkampf aneinander gefesselt, und es war jedem der beiden unmöglich, einfach vor dem anderen davonzulaufen. Das machte den Kampf natürlich gefährlicher, weil keiner der Männer aus der Reichweite des Messers des anderen entkommen konnte.

Chase schien ausgesprochen ruhig zu sein. Jessie hatte ihn hinsichtlich des Bandes gewarnt, mit dem sie zusammengebunden waren, und sie hatte ihm außerdem gesagt, daß es für diesen Wettkampf keine vorgeschriebenen Regeln gab. Er hatte den Kopf geschüttelt. Keine Regeln?

Schwarzer Bärenjäger begann den Kampf mit einem unerwarteten Sprung, auf den Chase überhaupt nicht gefaßt war, und beide Männer stürzten auf den Boden. Im nächsten Moment standen beide wieder auf den Füßen. Der Indianer holte zu einer Serie von knappen, schnellen Hieben mit seinem Messer aus, während Chase nichts anderes tat, als dem Messer auszuweichen. Dann griff Schwarzer Bärenjäger an und hielt sein Messer über seinen Kopf. Die beiden umklammerten sich an ihren Handgelenken, und jeder hielt die Hand des anderen fest, in der das Messer war. Das Muskelspiel war überwältigend, und die Klingen waren dicht an ihrem Ziel, doch keiner der Männer konnte die Hand mit dem Messer die wenigen Zentimeter von der Stelle rühren, die erforderlich waren, um Blut zu sehen.

Jessie war außer sich vor Entsetzen, als sie sah, daß sich die Klinge in der Hand von Schwarzer Bärenjäger umdrehte und auf Chases Unterarm einstach. Chase ließ das Handgelenk los, und die Klinge fuhr nach unten und schlitzte seinen Oberkörper seitlich auf. Der Indianer holte zu einem weiteren Stich aus, doch Chase hielt ihn mit seinem blutigen Unterarm zurück und stellte ihm dann geschickt ein Bein.

Schwarzer Bärenjäger fiel zu Boden. Das Band zog Chase ebenfalls hinunter, doch es gelang ihm, auf Schwarzer Bärenjäger zu landen. Sie wälzten sich auf dem Boden herum, und jeder von beiden kämpfte darum, die Oberhand zu gewinnen und den anderen am Boden festzuhalten. Chase versuchte aufzustehen, doch Schwarzer Bärenjäger nutzte das Seil, um ihn wieder herunterzuziehen, und mit einem geschickten Beinspiel ließ er Chase auf dem Rücken landen. Er prallte mit einem dumpfen Schlag auf den Boden.

Sie lagen ausgestreckt auf dem Boden, Kopf an Kopf. Schwarzer Bärenjäger zog sich auf einen Ellbogen und ließ heimtückisch seine andere Hand mit dem Messer durch die Luft sausen. Es wäre exakt in Chases Kehle gelandet, doch Chase sah es rechtzeitig und wich im allerletzten Moment aus.

In seinem Gesicht stand Mordlust, und Jessie spürte, wie eine Woge von Furcht über sie hinwegschwemmte. Wenn Chase die Kontrolle über sich verlor, dann gab das Schwarzer Bärenjäger den letzten Biß, der ihm noch fehlte, denn der Zorn ließ einen Mann unvorsichtig werden.

Chase stand auf und wartete darauf, daß sich sein Gegner erheben würde. Jessie hätte ihm am liebsten zugeschrien, daß er seinen Vorteil nutzen sollte, solange Schwarzer Bärenjäger noch am Boden lag, doch sie brachte keinen Ton heraus. In dem Moment, in dem der Indianer auf den Füßen war, hieb ihm Chase mit aller Wucht die Faust mit dem Messer in den Bauch. Schwarzer Bärenjäger überschlug sich, und die Wucht des Schlages riß ihm die Füße vom Boden.

Die Menge blieb stumm. Jessie spürte, daß sich ihr Magen umdrehte. Chase hatte gewonnen, aber sie hatte ihn gebeten, nicht *so* zu gewinnen. Doch er hörte noch gar nicht auf! Sein Zorn trieb ihn an, noch einmal auf Schwarzer Bärenjäger einzuschlagen. Er schlug ihm die andere Faust ins Gesicht und streckte ihn regungslos zu Boden.

Dann schnitt Chase ganz ruhig mit seinem Messer das Band durch, mit dem sie zusammengebunden waren. Doch auf dem Tuch war kein Blut zu sehen... und auch nicht auf der Klinge seines Messers. Ihre Blicke flogen wieder zu Schwarzer Bärenjäger. Kein Tropfen Blut war auf ihm zu sehen! Chase hatte die Klinge abgewandt, ehe er ihm den Hieb versetzt hatte!

Am liebsten hätte sie gelacht. Fast hätte sie es auch getan, denn in dem Moment stieß Chase einen brüllenden Siegesschrei aus, und die Menge fiel in sein Triumphgeheul ein. Diejenigen, die Wetten auf Chase abgeschlossen hatten, eilten zu ihm, um ihm zu gratulieren.

»Das hat er gut gemacht«, gestand Kleiner Falke ein.

Jessie zwang sich, jetzt nicht zu grinsen. »Ja, das hat er«, sagte sie heiter.

Sie wußte nicht, warum sie sich so sehr freute. Lag es nur daran, daß Chase Schwarzer Bärenjäger besiegt hatte, ohne ihn zu verletzen?

»Jessie!« rief Chase ihr fröhlich zu. »Pack deine Sachen, junge Frau. Wir reiten nach Hause!«

Jessie zuckte zusammen. »Ich gehe nicht mit«, sagte sie.

»Ich gehe aber nicht ohne dich«, antwortete er entschlossen. Er kam auf sie zu und blieb regungslos neben ihr stehen.

»Du solltest jetzt lieber losreiten«, sagte Jessie. Ihr war unbehaglich zumute. Er wirkte allzu entschlossen.

»Wenn du nicht freiwillig mitkommst, schnappe ich mir dich und schleppe dich gewaltsam mit«, verkündete Chase.

»Sie würden dich töten!«

»Dann hättest du mein Leben auf dem Gewissen, oder etwa nicht?«

Sie wußten beide, daß sie keine Wahl hatte. Mit weit aufgerissenen Augen starrte sie ihn an. Sie war außer sich vor Wut. »Du verfluchter Kerl, das wirst du mir noch büßen! Du wirst selbst sehen, daß ich es dir heimzahle, Chase Summers!«

Chase sah ihr mit einem breiten Grinsen nach, als sie davonstapfte und das Lager durchquerte. Er wollte seine Sachen und Goldenrod holen, doch dabei kam er an Jessies beiden Favoriten vorbei. Er war zu gut aufgelegt, um sich eingeschüchtert zu fühlen. Einen Moment lang blieb er stehen und lächelte. »Sieht ganz so aus, als käme sie mit mir nach Hause, Jungens. Seht ihr, ihre Mutter hat mich losgeschickt, damit ich sie hole. Sie mag zwar einen großen Wirbel darum gemacht haben, aber sie macht schließlich um alles einen großen Wirbel, ganz gleich, ob dies oder das, stimmt's?«

Er nickte ihnen höflich zu und ging dann weiter. Weißer Donner mußte Kleiner Falke zurückhalten, der sich auf ihn stürzen wollte. Chase kicherte in sich hinein, denn er wußte verflucht gut, was sich hinter seinem Rücken abspielte, und er brauchte sich nicht umzusehen, um es zu wissen. Er machte sich nichts daraus. Er fühlte sich ganz verflucht wohl.

19

Sie waren erst seit drei Stunden unterwegs, als Kleiner Falke sie einholte. Jessie hörte, daß er sie rief, und sie hielt ihr Pferd an. Dann hörte Chase den Namen, der gerufen wurde, und er griff Jessie in die Zügel. Kleiner Falke hielt sein Pferd an und beobachtete die beiden.

»*Du* bist also Sieht Wie Frau Aus?« sagte Chase.

»Die Indianer nennen mich Sieht Wie Frau Aus«, sagte sie ungeschickt.

»Dein Freund hat gesagt, der Sioux sei deinetwegen hier. Ist das wahr?«

»Ja. Er hat sich die ganze Zeit über auf der Ranch aufgehalten und ist mir in das Dorf der Indianer gefolgt. Er hat mich gebeten, seine Frau zu werden.«

Chase starrte sie eine Weile an, ehe er sagte: »Dann hat er mich also damals angegriffen, weil ich dich geküßt habe?«

»Ja, ich nehme an, daß das der Grund war. Aber das wußte ich zu dem Zeitpunkt noch nicht.«

Chase lachte spöttisch. »Aber das ist doch einfach lächerlich. Er und dich heiraten wollen!«

»Was soll daran so lächerlich sein?« fragte sie mit bedrohlich ruhiger Stimme.

»Um Gottes willen, er ist Indianer!«

»Mein bester Freund ist Indianer«, sagte sie. »Ich besuche ihn und seinen Stamm jetzt seit acht Jahren. Ich kenne ihre Kultur ebenso gut wie meine eigene. Du glaubst, ich könnte nicht mit einem Indianer glücklich verheiratet sein? Dann sage ich dir jetzt eins, Summers. Der einzige Ort auf Erden, an dem ich in diesen letzten zehn Jahren jemals überhaupt glücklich war, war bei Weißer Donner und seiner Familie. Erzähl mir also nicht, meine Entscheidung hätte irgend etwas damit zu tun, daß er Indianer ist.«

Chase war absolut sprachlos. Kleiner Falke beobachtete sie, und er konnte seine Blicke spüren. »Was hast du ihm gesagt?«

»Das, Chase Summers, geht dich wirklich nichts an«, sagte Jessie, während sie ihm die Zügel aus der Hand riß. Sie wandte sich um und ritt direkt auf Kleiner Falke zu.

Im ersten Moment sagten beide gar nichts, sondern starrten einander nur an. Kleiner Falke forschte in ihren Augen, und Jessie wünschte, sie wären allein miteinander gewesen.

Endlich sagte Kleiner Falke: »Ich hatte nicht vor, dich gehen zu lassen, ohne vorher noch mit dir zu sprechen, aber ich war zu zornig.«

»Das tut mir leid.«

»Du warst es nicht, die meinen Zorn hervorgerufen hat, sondern der da. Er macht dir Ärger.«

»Mach dir um ihn keine Sorgen. Er ist nichts weiter als ein hartnäckiger Nichtsnutz, der tut, was meine Mutter ihm befiehlt.«

»Es gefällt mir nicht, daß du allein mit ihm reitest. Ich werde mit euch reiten.«

»Nein.« Sie schüttelte nachdrücklich den Kopf. »Damit ihr beide euch bekämpft? Nein.«

»Wenn er dich anrührt...«

»Hör auf«, sagte sie eilig. »Mit dem komme ich zurecht. Ich bin wieder bewaffnet, siehst du?« Sie klopfte auf ihre Waffe, ehe sie zart hinzufügte: »Du mußt aufhören, dich mit mir zu befassen. Ich werde dich nicht heiraten, Kleiner Falke, und ich werde meine Meinung ganz bestimmt nicht ändern. Geh jetzt nach Hause zu deiner Frau.«

Er vermied es, darauf zu antworten. Statt dessen fragte er: »Wirst du wieder in das Lager von Weißer Donner kommen?«

Sie sah ihn stirnrunzelnd an. »Du darfst mich nicht mehr suchen.«

»Sieht Wie Frau Aus...«

»Oh, bitte, mach es mir nicht so schwer«, flehte sie ihn an. »Wir sind nicht dazu bestimmt, zusammen zu sein. Frag deinen Medizinmann, und er wird es dir sagen. Halte nicht mehr nach mir Ausschau. Mein Geist kann deinen Geist nicht ungestört treffen. Verstehst du, Kleiner Falke? Du bist zu... zu stark für mich.«

Dann wandte sie sich ab und ritt zu Chase zurück. Sie drehte sich noch einmal um und sah Kleiner Falke, der dort saß und sie beobachtete. Sein Gesichtsausdruck war nicht zu bestimmen. Es tat ihr so weh, ihm diese Dinge zu sagen. Doch es sollte nicht so sein, und sie hatte ihn davon abhalten müssen, sich noch tiefer zu verletzen.

Ohne ein Wort tritt sie an Chase vorbei und ließ ihr Pferd in einen stetigen Galopp fallen. Sie sah die beiden Männer nicht, die einander lange Zeit anstarrten, ehe sie sich gleichzeitig voneinander anwandten und Kleiner Falke in den Norden ritt, während Chase ihr folgte. Von Zeit zu Zeit spürte sie Chases Blicke auf sich, während sie die Prärie durchquerten. Es war eine wunderbare Gegend. Die Big Horn Mountains lagen direkt im Westen von ihnen und trafen sich mit vielen anderen Gebirgsketten, die sich durch das Land erstreckten und die Rocky Mountains bildeten. Im Osten befanden sich die Black Hills. Selbst das wellige Weideland, das unendlich erschien, war wunderschön. Die Bäume an den Flußbetten prunkten mit leuchtend buntem Herbstlaub. Eine Büffelherde, die langsam voranzog, wirkte aus der Ferne wie eine Schar von Schildkröten.

Jessie kannte dieses Land und liebte es. Auch die Ranch liebte sie. Eigentlich hatte sie auch nichts anderes. Sie wollte mit Sicherheit nirgends sonst leben. Dennoch hatte sie das Gefühl, daß ihr Leben an einem toten Punkt angelangt war. Sie fühlte sich verwandelt, ohne eine neue Richtung zu kennen, die sie hätte einschlagen können. Sie spürte, daß sie *etwas* brauchte, doch sie wußte nicht, was dieses Etwas war.

An jenem Tag machten sie keine Rast, sondern tränkten nur die Pferde. Es war schon spät, als sie schließlich den Bach erreichten, an dem Jessie ihr Lager aufschlagen wollte. Die Sonne war untergegangen, und der Mond würde erst später aufgehen, doch sie wußte trotzdem, wo sie Feuerholz finden konnte. Sie hatte bereits ein Feuer entfacht, ehe Chase auch nur sein Pferd abgesattelt hatte.

Da Jessie den Heimritt anführte und bestimmte, blieb Chase nichts anderes übrig, als ihr die Entscheidungen zu überlassen. Er dachte gar nicht daran, sie zu bitten, früher anzuhalten. Dennoch schöpfte er seine letzten Reserven aus. Der Kampf mit Schwarzer Bärenjäger war ein harter Kampf gewesen. Trotzdem schwieg er.

Seine Schnittwunden bluteten wieder. Eine Indianerin hatte Salbe darauf geschmiert und sie verbunden, während er am Morgen auf Jessie gewartet hatte, doch die Schnittwunde an seinem Oberkörper blutete durch sein Hemd und mußte behandelt werden. Selbst dazu war er zu müde. Wenn doch bloß jemand dagewesen wäre, der sein Pferd hätte trokkenreiben können...

»Setz dich hin, ehe du umfällst!« befahl ihm Jessie mit einer Stimme, die es ernst meinte. »Also ehrlich, wenn du so müde bist, hättest du etwas sagen sollen.«

Sie stand hinter ihm, und ihm war nicht bewußt gewesen, daß sie ihn beobachtete.

»Ich wollte dir keine Umstände machen«, erwiderte er unbeholfen.

Sie seufzte, riß ein Büschel Gras aus und rieb Goldenrod trocken. Dabei sagte sie: »Das Essen steht am Feuer. Die Schwester von Weißer Donner hat es für uns zubereitet. Bedien dich selbst.«

»Ich glaube, ich lege mich ganz einfach schlafen.«

»Vorher wird gegessen«, sagte Jessie mit fester Stimme. »Du brauchst es nötig, damit du den morgigen Ritt durchhältst.«

Ihr Tonfall versprach, daß der morgige Ritt wieder brutal werden würde. »Warum hast du es so eilig?« brummte Chase.

»Ich habe es dir doch gesagt. Deine Gesellschaft behagt mir nicht. Je eher wir zurück sind, desto besser.«

Chase zog ein finsteres Gesicht. »Wenn das so ist, werde ich unter allen Umständen etwas essen. Es geht nicht an, daß du dich über die wenigen Stunden grämst, die du eventuell mehr mit mir verbringen müßtest.«

»Vielen Dank.«

Wie sehr sie ihn mit dieser unbeugsamen Feindseligkeit anstachelte! Wer hätte glauben können, daß sie eine Nacht miteinander verbracht und sich so unglaublich geliebt hatten, wie er es nur selten in seinem Leben erlebt hatte?

Er setzte sich und stocherte in dem Essen herum, das auf einer dünnen Lederhaut ausgebreitet war. Als Jessie sich setzte, hatte er ein paar Stücke Fleisch gegessen. Sie setzte sich so neben ihn, daß sie das Essen zwischen sich hatten. Ihr Gesichtsausdruck war denkbar unfreundlich.

»Ich habe Schmerzen, Jessie«, sagte er zaghaft.

»Wieso?«

Ihr Tonfall war nicht mehr ganz so frostig.

»Die Schnittwunde neben meinen Rippen tut weh.«

»Wie schlimm ist es?«

»Ich habe es selbst noch nicht genau gesehen«, gestand er ein.

Es gelang ihm, den linken Ärmel seiner Jacke abzustreifen. Als der Ärmel herunterfiel, konnte man das Blut sehen, das sein Hemd durchnäßte. Er merkte, daß Jessie schockiert war, und er freute sich. Dann sah er an sich selbst hinunter und stellte fest, daß das Blut ihm eine verdammt gute Hose ruinierte.

Jessie sprang augenblicklich auf und half ihm, seine Jacke ganz auszuziehen. Als nächstes befaßte sie sich mit seinem Hemd, das sie ihm aus der Hose und über den Kopf zog. Sie sagte gar nichts, ehe sie den Verband entfernt und sich die Wunde sorgsam angesehen hatte. Dazu zog sie ihn näher an den Lichtschein des Feuers, damit sie mehr sehen konnte.

»So schlimm ist es nicht«, murmelte sie. »Aber das Holpern des Ritts hat jede Schorfbildung verhindert.«

Während sie zum Bach ging, um Wasser zu holen, hob Chase den Arm, um sich die Wunde genauer anzusehen. Ihm kam sie böse vor, gut einen halben Zentimeter tief und mindestens fünfundzwanzig Zentimeter lang. Er erinnerte sich daran, daß Jessie gar nicht überempfindlich gewesen war.

Nachdem sie zurückgekommen war, säuberte sie die Wunde gründlich. Chase sah ihr ins Gesicht, sah, wie sie die Stirn in Falten legte, weil sie mit großer Konzentration vorging, sah, wie sie sich auf die Unterlippe biß. Sie war ihm zu nah, und er begann, an Dinge zu denken, an die er nicht hätte denken sollen.

In Ermangelung eines neuen Verbandes mußte Jessie den alten wieder verwenden, doch sie erbot sich: »Wenn du ein Hemd zum Wechseln hast, wasche ich dir das da aus.«

»In meiner Satteltasche. Was hältst du davon, meine Hose auch auszuwaschen?«

»Deine Hose wirst du brauchen, um nicht zu frieren. Es wird eine kühle Nacht.«

»Ich brauche nichts weiter als eine Zudecke und einen warmen Frauenkörper«, sagte Chase grinsend.

»Du bekommst aber nur eine Decke«, gab sie zurück.

Chase grinste immer noch, als sie ihm sein sauberes Hemd und eine Decke zuwarf, ehe sie wieder zum Bach ging. Sie war weniger feindselig, und er genoß es.

Als Jessie zurückkam, hatte er sich in die Decke gewickelt

und mühte sich damit ab, sein Hemd zuzuknöpfen. Sie knöpfte die letzten Knöpfe zu und half ihm dann, seine Jacke wieder anzuziehen. Er legte sich hin, und sie kniete sich neben ihn, um die Decke glattzustreichen. Als sie sich über ihn beugte, schlang er einen Arm um sie und zog sie an sich. Sie kam nicht auf den Gedanken, sich zu wehren, ehe es zu spät war. Er flüsterte: »Danke«, und dann streiften seine Lippen leicht ihren Mund. Sein Arm fiel herunter, und seine Augen schlossen sich. Jessie rückte ein Stückchen von ihm ab und legte sich hin. Sie wandte ihm ihr Gesicht zu und sah ihn noch lange an, während er schlief.

20

Jessie rührte den Topf mit den Bohnen noch einmal um, ehe sie ihn auf den Tisch stellte. Chase bediente sich bereits, denn die heißen Toasts und das gebratene Kaninchen hatte sie schon auf den Tisch gestellt. Zum Nachtisch hatte sie einen Pudding vorbereitet, ganz so, wie Jeb ihn so gerne machte – mit Rosinen, Nüssen, braunem Zucker und den Gewürzen, die sie gefunden hatte.

Sie benutzten das kleine Vorratshäuschen auf dem nördlichen Gebirgszug. Jessie war hart geritten und hatte sich wirklich bemüht, vor Anbruch der Nacht zu Hause anzukommen, doch daraus war nichts geworden. Der Himmel hatte sich bewölkt, und es war früh dunkel geworden. Als es dunkel wurde, waren sie noch drei Stunden von der Ranch entfernt.

Seit jenem überraschenden Kuß hatte sie sorgsam Abstand gehalten, und er war ihr auch nicht mehr nahegetreten. Dennoch war es ärgerlich, ihm so verwirrend nah zu sein. Sie brauchte Ablenkung.

»Wo hast du gelernt, so geschickt mit einem Messer umzugehen?« fragte Jessie vorsichtig.

Chase sah nicht auf. »In San Francisco. Ich habe einen alten Kapitän kennengelernt, der mir ein paar Tricks beigebracht hat, damit ich an der Küste zurechtkomme. Diese Küste war nachts nicht gerade der liebenswürdigste Ort, und tagsüber war es dort auch nicht viel besser.«

»Warum bist du dort gewesen?« fragte Jessie weiter.

»Ich habe ein paar Jahre lang dort gearbeitet.«

»Als was?«

Jetzt sah Chase doch von seinem Essen auf. »Erstaunlich, wie viele Fragen du heute abend hast.« Er lächelte sie an.

»Hast du was dagegen?«

»Nein, ich glaube nicht. Ich habe in einem Spielsalon die Karten ausgeteilt. Das hat mich wohl erstmals auf den Geschmack gebracht, was das Spielen angeht.«

»Du spielst gern?«

»Das kann man allerdings sagen.«

»San Francisco ist weit weg von Chicago. Hast du immer in Chicago gelebt, bevor du nach San Francisco gekommen bist?«

»Ich bin in New York geboren, aber meine Mutter ist nach Chicago gezogen, als ich noch ein Säugling war. Wenn man es genau nimmt, hat sie sich dort versteckt. Ihr Vorname war Mary, aber ihren Nachnamen hat sie in Summers umgeändert. Sie hat mir nie gesagt, wie sie in Wirklichkeit mit Nachnamen heißt.«

Aus seinem Tonfall war die Bitterkeit herauszuhören, die sich schon gezeigt hatte, als er zum ersten Mal von seiner Mutter sprach.

»Wovor hat sie sich versteckt?« fragte Jessie zögernd.

»Ich bin ein uneheliches Kind«, antwortete er nonchalant. »Sie konnte nicht mit dieser Schande fertig werden. Sie hat entsprechend dafür gesorgt, daß auch ich es nie vergesse, und auch nicht, daß mein Vater weder sie noch mich haben wollte. Trotzdem frage ich mich manchmal, ob das stimmt. Wenn sie betrunken war, sind ihr gewisse Dinge rausgerutscht, die sie abgestritten hat, wenn sie nüchtern war. Wie zum Beispiel der Umstand, daß sie meinen Vater gar nicht mehr gesehen hat, seit sie wußte, daß sie schwanger war.«

»Du meinst, daß er vielleicht nie etwas von deiner Existenz gewußt hat?«

»Das ist gut möglich«, erwiderte er. »Ich habe vor, das eines Tages herauszufinden. Jedenfalls sind wir nach Chicago gegangen, und sie hat eine Schneiderei eröffnet, die gut gelaufen ist. Durch diesen Laden hat sie Ewing kennengelernt. Ich war zehn Jahre alt, als er anfing, seine Mätressen in den Laden zu bringen, um sie modisch ausstatten zu lassen. Er war auf der Suche nach einer respektablen Ehefrau, einer Frau mit einem Kind, und die Witwe Summers schien ideal dafür zu sein; auch wenn sie ihn nicht liebte. Und es war auch nicht so, als hätten wir seinen Reichtum gebraucht, denn uns ging es recht gut. Doch sie behauptete, ihn zu lieben. Das war ihre Ausrede und nichts weiter als ein Vorwand dafür, daß sie in Wirklichkeit nichts anderes wollte als die Luxusgüter, die sie sich von seinem Reichtum kaufen konnte.«

»Was war daran so falsch? Es wird nicht leicht gewesen sein, dich allein aufzuziehen. Vielleicht kommt deine Bitterkeit daher, daß du sie nach all den Jahren, in denen nur ihr beide allein zusammen wart, mit jemandem teilen mußtest.«

»Sie mit jemandem teilen?« sagte Chase. »Ich habe sie fast nie gesehen. Sie hatte ständig irgendwelche gesellschaftlichen Verpflichtungen, oder sie machte einen Einkaufsbummel nach dem anderen. Sie hat mich vollständig an Ewing abgeschoben.«

»Und das war dir zuwider?«

»Allerdings! Plötzlich ist da ein absolut Fremder, der dich behandelt, als seist du ihm geboren worden, doch gleichzeitig mit eiserner Strenge erzieht; der dich für den kleinsten Fehler schlägt, für die winzigste Regung, den eigenen Willen zu behaupten.«

»Das tut mir leid.«

»Es braucht dir nicht leid zu tun. Ich habe mich ihm nur sechs Jahre lang beugen müssen.«

Jessie wußte, daß er versuchte, etwas leichter darzustellen, was für ihn mit gräßlichen Erinnerungen verbunden war. Eine unliebsame Erinnerung mußte ihn eingeholt haben, denn er zog ein finsteres Gesicht, und Jessie überließ ihn eine Weile sich selbst.

»Du warst erst sechzehn, als du von zu Hause fortgegangen bist?« wagte sie sich nach einer Weile vor. »Hattest du denn keine Angst? Wie bist du zurechtgekommen – so jung, wie du warst?«

»Man könnte sagen, daß ich mich einer anderen Familie angeschlossen habe, dem Heer.«

»Und du bist so jung angenommen worden?«

Chase grinste. »Das war '64, Jessie. Damals hat die Armee jeden genommen.«

»Natürlich«, seufzte sie. »Im Bürgerkrieg. Du hast für den Norden gekämpft?«

Er nickte. »Ich habe mich auf Zeit verpflichtet, als grüner Junge, der auf die harte Tour gelernt hat, wie man ein Mann wird. Nach Ablauf dieser Zeit bin ich nach Kalifornien gegangen.«

»Weshalb nach Kalifornien?«

»Dort hat meine Mutter meinen Vater kennengelernt.«

»Du bist also nach Kalifornien gegangen, um ihn zu suchen?«

Er nickte. »Ja, aber ich habe ihn nicht gefunden. Als der Goldrausch einsetzte, war die Silvela-Ranch verkauft worden. Inzwischen waren so viele Jahre vergangen, daß niemand mehr da war, der mir hätte sagen können, wohin die Silvelas gegangen waren, doch ich habe mir gedacht, daß sie wohl wieder nach Spanien gegangen sind.«

»Dein Vater war Rancher?«

»Nach allem, was mir meine Mutter erzählt hat, war es die Ranch seines Onkels.«

»Ein Spanier«, bemerkte sie nachdenklich. »Du mußt ihm nachgeschlagen sein.«

»Ich denke schon.« Chase lächelte matt. »Meine Mutter war ein Rotschopf mit leuchtend grünen Augen.«

»Aber soweit ich verstanden habe, dachte ich, sie sei aus New York. Was hat sie in Kalifornien getan?«

»So, wie sie es mir erzählt hat, war ihre Mutter gerade gestorben. Es gab nur noch sie und ihren Vater, und er war häufiger auf See als zu Hause. Er war der Kapitän eines Schiffs, das regelmäßig von der kalifornischen Küste in den Osten fuhr. Es war das erste Mal, daß er sie überhaupt auf eine dieser Reisen mitgenommen hatte, und die Silvelas gehörten zu den Rancher-Familien, mit denen ihr Vater Handel trieb. Ganz offensichtlich hat Carlos Silvela, der jung und attraktiv war, ihr den Kopf verdreht. Allerdings hat er ihr nicht die Ehe versprochen.

Ehe ihr Vater wieder in den Osten segelte, stellte sie fest, daß sie schwanger war, und sie unterrichtete ihren Vater davon. Er bestand auf einer Heirat, und das, was dann folgte, habe ich in etlichen Varianten gehört. Die eine besagt, daß meine Mutter Carlos Silvela angefleht hat, sie zu heiraten, doch er wollte nicht. Eine andere Version lautet, daß der Onkel, das Oberhaupt des Clans, sich weigerte, seine Zustimmung zu geben, und meine Mutter gedemütigt haben soll, indem er sagte, eine *americana* sei nicht gut genug für seinen Neffen. Außerdem gibt es noch die Version, die meine Mutter betrunken erzählte, wenn sie geschworen hat, daß Carlos sie liebte und sie geheiratet hätte, *wenn er etwas davon gewußt hätte.*«

»Und du weißt nicht, welche dieser Versionen die Wahrheit ist?«

»Nein. Aber eines Tages finde ich es heraus.«

»Du wirst nach Spanien reisen müssen, um das herauszufinden. Warum warst du noch nicht dort?«

Chase zuckte die Achseln. »Es erschien mir aussichtslos. Ich wußte nicht, wo ich anfangen soll. Spanien ist ein großes Land. Hinzu kommt, daß ich die Sprache nicht spreche.«

»Spanisch ist nicht schwierig zu lernen«, schalt sie ihn aus.

»Ich vermute, du sprichst es?«

»Nun... ja«, gab sie zu.

Spanisch war die einzige Sprache außer dem Englischen gewesen, die John Anderson gekannt hatte, und Jessie war eifrig darauf versessen gewesen, sich alles von ihm beibringen zu lassen, was er ihr beibringen konnte. Doch das wollte sie Chase jetzt nicht erklären.

»Warum hast du kein Spanisch gelernt, wenn dir das helfen könnte, deinen Vater zu finden?« drängte sie weiter.

»Ich war zu enttäuscht und zu wütend darüber, daß ich meinen Vater dort nicht gefunden habe, wo ich ihn vermutete. Es hat mich schon eine teuflisch lange Zeit gekostet, auch nur nach Kalifornien zu kommen. Und als ich dann herausfinden mußte, daß ich diese Reise umsonst unternommen hatte...«

»Du hast also einfach aufgegeben?«

»Ich war zwanzig und ruhelos, Jessie. Außerdem hätte ich gar nicht das Geld gehabt, um nach Spanien zu reisen.«

»Und daraufhin hast du Arbeit angenommen und in San Francisco Karten ausgeteilt?« schloß sie.

»Ja. Anschließend bin ich langsam wieder in Richtung Osten gezogen. Ich dachte, ich sehe mir ein bißchen mehr von diesem Land an«, erklärte er. »Zwei Jahre lang habe ich versuchte, auf dem Mississippi zu leben, aber irgendwann kam es zu einer Kesselexplosion zuviel und zu einem Schiffbruch zuviel, und das hat den Dampfschiffen auf dem Fluß den Reiz genommen. Ein großes Spiel hat mich nach Texas gelockt, und dann bin ich nach Kansas weitergezogen. In den Nestern auf dem Land gibt es dort ein paar reizvolle Saloons, wenn man sich nicht daran stört, wie wild es dort zugeht.«

»Du bist ein Spieler!« stellte Jessie schließlich fest. »Mein Gott! Die schlimmste aller unsoliden Faulenzereien!«

Chase kicherte angesichts ihrer Verachtung. »Es läßt sich gut leben. Ich kann jederzeit entscheiden, ob ich weitermache oder aufhöre. Und es vereinfacht das Reisen. Zufällig habe ich nun mal ein ungewöhnliches Glück mit den Karten. Warum sollte ich diesen Umstand nicht nutzen?«

Sie hatte sich wieder ein wenig beruhigt. »Kannst du dir mit dem Spielen wirklich den Lebensunterhalt verdienen?«

»Es reicht, um recht bequem in den guten Hotels zu hausen«, gestand er ein.

»Aber was ist das für ein Leben?«

Sie hatte einen wunden Punkt berührt. »Sagen wir doch einfach: ein Leben ohne Verpflichtungen. Und jetzt bin ich an der Reihe, ein paar Fragen zu stellen, meinst du nicht auch?«

Jessie zuckte die Achseln und nahm sich den letzten Toast. »Was willst du wissen?«

»Du hast gesagt, du seist nur bei deinen indianischen Freunden glücklich gewesen. Wie kommt das?«

»Dort darf ich ich selbst sein.«

»Ich habe gesehen, daß du so ausgesehen und dich so verhalten hast wie eine der ihren. Bezeichnest du das als ein Duselbst-Sein?«

»Ich habe ausgesehen wie ein Mädchen, oder etwa nicht?« warf Jessie ein.

»Du hast indianisch ausgesehen.«

»Ja, aber wie ein Mädchen«, beharrte sie.

»Ja, natürlich, aber was hat das damit...«

»Es ist der einzige Ort, an dem ich ein Mädchen sein darf – das, was ich bin. Verstehst du, mein Vater hat mich nie ein Mädchen sein lassen. Er hat alle meine Kleider verbrannt, mit denen ich hierhergekommen bin, und er hat nie zugelassen, daß ich mir ein Kleid kaufe. Für die Dinge, die er mir beigebracht hat, waren Kleider nicht angemessen. Er wollte durch nichts daran erinnert werden, daß ich ein Mädchen bin.«

Chase stieß die Luft durch die Zähne. »Ich dachte, es sei dein Entschluß, dich so zu kleiden.«

»Wohl kaum.«

»Aber dein Vater ist inzwischen tot.«

»Ja«, erwiderte Jessie, ohne vorher nachzudenken. »Aber meine Mutter ist da.«

»Aber ihr gefällt es nicht, wie du dich anziehst und wie du dich verhältst. Das mußt du wissen.« Dann stieß er einen leisen Pfiff aus. »Ja, natürlich weißt du es längst. Ich verstehe.«

»Das geht dich überhaupt nichts an«, fauchte Jessie.

»Jedesmal, wenn ich an ein heikles Thema rühre, geht es mich nichts an«, sagte er seufzend. »Ich verurteile dich nicht, Jessie. Mir ist ganz gleich, wie du dich anziehst. Trotzdem hast du in diesem indianischen Kleid unglaublich hübsch ausgesehen«, sagte er liebenswürdig. Er wollte sie gern wieder beschwichtigen.

Doch davon wollte Jessie nichts hören. Sie stand auf, und ihre Augen sprühten Funken. »Ich habe gekocht, und du kannst jetzt spülen. Ich komme bald wieder.«

Er richtete sich kerzengerade auf. »Wohin gehst du?«

»Ich gehe mich waschen.«

Doch ehe sie gehen konnte, war er aufgesprungen und stand vor ihr. »Was hast du Kleiner Falke auf seinen Heiratsantrag geantwortet? Du hast ihm doch eine Antwort gegeben, stimmt's?«

»Wenn du es unbedingt wissen willst – ich habe abgelehnt. Ich bin nicht bereit, den Mann zu teilen, für den ich mich entscheide. Kleiner Falke hat schon eine Ehefrau.«

Chase ließ das langsam einsickern. »Und wenn er keine Ehefrau hätte?«

»Dann hätte ich ihn wahrscheinlich genommen.«

Sie ging ins Freie, und Chase starrte noch lange die geschlossene Tür an.

Eine Weile später kam Jessie wieder und schüttelte ihr nasses Haar. Ihr Haar war gelöst, und es war so schwarz und schimmernd wie Zobel. Ohne auch nur einen Blick in seine Richtung zu werfen, ging sie zu ihren Satteltaschen, die am Fußende ihrer Pritsche standen. Sie holte eine Bürste heraus und setzte sich auf das zottige Fell, das vor dem Feuer lag.

Chase sah ihr zu, als sie anfing, mit der Bürste durch ihr Haar zu fahren, doch dann wandte er sich ab, denn er fühlte sich angespannt. Er ging zu seiner eigenen Bettstelle, die nur wenige Meter von ihrem Bett entfernt war. Er sah sich das schmale Ding an, dann ihre Pritsche, und ihm ging auf, daß es eine Kleinigkeit wäre, die beiden Schlafstellen zusammenzurücken.

»Danke für das Spülen und Aufräumen«, sagte sie plötzlich.

»Danke für das Abendessen«, gab er zurück.

Beide verstummten. Sie wandte sich wieder mit dem Gesicht zum Feuer, und er konnte ihr Profil sehen. Chase konnte seine Blicke nicht von ihr abwenden. Geistesabwesend begann er, sein Hemd aufzuknöpfen. Sie hob ihr Haar mit den Händen in den warmen Luftstrom und schüttelte und wedelte es trocken. Dann bürstete sie es wieder. Dieses wallende schwarze Haar begann, ihn in seinen Bann zu ziehen. Es schimmerte seidig und reflektierte den Schein des

Feuers. Als sie sich zurücklehnte und den Kopf in den Nakken warf, verzückte ihn der zarte Schwung ihres Halses.

Chase wußte selbst nicht, was er vorhatte, als er aufstand und zu Jessie trat. Er kniete sich hinter sie, nahm ihr Haar in seine beiden Hände und preßte seine Lippen auf ihren Hals. Sie versuchte, sich ihm zu entziehen, und er kam wieder zu Sinnen und ließ sie los.

Jessie zog sich eilig auf die Knie und drehte sich zu ihm um. »Was...«

»Ich möchte mir dir schlafen, Jessie.«

Seine Augen waren sengend, als sie ihr Gesicht, ihren Nacken, ihr Haar liebkosten. Sie konnte an nichts anderes mehr denken als an jene Nacht, in der er sie ganz genauso angesehen hatte. Komisch, aber das war wirklich alles, woran sie denken konnte. Jessie rückte näher zu ihm und ließ sich von ihm in seine Arme ziehen. Eine Hand grub sich in ihr Haar, die andere lag auf ihrem Rücken, und er zog sie dicht an sich. Sein Mund nahm ihre Lippen in einem Kuß gefangen, der sie entflammen ließ, und es wurde immer schlimmer, bis sie nichts anderes mehr wahrnahm als dieses Gefühl. Seine Lippen wanderten zu ihrem Hals, und sie stöhnte, als seine Lippen ein Prickeln verursachten. Er ließ sie auf das Fell sinken, und sie versuchte, ihn zu sich herunterzuziehen, ihn auf sich zu ziehen, doch er hielt sich zurück und wand sich erst aus seinem Hemd. Sie verschlang ihn gierig mit ihren Blicken und sah die kräftigen Muskeln an, die unter seiner Haut spielten, unter dieser dunklen gebräunten Haut. Sie ließ ihre Finger durch das Haar auf seiner Brust gleiten und dann über diese Muskeln, die sie so sehr faszinierten, an seinen starken Armen hinunter.

Chase sah ihr dabei zu, wie sie ihn ansah, und das erregte ihn so sehr, daß der Druck in seiner Hose schmerzhaft wurde, und er zog sie rasch aus.

Jessie streckte eine Hand aus und berührte das steife, pralle Glied, das so stolz aufgerichtet war. Er stöhnte, und sie schlang ihre Arme um seine Hüften und preßte ihre Wange an seinen flachen, festen Bauch. Er riß sie zu sich hinauf und schloß ihren Mund wieder wild und leidenschaftlich mit seinen Lippen. Sie grub ihre Finger in sein Haar, und er knöpfte eilig ihre Bluse auf und zog sie ihr aus. Sie schien keine Peinlichkeit zu empfinden, als sie ihre übrigen Kleidungsstücke verstreute. Es gab nichts anderes mehr als die Glut seiner Augen und dann seine heißen Hände, als er jede Stelle ihres Körpers berührte, die sie entblößte.

Als sie genauso nackt war wie er, lehnte sie sich zurück und zeigte ihm ihre Bereitschaft, ihn zu empfangen. Doch er gab ihr nicht das, wonach sie sich sehnte – noch nicht. Er beugte sich vor und strich mit seinen Händen über ihre Hüften. Als er seine Wange auf ihren Bauch legte und zart mit dem Gesicht ihren Bauch streichelte, wußte sie, was er empfunden hatte, als sie dasselbe bei ihm getan hatte. Es war kaum zu ertragen.

»Du bist so schön, Jessie. Du bist wunderschön.«

Sie glaubte es ihm. Sie fühlte sich angebetet. Sie fühlte sich ganz und gar als Frau.

Chase küßte die Innenseite ihrer Oberschenkel. Ihre Beine waren fantastisch und keineswegs so, wie er sie sich vorgestellt hatte. Die Muskeln, die er sich ausgemalt hatte, waren vorhanden, doch wenn sie sich entspannte, waren ihre Beine zart und füllig.

Er ließ seine Hände auf ihre Brüste gleiten. Sie waren so zart, so weich und voll, und die Brustwarzen waren steif und sprangen hervor. Er schmeckte sie und fuhr mit seiner Zungenspitze über sie, bis sie aufschrie: »Nein, nicht noch mehr!«

Ihre Finger gruben sich in sein Haar, und sie zog ihn zu ihrem Gesicht hinauf. Ihre Lippen legten sich mit einem solchen Drängen auf seine Lippen, daß er verloren war. Sie bog ihren Rücken durch, um ihm entgegenzukommen, und als ihre Haut sich wo es nur irgend ging mit seiner Haut verschmolz, drang er in sie ein. Sie schlang ihre Beine um seine Hüften, und er versank tief in ihr. »Oh, ja! Jessie... Jessie.«

Ihre Glut steigerte sich und entlud sich in einem Ausbruch von explosiven, ekstatischen Zuckungen. Er hatte sich kein einziges Mal bewegt, seit er in sie eingedrungen war, und das war auch gar nicht nötig. Diese Ekstase der Erfüllung, die so schnell bei ihr kam, war genug, um ihn über den Gipfel hinauszutragen, und als er seinen Samen in sie ergoß, ließ sein Pochen ihren eigenen Genuß andauern und immer weitergehen.

Jessie trieb in den Schlaf hinüber. Chase stand auf, um sich eine Decke zu holen. Er deckte Jessie zu, kroch unter die Decke und kuschelte sich dicht an sie. Dann fiel er in einen tiefen, zufriedenen Schlaf.

21

Jessie wachte vor Chase auf. Ihr wurde klar, was geschehen war, und sie stand eilig auf und sammelte leise ihre Sachen zusammen.

Sie forderte Blackstar bis an seine Grenzen, aber sie ritt nicht zur Ranch zurück, sondern zum Weideland, weil sie sich sofort in die Arbeit stürzen wollte, damit sie nicht nachdenken mußte. Wie hatte das passieren können? Sie hätte etwas dagegen unternehmen können. Schließlich war es nicht so, daß er sie dazu gezwungen hatte. Sie hatte ihn begehrt. Aber warum bloß? Verdammt noch mal!

Es war schon ziemlich spät, als Chase erwachte, und es dauerte nicht lange, bis er feststellte, daß in der Holzhütte keine Spur von Jessie zu sehen war. Zum Teufel mit allen unabhängigen Frauen, fluchte er, und er kam sich vor, als sei er ausgenutzt worden.

Seine Reizbarkeit nahm zu, während er zur Ranch zurückritt. Gleichzeitig war er froh, daß er zumindest den Weg kannte. Er hatte es satt, sich von dieser einen, ganz speziellen Frau auf den Kopf stellen zu lassen. Wenn er mit ihr zusammen war, verhielt er sich nicht so wie sonst, und er konnte nicht einmal einen klaren Gedanken fassen, wenn sie in seiner Nähe war. Er würde Rachel sagen, worauf sie zu achten hatte, er würde Jessie den Schuldschein ihres Vaters geben, und dann würde er sich aus dem Staub machen.

Als Chase das Haus betrat, hielt Rachel sich im Wohnzimmer auf. Sie saß auf einem Schaukelstuhl und häkelte. In einem moosgrünen Gewand mit schwarzer Spitze sah sie ganz reizend und vornehm aus. Er erinnerte sich an den Haushalt der Ewings, daran, wie wohltuend es gewesen war, dazusitzen und ihr zuzusehen, wenn sie häkelte, strickte oder Blumen arrangierte. Der Anblick von Rachels Schönheit linderte seinen Kummer, wie er ihn immer schon gelindert hatte. Wenn er nicht in Gedanken bei Jessie gewesen wäre, hätte diese wohltuende Wirkung helfen können.

»Ist sie da?« fragte er.

»Nein. Ein junger Mann, Blue, kam gegen Mittag angeritten, um Lebensmittel zu holen«, erklärte sie. »Er hat Jeb gesagt, daß sie draußen auf den Weiden arbeitet.«

Chase sank schwer auf einen Stuhl und stöhnte. »Ich hätte ja wissen können, daß sie sich gleich wieder mitten in die Arbeit stürzt. Sind sie immer noch dabei, die Herde zusammenzutreiben?«

»Ja. Jeb sagt, daß sie nur noch ein paar Tage brauchen, bis sie damit fertig sind. Daher wird er auch morgen in die Stadt reiten, um die Vorräte zu besorgen, die sie für den Viehtrieb brauchen.« Sie senkte ihren Blick wieder auf ihren Schoß, als wollte sie nichts mehr sagen, doch sie fügte leise hinzu: »Chase, sie war doch nicht wirklich bei den Indianern, oder?«

Er fragte sich, woher sie wußte, daß er Jessie gefunden hatte, doch dann entschloß er sich, diese Überlegung wieder fallen zu lassen.

»Sie sucht diese Indianer schon seit etwa acht Jahren immer wieder auf, Rachel.«

»Dann stimmt es also doch!«

»Das Schlimmste weißt du noch gar nicht. Ich habe sie bei den Cheyenne gefunden. Sie verhalten sich freundschaftlich ihr gegenüber, aber andere Weiße sind auf ihrem Territorium nicht willkommen. Ich wäre wirklich beinahe getötet worden. Man hat mir mein Pferd weggenommen, und ich mußte darum kämpfen, es wiederzubekommen. Einen halben Tag lang war ich gefesselt, und wenn Jessie ihnen nicht gesagt hätte, daß sie mich kennt, hätten sie mich gefoltert und vielleicht auch getötet. So geht es in den Kreisen zu, in denen sie sich aufhält. Nett, findest du nicht?«

Rachel starrte ihn an. Ihr war klar, daß er noch mehr zu sagen hatte.

»Der beste Freund, den deine Tochter hat, ist ein Halbblut, ein Cheyenne, der Weißer Donner genannt wird. Sie sind so eng miteinander befreundet, daß sie nackt im Fluß badet, während er nur wenige Meter entfernt von ihr dasteht.«

»Ich glaube es einfach nicht.« Rachel schüttelte den Kopf.

»Ich habe sie selbst gesehen. Aber das Schlimmste habe ich dir noch gar nicht gesagt. Sie hat einen Freier, einen Sioux-Krieger. Er will sie heiraten, und der einzige Grund, aus dem sie ihn abgelehnt hat, ist, daß er schon eine Ehefrau hat. Das hat sie selbst gesagt! Sie behauptet, der einzige Ort auf Erden, an dem sie glücklich gewesen sei, sei bei den Indianern. Wer weiß? Es kann gut sein, daß der nächste Krieger, der um ihre Hand anhält, noch keine Frau hat. Du kannst durchaus in die Situation kommen, plötzlich einen Indianer zum Schwiegersohn zu haben, Rachel.«

Sie war zu entgeistert, um darauf etwas zu antworten. Schließlich sagte sie: »Und was soll ich tun?«

»Du bist ihre Mutter«, erwiderte Chase zornig, »ganz zu schweigen davon, daß ihr Vater dich als Vormund ausgewählt hat. Du hast die Möglichkeit, ihr Dinge zu verbieten. Tu es! Laß nicht zu, daß sie einfach tut, was sie will.«

»Aber wie?« fragte Rachel.

»Woher zum Teufel soll ich das wissen?« fauchte er. Dann erbarmte er sich. »Oh, Rachel, hör bitte damit auf. Es wird dir schon etwas einfallen. Aber du mußt endlich aufhören, mich in diese Geschichte hineinzuziehen. Ich habe das getan, worum du mich gebeten hast, und morgen früh mache ich mich aus dem Staub.«

»Aber, Chase!«

»Ich lasse mich nicht dazu überreden, länger hierzubleiben. Ich habe mir Bowdre angesehen, und er ist genau das, wofür du ihn hältst. Aber er hat kein Recht mehr, Jessie Schwierigkeiten zu machen«, sagte er stolz.

»Und weshalb nicht?« rief sie.

»Ich habe mit ihm Karten gespielt.« Er legte eine Pause ein. »Ich habe den Schuldschein zurückgewonnen.«

Sie schnappte nach Luft. »Du hast den Schuldschein zurückgewonnen? Was hat Jessie dazu gesagt?«

»Sie weiß bisher noch nichts davon, aber ich werde ihr den Schuldschein geben, ehe ich abreise. Wenn es trotzdem noch Ärger mit Bowdre geben sollte, dann ist das eine Angelegenheit für den Sheriff, und er kann sie regeln. Ich habe den Schuldschein in einem fairen Kartenspiel gewonnen. Bowdre kann keine Ansprüche mehr geltend machen. Und ich habe hier nichts mehr zu tun.«

»Natürlich. Es ist egoistisch von mir, daß ich versuche, dich hier festzuhalten, wenn du gehen willst, Chase«, sagte sie leise. »Ich danke dir.«

Chase grinste gegen seinen Willen. »Jetzt probieren Sie nicht, Ihre Taktiken gegen mich einzusetzen, gnädige Frau. Das zieht nicht.«

»Es tut mir leid«, sagte Rachel ernsthaft. »Ich fühle mich nur einfach so hilflos, wenn es um meine eigene Tochter geht. Du weiß gar nicht, wie sehr sie mich haßt, Chase. Wenn ich ihr sagen würde, daß sie mit dem Feuer vorsichtig sein soll, würde sie geradewegs ins nächste Feuer laufen – nur mir zum Trotz.«

»Warum haßt sie dich, Rachel?« fragte er leise.

Sie wandte ihren Blick ab und sagte ausweichend: »Ich habe es dir doch gesagt. Ihr Vater hat es sie gelehrt.«

»Aber warum?«

»Ich habe doch früher hier gelebt. Oh, nein, nicht in diesem Haus. Es war nur ein kleines Haus mit drei Zimmern.«

»Ich weiß. Jessie hat mir erzählt, daß ihr Vater dieses Haus nur gebaut hat, weil du nie darin leben kannst.«

»Das hat er getan? Stimmt, ich zweifle nicht daran.« Sie schwieg einen Moment lang, ehe sie fortfuhr. »Eines Abends bin ich nach Hause gekommen, hierher, und er hat mich geschlagen, und dann hat er mich rausgeworfen.«

»Warum?«

»Er hat mir Untreue vorgeworfen. Mich als Hure beschimpft«, fügte sie widerwillig hinzu. »Aber er hat mir nie Gelegenheit gegeben, mich zu verteidigen. Er hat mich so übel geschlagen, daß ich fast gestorben wäre. Das wäre ich auch, wenn der alte Jeb mich nicht gefunden und mich zum Arzt im Fort Laramie gebracht hätte.«

»Weiß Jessie das?«

»Ich weiß es nicht, aber ich nehme nicht an, daß sie es weiß. Ich glaube, sie hat das Gefühl, daß ich sie im Stich gelassen habe. Es kann gut sein, daß Thomas es ihr genauso gesagt hat. Für mich gibt es nichts Übleres als einen Mann, der seiner Tochter einredet, ihre Mutter sei eine Hure! Er war während all der Jahre so gehässig und hat mir nie erlaubt, sie zu sehen. Ja, ich bezweifle nicht, daß er ihr gesagt hat, ich hätte sie im Stich gelassen.«

»Bist du gerade von hier gekommen, als Ewing dich gefunden hat?« fragte Chase nachdenklich.

»Ja.«

Chase stieß einen leisen Pfiff aus. »Der Junge ist von ihm, nicht wahr? Billy ist Thomas Blairs Sohn!« Rachel antwortete nicht und wollte ihn auch nicht ansehen, doch Chase bohrte weiter. »Du hast es ihm nie gesagt, stimmt's?«

»Thomas hatte mir bereits ein Kind weggenommen«, sagte Rachel zu ihrer Verteidigung. »Ich wollte nicht, daß er mir Billy auch noch wegnimmt. Außerdem hätte er niemals geglaubt, daß Billy sein Sohn ist.«

»Aber warum hast du das Jessie nicht gesagt?«

»Sie würde mir auch nicht glauben, Chase. Sie glaubt mir kein Wort. Ich glaube, es ist ihr lieber, mich zu hassen. Das machte es leichter für sie. Sie hat Angst, daß sie mich mögen könnte, und sie hat Angst, daß sie wieder verletzt wird. Wenn ich daran denke, wie sehr sie all das verletzt haben muß, dann blutet mein Herz für sie. Aber ich kann sie nicht erreichen, wenn sie sich gegen mich sperrt.«

Chase war nachdenklich. Was Thomas Jessie angetan hatte, war geradezu unnatürlich. Es war empörend! Aber, verdammt noch mal, es war nicht seine Angelegenheit – nein, das war es nicht!

»Ich will mich nicht in diese Geschichte hineinziehen lassen, Rachel. Das ist eine Sache zwischen dir und Jessie.«

»Ich weiß.« Sie lächelte verständnisvoll. »Und mach dir keine Sorgen. Irgendwie kriege ich das schon hin. Ich habe dich ohnehin schon genügend in die Angelegenheit meiner Tochter hineingezogen.«

Mein Gott, wenn sie bloß wüßte, wie sehr er sich in die Sache hatte hineinziehen lassen, dachte er.

22

Rachel wartete an jenem Abend in der Küche auf Jessie. Kate hatte sich schlafen gelegt. Chase war nach dem Abendessen in sein Zimmer gegangen, und Rachel hatte Billy ins Bett gebracht.

Jessie kam erst spät zurück. Sie hatte sich im Stall gewaschen, doch ihre Kleider waren schmutzig. Sie benutzte ihren Hut, um einen Teil des Staubes aus ihren Kleidern zu klopfen, ehe sie die Küche betrat. Als sie Rachel am Tisch sitzen sah, verfinsterte sich ihr Gesicht.

»Ich habe dir das Essen warmgehalten«, sagte Rachel in einem beiläufigen Tonfall.

Jessie starrte sie an. »Ich habe keinen Hunger.«

»Hast du schon gegessen?«

»Nein.«

»Dann setz dich hin und iß.« Rachels Stimme war jetzt fester. »Ich will ohnehin mit dir reden.«

Rachel stand auf, um Jessie das Essen hinzustellen, und Jessie wandte nichts mehr dagegen ein. Schließlich war sie wirklich sehr hungrig, und sie war zu müde, um eine Diskussion anzufangen. Sie zog sich einen Stuhl an den Tisch und ließ sich mit gespreizten Beinen auf den Stuhl fallen, auf dem sie wie auf einem Sattel saß. Sie lehnte sich zurück und ließ einen Arm über die Stuhllehne hängen.

»Tust du das nur, um mich zu ärgern?« fragte Rachel ganz ruhig, als sie den Teller vor Jessie hinstellte.

»Was?«

»Dich so hinzusetzen.«

»Was paßt dir daran nicht, wie ich mich hinsetze?« fragte Jessie streitlustig.«

»Wenn du das noch fragen kannst, dann könntest du ein paar Lektionen in weiblichem Auftreten gebrauchen.«

»So, und bei wem? Bei dir?«

Aus Jessies Stimme war eine solche Verachtung herauszuhören, daß es Rachel den Atem verschlug. »Hältst du das für ein annehmbares Benehmen für eine junge Frau?«

»Was zum Teufel macht das schon für einen Unterschied?« konterte Jessie. »Ich lebe in meiner eigenen Welt. Ich bin nicht direkt ein eitles Modepüppchen, siehst du das denn nicht selbst?«

»Trotzdem bist du hier nicht allein«, hob Rachel hervor. »Du hast einen Gast. Was glaubst du wohl, was ein Mann, der so kultiviert ist wie Mr. Summers, von einem derart unzüchtigen Benehmen hält?«

»Ich gebe keinen Furz auf...«

»Jessica!«

»Jedenfalls ist es mir völlig egal«, beharrte Jessie. Dann wurde sie versöhnlicher. »Ich habe die ersten acht Jahre meines Lebens nicht vergessen, Rachel. Ich kann mich angemessen benehmen, wenn die Umstände entsprechend sind.«

»Warum um Himmels willen tust du es dann nicht?« fragte Rachel matt.

»Um einen *Spieler* zu beeindrucken? Weshalb sollte ich ihm imponieren wollen?«

»Nein, um meinetwillen.«

Jessie sagte nichts dazu.

»Das ist aber nicht das, worüber ich mit dir reden wollte«, fuhr Rachel fort.

Jessie richtete sich auf, um zu essen. »Ich habe heute schon genug geredet.«

»Ein paar Minuten wirst du für mich erübrigen.«

Jessie zog die Brauen hoch, als sie diese feste Stimme hörte. Sie war erstaunt und auch ein wenig neugierig.

»Hier bin ich. Rede. Ich hoffe nur, daß es nicht langweilig wird.«

»Ich kann dir versprechen, daß dich das, was ich dir zu sagen habe, nicht langweilen wird. Du wirst vielleicht anderer Meinung sein, aber...«

»Komm zur Sache, Rachel.«

Die ältere der beiden Frauen nahm einen Anlauf. »Gut, ich werde direkt auf das zu sprechen kommen, was ich dir sagen will. Du wirst nicht mehr allein ausreiten, um deine indianischen Freunde zu besuchen.«

Rachel machte sich auf einen Ausbruch gefaßt, doch es kam zu nichts dergleichen. Jessie starrte sie ausdruckslos an, als erwarte sie, noch mehr zu hören.

Schließlich fragte Jessie: »Ist das alles, was du mir zu sagen hast?«

Rachel war verblüfft. Sie wollte keinen Streit. »Ja, also, eigentlich hatte ich meine Gründe dafür, auf diesem Verbot zu bestehen. Es hätte ja sein können, daß du sie hören wolltest. Aber da du vernünftig bist, halte ich es nicht für nötig, meine Gründe näher auszuführen.«

»Das würde ohnehin nichts ändern«, sagte Jessie beiläufig. »Du kannst so viele Verbote aussprechen, wie du nur Lust hast, Rachel. Ich tue das, was ich will.«

Rachel lehnte sich zurück, und ihr Gesicht glühte. Sie hätte es wissen müssen. »Diesmal wirst du tun, was ich sage, Jessica.«

Jessie grinste unbesorgt. »So, werde ich das tun?«

»Ja, das wirst du tun, wenn du weiterhin diese Ranch leiten willst.«

»Misch dich nicht in meine Angelegenheiten ein, Rachel« warnte sie sie leise. »Du verstehst nichts von einer Ranch. Und die Männer würden ohnehin nicht auf dich hören.«

»Ich habe mir auch gar nicht eingebildet, daß sie auf mich hören würden, aber ich bin in einer Position, in der ich Hilfe von außen heranziehen kann, wenn ich es für notwendig erachte.«

»Meine Männer nehmen ihre Befehle von mir entgegen!«

Auch Rachel hob jetzt ihre Stimme. »Deine Männer können gefeuert und neue Männer können engagiert werden.«

»Dazu hast du kein Recht!«

»Oh, doch, Jessica«, sagte Rachel freundlicher. »Ich bin dein Vormund.«

Jessie war außer sich. »Wann geht es endlich in deinen dummen Schädel, daß mein Vater dich nur deshalb zu meinem Vormund bestimmt hat, damit du siehst, was für eine anständige junge Dame er aus mir gemacht hat? Er hat dich hierher geholt, um uns beiden eins auszuwischen. Er hat gewußt, daß ich dich in Wirklichkeit gar nicht brauche. Er hat mich dazu erzogen, auf eigenen Füßen zu stehen – wie jeder Mann!«

»Ganz gleich, welche Gründe er auch gehabt haben mag«, sagte Rachel steif. »Ich bin hier, und es steht mir zu, genau das zu tun, was ich gesagt habe.«

»Warum, verdammt noch mal?« schrie Jessie, die jetzt ihre Selbstbeherrschung verlor. »Was steckt wirklich hinter all dem?«

»Allein in diesem letzten Monat hast du zweimal die Ranch verlassen und bist ausgeritten und warst tagelang nicht erreichbar. Das ist unverantwortliches Verhalten, Jessica.«

»Das zieht nicht, und das weißt du selbst«, zischte Jessie. »Mitch Faber hat alles für mich erledigt, und Jeb wäre im übrigen mit jedem Zwischenfall, zu dem es hätte kommen können, zurechtgekommen. Und deshalb solltest du verdammt noch mal bessere Gründe haben als diesen.«

»Wo du warst, ist Grund genug«, sagte Rachel verstockt. »Es ist undenkbar, daß du dich in ein Gebiet wagst, das den Weißen verboten ist. Ich dachte, deine Indianer seien friedfertige Indianer. Wenn ich gewußt hätte, daß sie das nicht sind, hätte ich dem eher Einhalt geboten.«

»So ein totaler Blödsinn! Glaubst du, ich würde sie besuchen, wenn ich dort nicht willkommen wäre?«

»Du magst diesen Indianern vielleicht willkommen sein, aber andere Weiße sind es nicht. Ich lasse nicht zu, daß du dich mit Indianern abgibst, die den Weißen feindselig gegenüberstehen. Sie haben ganz offensichtlich einen schlechten Einfluß auf dich ausgeübt, und dieser Einfluß wird nicht weiterhin bestehen.«

»Was soll denn das jetzt heißen?«

»Um Himmels willen, Jessica, deine Manieren hier sind wirklich schon schlecht genug, aber dort wirfst du anscheinend jegliche Anstandsregeln unserer Zivilisation über Bord. Wenn ich bedenke, daß du nackt in einem Fluß badest, während ein Indianer dir zuschaut, dann ist dies das Unerhörteste, was mir je zu Ohren gekommen ist.«

Jessie sprang so abrupt auf, daß ihr Stuhl umkippte und über den Fußboden schlitterte. Leuchtende Flecken traten auf ihre Wangen, und ihre weitaufgerissenen Augen sprühten zornige Funken.

»Das mußte dieser Mistkerl dir natürlich als erstes erzählen, so war es doch?« schrie Jessica erbost. »Dann kann ich wohl annehmen, daß er dir auch von Kleiner Falke erzählt hat? Natürlich! Darum dreht es sich doch, oder? Oder?«

»So beruhige dich doch, Jessica.«

»Ich soll mich beruhigen? Wenn du damit drohst, mir die Geschäfte auf der Ranch aus der Hand zu nehmen? Und das wegen irgendwelcher verzerrter Darstellungen, die dir dieser Mistkerl gegeben hat? Was hat er dir sonst noch erzählt?«

»Das reicht doch wahrhaftig schon, oder findest du das etwa nicht?« Rachel bemühte sich, ihre Stimme nicht anzuheben.

»Nein, das finde ich ganz bestimmt nicht, vor allem dann nicht, wenn er unschuldige Vorfälle verdreht, bis – wie hast du das genannt – die größte Ungeheuerlichkeit, von der du je gehört hast, dabei rauskommt. Was zum Teufel ist schlimm daran, daß ich in einem Fluß bade? Das tue ich hier doch auch bei jeder Gelegenheit, die sich mir bietet, wenn ich allein bin. Dort ist das Dorf zu nah, und daher begleitet Weißer Donner mich, damit ich nicht gestört werde. Er hat mir nicht zugesehen, um Himmels willen! Er ist wie ein Bruder zu mir.«

»Dieser Sioux-Krieger war nicht wie ein Bruder zu dir«, sagte Rachel unerbittlich.

»Weil er mich gebeten hat, ihn zu heiraten? Na und? Ich habe seinen Antrag abgelehnt. Wenn du auf deinem hohen Roß sitzen bleibst, dann frag deinen Freund doch mal, was er dir um seiner Bequemlichkeit halber *nicht* erzählt hat!«

»Wenn es noch mehr dazu zu sagen gibt, bin ich sicher, daß es mich nur in meiner Auffassung bestärken wird, daß du nicht mehr dort hingehen solltest, Jessica«, sagte Rachel ruhig. »Ein Indianerlager ist nicht der rechte Platz für ein junges weißes Mädchen. In dem Punkt lasse ich mich nicht erweichen.«

Jessie funkelte sie böse an. Sie zitterte vor Wut. Chase hatte das Pech, sich ausgerechnet diesen Moment dazu auszusuchen, die Küche zu betreten.

»Mit diesem Geschrei kann man die Toten zum Leben erwecken. Worum geht es eigentlich?«

Jessie wandte ihm ihre Augen zu, in denen ein größerer Sturm brauste als alles, was er je gesehen hatte. Sie griff nach ihrem Teller und warf ihm den Teller an den Kopf. Er duckte sich, und der Teller prallte von der Wand ab und fiel auf den Boden.

»Du verdammter, hundsgemeiner Kerl! Du mußtest sie natürlich sofort aufhetzen! Als ob es nicht schon genug wäre, daß du mich wieder hier hergeschleppt hast, mußtest du auch noch alles, was vorgefallen ist, entstellen! Aber du hast vergessen, dich selbst in diesen Schauermärchen zu erwähnen, stimmt's?«

»Das reicht jetzt, Jessie«, verwarnte Chase sie finster.

»Es reicht?« kreischte sie. »Du warst doch derjenige, der so versessen darauf war, ihr alles brühwarm unter die Nase zu reiben! Warum hast du ihr nicht auch den Rest erzählt? Wenn sie unbedingt von meinem empörenden Verhalten bei den Indianern erfahren mußte, dann sollte sie auch erfahren, daß ihr Freund und Vertrauter mich verführt hat – und das nicht einmal, sondern gleich zweimal! Ich meine, wenn wir hier Schmutzwäsche waschen, dann können wir gleich alles auf einmal hinter uns bringen. Oder war der Verlust meiner Unschuld vielleicht weniger wichtig als mein sündiges Benehmen bei den Indianern? Du Schuft! Wenn du etwas anfängst, dann bring es auch zu Ende.«

Mit diesen Worten schoß Jessie an Chase vorbei und stieß ihn mit einer solchen Wucht aus dem Weg, daß er rückwärts in den Schrank neben der Tür fiel und zwei der Glasscheiben zerbrach. Im nächsten Moment wurde die Tür des Zimmers ebenso heftig zugeknallt, und das Geräusch war so laut wie ein Schuß.

»Was ist hier eigentlich los?« rief Bill aus dem Treppenhaus.

»Geh wieder ins Bett, Billy«, befahl Rachel mit scharfer Stimme.

Er tat es, ohne eine weitere Frage zu stellen. Chase hätte am liebsten dasselbe getan. Das Schweigen, das jetzt folgte, dauerte eine Ewigkeit an. Er fürchtete sich, Rachel in die Augen zu sehen, fürchtete sich vor der Anklage, die in ihrem Blick stehen würde.

Rachel wartete eine Weile, um ihm die Gelegenheit zu geben, von sich aus etwas zu sagen, doch als er nichts sagte, sagte sie: »Hat sie die Wahrheit gesagt?«

Er wollte etwas sagen, aber kein Wort kam ihm über die Lippen.

Rachel stieß einen kleinen, spitzen Schrei aus, ehe sie flehentlich sagte: »Chase, das hast du doch nicht getan? Doch nicht mit meiner Jessica!«

Er zuckte zusammen, aber antworten konnte er immer noch nicht. Endlich sah er sie an. Unter ihren Blicken fühlte er sich etwa einen Zentimeter groß. Sie wartete nicht länger auf eine Antwort, sondern lief tränenüberströmt aus der Küche.

Chase stand einige unendlich lange Minuten da. Konnte er hier noch irgend etwas retten?

23

»Was tätest du an meiner Stelle, Goldy? Würdest du eine Frau heiraten, bloß weil du dich ein bißchen schuldig fühlst?« fragte Chase.

Das Pferd schnaubte. »Tut mir leid, alter Junge. Hab' vergessen, daß du es nicht magst, wenn man dich Goldy nennt. Aber das war doch eine gute Frage, was?«

Chase lehnte in Goldenrods Box an der Wand und saß vertrauensvoll vor den Füßen des Pferdes. Neben ihm stand eine halbvolle Flasche Whiskey. Er hatte die ungeöffnete Flasche im Geräteschuppen gefunden, nachdem er die Küche von oben bis unten durchsucht hatte. Zweifellos handelte es sich dabei um Jebs Versteck. Er mußte unbedingt daran denken, die Flasche zu ersetzen.

Chase öffnete die Flasche wieder und trank mit einem großen Schluck nochmals einen guten Zentimeter mehr. Dann beäugte er mit ernstem Blick sein Pferd. »Ich meine, verflixt, schließlich hat mir die Kleine doch nie ein schlechtes Gewissen verursacht, oder? Diese verfluchte Rachel ist es, die mir das Gefühl gibt, eine miese kleine Kröte zu sein. Und weißt du auch, was sie sagen wird, sowie sie dazu kommt?«

Chase rülpste. Dann lachte er. »Nein, das nicht. Nein, Rachel wird sagen: ›Du hast ihr Leben verpfuscht, und jetzt wirst du sie heiraten.‹ Glaubst du, sie bringt es fertig, mir eine Knarre in die Rippen zu bohren? Nein, Rachel nicht. Aber sie besitzt eine andere Waffe, ihr verdammtes Gesicht, diesen verfluchten Blick, der sagt, daß ich sie heimtückisch aus dem Hinterhalt überfallen habe.« Er holte tief Atem. »Warum zum Teufel reite ich nicht einfach jetzt gleich los?«

Chase versuchte aufzustehen, doch das gelang ihm erst nach mehreren Anläufen. Er beäugte seinen Sattel, der auf der Einfassung hing, als sei er ein störrisches Biest, das ihm Ärger machen wollte. Das war er auch. Er konnte ihn nicht von der Einfassung ziehen. Schließlich lehnte er sich an den Sattel und sprach wieder mit seinem Pferd.

»Sieht so aus, als müßte ich vorher wieder nüchtern werden. Aber ich komme wieder, Goldenrod. Ich werde dich satteln, und dann machen wir uns auf den Weg. Ich kann diese Göre nicht heiraten. Das wäre, als würde ich mich an einen Wirbelsturm binden.«

Chase tastete sich aus dem Stall heraus und zu dem Fluß, der hinter dem Haus vorbeifloß. Er fiel ins Wasser, und einen Moment lang glaubte er, er könnte ertrinken. Das Wasser war jedoch nur dreißig Zentimeter tief. Nachdem er eine beträchtliche Weile im Wasser geplanscht hatte, zog er sich ans

Flußufer und blieb dort liegen, während das eisige Wasser ihn frösteln ließ.

Zu seinem Verdruß sah er Jessie bildhaft vor sich. Nicht die Jessie des heutigen Abends, sondern die Jessie der letzten Nacht. Auch in der gestrigen Nacht war sie ein Wirbelsturm gewesen, aber ein leidenschaftlicher, liebevoller Wirbelsturm.

Wäre es denn wirklich so schlimm, sich an sie zu binden? fragte er sich. Sie war das hübscheste Geschöpf, das er je gesehen hatte. Und hatte er das Herumziehen nicht längst satt? Rachel hatte gesagt, es sei an der Zeit, daß er sich seßhaft machte, und vielleicht hatte sie sogar recht. Würde sich dieser Wildfang nicht zähmen lassen, wenn er sich nur genügend Mühe gab?

Jessie war zu wütend, um zu weinen, aber sie war gleichzeitig zu sehr außer sich, um es nicht zu tun. Daraus entstand ein Kloß in ihrer Kehle, an dem sie zu ersticken glaubte, und sie lag wach und warf sich von einer Seite auf die andere. Da sie wach war, hörte sie das leise Klopfen deutlich. Es paßte ihr gar nicht.

Sie machte sich gar nicht erst die Mühe, eine Hose anzuziehen, sondern ging in dem viel zu großen langärmeligen Hemd an die Tür, in dem sie im allgemeinen schlief. Ihr war ganz gleich, was Rachel davon halten würde. Sie spielte sogar mit dem Gedanken, das Hemd auszuziehen, um Rachel glauben zu machen, daß sie nackt schlief.

Sie war froh, daß sie diese aufsässige Überlegung nicht in die Tat umgesetzt hatte, als sie die Tür öffnete und Chase im Korridor stand. Jessie knallte die Tür zu, doch die Tür prallte an seinen Schultern ab und flog wieder auf. Sie war gezwungen, zurückzutreten, als er sich roh seinen Weg bahnte und die Tür hinter sich schloß.

»Raus!« sagte sie.

»Gleich.«

»Nein, jetzt sofort!«

»Verdammt noch mal, schrei nicht so. Sonst kommt Rachel angestürzt und schleppt uns noch heute nacht vor einen Priester. Das tut sie ohne weiteres. Ich muß mich ausnüchtern, ehe es dazu kommt.«

»Dazu wird es nicht kommen, und zwar unter keinen Umständen!« versicherte sie ihm. »Du stinkst! Du bist betrunken! Hat dir das Mut gemacht, mitten in der Nacht in mein Zimmer zu platzen?«

»So betrunken bin ich nun auch wieder nicht, jedenfalls jetzt nicht mehr. Nicht genügend, um nicht zu wissen, was ich tue.«

Sie zündete die Lampe an, die neben ihrem Bett stand. Dann wirbelte sie herum, um ihn anzusehen. Er trug nur seine Hose, und sein Haar war triefnaß, und dieser Anblick ließ ihren Zorn für einen Moment vergehen. »Was hast du denn getan? Bist du in den Fluß gefallen?«

»In der Tat...« Mit einem breiten Grinsen vervollständigte er seine Erklärung, doch Jessie fand das gar nicht komisch. »Ich habe mich allerdings umgezogen«, versuchte er ihr entgegenzukommen. »Ich wollte nicht den ganzen Boden deines Zimmers volltröpfeln.«

»Jedenfalls hast du vergessen, dir das Haar zu trocknen. Findest du es angemessen, daß du mich dürftig bekleidet hier aufsuchst?«

Sein Grinsen wurde breiter. »Von dürftig bekleidet würde ich an deiner Stelle nicht sprechen. Nicht so, wie du die Tür aufgemacht hast.«

Jessie sah an ihrem Baumwollhemd herunter, das kaum bis auf ihre Knie reichte. »Ich habe dich nicht aufgefordert, zu mir zu kommen, und jetzt scher dich zum Teufel. Für heute hast du schon genug Ärger gemacht.«

»Ich?« Sein Humor verflüchtigte sich. »Und was hast du getan?«

»Dir heimgezahlt, was du angerichtet hast, und sonst gar nichts«, sagte Jessie kühl. »Nichts anderes als das, was ihr beide verdient habt.«

»Wenn das so ist, freut es mich zu hören, daß ich nicht das einzige Opfer deines gehässigen Angriffs war«, erwiderte Chase sarkastisch. »Vor allem, da ich derjenige bin, der dafür büßen wird.«

Jessie funkelte ihn wütend an. »Du glaubst, du bist der einzige, der Schaden genommen hat? Aufgrund dessen, was du ihr erzählt hast, kann sie versuchen, mir die Leitung der Ranch aus der Hand zu nehmen, wenn ich noch einmal in den Norden reite. Und wenn ich einen Freund verlieren mußte, dann war es doch nur gerecht, daß jeder von euch beiden auch einen Freund verliert – nämlich ihr beide einander.«

»Und du glaubst, daß das die einzige Konsequenz ist?«

»Was ist los, Summers?« schnurrte Jessie. »War sie etwa nicht verständnisvoll? Hat sie deine Gefühle verletzt?«

»Es macht dir wohl wirklich nichts aus, daß du sie verletzt hast, oder?« fragte er mit gepreßter Stimme.

»Ich kann mich nicht erinnern, mit mir selbst geschlafen zu haben«, gab Jessie zurück. »Ich kann mich auch nicht erinnern, bei einem der beiden Male den ersten Schritt getan zu haben. Wer ist also der Verantwortliche?«

»Ich habe dich gewarnt, daß es so kommt, wenn sie etwas davon erfährt, Jessie.«

Zu seinem Erstaunen fing Jessie an zu lachen. »Deshalb bist du also hier! Es ist mir verhaßt, dir einen Stein vom Herzen zu nehmen, Summers, es ist mir wirklich verhaßt, aber das braucht nicht dein Kummer zu sein. Du hast lediglich ihren Respekt verloren. Warum du von einer Hure respektiert werden willst, ist mir zwar zu hoch, aber...«

»Sie ist keine Hure, Jessie«, sagte Chase barsch.

»Erzähl du mir nicht, was sie ist und was nicht! Ich weiß es besser als du!«

»Ich bin nicht gekommen, um schon wieder mit dir zu streiten. Ich bin gekommen, um dich zu bitten, daß du mich heiratest.« Sie war entgeistert, doch sie fing sich wieder.

»So, hiermit hast du mich gefragt. Jetzt kannst du beruhigt zu ihr gehen und ihr sagen, daß du ein braver Junge warst und das getan hast, wozu sie dich aufgefordert hat.«

»Sie hat mich nicht hier hergeschickt, Jessie. Sie hat bisher kein Wort gesagt. Sie hat tränenüberströmt die Küche verlassen, und von da an habe ich sie nicht mehr gesehen.«

»Was tust du dann hier? Dich edelmütig zeigen?« höhnte

sie. »Oder versuchst du nur, ein paar Pluspunkte für dich einzuheimsen, indem du das Rechte tust, ehe du dazu angehalten wirst?«

»Was hast du daran auszusetzen, daß wir heiraten?« fragte er sachlich, und er kannte jeden einzelnen Grund, den sie nennen würde.

»Wofür hältst du mich eigentlich?« fauchte sie. »Glaubst du, ich kann mich nicht daran erinnern, daß der Gedanke an eine Heirat dich in Panik versetzt?«

»Das war damals«, beharrte er.

»So ein Quatsch. Nichts hat sich geändert. Du willst mich genauso gern heiraten, wie ich dich heiraten will, nämlich ganz und gar nicht. Also hau jetzt ab, und hör auf, mich mit deinem betrunkenen Unsinn zu belästigen.«

»Es ist kein Unsinn, und ich habe dir gesagt, daß ich nicht betrunken bin. Rachel wird ohnehin darauf bestehen, daß wir heiraten. Warum sollen wir ihr nicht die Gelegenheit vermasseln, eine große Sache daraus zu machen?«

»Warum? Um ihr den Spaß zu verderben? Wie oft geschieht es denn einer Hure, daß ihr etwas rechtmäßig zusteht und daß sie auf Anstand beharren darf?«

»Das ist nicht dein Ernst, Jessie«, sagte er.

»Nichts ist ernst an dieser ganzen Angelegenheit!« fauchte sie. »Es kann sein, daß ich in einigen Punkten nachgeben muß, aber dich heiraten? Ich würde von hier verschwinden und mich so lange wie nötig rar machen, ehe ich mich von ihr dazu zwingen ließe, jemanden zu heiraten, den ich nicht ausstehen kann.«

»So hast du letzte Nacht nicht empfunden.«

»Letzte Nacht war ich dumm.«

Das ließ seinen Zorn aufflackern. »Vielleicht waren wir beide dumm. Aber trotzdem bleibt die Tatsache bestehen, daß es zwischen uns auf eine ganz besondere Weise funkt, Jessie.«

»Mach dir doch nichts vor. Du bist ganz einfach der erste Mann, der mich berührt hat. Du wirst nicht der letzte sein, das kannst du mir glauben.«

Mit zwei Schritten stand er vor ihr und packte sie. Wut und

Begierde verdunkelten seine Augen. »Was zwischen dir und mir passiert, passiert nicht einfach zwischen irgendwelchen anderen Menschen«, sagte er heiser. »Du kannst es abstreiten, aber du weißt selbst, daß du mich willst, Jessie. Heirate mich. Sag ja.«

Als er sie nicht loslassen wollte, versetzte sie ihm einen Hieb, der kräftig genug war, um sich zu befreien, doch er war lediglich überrascht. Sie ließ diesem Hieb eine klatschende Ohrfeige folgen.

»Beweist dir das, daß ich dich nicht will?« schrie sie mit bebender Brust. Ein Kloß in ihrer Kehle erschwerte es ihr, diese Worte herauszubekommen. »Vielleicht bist du gut für einen Seitensprung, aber deshalb würde ich dich noch lange nicht heiraten. Für eine Ehe ist ein gewisses Maß an Respekt erforderlich, und ich habe nicht den geringsten Respekt vor dir.«

»Dann sollte ich dir vielleicht Respekt beibringen«, knurrte Chase, und in seine Augen trat ein bedrohliches Glitzern.

Jessie wich zurück, aber sie war nicht schnell genug. Er packte sie an ihren Handgelenken und zerrte sie zum Bett, doch seine Absichten waren nicht die, die sie ihm unterstellte.

»Verdammt noch mal, aber das will ich schon tun, seit ich dich zum ersten Mal gesehen habe«, fluchte er. Sein Tonfall drückte die reinste Zufriedenheit aus.

Er zog sie auf seinen Schoß. Jessie schnappte nach Luft, als sie den ersten klatschenden Schlag auf ihrem Hintern verspürte. Dem folgte ein zweiter, dann noch einer. Sie hätte am liebsten laut geschrien, doch diese Befriedigung gönnte sie ihm nicht. Statt dessen wehrte sie sich und zappelte und wand sich, um von seinem Schoß herunterzukommen, doch er schwang ein Bein über ihre beiden Beine und hielt sie damit in einem Klammergriff fest. Die Hand, die er freihatte, preßte er in ihr Kreuz, damit sie sich nicht mehr rühren konnte. Durch ihr Zappeln war ihr Hemd hochgerutscht, und seine Hand schlug auf bloße Haut.

Jessie mußte sich auf die Lippen beißen, um nicht loszuheulen. Er hörte einfach nicht auf.

»Ich würde gern sagen, daß es mich mehr schmerzt als

dich, aber es ist nicht so«, sagte er, während er auf ihr Hinterteil einschlug. »Das hätte schon längst jemand tun müssen, Jessie. Vielleicht würdest du dann nicht ganz so schnell Schläge austeilen, sowie dir danach zumute ist.«

Die Tränen in ihren Augen standen kurz vor dem Überquellen, doch das konnte er nicht sehen. Er sah nur das flammende Rot ihres Hinterns. Plötzlich vergaß er, warum er so brutal gewesen war, und er beugte sich vor und küßte die Stellen, die er verletzt hatte.

Jessie spürte es nicht. Es brannte zu sehr, als daß sie etwas anderes als Schmerz hätte empfinden können. Auch das wußte Chase nicht, und er ärgerte sich über sich selbst, weil er überhaupt das Bedürfnis verspürte, sie zu trösten. Er hob sie von seinem Schoß und legte sie auf ihr Bett. Dann stand er auf und stapfte zur Tür. Er öffnete die Tür und stand schon im Korridor, als ihm der Schuldschein in seiner Hosentasche einfiel und er ihn herauszog. Er kam in dem Moment zurück, in dem Jessie sich mit dem Rücken zu ihm aufsetzte und ihr prachtvolles Haar sich über ihren Rücken ergoß. Dieser Anblick wühlte ihn auf, und jeder Muskel seines ganzen Körpers zog sich zusammen.

»Ich habe etwas für dich«, sagte er. Er ließ den Schuldschein auf das Bett fallen, doch sie drehte sich nicht um. »Es war als Hochzeitsgeschenk gedacht, aber da es mich nicht mehr gekostet hat als ein Kartenspiel, könnten wir es ebenso gut als Zahlung für genossene Vergnügungen ansehen. Somit wären wir also quitt.«

Er hatte auf eine Reaktion auf seine gemeinen spitzen Bemerkungen gehofft, doch er bekam nichts dafür, nicht einmal einen wütenden Blick. Sie war nicht bereit, ihn anzusehen. Er verließ das Zimmer und schloß die Tür hinter sich. Das sollte jetzt nicht seine Sorge sein. Dieser letzte Pfeil, den er zum Abschied auf sie abgeschossen hatte, war auch nicht gemeiner als vieles, was sie zu ihm gesagt hatte. Seine Sorge sollte das nicht sein. Er war jetzt frei.

24

Eine Woche lang konnte Jessie nicht allzu gut auf einem Pferd sitzen, und jedesmal, wenn sie ausritt, dachte sie an Chase. Er war am nächsten Morgen aufgebrochen. Sie war in ihrem Zimmer geblieben, bis er fort war, und er war nicht zu ihr gekommen, um sich zu verabschieden. Vor seiner Abreise hatte er sich mit Rachel gestritten, und Jessie hatte gegen ihren Willen den größten Teil dieses Streits gehört.

»Ich habe sie gebeten, mich zu heiraten. Sie hat mich abgewiesen. Verdammt noch mal, Rachel, was hätte ich denn sonst noch tun können?«

»Du hättest sie in Ruhe lassen können!« Rachel hatte ihn tatsächlich angeschrien. »Ich habe dir vertraut!«

»Was willst du von mir, Rachel? Es ist passiert. Glaubst du vielleicht, ich hätte es nicht bereut, als ich feststellen mußte, daß sie noch Jungfrau ist? Aber es war zu spät, um noch aufzuhören.«

»Du wolltest gar nicht aufhören!«

Daraufhin hatten beide ihre Stimmen gesenkt, und Jessie hatte nichts mehr gehört, bis die Tür endgültig zugeschlagen wurde, als Chase das Haus verließ. Sie wunderte sich über seinen Versuch, Edelmut zu zeigen. Sie wußten beide, daß sie diejenige war, die nicht zugelassen hatte, daß ihn die gesamte Schuld traf. So etwas Dummes. Was wollte er sich damit beweisen?

In den folgenden Wochen dachte Jessie oft darüber nach. Sie konnte nichts daran ändern, daß sie daran dachte. Rachel erinnerte sie mit ihrem vergrämten, mitleidigen Blick immer wieder daran. Das war doch absurd. Diese Frau benahm sich, als sei das verruchteste aller Verbrechen begangen worden. Wie konnte sie eine solche Heuchlerin sein, sie, die doch selbst eine Hure war? Der Verlust ihrer Jungfräulichkeit hatte Jessie nicht weiter betroffen, aber Rachel tat ganz so, als sei sie vergewaltigt worden.

Rachel sprach auch den Namen Chase nie wieder aus. Es war, als sei Jessie plötzlich zerbrechlich, als könne das geringste falsche Wort sie vernichten. Einfach lächerlich.

Rachels Verhalten war auch in einer anderen Hinsicht äußerst ärgerlich. Ihr Mitgefühl war Jessie nicht nur unerwünscht, sondern machte es ihr auch unmöglich, Chase Summers zu vergessen, und genau das strebte sie inbrünstig an.

Beide, Mutter und Tochter, verachteten ihn jetzt, wenngleich auch aus verschiedenen Gründen. Daß er sie mißhandelt hatte, daß er einen letzten Pfeil auf sie abgeschossen hatte, ehe er abgereist war, würde Jessie ihm nie verzeihen. Er war endgültig aus ihrem Leben verschwunden, und sie würde ihn nie wiedersehen, und daher würde sie niemals Gelegenheit haben, ihm das heimzuzahlen. Das erboste sie über alle Maßen.

Es war ein Segen, daß Jessie Mitte Oktober krank wurde, denn die Krankheit diente dazu, daß sie an nichts anderes mehr dachte als an sich selbst. Während der ersten Tage ihrer Krankheit rechnete sie damit, daß es schnell vorübergehen würde. Es ärgerte sie, daß sie überhaupt krank geworden war. Doch als ihre Krankheit nicht schnell vorüberging, fing sie an, sich Sorgen zu machen. Es gelang ihr, ihre Krankheit vor allen anderen geheimzuhalten, wenngleich das auch äußerst schwierig war. Sie wollte nicht, daß jemand großen Wirbel um sie machte, am allerwenigsten Rachel. Sie war bisher kaum einen Tag ihres Lebens krank gewesen, und sie war es nicht gewohnt, krank zu sein. Nach einer Woche beschloß sie, es sei an der Zeit, einen Arzt aufzusuchen, aber sie fühlte sich nicht in der Verfassung, einen langen Ritt auf Blackstar zurückzulegen. Sie fand einen Vorwand dafür, den Wagen anzuspannen, indem sie ganz schlicht den Absatz ihres einen Reitstiefels abbrach.

Jessie hatte nicht damit gerechnet, daß Billy mitkommen wollte, aber sie schlug es ihm nicht ab. Es würde ein Leichtes sein, ihn abzuschütteln, sobald sie in der Stadt angekommen waren, denn er wollte nur allzu gern zum Hotel gehen und sie beide für die Nacht anmelden. Sobald er aus ihrer Sichtweite verschwunden war, machte sie sich auf den Weg in die Praxis von Doc Meddly.

Ob er ein richtiger Arzt war oder ein Pferdedoktor, oder

nur einfach ein Mann, der ein wenig von Medizin verstand, wußte sie nicht. Doch Cheyenne konnte sich glücklich schätzen, überhaupt irgendeine ärztliche Hilfe zu haben. In vielen Städten des Westens war das nicht der Fall. Er schien auch etwas von seinem Gewerbe zu verstehen, und er stellte die richtigen Fragen und konzentrierte sich, als wüßte er genau, was er tat. Das Ärgerliche war, daß er immer noch die Stirn runzelte, nachdem sie am Ende ihrer Erklärungen angelangt war. Sie wurde schrecklich nervös.

»So, und was ist das jetzt?« fragte sie. »Ist es ansteckend? Werde ich daran sterben?«

Der Mann war eindeutig in Verlegenheit. »Tatsache ist, Miß Jessie, daß ich keine Ahnung habe, was Ihnen fehlt. Wenn ich es nicht besser wüßte, würde ich sagen, daß Sie schwanger sind. Aber da Sie ein ungebundenes junges Mädchen sind, muß ich diese Möglichkeit wohl streichen. Aber Ihre Schilderung paßt auf nichts anderes. Ihnen ist nur morgens übel, und dann geht es Ihnen den ganzen Tag lang gut.«

Jessie hörte kein Wort von dem, was er sagte – seit er das Wort ›schwanger‹ ausgesprochen hatte. »Aber das ist doch noch zu früh... ich meine, es ist doch erst drei... nein, vier Wochen her, seit – verdammt!«

Nach diesem gestammelten Bekenntnis räusperte sich Doc Meddly verlegen und beschäftigte sich damit, die Papiere, die auf seinem Tisch lagen, neu zu sortieren. Er wich Jessies Augen aus. »Nun, ja, es dauert gar nicht lange, dahinterzukommen, ob eine Befruchtung stattgefunden hat... äh, das, heißt, falls Sie mit einem Mann zusammen waren... äh, verflixt, Miß Jessie. Ich bin es nicht gewohnt, über so was zu sprechen. Die Frauen hier in dieser Gegend kommen mit so heiklen Angelegenheiten nicht zu mir. Sie machen das unter sich aus.«

»Sie glauben also wirklich, daß ich schwanger bin?«

»Wenn Sie verheiratet wären, Miß Jessie, würde ich nicht zögern, ja zu sagen.«

»Nun, ich bin aber nicht verheiratet!« sagte Jessie hitzig. »Und es wäre mir lieber, wenn ich wüßte, daß ich sterbe.«

Vor der Praxis des Arztes blieb Jessie stehen und lehnte

sich an die Tür. Sie bemühte sich verzweifelt, ihre Gedanken zu sortieren, ohne einen Zorn zuzulassen, der jeden Gedanken unmöglich machte. Aber es gab zuviel zu bedenken. Ein Baby!

Jessie erreichte das Hotel, ohne auch nur wahrzunehmen, daß sie durch die Stadt gelaufen war. Billy erwartete sie und folgte ihr bestürzt in ihr Zimmer. So geistesabwesend hatte er sie noch nie erlebt. »Stimmt etwas nicht, Jessie?«

»Was sollte nicht stimmen?« Sie saß auf dem zu weichen Bett des trostlosen, kargen Zimmers und lachte mit zu hoher Stimme. Dann stöhnte sie und preßte sich die Hände an die Schläfen, als wolle sie einen Schmerz abwehren.

Billy runzelte die Stirn. »Ich... ich dachte, du hättest vielleicht von Chase Summers gehört und du seist böse, weil er immer noch hier ist.«

Jessie setzte sich ganz langsam auf. »Hier? Was soll das heißen?«

»Er ist immer noch in der Stadt. Er ist nicht abgereist, wie wir geglaubt haben. Genaugenommen wohnt er sogar hier im Hotel.«

»Du hast ihn gesehen?«

»Nein.«

»Woher weißt du es dann?« fauchte sie.

»Zwei Männer haben es mir erzählt.« Er zuckte die Achseln. »Sie haben gesagt, daß sie dich und mich gesehen haben, als wir in die Stadt gekommen sind. Sie haben gesagt, daß sie wissen, daß Chase für dich gearbeitet hat, und falls du ihn suchst, könntest du ihn drüben im Saloon finden. Ich nehme an, sie wollten dir nur gefällig sein, Jessie.«

Sie sprang vom Bett auf. »Es ist jetzt drei Wochen her, seit er die Ranch verlassen hat. Er hat hier schon längst nichts mehr zu suchen.«

»Gehst du zu ihm?«

»Nein!«

Billy trat ein paar Schritte zurück. »Bist du sicher, daß dir nichts fehlt, Jessie?«

»Nein... ja... oh, ich habe einfach grauenhafte Kopfschmerzen, und wenn sie nicht bald vergehen, gehe ich die

Wände hoch. Ich brauche einfach ein bißchen Ruhe. Warum gehst du nicht einfach runter, besorgst dir was zum Abendessen und gehst dann ins Bett?« Dann dachte sie endlich an ihn und fügte hinzu: »Kommst du auch alleine zurecht?«

Er richtete sich beleidigt auf. »Klar. Aber du mußt auch etwas essen.«

»Nein, ich brauche nichts, nicht heute abend. Ich glaube, ich lege mich jetzt einfach ins Bett und schlafe, bis diese Kopfschmerzen vorbei sind. Ich wecke dich morgen früh, wenn es Zeit ist, aufzubrechen.«

»Und was ist mit deinen Stiefeln?«

»Die hole ich ab, ehe wir aufbrechen. Und noch was, Billy – falls du zufällig Chase sehen solltest, dann versuch doch bitte, dafür zu sorgen, daß er dich nicht sieht. Es wäre mir lieber, wenn er nicht wüßte, daß wir hier sind.«

»Du scheinst ihn wirklich nicht leiden zu können, Jessie, oder?«

»Was kann man an einem arroganten Starrkopf mögen, der...« Sie ertappte sich gerade noch rechtzeitig, ehe sie ihre Selbstbeherrschung verlor. »Nein, ich kann ihn nicht leiden.«

»Das ist zu schade.«

»Weshalb?« fragte Jessie irritiert.

»Ich meine nur, weil... ihr beide könntet doch... schon gut, vergiß es. Wir sehen uns morgen früh, Jessie.«

»Moment mal...«, sagte Jessie, doch Billy hatte die Tür bereits geschlossen.

25

Chase hatte die Flasche und ihre magischen Rundungen inzwischen recht liebgewonnen. Direkt nach seiner Ankunft in der Stadt hatte er sich sogar ein ganzes Wochenende lang durch die Kneipen getrieben. Doch nachdem er ausgenüchtert war, wandte er sich wieder seinem Anliegen zu, Geld zu verdienen – Geld, das seine Reise nach Spanien finanzieren würde. Es war an der Zeit. Spanien war so angenehm weit weg. Er brauchte diese Distanz. In Spanien würde er nicht versucht sein, wieder in diese Gegend zurückzukehren.

Trotzdem war es schwierig für ihn, vorübergehend hier zu bleiben, und das war auch der Grund, aus dem er ständig eine Flasche in seiner Reichweite hatte. Entscheidend war, und das sagte er sich immer wieder, daß die Eisenbahnlinie durch Cheyenne verlief und daß es hier viele Saloons gab, die den Bedürfnissen eines Spielers dienten. Es war einfach unsinnig, nach Denver weiterzureiten oder wieder nach Kansas zu gehen, um dort den Zug in den Osten zu erreichen, denn das konnte er von hier aus auch tun.

Die Schwierigkeit bestand darin, daß er nur einen Tagesritt von diesem Quälgeist mit den Edelsteinaugen entfernt war, der ihm immer wieder durch den Kopf ging, ganz gleich, wie sehr er seine Gedanken auch im Alkohol ertränkte. Zweimal war es sogar so schlimm gewesen, daß er mit dem Gedanken gespielt hatte, wieder zur Ranch im Rocky Valley zu reiten. Doch Rachel würde ihn nicht willkommen heißen, und Jessie hatte ihn nie willkommen geheißen. Wenn immer solche dämlichen Vorstellungen durch seinen Kopf gingen, betrank er sich so ausgiebig, daß er an gar nichts mehr denken konnte.

Auch jetzt war er betrunken, nachdem er gerade gehört hatte, daß Jessie sich in der Stadt aufhielt. Was zum Teufel hatte sie bloß an sich, das es so schwierig für ihn machte, sie aus seinem Leben zu verbannen? Es war verdammt richtig zu behaupten, daß sie sein Leben bereits jetzt völlig umgekrempelt und auf den Kopf gestellt hatte. Noch nie war es ihm so schwergefallen, irgendeine Frau zu vergessen, mit der er sich eingelassen hatte. Und diesmal schien auch der Alkohol nicht zu helfen, nicht das kleinste bißchen. Jetzt, da Jessie so nah war, brauchte er mehr.

Seine Blicke schweiften durch den Saloon, an dessen Tresen er stand. Er sah Charlie und Clee, zwei widerwärtige Kumpane, die allein an einem Tisch saßen. Chase hätte sie am liebsten dafür erschossen, daß sie ihm mitgeteilt hatten, Jessie sei in der Stadt. Um sich von ihr abzulenken, was ihm durch den Alkohol nicht gelang, erwog er, einen Streit mit ihnen anzufangen. Doch dann entdeckte er Silver Annie, die den Saloon durchquerte. Sie würde seinen Bedürfnissen noch mehr entgegenkommen als eine Schlägerei.

Annie war unter den Mädchen, die im Saloon arbeiteten, die hübscheste. Leider sagte das noch nicht allzuviel. Ihren Namen verdankte sie den silbernen Bändern, die sie immer in ihrem Haar und um ihren Hals trug, und zudem auch der Farbe ihrer Augen, die eher silbern als grau waren. Dieser Eindruck wurde durch ihren glasigen Blick verstärkt. Ihre Augen deuteten etwas Stärkeres als Alkohol an. Chase störte sich nicht daran. Er konnte nicht die Schwächen anderer verurteilen, während er selbst eine eigene Schwäche entwickelte.

Sie hatte sich ihm schon früher genähert, aber sie hatte ihn nicht in Versuchung führen können. Vielleicht war das ein Fehler gewesen. Wie war das noch mal mit dem alten Sprichwort, das besagte, eine Frau könne einem Mann helfen, eine andere Frau zu vergessen?

Etwas später und wesentlich betrunkener fand er sich in Silver Annies Zimmer vor. Das Licht war aus, und der Geruch eines billigen Parfums umgab ihn. Ein Teil von ihm war gerade noch nüchtern genug, um zu wissen, daß er eigentlich gar nicht da sein wollte, wo er war. Doch er war da, und er gelobte sich, Jessie in den Armen einer anderen Frau wirklich zu vergessen.

Doch als er schließlich nackt ins Bett kroch, konnte Chase diese andere Frau nicht finden. Sie war nicht da. Er tastete das ganze Bett nach ihr ab, doch sie war und blieb verschwunden.

»Wo bist du, Annie?« fragte er kampflustig. Er war fest entschlossen, die Sache hinter sich zu bringen.

Er hörte ihr Kichern aus einer Ecke des Raumes, und dann war aus einer anderen Ecke ein tieferes Lachen zu hören. Ehe Chase sich das zusammenreimen konnte, sprach eine Männerstimme.

»Siehst du jetzt ein, daß er nie genug von Mutter und Tochter bekommen hat?«

»Du verfluchter Kerl, jetzt weiß er, daß wir hier sind!« knurrte ein anderer Mann.

»Glaubst du, das macht mir was aus, solange ich das bei mir habe?«

»Blödsinn!«

Chase zog sich mühsam aus dem Bett. »Was...«

Ein stechender Schmerz in seinem Rücken ließ ihn mit dem Gesicht nach unten wieder auf das Bett zurückfallen. Er versuchte, wieder aufzustehen, doch es wollte ihm nicht so recht gelingen, und dann spielte es keine Rolle mehr. Eine dunkle Leere umfing ihn.

»Du dämliches Arschloch!« fluchte Charlie. »Weshalb hast du das getan?«

»Das war ich ihm schuldig«, sagte Clee zu seiner Verteidigung. »Und außerdem habe ich mich nicht vor ihm gefürchtet wie du, der du fast in die Hose gemacht hättest.«

»Haben wir den Auftrag, ihn umzulegen?« fragte Charlie mit erhobener Stimme. »War das unser Auftrag?«

»Na und, worin liegt der Unterschied?«

»Laton wollte keine Schwierigkeiten haben, darin liegt der Unterschied. Und schon gar nicht jetzt, wo die Kleine bald hören wird, was er da oben im Norden getan hat. Er will sie von dort vertreiben, ohne daß das Gesetz sich einmischen kann. Er erledigt die Dinge gern auf seine Art, und das hast du ihm jetzt höllisch vermasselt.«

»Wenn du mich fragst, war das ohnehin eine dumme Idee. Nichts hat garantiert, daß die kleine Blair den da gefeuert hätte, bloß weil er hier aufgefunden wird und das auch noch ohnmächtig. Laton hat sich Sorgen gemacht, weil er schon Wochen in der Stadt rumhängt. Ob sie ihn feuert oder ob er tot ist – er wird dem Mädchen so und so nichts sagen, selbst, wenn er was rausgefunden hat, was ihn nichts angeht.«

»Du kannst nur hoffen, daß Laton das auch so sieht. Und was ist mit Annie?«

»Blödsinn, sie sagt kein Wort, wenn sie den Stoff kriegt, den wir ihr versprochen haben. Das stimmt doch, Annie?«

Das Mädchen konnte die Umrisse der beiden Männer kaum erkennen. Es tat ihr leid um den gutaussehenden Spieler, aber er war tot, und sie war am Leben, und sie brauchte den Stoff, den sie ihr versprochen hatten.

»Es ist zu dunkel hier«, erwiderte sie eilig. »Ich habe nichts gesehen.«

»Du bist eben doch ein braves Mädchen, Annie.« Clee kicherte in sich hinein.

Charlie war gar nicht belustigt. »Man wird den Sheriff rufen müssen. Wir räumen am besten seine Taschen aus, damit es wie ein Raubüberfall aussieht.«

»Tja, verflixt, wenn du es so haben willst, dann wäre es besser, wenn wir gleich seine Hose mitnehmen, meinst du nicht?« schlug Clee sachlich vor. »Sieh mal, er ist tot, und sie schreit sich die Lunge aus dem Leib. Würde ein Dieb in dem Fall so lange bleiben, bis er alle Taschen durchsucht hat?«

»Schon gut, schon gut«, brummte Charlie, dem gar nicht gefiel, wie die Sache ausgegangen war. Er war nur froh, daß Clee einen gewissen Verstand bewies, indem er alle Aspekte des neuen Plans durchdachte, nach dem sie sich jetzt richten mußten.

26

»Weißt du, wer das ist, Ned?« fragte Doc Meddly.

Der Deputy schüttelte den Kopf und sah Silver Annie an. Sie hatte Schwierigkeiten, stillzusitzen.

»Er nennt sich Chase Summers, aber was kann das Ihnen schon sagen?« sagte sie verdrießlich. Sie wünschte sich nur noch, sie würden endlich gehen. »Wahrscheinlich ist es ein Pseudonym. Das haben sie doch meistens.«

»Warum schickst du sie nicht weg, Ned? Sie ist das reinste Nervenbündel«, schlug der Arzt vor.

»Was erwarten Sie denn von mir, nachdem ein Mann in meinem Bett erstochen worden ist?« kreischte Annie. »Außerdem bleibe ich. Eilen Sie sich doch, und tun Sie, was Sie tun müssen, und dann nehmen Sie ihn mit, damit ich die

Schweinerei hier aufräumen kann. Ich kann es mir nicht leisten, heute nacht bloß deshalb nicht zu arbeiten.«

»Ist sie nicht herzlos?« murmelte der Arzt dem Deputy zu.

»Sind sie das nicht alle?« stimmte ihm Ned zu. Annie ignorierte alle beide und fuhr heftig mit einer Bürste durch ihr flachsblondes Haar.

»Wo hat er gewohnt, Ned?«

»Ich nehme an, im Hotel.«

»Weißt du es denn nicht? Wo bleibt überhaupt der Sheriff?«

»Jetzt reg dich bloß nicht zu sehr auf, Doc. Es bestand kein Grund, ihn aufzuwecken. Das hier kann ich ebensogut erledigen.«

»Bring in Erfahrung, ob dieser junge Kerl hier irgend jemanden kennt. Er wird in den nächsten Tagen Pflege brauchen, und jemand muß sich schließlich um ihn kümmern.«

»Wie wäre es mit Mrs. Meddly? Ist sie nicht im allgemeinen...«

»Nur für gottesfürchtiges Volk, Ned. Sie braucht nur zu hören, wo er sich diese Verletzung zugezogen hat, und sie weiß sofort, daß er nicht unter diese Kategorie fällt. Ich könnte zwar darauf bestehen, daß sie ihn pflegt, aber dann würde ich während dieser Zeit mit einer Kneifzange zusammenleben, und das möchte ich nun doch nicht.«

»Er kennt die kleine Blair«, steuerte Annie unaufgefordert bei. Für Annie war es ein Schock gewesen, festzustellen, daß der Spieler nun doch nicht tot war. Es konnte sein, daß Clee ihr das Doppelte zahlte, wenn sie den ursprünglichen Plan weiterverfolgte. Einen Versuch war es zumindest wert.

»Jessie Blair?« sagte Doc versonnen, während er Chases Wunde reinigte. »Sie war heute in der Stadt. Sieh mal nach, ob sie im Hotel ist, Ned, und...«

»Und hol sie gleich hierher«, fiel ihm Annie schrill ins Wort. »Damit wir das Ganze hinter uns bringen können.«

Meddly sah sie scharf an. »Miß, dies ist kein Ort für eine junge Dame wie Miß Blair.«

»Wieso nicht? Ich habe gehört, daß sie scharfe Krallen hat.

Jedes Mädchen, das mit einer Waffe umgehen kann, kann einen Saloon betreten, ohne in Ohnmacht zu fallen.«

»Nicht, wenn es sich vermeiden läßt«, sagte Doc empört zu ihr. Dann wandte er sich an Ned. »Sag Miß Jessie nur, daß dieser Mann verletzt ist, und sorg dafür, daß sie im Hotel in Summers Zimmer auf mich wartet. Und schick mir zwei Männer rauf, die mir helfen, ihn rüberzubringen.«

Ned verließ den Saloon und machte sich auf den Weg ins Hotel, doch dort fand er Jessie nicht vor. Sie hatte gerade eben den Saloon betreten und lauschte unaufmerksam dem Gerede über den Raubüberfall. Sie hatte andere Dinge im Kopf. Sie war gekommen, um Chase zu finden. Es war ihr ganz und gar nicht gelungen, Schlaf zu finden, nachdem Billy gegangen war, und sie hatte lange ganz ruhig und logisch nachgedacht. Dabei war sie zu einem Entschluß gekommen, der sie noch jetzt überraschte.

Sie konnte Chase nirgends in dem Raum entdecken, in dem es von Menschen wimmelte. Nachdem sie sich ein zweites Mal umgesehen hatte, begann sie schließlich doch, die Gesprächsfetzen aufzunehmen, die um sie herum wirbelten.

»Wenn man schon abtreten muß, dann ist das bei Gott die beste Art, es zu tun – während man eine Frau liebt.«

»Ja, aber andererseits, von hinten angegriffen zu werden ohne eine Chance, sich zu wehren?«

»Ich habe gehört, daß sie ihm die Hose und alles gestohlen haben.«

»Er hat in letzter Zeit viel gewonnen, aber heute habe ich ihn gar nicht spielen gesehen. Donnerwetter, das wäre ja ein schöner Reinfall für den, der ihn erstochen hat, wenn seine Taschen leer waren!«

»Ja.«

»Ich habe ihn mal mit der kleinen Blair zusammen gesehen. Ich denke, daß er eine Weile auf ihrer Ranch gearbeitet hat.«

»Also, ich wünschte, sie würden sich eilen und ihn runterbringen. Ich würde gern heute nacht zu Annie gehen, um rauszufinden, was wirklich passiert ist.«

Jessie lief auf die Treppe zu. Vier Männer kamen die

Treppe herunter, und weiter oben, auf dem Treppenabsatz, standen weitere Männer vor einer offenen Tür und sahen in ein Zimmer. Langsam ging sie die Treppe hinauf. Sie merkte nicht, daß es unten im Saloon ganz leise geworden war, seit man sie gesehen hatte.

Als sie die offene Tür erreichte, konnte sie Doc Meddlys Stimme deutlich hören.

»Es wäre hilfreich, Miß Annie, wenn Sie zufällig eine Hose übrig hätten. Haben Sie sowas?«

»Was sollte ich mit einer Männerhose anfangen? Die Männer, die mich besuchen, ziehen ihre Hosen aus, aber wenn sie gehen, nehmen sie ihre Hosen immer mit. Decken Sie ihn mit einer Decke zu. Er wird den Unterschied nicht bemerken.«

Jessies Blick wanderte von Doc Meddly zu dem stark geschminkten Gesicht der Blondine, die nichts weiter trug als ein durchsichtiges Korsett und knielange Schlüpfer. Dann sah sie den Mann an, der auf dem Bett lag.

»Ist er tot?« Ihre Stimme war rauh, fast ein Aufschrei.

»Sie, Miß Jessie!« rief Doc aus. »Was ist bloß mit diesem Deputy los? Ich habe ihm doch gesagt, daß er Sie nicht hierherbringen soll.«

»Ist er tot?« wiederholte Jessie mit wesentlich lauterer Stimme.

Meddly sah das Aschgrau ihres Gesichtes und das Entsetzen, das in ihren Augen stand. »Nein, nein«, versicherte er ihr eilig. Er bemühte sich, seine Stimme so zart wie möglich klingen zu lassen. »Der junge Mann wird schnell wieder gesund, wenn er anständig gepflegt wird.«

Jessie brach fast zusammen. Sie hielt sich am Türrahmen fest, um sich zu stützen. Meddly lächelte ermutigend. Doch dann veränderte sich Jessies Benehmen schlagartig. Ihr Rükken wurde steif, und in ihre Züge trat ein Ausdruck, der schneidend wie eine Klinge war, während sie den verletzten Mann ansah, der auf dem Bett lag. Dann wanderte ihr Blick zu Silver Annie.

Doc Meddly warf hastig eine Decke über Chase, als Jessie das Zimmer betrat und sich dem Bett näherte. »Aber, Miß

Jessie, an einem Ort wie diesem haben Sie nichts zu suchen. Ich wollte ihn gerade ins Hotel bringen lassen.«

»Was ist passiert?« fragte Jessie mit schneidender Stimme.

»Ein Raubüberfall.«

»Ist es zu einem Kampf gekommen?«

»Das solltest du mich lieber fragen, Süße«, sagte Annie mit allzu süßlicher Stimme. »Schließlich war ich hier mit ihm, als es passiert ist.«

Jessie wirbelte herum, und die ältere Frau wich vor dem Ausdruck ihrer Augen zurück. »Verhält es sich so? Und warum erzählst du es mir dann nicht einfach, *Süße*?«

»Es... es ist nicht zu einem Kampf gekommen«, erwiderte Annie voll Unbehagen. Dann fuhr sie zuversichtlicher fort. »Der Spieler war zu betrunken, um sich zu wehren. Aber ich schätze, der Dieb wußte das nicht, und er hat auf ihn eingestochen. Ich dachte, er seit tot, das dachte ich wirklich, und deshalb habe ich angefangen zu schreien, verstehst du? Daraufhin hat der, der ihn in den Rücken gestochen hat, natürlich den Schwanz eingezogen. Er hat die Klamotten des Spielers gepackt und ist rausgeflitzt wie ein Kaninchen, hinter dem ein Wolf her ist.«

»Und das haben Sie dem Deputy erzählt?«

»Ja, klar.«

»Kann irgend jemand Ihre Geschichte bestätigen?«

Annie sah sie finster an. »Was wollen Sie denn damit sagen?«

»Was ich meine, Frau«, sagte Jessie mit sanfter und doch unendlich eisiger Stimme, »ist, daß ich folgendes wissen will: Wer kann mir beweisen, daß das, was Sie sagen, die Wahrheit ist? Hat jemand diesen Dieb gesehen, als er aus Ihrem Zimmer gekommen ist?«

»Woher soll ich das wissen?« gab Annie eingeschüchtert zurück. »In den Zimmern hier oben gehen die Männer Tag und Nacht ein und aus. Niemand nimmt sie zur Kenntnis.«

»Haben Sie den Eindringling gesehen?« fragte Jessie.

»Ich habe gar nichts gesehen. Das Licht war aus.«

»Woher wußten Sie dann, daß Chase erstochen worden ist?«

»Woher ich es wußte? Ich... ich wußte es eben.«

»Und woher? Ist sein Blut auf Sie gelaufen? Haben Sie Blut auf ihr entdeckt, als Sie gekommen sind, Doc?« fragte Jessie, ohne Annie aus den Augen zu lassen.

»Nicht daß ich mich erinnere, Miß Jessie. Aber warum stellen Sie all diese Fragen?«

»Das wüßte ich auch gern«, murrte Annie. »Ned hat sich nicht die Mühe gemacht, mich solches Zeug zu fragen.«

»Mag sein, daß er es nicht getan hat«, erwiderte Jessie, »aber er hat den Mann, der in Ihrem Bett liegt, nicht so gut gekannt wie ich.«

»Steht er Ihnen nahe, Miß Jessie?« wagte sich Meddly behutsam vor.

»Nah genug.«

»Heiliger...«

Jessie warf ihm einen scharfen Blick zu, und der gute Arzt sagte kein Wort mehr. Er wußte genau, was sie meinte. Es war eine Schande, daß sie ihren Mann hier hatte finden müssen, aber wenn irgend jemand das Recht hatte, nachzufragen, wie er sich diese Verletzung zugezogen hatte, dann war sie es. Was für eine Situation! Und es gab nicht einmal jemanden, dem er davon hätte erzählen können.

Als Meddly verstummt war, stürzte sich Jessie wieder auf Annie. »Ich will wissen, warum das ganze Bett blutverschmiert ist und Sie nicht.«

Annie verschränkte trotzig ihre Arme über ihren üppigen Brüsten. »Ich brauche Ihre Fragen nicht zu beantworten.«

Im nächsten Moment blitzte Jessies ›Smith & Wesson‹ in ihrer Hand auf. »Aber Sie werden meine Fragen beantworten.«

»Doc!« kreischte Annie.

»Jessie Blair!« rief Meddly.

»Ruhe!« sagte Jessie wütend. Sie ging rückwärts zur Tür und trat die Tür mit einem Fuß zu, ohne den Revolver, der auf Annie gerichtet war, auch nur einen Zentimeter von der Stelle zu rühren. »Du wirst es mir jetzt sagen, du verfluchtes Miststück, und wenn ich dich erschießen muß, ehe du redest, dann macht das für mich auch keinen Unterschied.«

»Ihnen was sagen?« schrie Annie.

»Du hast selbst auf ihn eingestochen, stimmt's? Deshalb bist du nicht blutverschmiert.«

Annie lehnte sich fassungslos an die Wand. »Nein, nein, ich schwöre es! Ich war gar nicht in seiner Nähe. Ich war da drüben, auf der anderen Seite des Bettes!«

»Und Sie erwarten von mir, daß ich Ihnen das glaube?«

Annie besann sich eilig auf ihren bisherigen Erfahrungsschatz. »Er war so betrunken, daß ich dachte, er würde einschlafen, und dann könnte ich ihn wecken, Sie verstehen schon, als sei alles schon rum, und dann hätte ich mich für nichts bezahlen lassen können. Ich tu' das nicht oft, ehrlich nicht, nur, wenn ein Kerl so voll wie eine Haubitze ist, so, wie der da es war.«

»Sie lügen. Sie haben ihn nach oben gelockt und ihn dann fertiggemacht.«

»Das habe ich nicht getan! Bei Gott, ich schwöre es! Ich war schon seit Wochen hinter ihm her, aber bis heute wollte er nichts mit mir zu tun haben. Erst hat er den halben Abend damit vergeudet, sich zu betrinken, er müßte was vergessen, hat er gesagt. Ich hab' mir ausgerechnet, daß er wohl mit dem Whiskey klarkommt, und deshalb hab' ich abgewartet. Er ist aber nicht damit klargekommen. Ein Mann ist zu nichts gut, wenn er so betrunken ist. Aber er hat darauf bestanden, mit mir raufzukommen.«

»Lügnerin!«

»Doc, Doc, halten Sie sie zurück!« schrie Annie jetzt hysterisch. »Sie wird mich erschießen.«

»Was zum Teufel geht hier vor?« Die Tür wurde aufgerissen, und ein massives, häßliches Ungetüm von einem Mann füllte den Türrahmen aus.

Jessie wirbelte herum. »Wer sind Sie?« fragte sie, ohne sich im geringsten von seiner Körperfülle einschüchtern zu lassen. Schließlich hatte sie ihren Revolver.

»Zufällig gehört mir dieses Lokal, in dem Sie einen solchen Tumult veranstalten, und ich wäre Ihnen dankbar, wenn Sie Ihre Winzigkeit jetzt von hier entfernen, und zwar ein bißchen plötzlich.«

Trotz der Angriffslust seiner Worte war seine ganze Art ruhig und vermittelnd. Er warf einen Blick auf ihre Waffe. Jessie senkte den Revolver, als sie Doc Meddlys Hand auf ihrer Schulter spürte.

»Komm jetzt, Mädchen«, sagte er sachte. »Schaffen wir Ihren Freund von hier fort und in ein sauberes Hotelbett. Ich bin sicher, daß es sich genauso abgespielt hat, wie Silver Annie es behauptet. Gehen wir jetzt.«

Jessie sah sich noch einmal zu Annie um, die immer noch weit aufgerissene Augen hatte und schockiert war. »In Ordnung«, willigte sie ein, während sie ihren Revolver wegsteckte. »Aber niemand macht sich an etwas zu schaffen, was mir gehört, und kommt ungestraft davon. Haben Sie mich gehört, Annie? Wenn ich dahinterkommen sollte, daß Sie mich belogen haben, jage ich Ihnen eine Kugel durchs Herz.«

Sie ließ Meddly durch den Saloon vorangehen. Drei Männer, die Chase trugen, der sorgsam in eine alte Wolldecke eingewickelt war, folgten ihr. Sie gingen mit ihm um wie mit einem Neugeborenen, denn sie hatten draußen vor der Tür gestanden und gehört, was der kleine Hitzkopf gesagt hatte. Sie hatten nicht vor, ihr einen Anlaß zu geben, der sie auf die Idee kommen ließ, sie könnten mißhandelt haben, was ihr gehörte. No, Sir.

27

Jessie mietete einen Wagen, um Chase zur Ranch zu transportieren. Am nächsten Morgen reisten sie ab. Billy kutschierte, und Goldenrod, den sie aus dem Mietstall geholt hatten, war hinter dem Wagen angebunden. Doc Meddly hatte gesagt, Chase sei reisetüchtig.

Jessie saß hinten. Chase lag auf dem Bauch, und sein Kopf war auf ihren Schoß gebettet. Er war immer noch nicht zu sich gekommen, doch Meddly hatte gesagt, daß es eine Weile dauern konnte, und zwar nicht nur wegen der Wunde, sondern auch wegen der großen Alkoholmenge.

Verdammt noch mal, sie hatte sich in diesem Saloon selbst zur Närrin gemacht, zu einem Dummkopf erster Güte. Und wofür das Ganze? Für einen Mann, der sich mit Huren einließ. Für einen gewissenlosen Spieler. Für einen arroganten, aufgeblasenen, zudringlichen Kerl, der seine Nase in die Angelegenheiten anderer steckte. Sie hätte ihn niemals im Saloon suchen sollen, das war ihr jetzt klar. Wollte sie etwa, daß ihr Kind von einem solchen Mann erzogen wurde? Nein. Niemals. Sie hatte sich von den falschen Aspekten beeinflussen lassen. Sie konnte sich das Gerede deutlich vorstellen, das heute in der Stadt die Runde machte. Die arme Jessie Blair, so sehr liebt sie ihren Mann, daß sie ihm alles verzeihen würde, selbst den Umstand, daß er sich im Bett einer Hure eine Stichwunde zuzieht. Sie war froh, daß sie Cheyenne gleich verlassen hatte. Selbst durch einen noch so guten Lebenswandel würde dieser Vorfall niemals in Vergessenheit geraten.

Sie durfte sich nichts daraus machen. Sie mußte aufhören, sich an dem zu stören, was die Leute redeten, denn eine Frau konnte ein uneheliches Kind ohnehin durch keinen Lebenswandel wiedergutmachen. Und dieser Mann würde nie ihr Ehemann sein.

Jessie litt seit dem Moment, in dem sie erwacht war, an Übelkeit, aber solange sie sich allem Eßbaren fernhielt, blieb es bei einem unterschwelligem Unbehagen. Doch jetzt, als sie dasaß und das Holpern des Wagens über den unebenen Boden beobachtete, nahm ihre Übelkeit ständig zu. Sie hörte, daß Chase stöhnte, doch inzwischen hatte ihre Gesichtshaut sich grün gefärbt, und sein Stöhnen ging in ihrem eigenen Stöhnen unter. Sie konnte sich nicht schnell genug von der Stelle bewegen, und daher ließ sie Chases Gesicht mit einem Plumps auf den Boden des Wagens fallen.

Chase riß die Augen auf, doch ein unerträglicher Schmerz zwang ihn, sie wieder zuzukneifen. Wenn er auf dem Rükken gelegen hätte, hätten ihm nur die Phantome Sorgen bereitet, die seinen armen Kopf quälten, aber aus irgendwelchen undefinierbaren Gründen lag er auf dem Bauch, und irgend etwas schüttelte ihn ganz höllisch durch. Es gelang ihm, die Augen wieder zu öffnen. Er blinzelte ungläubig, weil er den Eindruck hatte, in eine Art Holzkiste gesperrt zu sein. Doch auf einer Seite war die Kiste offen, und dort drang das strahlendste Blau in seine Augen, das er je gesehen hatte. Es war blendend hell, und Chase schloß wieder die Augen. Doch es sollte ihm kein Aufschub gewährt werden. Die Kiste, in die er eingesperrt war, klapperte und wackelte, und er erbrach den Inhalt seines Magens neben sich, wobei er um sein Leben bangte. Doch es war schnell vorbei, und er fühlte sich anschließend wirklich etwas besser.

Sein Kopf wurde jetzt etwas klarer, und Chase versuchte dahinterzukommen, wo zum Teufel er war, ohne seine Augen öffnen und dieses blendende Licht sehen zu müssen. Das Wackeln, ein steinhartes Brett, sechzig Zentimeter hohe Wände – aus all dem konnte er sich beim besten Willen nichts zusammenreimen. Außerdem hörte er Würgelaute, nachdem er sich erbrochen hatte.

Er mußte die Augen öffnen, wenn er seine Situation durchschauen wollte. Zögernd sah er erst auf eine Seite, folgte der niedrigen Wand bis zu der Stelle, an der sie einen Winkel bildete und dann noch einen. Er war tatsächlich in einer Kiste, in einer offenen Kiste! Und als er in die andere Richtung sah, erblickte er seidiges, schwarzes Haar, ein weißes Hemd und in einer hautengen Hose den wohlgeformtesten kleinen Hintern, den man sich nur denken konnte.

»Jessie?« stöhnte er.

Jessie antwortete nicht und dachte erst recht nicht daran, ihn anzusehen. Sie hatte das Gefühl, jeden Moment zu sterben. Das verfluchte Würgen wollte nicht aufhören, obwohl sie längst nichts mehr im Magen hatte. Mit leerem Magen ging das Würgen weiter, und es tat so weh, daß sie weinen wollte.

Endlich rührte sich Jessie, die sich aus dem Wagen gebeugt hatte, langsam von der Stelle. Chase hatte seine Augen inzwischen wieder geschlossen.

»Wenn du nicht vorhast, noch mehr von deinem Mageninhalt von dir zu geben, dann kommst du am besten hierher und legst dich hin.«

Chase riß die Augen auf. Er konnte nicht antworten.

»Hörst du mich?« fragte Jessie barsch.

»Ich fürchte ... ich ... ich wäre nicht gerade die angenehmste Gesellschaft«, brachte Chase mühsam heraus, obwohl seine Zunge ganz dick war.

»Gesellschaft, zum Teufel«, brummte Jessie. »Mir ist deine Gesellschaft auch nicht erwünschter als dir meine, aber es sieht ganz so aus, als hätte ich dich am Hals, und das ist nur deinen Sufftaten zu verdanken.«

»Ich ... ich verstehe nicht.«

»O Gott, würdest du dich jetzt vielleicht einfach wieder hinlegen!« stöhnte Jessie. »Du brauchst Ruhe, und ich bin im Moment nicht zum Reden aufgelegt.«

Chase hielt es für wahrscheinlicher, daß er einen Arzt oder eine neue Flasche Whiskey brauchte, aber vielleicht half ihm der Schlaf, diesen scheußlichen Kater loszuwerden.

Es gab wenig Platz, und Jessie lag bereits auf der einen Seite der Decken. »Wohin soll ich mich denn legen?«

Jessie rückte langsam, bis sie direkt am Rand der ausgebreiteten Decken lag, doch trotzdem hatte er noch nicht genug Platz, um sich auszustrecken, es sei denn, er hätte seinen Kopf wieder auf ihren Schoß gelegt. Das konnte sie ihm jedoch nicht anbieten, solange sie sich nicht wieder aufrichtete und sich hinsetzte, und im Moment hätte sie sich nicht hinsetzen können, weil ihr sofort wieder übel geworden wäre.

Sie blieb zusammengerollt auf der Seite liegen und streckte mürrisch das Bein aus, das oben lag, und somit hatte sie nur noch das untere Bein angezogen. Sie klopfte sacht auf ihr angewinkeltes Bein. »Dein Kopfkissen.«

Chase grinste trotz seiner miserablen Verfassung. »Wirklich?«

Jessie sah dieses Aufflackern in seinen Augen, doch diesmal wurde sie nicht wütend darüber. Sie fand es zum Lachen. Da lagen sie jetzt beide und fühlten sich hundeelend, und neben einer bösen Verletzung hatte er wahrscheinlich auch noch Fieber. Und dennoch konnte er an Leidenschaft denken. Dieser Mann war ein Rätsel.

»Ich biete dir nur die Benutzung meines Knies an, und daher kannst du dir deine lüsternen Gedanken gleich wieder aus dem Kopf schlagen, Chase Summers.« Sie bemühte sich, ihre Stimme finster klingen zu lassen, aber sie konnte das Lachen nicht wirklich unterdrücken. »Wenn ich nicht das dringende Bedürfnis hätte, mich auszuruhen, könntest du sicher sein, daß ich vorn bei Billy sitzen würde.«

»Billy?«

»Ja, Billy. Er hat die Zügel.«

Chase warf einen Blick nach vorn, doch das Licht war zu grell, und es erschien ihm ohnehin leichter, still liegen zu bleiben.

»Auf den Bauch, Chase.« Ihre Stimme war fest. »Anweisung des Arztes.«

Er sah sie finster an. »Welcher Arzt?« fragte er gereizt, da er glaubte, sie spräche von sich selbst. »Ich schlafe nie auf dem Bauch. Und mir wäre auch jetzt nicht so übel geworden, wenn ich nicht auf dem Bauch gelegen hätte.«

»Ich bin nicht dazu aufgelegt, mir Schwierigkeiten von dir machen zu lassen, verdammt noch mal!« sagte Jessie hitzig. »Jetzt leg dich endlich auf den Bauch oder auf die Seite, aber dreh dich um Himmels willen nicht auf den Rücken!«

»Warum nicht?«

»Wenn du das nicht weißt, bist du noch nicht so nüchtern, daß ich meine Zeit damit verschwenden würde, es dir zu erklären.«

Chase drehte sich ärgerlich, aber langsam auf die Seite. Jessie verstummte. Später, wenn es ihr wieder besser ging, würde sie ihm deutlich ihre Meinung sagen. Mit dieser Vorstellung hatte sie etwas gefunden, worauf sie sich freuen konnte.

28

Jessie wachte endlich auf. Sie wußte nicht, wo sie war, und sie hörte, daß Billy immer wieder ihren Namen rief. Sie blieb liegen, bis sie verstanden hatte, was Billy ihr sagen wollte: Sie waren fast zu Hause. Sie setzte sich auf und war dankbar, daß sie sich wieder bewegen konnte, ohne daß sich ihr Magen hob. Aber natürlich war es schon spät am Tag, und im späteren Verlauf des Tages machte ihr die Übelkeit nie zu schaffen.

Sie hatte nicht vorgehabt, den ganzen Tag zu verschlafen. War mit Billy alles in Ordnung? Sie nahm an, daß er allein zurechtgekommen war. Chase schlief noch. Sie legte eine Hand auf seine Stirn, um zu sehen, ob er Fieber hatte, doch seine Stirn war nur etwas zu warm. In dem Moment, in dem sie sein Gesicht berührte, bewegte sich sein Arm nach oben, schlang sich um ihre ausgestrecktes Bein und hielt sie fest. Jessie hätte fast eine böse Bemerkung gemacht, doch dann sah sie, daß es nur ein Reflex gewesen war. Er schlief immer noch und kuschelte sich an ihre Seite.

In Jessies Augen leuchtete es mißmutig auf. Seine Bewegungen bewirkten ein unerwünschtes Prickeln in der unteren Hälfte ihres Körpers, und sie wollte nicht, daß das etwas bei ihr auszulösen hatte. Es war nicht natürlich, einen Mann zu verabscheuen und ihn dennoch zu begehren. Oder doch?

Mit diesen Überlegungen hatte sie gerade so viel Zeit vergeudet, daß sie vor dem Haus vorfuhren, ehe sie es merkte. Rachel trat vor die Tür, warf einen Blick auf Chase, der mit Jessie hinten im Wagen lag, und ging sofort wieder ins Haus. Jessie zuckte die Achseln. Rachel wußte noch nicht, daß Chase verwundet war. Wenn sie das erfuhr, würde sie es sich anders überlegen. Das war ihr jedenfalls anzuraten, denn Jessie hatte ganz bestimmt nicht die Absicht, ganz allein für ihn zu sorgen.

»Lauf los, Billy und such Jeb, und sieh mal nach, ob noch andere Männer hier sind, die helfen können, Chase ins Haus zu tragen«, ordnete Jessie an. Dann fügte sie hinzu:

»Und danke, Billy. Du hast uns heil nach Hause gebracht und deine Sache ganz prima gemacht.«

Billy strahlte vor Freude. Er machte sich auf die Suche nach Jeb. Kurz darauf tauchte er wieder auf. Er rannte vor dem älteren Mann her.

»Und wen haben wir denn da, Kleines?« fragte Jeb neugierig. »Ich dachte, der da käme mir nie mehr unter die Augen.«

»Du bist nicht der einzige, der das dachte«, erwiderte Jessie mit hörbarer Verachtung, während sie wieder in den Wagen kroch. »Aber er ist verletzt worden, während ich in der Stadt war, und Doc Meddly wußte zufällig, daß ich ihn kenne. Und deshalb hat er mir seine Pflege aufgehalst.«

»Sag bloß!« Jeb kicherte in sich hinein.

»Ich finde das überhaupt nicht komisch«, gab Jessie zurück.

»Was hatte er denn überhaupt noch in der Stadt zu suchen?«

»Das Spielen, das Trinken und das Huren.«

»Sag bloß!«

»Oh, jetzt hör aber auf, und hilf mir lieber, ihn rauszuschaffen.«

»In den Quartieren der Arbeiter ist niemand, Jessie«, verkündete Billy. »Das hat Jeb gesagt.«

Jeb knurrte. »Das schaffen wir doch, wir drei.« Er wandte sich an Jessie. »Kann er denn kein bißchen laufen?«

»Er wird es müssen«, gab Jessie zurück. »Seinen Füßen fehlt nichts. Billy«, ordnete sie an, »Jeb und ich werden ihn stützen, wenn er nicht gut genug laufen kann. Könntest du schon reingehen und sein Bett machen?«

»Wie schlimm ist er verletzt?« fragte Jeb ernst, als Billy gegangen war. Sie erklärte es ihm, und sie schloß mit dem Zusatz: »Der Arzt schien der Meinung zu sein, daß er in den nächsten paar Tagen nicht auf die Füße komme, und das bedeutet, daß sich jemand um ihn kümmern muß. Andernfalls hätte ich ihn niemals mitgebracht.«

Jessie rüttelte Chase sachte. Sie seufzte, als er sich auf den Rücken rollte. »Er wird es mit Sicherheit hinbringen, daß die

Fäden reißen. Ich hoffe, du hast nicht verlernt, wie man mit einer Nadel umgeht, Jeb?«

»Sag bloß nicht, daß es ihn von hinten erwischt hat!« Jebs Stimme hob sich vor Empörung.

»Doch, aber den Rest erkläre ich dir später. Versuchen wir mal, ob wir ihn aus dem Wagen rauskriegen.«

Es gelang ihnen schließlich, doch sie brauchten eine ganze Weile. Chase öffnete seine Augen erst, als seine Füße auf dem Boden standen, und er war so wacklig auf den Beinen, daß sie sich beide jeweils einen seiner Arme um den Hals legen mußten.

Sie brachten ihn in Thomas Blairs früherem Zimmer unter, und den ganzen Weg dorthin mußten sie ihn ziehen. Billy hatte die Bettdecke zurückgeschlagen und erwartete sie bereits. Zum Glück war es ein niedriges Bett ohne Fußteil.

»Legen wir ihn so hin, daß seine Knie auf das Fußende kommen. Jeb. Dann können wir ihn langsam auf den Bauch legen«, wies Jessie den älteren Mann an.

»Um Himmels willen, nein!« knurrte Chase.

»Und du hältst den Mund!« sagte Jessie unwillig. »Ich habe noch nie gehört, daß ein Mann ein solches Gezeter veranstaltet, weil er auf dem Bauch schlafen soll.«

»Wenn du zwei Flaschen unverdünnten Whiskey im Bauch hättest, würdest du dich auch anstellen.«

Jessie ließ seinen Arm los und trat zurück. »Ich kann mich erinnern, daß du den Whiskey heute nachmittag bereits von dir gegeben hast«, sagte sie leicht belustigt und etwas freundlicher, während sie sich die schmerzende Schulter rieb. Chase war ziemlich schwer gewesen.

Er schnitt eine Grimasse. »Und ich erinnere mich, daß du direkt neben mir gewürgt hast. Du könntest also etwas mehr Mitgefühl haben.«

Jeb und Billy sahen Jessie seltsam an, und das brachte sie in Rage. »Für einen Mann, der ins Haus gezerrt werden muß, drückst du dich reichlich deutlich aus.«

Chase hob den Kopf ein wenig. Um seine Lippen spielte eine Andeutung von einem verschmitzten Lächeln. »Hätte ich mich bemühen sollen? Das hat mir niemand gesagt.«

Jeb schnaubte entrüstet und verließ murrend das Zimmer. Billy kicherte, bis Jessie lodernde Blicke auf ihn fielen.

»Ich...ah... ich hole seine Sachen aus dem Wagen«, erbot er sich eilig. Dann verließ er den Raum.

Jessie wandte ihre flackernden Augen wieder Chase zu. »Ich fange an zu glauben, daß es dir gar nicht so schlecht geht, wie der alte Doc behauptet hat«, sagte Jessie kühl. »Und falls das der Fall sein sollte, kann Jeb dich wieder in die Stadt schleifen, wenn er morgen den Wagen zurückbringt.«

»Noch so eine Fahrt wie heute?« schrie er auf. »Für nichts auf Erden! Und was soll dieses ganze Gerede von einem Arzt? Ich habe einen gräßlichen Kater, aber was soll ein Arzt damit anfangen?«

»Du kannst dich also wirklich nicht erinnern, was passiert ist?«

Chase schloß vorsichtshalber die Augen. »Ich habe mich betrunken, vielleicht etwas mehr als sonst, aber was soll's? Das war doch in letzter Zeit meistens so«, fügte er mehr zu sich selbst hinzu und nicht, um es Jessie zu enthüllen.

»Vielleicht fällt dir zu dem Namen Annie etwas ein.«

Der Zorn in ihrem Tonfall beunruhigte ihn. Annie? Die einzige Annie, die er kannte, war...

Chase legte sich die Hände auf die Schläfen, und diese Bewegung löste einen stechenden Schmerz in seinem Rücken aus. Er wußte nicht, was schlimmer war – der körperliche Schmerz oder die Erinnerung daran, daß er gestern abend mit Silver Annie die Stufen hinaufgewankt war. Und währenddessen hatte er ausschließlich an dieses Mädchen hier gedacht und sich gewünscht, es sei Jessie, mit der er zusammen war, Jessie, die er jetzt lieben würde. War er wirklich mit Silver Annie in ihr Zimmer gegangen?

Er riß die Augen weit auf. Er konnte deutlich erkennen, daß Jessie nicht nur ein bißchen böse, sondern höllisch wütend war. Sie hatte die Arme vor der Brust verschränkt und stand in einer so steifen Körperhaltung da, daß er glaubte, sie könnte in der Mitte durchbrechen. Sie versuchte, ihre Gefühle mit ihrer Verachtung zu tarnen, doch ihre Augen schossen Pfeile auf ihn.

Sie wußte es. Irgendwoher wußte sie es. Und sie war darüber außer sich. Chase wußte nicht, ob er sich darüber freuen oder grämen sollte.

»Ich... äh... ich kann dir das erklären, verstehst du«, wagte er sich besonders dämlich vor.

»So, kannst du das?« sagte Jessie kühl. »Der Ort, an dem du gefunden worden bist, ist doch wohl schon eine Erklärung, die für sich selbst spricht, meinst du nicht?«

»Gefunden? Du warst doch nicht etwa im Saloon? Weißt du es daher?«

»Ja, ich war da. Die halbe Stadt war da! Wahrscheinlich kommt die Sache in die Zeitung. Ich sehe die Schlagzeilen regelrecht vor mir: ›Betrunkener im Zimmer einer Hure überfallen und ausgeraubt. Dieb konnte mit der Hose des Opfers entkommen, da dieses sie zu dem Zeitpunkt nicht anhatte.‹«

Chase kniff die Augen zusammen. »Soll das etwa komisch sein?«

»Es ist nichts anderes als das, was sich abgespielt hat, Summers. Oder erinnerst du dich etwa nicht, daß du ein Messer in den Rücken bekommen hast?«

Er versuchte, sich umzudrehen, doch das ging nicht. »Das ist es also, was so weh tut.«

»Das kann ich mir gut vorstellen.«

»Wie schlimm ist es?«

»Doc Meddly sagt, daß du ein paar Tage ruhig liegen sollst, weil du sehr viel Blut verloren hast. Im übrigen ist damit zu rechnen, daß es gut verheilt.«

»Wenn ich Bettruhe brauche, weshalb hast du mich dann hierhergeschleift?«

»Ich hatte nicht vor, in der Stadt zu bleiben, um dich zu pflegen! Und Meddly hat mir glaubhaft versichert, daß niemand anders sich um dich kümmern würde, wenn man bedenkt, wo du dir die Verletzung zugezogen hast. Wahrscheinlich hätte ich jemanden finden können, der sich um dich kümmert, aber es war einfacher, dich hierherzubringen. Rachel kann sich um dich kümmern. Falls du also noch irgend etwas zu erklären hast, dann kannst du es ihr erklären.«

Chase runzelte die Stirn. »Ich zweifle daran, daß Rachel

mir helfen wird, Jessie. Sie steht mir nicht mehr allzu freundlich gegenüber.«

»Denkst du vielleicht, ich?«

»Nein, wohl kaum«, sagte er seufzend. »Was hattest du überhaupt im Saloon zu suchen?«

»Ich bin in den Saloon gegangen, weil ich dich sehen wollte«, sagte sie steif. Zum ersten Mal war sie ausgesprochen unsicher.

Das war das letzte, was er zu hören erwartet hatte. »Wieso?«

»Das spielt jetzt wohl kaum noch eine Rolle.«

Mit diesen Worten verließ sie das Zimmer und ließ Chase in größter Verwirrung zurück.

29

Jessie blieb noch mit Rachel am Tisch sitzen, nachdem Billy sich zurückgezogen hatte. In einem so unbehaglichen Schweigen hatte sie keine Mahlzeit mehr zu sich genommen seit den Mahlzeiten, die ihr Vater und sie durchgemacht hatten, wenn sie Krach miteinander gehabt hatten. Kein Wunder, daß Billy so schnell wie möglich verschwunden war.

Wenigstens war Jessie das gewohnt, und sie ließ sich davon nicht den Appetit verderben. Das war wichtig, weil sie ausschließlich abends einen Ausgleich für die anderen Mahlzeiten schaffen konnte, die sie ausließ. Sie war nicht bereit, sich durch eine leicht angespannte Situation davon abhalten zu lassen, die Zeiten zu nutzen, zu denen sie sich völlig normal fühlte, so, als würden sich keine Veränderungen in ihrem Körper vollziehen.

Das Schweigen dauerte an, und sie vermieden es, sich gegenseitig anzusehen. Endlich hatte Jessie ihren Teller leergegessen, und es gab nichts anderes mehr zu tun, als die Sache hinter sich zu bringen. Sie stieß einen tiefen Seufzer aus.

»Er wird nicht lange hierbleiben müssen, Rachel. Höchstens eine Woche, bis er wieder auf einem Pferd sitzen kann, ohne sich die Wunde aufzureißen. So lang ist eine Woche nun auch wieder nicht.«

Rachels Augen waren hart und frei von jedem Mitgefühl. »Warum hast du ihn mitgebracht?«

»Sieh mal, ich kann diesen Mann auch nicht besser leiden als du, aber es war niemand da, der sich um ihn gekümmert hätte. Ich hätte ihn doch nicht einfach liegen lassen können, oder meinst du das im Ernst?«

»Wie hat er sich die Verletzung zugezogen?«

»Der Dieb, der ihn ausgeraubt hat, ist in Panik geraten und hat ihm das Messer in den Rücken gestochen.«

Rachel senkte die Lider. »Nun, ich nehme an, mit solchen Dingen muß man rechnen«, sagte sie heiser, »wenn man bedenkt, womit er sich sein Geld verdient.« Es war die verächtlichste Bemerkung, die Jessie je aus Rachels Mund gehört hatte.

»Du wußtest, daß er ein Spieler ist, Rachel. Bisher schien es dich nicht zu stören.«

»Er ist nicht mehr der Junge, den ich gekannt habe«, sagte Rachel kühl.

»Es geht mich nichts an, was für ein Mensch er ist, Rachel«, sagte Jessie. »Und dich geht es auch nichts an. Er ist keinem von uns beiden Rechenschaft schuldig.«

»Das ist mir ja eine schöne Einstellung, wenn man bedenkt, was er dir angetan hat«, sagte Rachel unter Tränen.

»Kannst du mich nicht endlich damit in Ruhe lassen?« fragte Jessie erbost. »Was Chase und ich getan haben, haben wir gemeinsam getan. Du bist die einzige, die darüber heult.«

»Wenn du es so siehst, warum hast du ihn dann nicht geheiratet, als er dich dazu aufgefordert hat?«

»Diese Aufforderung kam etwas zu spät«, erwiderte Jessie verbittert. »Er wollte mich nicht heiraten, und ich wußte, daß er es nicht will. Wessen Stolz wäre damit gedient gewesen, daß ich mich bereit erkläre? Nur deinem, Rachel.«

Rachels Stimme wurde plötzlich sanfter. »Willst du damit sagen, ... daß du ihn heiraten würdest, wenn er dich liebte?«

Jessie schüttelte den Kopf. »Wie um Himmels willen

kommst du bloß auf solche Ideen? Dieser Mann liebt mich nicht. Ich bedeute ihm nicht mehr als irgendeine seiner zahllosen anderen Frauen.«

»Bist du ganz sicher, Jessie? Es ist durchaus möglich, daß er dich längst liebt, sich aber noch nicht im klaren darüber ist. Er ist in der Stadt geblieben, statt weiterzureisen«, hob sie hervor.

»Um sich zu betrinken.«

»Aber wenn er dich nicht über alles liebt, warum sollte er...«

»Verteidigst du ihn jetzt plötzlich? Ich wäre verdammt froh, wenn du dir endlich eine Meinung bilden würdest.«

Rachel wandte ihren Blick ab. »Ich verteidige ihn nicht, nicht im entferntesten.«

»Gut. Es freut mich, das zu hören, denn ich würde keinen nichtsnutzigen Trinker heiraten, der...«

»Du machst dir also doch etwas aus ihm!«

Jessie war so wütend, daß sie ihr die Haare an den Wurzeln hätte ausreißen können. Sie beugte sich vor und schlug mit der Faust auf den Tisch. Ihre Wangen waren hochrot angelaufen.

»Ich mache mir nichts aus ihm! Ich mache mir so wenig aus ihm, daß er von mir aus lieber verhungert, ehe ich noch einmal einen Fuß in sein Zimmer setze. Er ist hier im Haus, aber ich werde nicht in seine Nähe kommen, und ich will, daß er mir nie mehr unter die Augen kommt. Und überhaupt hast du ihn ursprünglich hierher gebracht, und somit bist du für ihn verantwortlich. *Du* wirst dich um ihn kümmern!«

Rachel stand steif auf. »Ich weigere mich, den Mann zu pflegen, der meine Tochter verdorben hat.«

Jessie fiel der Kiefer herunter, als sie Rachel nach blickte, die sich entschlossen vom Tisch entfernte. Sie sprang auf, lief um den Tisch herum und folgte Rachel in den Korridor. »*Ich bin nicht verdorben!* Hast du gehört?«

»Du schreist so, daß ich es beim besten Willen nicht überhören kann«, erwiderte Rachel, ohne stehenzubleiben. »Aber das ändert nichts an den Tatsachen. Ich helfe ihm bestimmt nicht.«

»Aber er ist doch dein Freund!«

»War mein Freund«, sagte Rachel halsstarrig. Sie blieb vor ihrer Tür stehen. »Wenn sich unbedingt jemand um ihn kümmern muß, dann bring Kate dazu, daß sie es tut. Ich bin sicher, daß es ihr nichts ausmacht.«

»Natürlich macht es ihr etwas aus!« krächzte Jessie. »Du kannst ihn ihr doch nicht einfach aufhalsen.«

»Und du kannst ihn mir nicht einfach aufhalsen, Jessica«, entgegenete Rachel kühl. Sie trat in ihr Zimmer und schloß die Tür hinter sich.

Zwanzig Minuten später trug Jessie eine Platte mit Essen in Chases Zimmer. Es hätte ihr grenzenlos gutgetan, wenn er wach gewesen wäre, damit sie ihren Groll an ihm hätte auslassen können, doch er schlief tief und fest. Sie stellt das Essen ganz einfach auf den Nachttisch, vergewisserte sich, daß er gut zugedeckt war, und verließ das Zimmer.

30

Chase genoß seine Rekonvaleszenz, obwohl er nur ein einziges fröhliches Gesicht sah, und das war Billys Gesicht. Morgens brachte der Junge ihm das Frühstück und blieb eine Weile, um zu plaudern. Hinzu kam, daß Chase Jessie täglich sah, und das bereitete ihm ganz entschieden Vergnügen, wenn sie auch im allgemeinen äußerst sauertöpfisch war.

Er bezeichnete diese Umstände als poetische Gerechtigkeit. Schließlich mußte er jetzt im Bett liegen, weil er sich betrunken hatte und sich nicht hatte verteidigen können, und betrunken hatte er sich wegen Jessie. War es folglich nicht einfach ein Hochgenuß, daß sie ihn jetzt pflegen mußte?

Jessie empfand das keineswegs so wie er. Sie tat alles, was in ihren Kräften stand, um ihm zu zeigen, wie sehr es ihr zuwider war, ihn bedienen zu müssen. Das hätte seinen Stolz verletzen müssen. Er hätte wütend reagieren müssen. Doch es war nicht so. Er amüsierte sich über ihr Zungenschnalzen, ihr Seufzen und ihre brüske Art. Sie spielte die Märtyrerin, und doch hätte sie Billy bitten können, das Abendessen in sein Zimmer zu tragen oder ihm den Spiegel zu halten, wenn er sich nachmittags rasierte. Sie hätte Jeb zu ihm schicken können, damit er die Verbände wechselte oder ihn abschrubbte. Doch sie tat nichts von alledem. Sie überzog sein Bett mit frischen Laken, und das fiel eigentlich in Kates Aufgabenbereich. Im Grunde genommen tat Jessie alles selbst – nur das Frühstück brachte sie ihm nicht.

Morgens sah er sie überhaupt nicht. Nach allem, was Billy ihm erzählte, bekam niemand Jessie morgens zu sehen, denn sie verließ das Haus wesentlich früher als gewöhnlich und ritt auf die Weide. Schon nach zwei Tagen ertappte er sich dabei, daß er erwartungsvoll auf Geräusche lauschte, die ihre Rückkehr bedeuteten, auf den Klang ihrer Stimme lauschte, wenn sie nicht in seinem Zimmer war. Wenn sie spät zurückkam, wurmte es ihn. Wenn sie früh zurückkam, freute er sich.

Gelegentlich hörte er auch Rachel, doch sie kam nie in seine Nähe. Sie ließ ihn ihre Abwehr spüren, ohne diese anklagenden blauen Augen auf ihn zu richten. Eines Abends fing sie Jessie sogar direkt vor seinem Zimmer ab, und er konnte deutlich hören, daß Rachel darauf bestand, zu erfahren, wann er das Haus verlassen würde. Rachel mußte äußerst verblüfft über Jessies Antwort gewesen sein, denn Jessie sagte, er würde verdammt noch mal genau dann gehen, wenn es ihm paßte. *Ihn* zumindest überraschte es sehr, als er hörte, daß Jessie Stellung für ihn bezog. Natürlich tat sie das nur, um sich gegen Rachel zu stellen. Sie hätte alles getan, um sich gegen ihre Mutter zu stellen, das wußte er. Und doch…

Nach einer einwöchigen Genesung wußte Chase, daß er eigentlich nichts mehr im Bett zu suchen hatte. Seine Wunde war gut zugewachsen, und er war wieder bei Kräften. Wenn er ein wenig Schmerz in Kauf nahm, konnte er sich zweifellos wieder auf ein Pferd setzen. Es war an der Zeit, die Rocky-Valley-Ranch zu verlassen und diesmal gar nicht erst in Cheyenne haltzumachen. Jessie hatte seine gesamte Habe, die sie in seinem Hotelzimmer gefunden hatte, eingepackt und mitgenommen, die beträchtliche Geldsumme inbegriffen, die er in diesen wenigen Wochen beim Spiel gewonnen hatte. Der Mann, der ihn ausgeraubt hatte, hatte nicht mehr als das Kleingeld erwischt, das er an jenem Tag bei sich getragen hatte.

Er hatte mehr als genug Geld, um in den Osten ziehen und dort die Überfahrt nach Spanien zu buchen. Und genau das war es auch, was er hätte tun sollen.

Doch es war nicht das, was er tun wollte. Er wollte nichts anderes, als Jessie weiterhin täglich zu sehen. Er hatte sich im Lauf dieser letzten Woche an sie gewöhnt, und er hatte gelernt, sie ganz anders zu sehen als vorher. Er hatte allmählich angefangen, sie besser zu verstehen.

Man sagt, daß Kinder die Dinge so sehen, wie sie sind, fiel ihm ein, und der kleine Billy hatte den Nagel auf den Kopf getroffen, als er damals gesagt hatte, Jessie bemühte sich nur, sich rauh und hart zu geben, weil sie glaubte, sich so geben zu müssen. In ihrem Zorn schien ihre einzige Verteidigung zu liegen. Sie setzte ihn ein, um Schmerz, Verwirrung und Ängste darunter zu verbergen.

Chase kannte sie besser. Er konnte das ängstliche Mädchen in ihr sehen, das verzweifelt um seine Unabhängigkeit kämpfte, sich verzweifelt bemühte, niemanden zu brauchen. Es hatte einmal jemanden gegeben, den sie gebraucht hatte, und sie war ganz schrecklich verletzt worden. Wenn er sie in diesem Licht sah, wollte er sie in seine Arme ziehen, sie festhalten und sie beschützen. Aber das hätte die grobe kleine Jessie niemals mitgemacht. Nein, ihre Verteidigungsmechanismen wären sofort zur Stelle gewesen, und diese Mechanismen waren im Laufe von zehn Jahren aufgebaut worden. Mit überdimensionalem Einsatz. War dem irgendein Mann gewachsen?

Chase wußte, daß zuviel gegen ihn sprach. Das war mehr, als er erhoffen konnte – um Himmels willen, erhoffte er es denn? Er war sich nicht sicher. Das einzige, was er mit Sicherheit wußte, war, daß er noch nicht von hier fortgehen wollte.

Er würde es solange wie möglich hinauszögern. Schließlich machte Jessie bisher keine Anstalten, ihn vor die Tür zu setzen. Doch sobald er sein Zimmer verließ, würde Rachel das tun. Verdammt noch mal, er hatte Rachel nicht so unbarmherzig in Erinnerung. Das Ärgerliche war, daß sie Jessie zu sehr liebte. Es war zu schade, daß Jessie das nicht begreifen konnte. Er hätte wetten können, daß Jessie tief in ihrem Innern dasselbe für sie empfand. Doch die Kluft zwischen den beiden zog sich durch das Herz aller Dinge, und um diese Kluft zu schließen, hätte es ein Wunder gebraucht. Chase wünschte, er hätte dieses Wunder zur Hand gehabt.

Heute nahm Chase ein Bad, ein ersehntes heißes Bad, zu dem ihm Billy und Jeb heimlich verholfen hatten. Es ging darum, das Wasser in sein Zimmer zu schaffen, ohne daß Rachel erfuhr, wie gesund er wieder war – nämlich gesund genug, um ohne fremden Beistand ein Bad zu nehmen. Jeb erhitzte das Wasser im Waschzuber für die Kleider hinter dem Haus und reichte Billy die Wassereimer durch Chases Fenster. Billy fand es höchst vergnüglich, ein Geheimnis vor seiner Mutter zu haben. Chase wollte, daß auch Jessie nichts von diesem Bad erfuhr, denn er wollte ihr keinesfalls zeigen, wie beweglich er in Wirklichkeit wieder war.

Fast hätte es geklappt. Aber heute war einer der Tage, an denen Jessie früh von den Weiden zurückkehrte. Sie waren beide recht überrascht, als sie in sein Zimmer kam und ihn in dem kleinen Zuber vorfand. Sie erholte sich als erste von ihrem Erstaunen und trat näher.

Sie trug noch ihre Reithosen. Ihre Kleider waren staubig; ihr Hut hing an einem Band um ihren Hals. Es war das erste Mal, daß sie in sein Zimmer kam, ohne sich vorher frischzumachen und sich umzuziehen. Doch das fiel Chase gar nicht auf, denn er war so verlegen, daß er an nichts anderes mehr denken konnte als daran, wie er diese Situation erklären sollte. Er war froh, daß Jeb und Billy ihn allein gelassen hatten.

»Weiß Rachel etwas davon?« fragte Jessie beiläufig. Sie zeigte auf den Zuber.

»Nein.«

»Du wirst dir die Wunde aufweichen. Wie lange bist du schon da drin?«

Chase schien keinen klaren Gedanken fassen zu können, wenn ihr Blick auf ihn gerichtet war. »Noch nicht lange.«

Sie ging direkt auf den Zuber zu und steckte ihre Finger ins Wasser. »Jedenfalls zu lange. Wie viele Bäder hast du dir schon ohne mein Wissen erschwindelt? Habe ich dich abends nur zu deiner Belustigung gewaschen?«

»Komm schon, Jessie, es ist das erste Mal.«

»Aber ich hätte nichts davon erfahren, oder? Ich meine, wenn ich später gekommen wäre, hätte nichts auf dein Bad hingewiesen, stimmt's?«

Er war des Vorsatzes zur Täuschung schuldig, und sie wußte es. Er ahnte nicht, ob sie wütend war oder nicht. Dazu kam sein akutes Bewußtsein des Umstandes, daß er nackt war und sie direkt neben ihm stand.

Er räusperte sich. »Es ist keine große Sache, Jessie. Es ist kein Wasser in die Wunde gekommen, oder jedenfalls nicht viel. Was kann es schaden, wenn ich ein Bad nehme?«

»Gar nichts, nehme ich an«, gab Jessie zu. »Und wenn ich sehe, daß du deinen Verband bereits abgenommen hast und schon in der Wanne sitzt, dann könnte dein Rücken auch gleich gewaschen werden.«

»Jessie...«

»Beug dich vor, Chase«, ordnete sie mit fester Stimme an. »Du willst ein ordentliches Bad. Und ich kann dir den Rücken waschen, ohne daß die Wunde allzu naß wird.«

Es war einfacher, sich ihr zu fügen, als mit ihr zu streiten, aber er wünschte sich sehnlicher als alles andere auf Erden, er wüßte, was im Moment in ihr vorging. Ihr Verhalten war unnormal. Sie hatte nicht ein grobes Wort gesagt, hatte nicht den leisesten Wirbel darum gemacht, daß er nicht im Bett lag. Sie war zu ruhig. Irgend etwas stimmte hier nicht, aber er fand nicht heraus, was es war.

Chase machte sich zu viele Sorgen darüber, was ihre Ruhe zu bedeuten hatte, um zu merken, was Jessie hinter seinem Rücken tat, bis sie damit fertig war und ihm befahl: »So, und jetzt steh auf, damit ich dich abspülen kann.«

»Das kann ich selbst tun«, sagte er eilig.

»Und dabei spritzt du das Wasser auf den ganzen Fußboden«, hob sie hervor. »Dieser Zuber ist nicht gerade der breiteste. Eigentlich erstaunt es mich sogar, daß es dir gelungen ist, dich in dieses Ding zu quetschen.«

»Ich hatte nicht vor, mir helfen zu lassen.« Seine Verlegenheit ließ seinen Tonfall barsch werden.

»Dir wird aber geholfen.«

»Würdest du jetzt rausgehen, Jessie!«

Sie lachte leise. »Es ist dir doch nicht etwa peinlich, deinen wohlgestalteten Körper zu zeigen, oder? Es ist ja nicht so, daß ich dich nie in deiner Gesamtheit gesehen hätte.«

»Das war etwas anderes«, gab er zurück.

»Wieso? Weil ich auch ausgezogen war? Ich ziehe mich jetzt ganz bestimmt nicht aus, weil du das brauchst, um deiner männlichen Würde keinen Abbruch zu tun. Und jetzt, sei ein braver Junge, und stell dich hin, damit wir endlich fertig werden.« Dann fügte sie spöttisch hinzu: »Ich verspreche dir auch, deine Nacktheit nicht auszunutzen, wenn es das ist, was dir Sorgen macht.«

Chase warf einen Blick über seine Schulter, um sie böse anzufunkeln. Sie war wirklich belustigt. Es kam nicht oft vor, daß er einen Funken Humor in ihren Augen tanzen sah, der sie heller und leuchtender türkis färbte.

Er stand auf und spürte das kühle Wasser über seinen Körper rinnen. Jessie goß es über ihn, und es tat ja so gut.

»Siehst du, so schlimm war es doch gar nicht, oder?« sagte sie, während sie ihm schelmisch einen Klaps auf den Hintern versetzte.

Chase schnappte nach Luft, aber er wurde augenblicklich in ein Handtuch gewickelt und hielt es für das Beste, keinen Kommentar abzugeben. Er drehte sich zu ihr um, doch sie ging jetzt auf den Tisch neben dem Bett zu. Dort bewahrte sie einen Stapel sauberer Verbände auf.

»Wenn du herkommst, bringe ich dir gleich den nächsten Verband an – falls du glaubst, daß das noch nötig ist.«

Chase schnitt eine Grimasse. Sie sagte, daß er gesund war, daß kein Anlaß mehr bestand, ihn zu pflegen. Als nächstes würde sie fragen, wann er die Absicht hatte, das Haus zu verlassen.

Chase hatte sich das Handtuch um die Taille geschlungen, und jetzt kam er zu Bett und setzte sich, damit sie ihn verbinden konnte. Ihm war alles recht, um ihre Anwesenheit in die Länge zu ziehen, denn wahrscheinlich war es das letzte Mal, daß er sie ganz für sich hatte. Er beobachtete sie angespannt, als sie sich vorbeugte, um das gefaltete Verbandsmaterial auf die Wunde zu legen. Dann begann sie, Verbandstreifen um ihn zu wickeln, damit nichts verrutschen konnte. Sie ging ungewöhnlich zart mit ihm um. Diese Zartheit in Verbindung mit ihrem ungewöhnlichen Verhalten ließ ihn vor Neugier fast außer sich geraten.

»Weshalb diese zärtliche Behandlung?« fragte er schließlich vorsichtig.

Sie zog eine Augenbraue hoch und sah ihn an. »Zärtlich?«

»Du weißt genau, was ich meine.«

Sie zuckte die Achseln und richtete ihre Blicke wieder auf den Verband. »Ich weiß es nicht. Ich denke, da wir uns jetzt wohl zum letzten Mal sehen, sehe ich keinen Grund, weshalb wir im Streit auseinandergehen sollten.«

Chase schüttelte den Kopf. »Du wirfst mich heute raus? Und das nur, weil ich ein verdammtes Bad genommen habe?«

Sie sah ihn scharf an. »Sei nicht albern. Mich interessiert nicht, wie lange du dich selbst verhätscheln willst. Ich habe mir nur ausgerechnet, daß du jetzt, da es dir möglich ist, sicher gehen willst.«

»Wir gehen also als Freunde auseinander, so? An wie gute Freunde hast du dabei gedacht, sag?« Er grinste und ließ einen Finger über ihren Oberschenkel gleiten.

Sie schlug ihm auf die Hand. »So gute Freunde bestimmt nicht.«

Sie trat zurück, um einen Sicherheitsabstand einzuhalten, und Chase lachte. »Komm her, Jessie, ich beiße nicht. Das müßtest du inzwischen wissen.«

»Meinst du?« gab sie zurück, und ihre Augen wurden hart wie Stein.

Seine Miene verfinsterte sich. Sie dachten beide daran, was er in der Nacht, bevor er abgereist war, getan hatte.

»Ich dachte, das hättest du mir verziehen.«

»Nein, ich habe es dir nicht verziehen.«

»Du hast es mit keinem Wort mehr erwähnt.«

»Hätte ich dich vielleicht erschießen sollen, während du stilliegen mußtest?«

»Du würdest nicht auf mich schießen, Jessie«, sagte er.

»Ich glaube, du solltest dieses Thema lieber fallen lassen«, erwiderte sie steif.

»Versteh doch, es tut mir leid. In jener Nacht war ich nicht ich selbst.«

»Aufhören, habe ich gesagt!«

»Schon gut«, seufzte er. Er wollte ihre quecksilbrigen Launen hinnehmen, um nicht wieder zu streiten. »Wie kommt es, daß du so früh zurück bist?«

»Ich bin gekommen, um dir zu sagen, daß ich nicht mehr bereit bin, dich zu pflegen. Jetzt sehe ich, daß ich nicht das Gefühl haben muß, dich im Stich zu lassen, denn es geht dir ja schon wesentlich besser.«

»Du bist wirklich sauer, stimmt's?« fragte er. Er war sicher, daß es nur eine kleine Spitze war.

Jessie richtete sich energisch auf. »Ich bin nicht gehässig. Ich habe mehr als dreißig tote Rinder auf der südlichen Weide, und eine Tränke, deren Wasser offensichtlich vergiftet worden ist. Ich habe keine Zeit, gehässig zu sein.«

»Ist das dein Ernst?«

»Natürlich ist es mein Ernst. Der einzige Grund, aus dem ich überhaupt zurückgeritten bin, ist der, daß ich dir sagen wollte, daß ich etliche Tage fort sein werde. Das vergiftete Wasserloch muß eingezäunt werden, und die Rinder müssen zusammengetrieben und näher zur Ranch gebracht werden. Eine Zeitlang wird man die Tiere Tag und Nacht bewachen müssen. Da die anderen noch nicht vom Viehtrieb zurückgekehrt sind, brauche ich jede Arbeitskraft auf der gesamten Ranch, mich inbegriffen.«

»Als du reingekommen bist, schien dir das gar kein Problem zu sein«, sagte er überrascht.

»Du hast mich für eine Weile davon ablenken können«, gestand sie ein. »Aber das, was geschehen ist, ist geschehen, und es hat keinen Sinn, über Tatsachen zu weinen. Alles, was ich jetzt noch tun kann, ist, dafür zu sorgen, daß ich nicht noch mehr von der Herde verliere.«

»Es tut mir leid für dich.«

»Mach dir deshalb keine Sorgen«, sagte sie. »Dann verabschieden wir uns jetzt wohl.«

»Warum?« fragte er eilig.

»Ich werde nicht mal nach Hause kommen, um mich umzuziehen, jedenfalls vorläufig nicht. Und du hast keinen Grund, noch länger hierzubleiben.«

»Aber du könntest meine Hilfe brauchen.«

»Ich bitte dich nicht darum, und Rachel wird dich nicht im Haus haben wollen.«

»Wessen Ranch ist das eigentlich?« sagte Chase zornig.

»Ach, jetzt liegt alles an mir? Aber als ich dich nicht hier haben wollte, lag es an Rachel, Entscheidungen zu treffen.«

»Diesmal bist du wirklich in Schwierigkeiten, und du wirst nicht bedroht, sondern es geht um Fakten. Glaubst du, daß es Bowdre war? Es hat ihm gar nicht gefallen, daß ich diesen Schuldschein von ihm zurückgewonnen habe.«

»Ich bin sicher, daß ihm das gar nicht gefallen hat. Aber es gibt nichts auf Erden, womit ich beweisen könnte, daß er es war. Das Vergiften von Rindern spricht allerdings für reinste Rachsucht. Ich wäre nie auf den Gedanken gekommen, daß er etwas vernichten könnte – und das nur, weil er es nicht in die Finger kriegt.«

»Du irrst dich, Jessie. Genau das sieht ihm ähnlich. Und wenn es Bowdre war, dann ist das noch lange nicht das Ende deiner Schwierigkeiten. Du brauchst jede Hilfe, die du nur irgendwie bekommen kannst.«

»Wenn es zu schlimmerem Ärger kommt, dann brauche ich einen Schützen und keinen Spieler.«

In ihrem Tonfall schwang Verachtung mit, und daher nahm er keinen Anstoß an dem, was sie sagte. »Ich trage meinen Armeerevolver nicht zu reinen Zierde. Ich kann durchaus damit umgehen.«

»Aber hast du jemals einen Menschen getötet?«

»Und du?«

Jessie gefiel die Vorstellung nicht, daß er weiterhin hierbleiben könnte, denn sie hatte sich bereits zu dem Entschluß durchgerungen, ihn nie wieder zu sehen. Es war schon schwer genug gewesen, ihn in dieser vergangenen Woche täglich zu sehen. Sie konnte die Empfindungen, die er bei ihr auslöste, nicht verstehen, und er war während dieser ganzen Woche so nett und charmant gewesen, wie er es nur sein konnte. Das machte alles nur noch schlimmer.

»Du bist nicht in der körperlichen Verfassung, jemandem zu helfen, Chase. Und außerdem ist das nicht dein Kampf, den du auszufechten hast.«

»Sieh mal«, sagte er ungeduldig, »bis der Rest deiner Männer zurückkommt, kannst du meine Hilfe gebrauchen, und das weißt du selbst. In ein paar Tagen bin ich wieder so gut wie neu, und bis dahin würde ich mich wohl kaum übernehmen, wenn ich nichts weiter tue, als die Herde zu bewachen, meinst du nicht?«

»Warum willst du mir helfen?«

Er dachte schnell nach. »Na ja, ich denke mir, daß ich, indem ich diesen Schuldschein gewonnen habe, diesen ganzen Ärger verursacht habe. Und daher ist es nur gerecht...«

Sie fiel ihm ins Wort: »Bowdre wollte das Geld nie haben, verstehst du, er wollte die Ranch. Wenn ich die Schulden bezahlt hätte, hätte das nichts an seiner Rachsucht geändert.« Dann seufzte sie. »Ach, zum Teufel, tu, was dir paßt. Aber mach mir keine Vorwürfe, wenn du einen Rückfall bekommst.«

Sie verließ das Zimmer, und Chase strahlte. Er freute sich in einem geradezu lächerlichen Ausmaß.

31

Chase erwachte durch das Geräusch klappernder Töpfe, während jemand Kaffee aufsetzte und sein Frühstück zu sich nahm. Er starrte gequält den immer noch schwarzen Himmel an. Als er vor drei Tagen zum ersten Mal auf vergleichbare Art geweckt worden war, war er wütend genug gewesen, um Einwände zu erheben, doch die anderen hatten darauf nur mit Gelächter und Frotzeleien reagiert. Sie waren es gewohnt, vor Anbruch der Morgendämmerung aufzustehen, wenn ein harter Arbeitstag bevorstand. Er war das keineswegs gewohnt. Sie nannten ihn Greenhorn. Ja, zum Teufel, er war wirklich ein Greenhorn.

Doch er hatte sich selbst in diese Lage gebracht, und er hatte ausdrücklich darauf bestanden, mitzuhelfen, und daher nutzten ihm seine Klagen nichts. Er hätte sich gern vorgestellt, daß er lediglich galant war und zur Errettung einer Dame hinzueilte, doch das war weit von der Wahrheit entfernt.

In den drei Tagen, seit er ihr auf die Weiden gefolgt war, hatte er auch wirklich weniger von Jessie gesehen, als er erwartet hatte. Man hatte ihn mit der einfachen Aufgabe betraut, das Wasserloch zu bewachen, zu dem die Rinder gebracht wurden, und darauf zu achten, daß sich die Herde nicht zu weit entfernte. Er sah Jessie einmal, höchstens zweimal täglich, wenn sie die Nachzügler aus den Bergen brachte. Abends war sie so müde, daß sie nicht mehr als ein paar Worte miteinander wechselten, ehe sie sich dicht an das Feuer zu den anderen legte. Er sah sie nie allein. Früh morgens bekam niemand Jessie zu Gesicht, nicht einmal der Koch, der immer als erster aufstand.

Chase setzte sich auf und zitterte in der Kälte vor Sonnenaufgang. Es mußte kälter als null Grad sein, dachte er. Seine Decke war klamm und von einer dünnen Frostschicht überzogen. Und jetzt war erst die erste Novemberwoche.

Wie konnte irgend jemand in einer derart kalten Gegend eine Ranch aufziehen wollen? Aber Thomas Blair hatte es getan, und die Rinder hatten überlebt. Die Männer waren es gewohnt, bei eisigem Wetter zu arbeiten.

Er entschied, daß eine Tasse heißer Kaffee ihm guttun würde, doch bei der Vorstellung, daß er aufstehen mußte, um sie sich zu holen, zitterte er wieder. Er warf einen Blick auf die Stelle, an der sich Jessie gestern abend hingelegt hatte, doch ihr Platz war leer. Man konnte nur noch den Umriß ihrer Decke erkennen, weil dort kein Bodenfrost zu sehen war. Sie war fort, dasselbe wie jeden Morgen. Weshalb bloß? Wenigstens ging die Sonne auf, wenn die Männer ihr Frühstück beendet hatten und aufbrachen, doch Jessie brach auf, während die Nacht noch pechschwarz war. Er hatte sie gefragt, wohin sie so früh am Morgen ritt, doch sie hatte ausweichend die Achseln gezuckt.

Er schüttelte den Kopf, als er daran zurückdachte, was in der vorletzten Nacht passiert war. Sie hatte die neuerliche Katastrophe besser verkraftet, als es die meisten anderen gekonnt hätten, nachdem ihr erster Wutanfall abgeklungen war. Das letzte, womit sie gerechnet hatte, als Mitch Faber an jenem Abend in ihr kleines Lager geritten kam, war seine Mitteilung, daß jedes einzelne Stück Vieh, das er in den Norden gebracht hatte, gestohlen worden war, und zwar waren die Rinder einen Tag vor der Übergabe der Herde gestohlen worden.

Die Männer waren in der Nacht angegriffen worden, während sie schliefen, und der Mann, der Wache gestanden hatte, war spurlos verschwunden.

»Sie haben uns im Schlaf niedergeschlagen«, erzählte Mitch. »Ich wußte überhaupt nicht, was man mir über den Schädel gezogen hat. Ansonsten hat man uns allerdings nichts getan. Sie waren nicht darauf aus, uns zu töten. Sie wollten nur die Herde haben.«

Es war, wie Jessie erfuhr, auch gar nicht notwendig gewesen, die Männer zu töten. Zu dem Zeitpunkt, zu dem Mitch und die Männer, die bei ihm waren, die erste Goldgräberstadt erreichten, die auf ihrer Liste stand, um dort dem Sheriff den Diebstahl zu melden, war das bereits sinnlos. Die Viehdiebe hatten einen perfekten Zeitplan. Als Mitch und seine Männer erwachten, hatten die Diebe bereits jedes einzelne Rind verkauft. Und das Gemeinste war, daß die Herde an exakt die Goldgräber verkauft würde, mit denen Jessie Verträge abgeschlossen hatte. Ein Agent hatte die gesamte Herde aufgekauft und sie aufgeteilt, und das Vieh stand bereit, um in die umliegenden Städte getrieben zu werden. Er hatte eine Empfangsbescheinigung. Er hatte bar gezahlt und die Sache über die Bank abgewickelt. Somit war die Bank sein Zeuge. Es gab nicht das Geringste, was der Sheriff hätte tun können.

Es gab auch nicht das Geringste, was Mitch hätte tun können. Dem Agenten konnte man nicht vorwerfen, daß er angenommen hatte, die Männer, die die Herde in die Stadt brachten, kämen von der Rocky-Valley-Ranch. Sie hatten ihm die Verträge ausgehändigt, die sie Mitch gestohlen hatten, nachdem er bewußtlos geschlagen worden war. Jessie hatte noch nie mit einem Agenten zu tun gehabt, und daher kannte er weder sie noch Mitch.

»Wie konnten sie etwas von den Verträgen wissen?« fragte Jessie verärgert.

Die Neuigkeiten setzten ihr gewaltig zu, und ihr Gesicht war aschfahl, ihre Augen blickten ungläubig. Chase konnte sie verstehen. Er wußte von dem Darlehen, das sie der Bank abzahlen mußte. Jetzt hatte sie weder Einnahmen, um ihre Schulden abzuzahlen, noch Geld, um ihre Männer zahlen zu können.

Jessie wurde wütend, als sie von dem Verschwinden des Mannes hörte, der Wache gestanden hatte. Blue Parker. Mitch gab zu, daß Parker sich während des Vietriebs eigentümlich benommen hatte. Ja, Blue wußte von den Verträgen. Und schon während des gesamten Monats vor dem Viehtrieb war er mürrisch und unzufrieden gewesen. Chase wurde klar, daß das in etwa der Zeitraum war, seit er sich im Rocky Valley aufhielt. Auch Jessie ging dieser Zusammenhang auf, und sie warf ihm einen vernichtenden Blick zu, als sei alles seine Schuld. Chase kannte Blue Parker gar nicht, doch später fand er heraus, daß das der junge Mann war, mit dem er Jessie ertappt hatte, als er sie zum ersten Mal gesehen hatte.

Das war alles, was Jessie ihm mitteilte, um ihm zu erklären, wer Blue war. Doch es war ganz offensichtlich, daß sie der Meinung war, Parker habe mit den Viedieben unter einer Decke gesteckt, und es war auch ganz offensichtlich, wer die Viehdiebe waren.

An jenem Abend war sie zu wütend gewesen, um Chase Näheres zu erklären. Sie hatte Parker verflucht, und sie hatte Laton Bowdre verflucht. Als sie sich endlich beruhigt hatte, hatte sich Chase kein Herz fassen können, das Thema noch einmal zur Sprache zu bringen. Aber er war verdammt neugierig, was Parker betraf. Die Erinnerung an diesen Anblick, der sich ihm damals geboten hatte, ließ ihn in jener Nacht kaum schlafen.

Endlich gab sich Chase einen Ruck, um sich der Kälte auszusetzen, und er schlug seine Decke zurück. Was für einen großen Unterschied doch ein Monat ausmachte! Es war nicht annähernd so kalt gewesen, als er auf seiner Suche nach Jessie draußen unter freiem Himmel geschlafen hatte, und das war Ende September gewesen.

Er holte sich eine Tasse Kaffee und schloß beide Hände fest um die Tasse, um sich die Finger zu wärmen. Die beiden anderen Männer, die am Feuer saßen und gebratenes Steak und Eier aßen, feixten ihn an, als er zitternd dastand.

»Sie werden sich dran gewöhnen, Summers, wenn Sie nur lange genug hierbleiben«, äußerte Ramsey.

»Es wird noch schlimmer werden, mein Freund«, teilte ihm der Cowboy, den sie Baldy nannten, kichernd mit. »Sieht ganz so aus, als könnten wir jetzt jeden Tag Schnee bekommen.«

Chase stieß einen Knurrlaut aus, und die beiden Männer lachten. Sie waren nur zu dritt, und das waren sie von Anfang an gewesen, denn die beiden waren die einzigen Arbeitskräfte, die Jessie außer Jeb und den anderen hatte, die mit Mitch und Blue den Viehtrieb durchgeführt hatten. Jessie hatte Mitch und einen der Männer nach Fort Laramie geschickt, damit sie versuchten, dort Rindfleisch zu kaufen, genug, um ihre Leute zu bezahlen. Der zweite Mann war ausgestiegen, als sie sich geweigert hatte, ihm freizugeben, damit er es sich gutgehen lassen konnte. Sie hatte mit ihm zur Ranch zurückreiten müssen, um dort das Geld zusammenzukratzen, das sie ihm zahlen mußte. Chase hätte diesen Mistkerl gern zusammengeschlagen, doch diese Angelegenheit hatte Jessie zu regeln, und er wußte, daß sie es keineswegs zu schätzen gewußt hätte, wenn er sich einmischte.

Er wünschte sich sehnlichst, Jessies neuentstandenes Problem aus der Welt schaffen zu können. Zum Teufel, er hätte ihr jeden einzelnen Cent gegeben, den er besaß, wenn sie das Geld bloß angenommen hätte.

»Hatte einer von euch Gelegenheit, heute morgen mit Jessie zu reden, ehe sie losgeritten ist?« fragte Chase beiläufig, während er sich einen Teller holte und sich bediente.

Baldy schüttelte den Kopf, ohne von seinem Frühstück aufzublicken. »Ich bin davon aufgewacht, daß sie losgeritten ist. Hab' nur noch ihr Pferd von hinten gesehen.«

»In welche Richtung ist sie geritten?« tastete sich Chase behutsam vor.

Ramsey antwortete: »Sie hat mir gestern abend gesagt, daß sie heute nach Westen reitet, ins Vorgebirge. Hat mir gesagt, daß wir in den nächsten Tagen nicht mit ihr zu rechnen brauchen.«

Baldy zuckte die Achseln. »Wenn sie so weit reitet, dann wird sie sicher zum Lagerhäuschen kommen. Sie hätte mir was sagen sollen. Ich war gestern da und habe die Vorräte aufgefrischt. Den Weg hätte ich mir sparen können.«

Chase fühlte sich zusehends elender. Der Gedanke, sie tagelang nicht zu sehen...

»Tauschen Sie heute mit mir, Ramsey?« fragte Chase impulsiv.

Ramsey sah ihn überrascht an. Beide Männer wußten, daß er erst kürzlich verwundet worden war.

»Sind Sie sicher, daß das richtig ist?«

»Ein paar von den älteren Rindern werden ziemlich bokkig, wenn man sie zusammentreiben will. Sie sind es doch gewohnt, frei rumzulaufen«, fügte Baldy hinzu.

»Ich denke schon, daß ich es schaffe«, sagte Chase mit fester Stimme. »Außerdem brauche ich Bewegung. Ich habe schon viel zu lange untätig rumgesessen.«

»Abgemacht, wenn das so ist«, willigte Ramsey ein.

32

Da der Himmel eine geschlossene Wolkendecke bildete, sah es nicht so aus, als würde die Sonne viel Wärme bringen. Ohne einen klaren Himmel fiel nur ein dunstig blauer Schimmer auf das Land, als Chase das Lager verließ. Doch das Licht reichte aus, um Jessies Spuren zu folgen, die auf dem Frost, der den Boden bedeckte, klar zu erkennen waren.

In seiner derzeitigen Stimmung war es Chase egal, ob die Männer bemerkten, daß er dieselbe Richtung einschlug, in die sie geritten war. Es mochte sein, daß sie sich fragten, in welcher Beziehung er zu ihr stand, aber in welcher Beziehung stand er überhaupt zu ihr? *Er* wußte das ganz bestimmt nicht.

Chase ritt über die kalte Prärie, und der eisige Wind brannte auf seinen Wangen. Er hatte seine Jacke bis zum Hals geschlossen und trug sein Halstuch über den Ohren, wie Baldy es ihm nahegelegt hatte. Doch selbst die alte wollene Überhose, die er sich von Jeb geborgt hatte, half nichts. Nichts half. Er verfluchte sich dafür, daß er das Lagerfeuer verlassen hatte, um sich auf die Jagd nach einer Frau zu begeben, wenn er selbst wußte, daß er wahrscheinlich den ganzen Tag brauchen würde, um sie zu finden.

Er brauchte jedoch nicht den ganzen Tag. Er war erst eine halbe Meile geritten, als er die Kuppe eines kleinen Hügels erreichte und sein Pferd abrupt anhielt, weil er Jessies grobknochigen Hengst auf einer nahen Erhebung weiden sah. In der Ebene zwischen den beiden Hügeln lag Jessie auf dem Boden. War sie vom Pferd gestürzt?

Chase spürte, daß sich seine Kehle zusammenzog. Er galoppierte den Hügel hinunter und hielt den Atem an. Erst als sie den Kopf zu ihm wandte, weil sie die Hufe seines Pferdes hörte, atmete er aus.

Er sprang so schnell von seinem Pferd, daß er fast gestolpert wäre. Dann kniete er sich neben sie und starrte in ihr aschgraues Gesicht.

»Um Gottes willen, Jessie, was ist passiert?«

»Nichts.«

»Nichts?«

»Nichts«, wiederholte sie stöhnend. »Was zum Teufel tust du hier?«

Er wich mit finsterem Gesicht zurück. »Verflucht noch mal, Jessie...«

»Würdest du jetzt gehen!« schnitt sie ihm das Wort ab.

»Natürlich nicht. Dir fehlt etwas.«

»Mir fehlt nichts.«

Jessie wollte sich aufsetzen, aber sie wurde noch blasser. Sie legte sich wieder hin und schloß die Augen. Gott, warum hatte er sie bloß in dieser Verfassung vorfinden müssen? Bisher hatte sie Glück gehabt, und es war ihr gelungen, sich in die Einsamkeit zu flüchten, wenn ihre morgendliche Übelkeit sie plagte. Es war das erste Mal, daß sie sich auf dem Boden zusammenrollte, bis diese in Wellen über sie hereinbrechende Übelkeit nachließ. Es war ihr bisher immer gelungen, diese Anfälle heimlich zu überstehen.

»Bitte, Jessie, sag mir, was dir fehlt.«

Aus seiner Stimme war echte Besorgnis herauszuhören. Sie mußte ihm irgend etwas erzählen, nicht die Wahrheit, aber irgend etwas.

»Ich fühle mich einfach nicht ganz wohl, das ist alles. Ich nehme an, ich habe mich übernommen.«

»Du kannst nicht auf dem kalten Boden liegenbleiben. Das kann nicht helfen. Du holst dir den Tod.«

»Ich wollte zum Vorratslager reiten, aber ich habe es heute morgen einfach nicht geschafft.«

Zu spät merkte Jessie, daß sie mehr gesagt hatte, als sie hätte sagen wollen.

»Heute morgen? Ist das der Ort, an dem du jetzt jeden Morgen warst? Aber weshalb?«

Sie hätte am liebsten gesagt: »Weil es dort wärmer ist, und das ist besser für das, was ich durchmachen muß.« Doch das konnte sie wohl kaum sagen, und daher log sie. »Ich bin zu den Weiden im Norden geritten. Warum hätte ich nicht dort haltmachen und einen Bissen essen sollen? Hast du sonst noch Fragen?«

»Ich bringe dich zur Ranch zurück.«

»Nein. Verdammt noch mal, ich muß mich nur einen Moment hinlegen. Glaubst du, ich würde hier liegen, wenn ich reiten könnte?« fragte sie bissig.

»Du bleibst keinesfalls hier. Ich bringe dich zur Hütte. Dort kannst du dich hinlegen.«

»Nein, Chase!«

Er wollte sie packen, und sie geriet in Panik. »Rühr mich nicht an!«

Er ignorierte sie. Doch Jessie hatte gewußt, daß jede geringste Bewegung ihren Magen in Aufruhr versetzen würde, und so kam es auch. Sie riß sich von ihm los und konnte sich gerade noch umdrehen, ehe sie alles von sich gab, was sie nicht schon von sich gegeben hatte. Sobald sie fertig war, hob er sie sachte auf seine Arme, trug sie zu seinem Pferd und setzte sie seitlich auf den Sattel. Dann stieg er hinter ihr auf, zog sie an sich und ritt los, um Blackstar zu holen. Sie protestierte nicht mehr, sondern lehnte sich an ihn und kuschelte sich in seine Arme, bis sie die Hütte erreicht hatten. Er trug sie in die Hütte und legte sie auf die Pritsche, die der Feuerstelle am nächsten war. Als erstes zündete er ein Feuer an. Dann half er ihr, ihre Jacke, ihre Stiefel und ihren Waffengürtel abzulegen, damit sie es sich bequemer machen konnte.

»Kann ich dir etwas zu essen machen, Jessie?« erbot sich Chase.

»Nein!« entfuhr es ihr spontan, doch dann fügte sie mit sanfterer Stimme hinzu: »Aber du könntest mir einen Topf Wasser heißmachen, wenn du magst. Ich habe ein bißchen wilde Minze in der Satteltasche. Das ist gut für ... es beruhigt den Magen.«

Chase hinterfragte das Hausmittel nicht näher, sondern tat, worum sie ihn gebeten hatte. Er setzte Wasser auf, ehe er ins Freie ging, um ihre Satteltaschen zu holen. Während er darauf wartete, daß das Wasser kochte, um die Kräuter hineinzuwerfen, schlief Jessie ein. Er weckte sie nicht. Schlaf war wahrscheinlich das beste für sie, und ihr stärkender Trank konnte warten, bis sie erwachte. Er setzte sich und sah sie genau an, wobei er sich fragte, ob er einen Arzt holen sollte. Doch der nächste Arzt war mindestens einen Tagesritt entfernt, und so lange konnte er sie nicht allein lassen.

Je länger er darüber nachdachte, desto einleuchtender erschien ihm, daß es wohl genauso war, wie Jessie gesagt hatte. Sie hatte sich übernommen. Sie war vor der Morgendämmerung aufgestanden und hatte bis zum Sonnenuntergang gearbeitet, und diese Zeit war selbst sie nicht gewohnt. Zudem machte sie sich Sorgen, weil der Raub ihrer Rinder sie verflucht nah an den Rand des Ruins gebracht hatte.

Chase ging ins Freie, um die Pferde in den Unterstand zu führen. Als er anfing zu schneien, fluchte er. Dann wurde ihm bewußt, daß sie eingeschneit werden könnten, wenn es so weiterging. Dann brauchten sie sich auch um die Rinder keine Sorgen mehr zu machen, denn das Wetter würde auch den Aktivitäten Bowdres Einhalt gebieten. Sobald er dafür gesorgt hatte, daß die Pferde reichlich Futter hatten, eilte Chase wieder in die Hütte.

33

Als Jessie erwachte, war sie in eine warme Hülle aus Decken gewickelt, neben ihr knisterte und prasselte das Feuer, und ein verlockender Duft hing in der Luft. Sie stellte fest, daß sie Heißhunger hatte und sich wohlfühlte.

Sie setzte sich auf. Chase stand am Feuer. Er hatte ihr den Rücken zugewandt und rührte das um, was ihren Heißhunger hatte aufkommen lassen.

»Ich wußte gar nicht, daß du kochen kannst.«

Er drehte sich um und grinste sie an. »Ganz passabel.«

»Es riecht gut.«

»Besten Dank, Ma'am.« Er trat an ihr Bett. Sein Gesichtsausdruck wurde ernster, als er sie genau ansah. »Kann ich dir jetzt deinen Stärkungstrunk bringen?«

»Im Moment brauche ich ihn nicht, aber einen Teller von deinem Futter könnte ich gut vertragen.«

»Bist du sicher, daß du in Ordnung bist?«

»Mir geht es gut, Chase, wirklich. Ich mußte mich nur eine Weile hinlegen. Und jetzt bin ich am Verhungern.«

Seine Lippen teilten sich zu einem erfreuten Lächeln. »Richtig so, Schätzchen.«

Jessie runzelte die Stirn. Sie wünschte, er würde sie nicht so nennen. Sie wünschte, er hätte nicht soviel Besorgnis um sie gezeigt. Sie wußte überhaupt nicht mehr, was sie von ihm halten sollte.

Sie ging zum Tisch und setzte sich, ohne Chase aus den Augen zu lassen. Seine Bewegungen waren keineswegs mehr steif, und das hieß, daß sein Rücken unter den Belastungen der letzten Tage nicht gelitten hatte. Ihre Augen wanderten über die gesamte Breite seines Rückens, hinunter zu seinen Hüften, an seinen langen Beinen hinab und wieder zurück auf diesen schmalen Hintern. Er wirkte, als hätte er etwas vor. Ja, irgend etwas...

Jessie errötete und wandte sich ab. Wie war sie auf diesen Gedanken gekommen? Sie bekam zwar sein Kind, aber schon seit seiner Prahlerei als Weiberheld hatte sie gewußt, daß er sich nicht wirklich etwas aus ihr machte. Daher machte sie sich auch nichts aus ihm. Denk daran, Jessie, sagte sie sich entschieden.

»Ist dir zu warm hier?« fragte Chase, als er einen Teller vor sie hinstellte.

Jessie errötete noch stärker, als sie merkte, daß ihm die Farbe, die in ihre Wangen geschossen war, nicht entgangen war. »Ein bißchen«, sagte sie gereizt.

Sie aßen schweigend. Chase verwirrte ihr abrupter Stimmungsumschwung. Er beobachtete sie heimlich, während sie die Augen gesenkt hielt und ihr Essen verschlang, als hätte sie seit Tagen keine anständige Mahlzeit mehr bekommen. Es schien ihr ausgezeichnet zu gehen, zu gut sogar, und ihre altbekannte aufbrausende Art war auch wieder da. Er konnte sich kaum noch vorstellen, daß sie noch vor wenigen Stunden bleich und krank gewesen war. Der Schlaf mußte alles gewesen sein, was ihr gefehlt hatte. Sie sollte wohl besser einen Tag lang langsamtreten, dachte er, und dann würde es sicher keine Probleme mehr geben.

Das Schweigen hielt an. Vielleicht machte sie sich größere Sorgen wegen Bowdres Versuchen, sie zu ruinieren, als ihm bisher klargewesen war.

Chase setzte zögernd an, zu sprechen: »Weißt du, Jessie, wenn du deinen Kummer in dir verschließt und darüber brütest, wird es nur noch schlimmer.«

»Was?« Sie sah ihn mit weitaufgerissenen Augen an.

»Du weißt, wovon ich spreche«, sagte Chase.

»Ich fürchte, ich weiß es nicht«, wich sie aus.

»Laton Bowdre natürlich. Ich spreche von dem Diebstahl deiner Rinder. Das ist doch kein Weltuntergang.«

Sie seufzte. »Nein.«

»Und?« fragte Chase nach einer Weile.

»Es gibt nicht viel dazu zu sagen.« Sie zuckte die Achseln. »Ich werde diesen Schurken ganz einfach umlegen, wenn ich ihn jemals wiedersehe.«

Chase brach in Gelächter aus. »Nein, das wirst du nicht tun. Jetzt komm schon. Sei ernst.«

»Ich meine es todernst.«

»Was hast du vor, ihn zu einem Duell herausfordern?«

»Warum nicht?« entgegnete sie.

»Weil er deine Herausforderung ablehnen kann, und niemand wird deshalb etwas Schlechtes über ihn denken. Kein Mann würde sich auf ein Waffenduell mit einer Frau einzulassen, nicht einmal ein Schwein wie Bowdre.«

»Er kommt mir nicht ungestraft davon, Chase. Wenn ich Beweise hätte, würde ich die Sache dem Sheriff überlassen, aber ohne jeden Beweis muß ich mich dieser Angelegenheit selbst annehmen. Was bleibt mir denn sonst übrig?«

»Laß es mich erledigen.«

»Du willst Bowdre herausfordern?«

»Ja.«

»Nein.«

Ihre krasse Ablehnung erboste ihn. »Aber meine Duellforderung würde er annehmen, Jessie.«

»Ich sagte nein! Das wäre nicht in Ordnung.«

»Wahrscheinlich ist es jetzt sowieso vorüber«, sagte Chase. »Bowdre hat sich zweifellos das geholt, was der Schuldschein deines Vaters wert war und noch mehr, als er die Rinder verkauft hat. Wahrscheinlich ist er jetzt zufrieden und längst nicht mehr in dieser Gegend.«

»Das hoffe ich nicht«, erwiderte Jessie bitter.

»Mit Blutgier hat sich noch nie etwas lösen lassen, Jessie. Du bist nicht ruiniert. Steck diesen Verlust einfach weg. Vergiß ihn.«

»Das kannst du leicht sagen, Chase Summers. Es ist nicht dein Leben, das bedroht ist. Meine Ranch ist nicht groß genug, um diesen Verlust zu verkraften. Thomas Blair hatte nie vor, einer der großen Rinderzüchter zu werden. Er wollte sich lediglich in dem Gebiet seßhaft machen, in dem er seine Jugend verbracht hat, und eine Ranch war die Lösung, es zu bewerkstelligen. Unsere Herde war nie groß. Wir verlieren ohnehin jeden Winter einen großen Teil der Tiere. Der Schneesturm im Jahr '66 hat uns siebzig Prozent unserer Einkünfte gekostet, und damals hat Thomas Schulden aufgenommen, um den Bestand aufzufüllen. Sowie er diese Schulden abbezahlt hatte, kam er mit der Idee für dieses riesige Haus. Es scheint, als hätten wir immer Schulden gehabt und gerade genügend Rinder verkauft, um von einem Jahr zum anderen zu kommen. Ich kann mir diesen Verlust nicht leisten.«

Das, was sie gerade gesagt hatte, ging Chase sehr nah. Er konnte ihren Schmerz deutlich nachempfinden. »Du weißt, daß deine Mutter dir gern helfen würde, Jessie.«

»Vergiß es!« schnaubte sie.

Daraufhin wußte er, daß es Zeitverschwendung wäre, ihr sein eigenes Angebot zu machen. Aber man konnte es schließlich nie wissen. Er mußte es ihr anbieten.

»Käme es für dich in Frage, ein Darlehen von mir anzunehmen? Ich habe in Cheyenne eine beträchtliche Summe gewonnen, mehr als ich brauche.«

Jessie lehnte sich zurück und schüttelte den Kopf. »Was ist mit dir los, Chase? Erst willst du meine Schlacht schlagen, und jetzt willst du mir Geld leihen. Hast du so große Schuldgefühle, weil du mir etwas angetan hast? Hat Rachel soviel bei dir ausgelöst?«

Sie überraschte ihn. Sie war nicht wütend, nur verblüfft. Nun, auch nicht verblüffter als er selbst!

»Nun, Chase?« fragte sie.

Er sah sie finster an und erwiderte mürrisch: »Meinetwegen. Sagen wir einfach, ich bin es dir schuldig.«

»Nein. Laß uns ehrlich sein und uns darauf einigen, daß du mir nichts schuldest«, kam es kühl zurück.

Wieder war es ihr gelungen, ihn zu überraschen.

»Tatsachen sind Tatsachen, Jessie. Du warst eine Jungfrau, ehe ich dich berührt habe.«

»Na und!« schrie sie außer sich. »Wenn du mich dazu gezwungen hättest, stündest du in meiner Schuld. Das hast du aber nicht getan. Hast du vergessen, daß ich dich auch haben wollte?«

Jessie hätte sich die Zunge abbeißen können. Aus Wut auf sich selbst, fügte sie barsch hinzu: »Es war rein körperlich.«

»Es sei mir fern, etwas anderes zu vermuten«, sagte er ebenso grob.

»Du brauchst nicht gleich sarkastisch zu werden.«

»Und du brauchst mich nicht davon zu überzeugen, daß du nichts für mich empfindest«, gab er kühl zurück. »Das ist mir durchaus bewußt. Aber du hast immer das Eigentliche umgangen. Es kann dir heute so vorkommen, als spielte der Verlust deiner Unschuld nicht die geringste Rolle für dich, aber du könntest das durchaus ganz anders sehen, wenn du eines Tages heiratest und deinem Ehemann diesen Verlust erklären mußt.«

Chase glaubte, den Verstand verloren zu haben, als sie in Gelächter ausbrach, in ein volltönendes, musikalisches Gelächter.

»Mir entgeht leider, was daran so amüsant ist, Jessie.«

»Ich wette, daß es dir entgeht«, sagte sie lachend. Sie brachte die Worte kaum heraus.

Sie bemühte sich, ihr Lachen zu unterdrücken. Wie gern sie ihm erzählt hätte, was sie so überaus komisch fand! Falls sie jemals heiraten sollte, würde ihr Mann sie mitsamt einem Kind im Schlepptau akzeptieren. Ihre Jungfräulichkeit – oder besser gesagt, deren Nichtvorhandensein – würde dann wohl kaum in Frage stehen.

»Es tut mir leid«, sagte sie, nachdem sie sich beruhigt hatte.

»Nicht nötig«, erwiderte er zynisch. »Wie konnte ich erwarten, daß du so fühlst wie andere Mädchen? Ich vergesse immer wieder, daß du gar nicht so wie andere Mädchen bist.«

Jessie war ernüchtert. »So anders bin ich auch nicht.«

»Nein?« sagte er grob.

»Nein. Es ist nur so, daß ich, so wie ich erzogen worden bin, die Dinge in einem anderen Licht sehe. Ich sehe die Dinge wie... wie viele Männer sind in ihrer Hochzeitsnacht jungfräulich? Wenn es bei einem Mann geduldet wird, daß er vor der Ehe Geliebte hat, warum kann eine Frau dann keine Liebhaber haben? Solange ich hinterher treu bin, sollte das doch keine Rolle spielen.«

»So kannst nur du denken, Jessie. Männer sind nicht so aufgeschlossen.«

»Daran kann man doch gleich den Unterschied zwischen dem Standpunkt eines Indianers und dem eines Weißen sehen. Kleiner Falke hat sich nicht daran gestört, daß ich keine Jungfrau mehr war.«

Chase zuckte zusammen, und seine Augen wurden schwarz wie Kohlen. »Und woher weiß er das, Jessie? Hast du es ihn aus erster Hand erfahren lassen?«

Jessie stand auf, stützte sich mit den Händen auf den Tisch und beugte sich vor. »Damit kannst du mich nicht treffen.«

Ihre lodernden Augen straften ihre Worte Lügen. »Kleiner Falke hat sich mir gegenüber absolut anständig verhalten, abgesehen von einem Kuß, den er sich geraubt hat. *Er* wollte mich zur *Ehefrau* nehmen, nicht als vorübergehende Liebelei.«

Das saß. Ihre Augen bohrten sich in seine. Chases Zorn

schrumpfte. Er war der Anklage schuldig, er habe sie nicht zur Frau nehmen wollen – aber das hieß nicht, daß er Jessie nicht haben wollte.

Chase stand langsam auf und beugte sich genauso vor wie Jessie. Ihre Gesichter waren nur dreißig Zentimeter voneinander entfernt. Seine Stimme war ein tiefes Flüstern. »Kannst du dir überhaupt vorstellen, wie schön du bist, jetzt, in diesem Moment?«

Jessie wich vorsichtig zurück. »Das geht ziemlich weit an dem Thema vorbei, bei dem wir gerade waren.«

»Stimmt, aber wenn du so aussiehst, fällt es mir schwer, an irgendein anderes Thema als an ein ganz bestimmtes zu denken.«

Jessie konnte ihm kaum in die Augen schauen. Seine Stimme wurde so heiser, wenn er in diese entwaffnende Stimmung geriet. Und dann sein verfluchtes wissendes Lächeln...

Sie machte einen hastigen Satz auf die Tür zu, doch in dem Moment, in dem sie sie öffnete, schlug er sie zu. »Du willst doch gar nicht raus in die Kälte. Mit den Rindern ist alles in Ordnung, und es schneit zu sehr für jede Arbeit. Wir bleiben hier, wo wir sind.« Er drehte sie zu sich um und verschränkte seine Hände hinter ihrem Rücken. »Ist es hier nicht viel schöner? Und wärmer. Und du hast nichts Besseres zu tun, als dich von mir lieben zu lassen.«

Er küßte sie, ehe sie auch nur einen klaren Gedanken fassen konnte. Diesmal würde sie nicht zulassen, daß sie auch nur irgend etwas empfand – nein, das täte sie nicht! Er war ein Nichtsnutz, er war... Er setzte ihr Blut in Flammen, der verdammte Kerl, wie bisher. Ihre Muskeln gaben nach, und sie schmiegte sich an ihn. Ihre Beine schienen plötzlich nutzlos zu sein.

Er machte sie verrückt, er ließ sie ihn durch die Nähe und die Berührung seiner Lippen begehren, durch die Überzeugungskraft seiner Lippen. Sein Bauch preßte sich gegen ihren und ließ ihren Bauch heftig flattern. In dem Augenblick, in dem sie ihre Arme um seinen Nacken schlang, preßte er sie noch dichter an sich.

»Läßt du dich von mir lieben, Jessie?«
»Ja.«
»Den ganzen Tag lang?«
»Ja.«
»Und die ganze Nacht?«
»Um Himmels willen, hör auf zu reden!« flüsterte sie.

Chase lachte ein kehliges Lachen und riß sie in seine Arme. Er trug sie zu den Pritschen, und mit seinem Knie schob er die beiden Bettstellen zusammen, ehe er sie niederlegte. Er begann augenblicklich, sich auszuziehen, und Jessie tat dasselbe. Sie konnte ihre Blicke nicht von ihm reißen, während die Kleidungsstücke sich eins nach dem anderen auf dem Fußboden zu einem Haufen türmten. Sie fand, daß bereits der Anblick seines Körpers die Macht besaß, sie zu erregen, und dieser Umstand ließ ihre eigenen Hände unbeholfen werden. Er war ausgezogen, ehe sie auch nur die Hälfte ihrer Kleidungsstücke abgelegt hatte.

Chase beugte sich vor, um ihr zu helfen, und impulsiv hielt Jessie sein Gesicht zwischen ihren Händen fest und küßte ihn – nicht leidenschaftlich, sondern zärtlich.

Als sie ihn losließ, sah Chase sie ganz seltsam an. Dieser Kuß war nicht eine Erwiderung seiner Küsse gewesen, sondern etwas vollkommen anderes. Er blieb einen Moment lang stehen und sah sie an, ehe er sich neben sie legte. Beide waren nackt, und es war ihm ein Genuß, einfach dazuliegen und mit bloßer Haut bloße Haut zu berühren.

Sie sah ihn genau an, während sie auf köstlichste Weise mit ihren Händen über seine Brust strich.

»Wirst du dich jedem Mann gegenüber so verhalten, der dich haben will?« Seine Stimme war oberflächlich und leichthin, doch er wollte es wissen.

»Bisher habe ich es nicht getan«, erwiderte Jessie.

»Was noch lange nicht heißt, daß du es nicht tun wirst.«

»Nein, das heißt es nicht.«

Er ließ seine Blicke über sie gleiten, und plötzlich nahm sein Gesichtsausdruck etwas Feierliches an.

»Jessie...«

Sie ließ ihre Finger durch sein Haar gleiten. »Sag jetzt nichts und liebe mich, Chase.«

34

Am nächsten Morgen erwachte Chase eher als Jessie. Die Sonne schien, und irgendwann im Laufe der Nacht hatte es aufgehört zu schneien. Er verspürte nicht das leiseste Bedürfnis, aufzustehen und sich den neuen Tag zu betrachten. Er zog sich auf einen Ellbogen und sah Jessie an. Sie schlief auf der Seite, mit dem Gesicht zu ihm, und sie war in ihre Decken gehüllt. Er wünschte, sie lägen in einem großen Bett, damit er sich dichter an sie schmiegen und ihre Wärme in sich aufnehmen könnte.

Er dachte wieder an ihre Krankheit und fragte sich, ob sie heute wundgerieben sein würde. Er mußte annehmen, daß er es übertrieben hatte. Im Laufe des Nachmittags und des Abends hatte er sie nicht weniger als viermal geliebt, und dennoch hatte er nicht das Gefühl gehabt, genug von ihr zu haben. Er hatte sie in bezug auf die Liebe Geduld gelehrt, und er hatte ihren Körper nach Herzenslust erforscht.

Sie war einfach unglaublich, war jedesmal soweit, wenn er soweit war, und beim vierten Mal war sie ebenso leidenschaftlich und hingebungsvoll gewesen wie beim ersten Mal.

Er wünschte, es hätte weitergeschneit. Er wünschte sich mehr als alles andere, die Hütte nicht verlassen zu müssen.

Jessie stöhnte leise, und ihr Gesicht legte sich in finstere Falten.

»Jessie?«

Sie stöhnte wieder, und er schüttelte sie leicht an den Schultern, weil es sein konnte, daß sie einen bösen Traum hatte.

»Schüttle... mich... nicht...!« stöhnte sie.

»Wach auf, Jessie.«

Doch sie wollte nicht aufwachen, nicht mit diesem Magen, der nur erwacht war, um seine morgendlichen Beschwerden zu haben.

»Es tut mir leid, Jessie«, hörte sie Chase sagen. »Es könnte dir vielleicht helfen, wenn du aufstehst und dir die Beine vertrittst, bis deine Muskeln nicht mehr so steif sind. Die Sonne ist aufgegangen, und heute morgen scheint sie sogar.«

Morgen. Wie früh war es? Wie viele gräßliche Stunden standen ihr noch bevor, in denen sie sich mit dieser teuflischen Übelkeit abfinden mußte? Doch selbst, wenn es nur eine kurze Zeit war, war das in Chases Gegenwart zu riskant. Er durfte unter keinen Umständen erfahren, daß ihr schon wieder schlecht war Er würde es nicht verstehen, nicht, nachdem sie gestern nachmittag und abend so gesund gewesen war. Oder vielleicht würde er es auch nur zu gut verstehen.

»Ich ... äh ... ich glaube nicht, daß ich mich im Moment bewegen kann«, brachte Jassie mühsam hervor.

»Du jagst mir teufliche Schuldgefühle ein, Jessie. So schlimm kann es doch nicht sein.«

Endlich schlug sie die Augen auf. »Es ist auch nicht so schlimm«, kam sie ihm entgegen. »Ich werde einfach noch eine Weile liegen bleiben. Aber du brauchst nicht auf mich zu warten. Geh einfach schon raus, und mach dich an die Arbeit. Das ist das Privileg des Bosses, verstehst du.« Sie versuchte zu grinsen. »Anweisungen zu geben und es sich selbst nicht zu sehr zu Herzen zu nehmen, während andere die gesamte Arbeit tun.«

Chase kaufte ihr das keine Sekunde lang ab, nicht Jessie. Er stand auf und zog sich an. Währenddessen warf er immer wieder besorgte Blicke auf sie. Vielleicht wollte sie nur ein wenig Zeit für sich haben, Zeit, um nachzudenken. Er wünschte, sie hätte es einfach so gesagt, wie es war, statt ihm das Gefühl zu geben, ein ganz mieser Kerl zu sein.

Nachdem er sich angezogen hatte, setzte er ein Feuer für sie in Brand, dessen Wärme den kleinen Raum schnell ausfüllte. Jessie hatte sich immer noch nicht gerührt.

»Ich gehe jetzt«, sagte Chase widerwillig. »Aber das mindeste, was ich für dich tun kann, ist, daß ich dir meine Hilfe anbiete, ehe ich gehe. Ich glaube, eine Massage wäre das Rechte.«

»Nein!«

»Jetzt komm schon, Jessie. Sei nicht so bescheiden. Das kann nur helfen«, sagte er, während er ihre Decke zurückzog und sie auf den Rücken drehte.

»Rühr... mich... nicht... an!«

Chase wich zurück, als hätte er sich verbrannt, und er sah ihr zu, als sie sich langsam auf der Seite zusammenrollte. Genau dasselbe hatte sie gestern morgen gesagt, als es ihr so schlecht gegangen war. Auch ihr blasses Gesicht und ihre Art, die Arme von ihrem Bauch fernzuhalten, waren ganz so wie gestern.

»Jessie? Jessie, sieh mich an.«

»Würdest du jetzt bitte an die Arbeit gehen?«

Er setzte sich auf die Kante ihrer Pritsche. Sie stöhnte, als er das tat, und sie stöhnte noch lauter, als er ihre Schulter berührte.

Chase fühlte sich absolut hiflos, und daher wurde seine Stimme lauter. »Was fehlt dir, verdammt noch mal? Wie kann dir schon wieder schlecht sein? Du hast heute nacht lange genug geschlafen. Wir haben gestern dasselbe gegessen, und mir fehlt nichts, Jessie.«

»Mir ist nicht schlecht.« Sie drehte sich nicht um, um ihn anzusehen. Sie lag so still da wie ein lebloser Gegenstand. »Ich bin nur... einfach... zu... wund.«

Chase zog eine finstere Miene. Was zum Teufel versuchte sie vor ihm zu verbergen?

»Ich werde dich jetzt anziehen, Jessie, und dann bringe ich dich nach Cheyenne zum Arzt.«

»Weil ich leicht aufgerieben bin? Sei nicht albern.«

Sie bemühte sich, ihren Tonfall leichtfertig klingen zu lassen, doch hinter jedem Wort stand eine unüberhörbare Anstrengung. Er verlagerte sein Gewicht auf ihrer Bettkante, und die Bewegung ließ Röte in ihr heißes Gesicht steigen. Nicht jetzt! Es mußte drinbleiben! Doch ihr Körper hörte nicht auf sie. Sie spürte, wie sich ihr Magen hob, und schlug sich eine Hand vor den Mund. Dann drehte sie sich so schnell um, daß ihre Beine gegen Chases Hüften prallten. Wenn er nicht aufgesprungen wäre, hätte sie ihn vom Bett geworfen.

Im nächsten Moment war Jessie aus dem Bett gesprungen. Sie stürzte auf den Blecheimer zu, der in der Ecke stand. Er sah ihr verwirrt zu, als sie sich über den Eimer beugte und würgte. Endlich hatte er seine Gedanken wieder so weit zusammen, eine Decke vom Bett zu ziehen und sie ihr über die Schultern zu hängen. Sie nahm seine Gegenwart kaum wahr.

Chase fiel im Moment nichts Besseres ein, und daher verließ er die Hütte und ging ins Freie, um ihr die nötige Privatsphäre zu geben. Jessie, die hörte, daß er das Haus verließ, verfluchte ihn dafür, daß er nicht eher gegangen war. Er hätte ihre Übelkeit nicht bemerken dürfen. Sie nahm an, er sei ganz verschwunden, und daher taumelte sie wieder zu ihrem Bett und schlief fest ein.

35

Als Jessie zum zweiten Mal an diesem Tag erwachte, bewegte sie sich zögernd und entspannte sich dann. Es war vorbei. Die gräßliche Übelkeit war für heute vorüber.

Ihr erster Gedanke galt etwas Eßbarem. Ihr zweiter Gedanke galt Chase. Hatte er sich an die Arbeit gemacht? Hatte er sich auf den Weg zu einem Arzt gemacht? O Gott, sie hoffte, daß er keinen Arzt holte. Wenigstens war er nicht da, und das gab ihr Zeit, nachzudenken. Was konnte sie ihm bloß erzählen? Daß sie eine Krankheit hatte, die nur morgens durchbrach? Oder eine Allergie?

Sie setzte sich auf und streckte sich. Dann starrte sie ungläubig den Tisch an, der am anderen Ende des Raumes stand.

»Ich dachte... du seist gegangen«, sagte sie voller Unbehagen.

»So?«

Seine ruhige Antwort behagte ihr überhaupt nicht.

»Sagen wir doch einfach, ich sei aus Neugier in deiner

Nähe geblieben«, sagte er freundlich. »Ich wollte sehen, ob du wie durch ein Wunder genesen würdest, wie gestern.«

Ihre Augen verengten sich zu Schlitzen. »Du könntest wenigstens ein bißchen Mitgefühl zeigen.«

Er stand vom Tisch auf und stellte sich neben ihr Bett. Dabei sah er ihr fest in die Augen. Seine Blicke machten Jessie nervös, und sie konnte ihm nicht lange in die Augen schauen.

»Du bist schwanger.«

»Bin ich nicht!« Das kam viel zu schnell heraus, und sie griff es noch einmal ruhiger auf. »Wirklich, ich bin nicht schwanger.«

»Natürlich.«

Er setzte sich auf das Bett und zog die Decke von ihrem Oberkörper. »Du hast wunderschöne Brüste«, sagte er beiläufig, während er sie zart berührte. »Komisch, aber sie sind wesentlich voller als beim letzten Mal, als ich sie berührt habe.«

Jessie schlug seine Hand zur Seite. »Erzähl doch keinen Unsinn.«

»Du stellst meine Geduld auf die Probe, Jessie.« Er griff nach ihrem Kinn und zwang sie, ihm ins Gesicht zu sehen. »Ich habe den größten Teil meines Lebens unter Frauen verbracht. Als ich ein Kind war, noch ehe meine Mutter Ewing geheiratet hat, bestand ihre Kundschaft zur Hälfte aus schwangeren Frauen. Zufällig ist das nun mal der einzige Zeitpunkt im Leben einer Frau, zu dem sie einen legitimen Vorwand hat, sich eine neue Garderobe zuzulegen. Diese Frauen haben offen über ihre Beschwerden geredet, denn es war ihnen nicht bewußt, daß ich dabei war. Glaubst du, ich kann mir nicht ausrechnen, daß das der Grund ist, aus dem dich morgens niemand mehr sieht?«

Sie stieß seine Hand von sich, und sie war erbost, weil er mehr über dieses Thema wußte, als sie gewußt hatte. »Laß mich in Ruhe!«

»Du wolltest mich abreisen lassen, ohne mir vorher etwas davon zu sagen, stimmt's?« fuhr er erbarmungslos fort. »Du wolltest es alles allein durchmachen?«

»Das ist meine Angelegenheit, nicht deine.«

»Und wie das meine Angelegenheit ist!«

»Ach, wirklich?« Sie lehnte sich zurück. »Was für einen Unterschied macht es denn, daß du es jetzt weißt? Nichts hat sich dadurch geändert.«

»Wir werden heiraten.«

»Nein.« Sie schüttelte langsam den Kopf. »Mit dem Gedanken habe ich gespielt, als ich es erfahren habe, aber das war, ehe ich dich mit einer Hure im Bett vorgefunden habe.«

»Es ist nichts passiert, Jessie. Ich war betrunken.«

»Ich weiß. Aber die Absicht war vorhanden. Wenn ich mich für einen Mann entscheide, wird er nie mehr eine andere Frau auch nur ansehen. Das einzige, was ich nicht dulde, ist Untreue. Das wäre wie... schon gut, vergiß es.« Sie wollte jetzt nicht an ihre Eltern denken. »Du, du hast dir immer jede Frau genommen, die dir gefallen hat. Also wirst du immer ein Schürzenjäger sein.«

»Verkauf dich nicht unter deinem Preis, Jessie«, sagte Chase zärtlich. »Du würdest durchaus ausreichen, um mich zufriedenzustellen.«

Sein fester Blick ließ sie in Verlegenheit geraten. »Zu diesem Thema ist nicht mehr zu sagen.«

»Es dreht sich schließlich um mein Kind.«

»*Mein* Kind!« gab sie zurück. »Ich bin diejenige, die seinetwegen leidet. Ich bin diejenige, die ihn austrägt. Und ich bin diejenige, die ihn aufziehen wird.«

»Du hast vor, ihn ohne Vater aufwachsen zu lasen? Ich weiß, was das heißt, Jessie, und keines meiner Kinder wird so aufwachsen.«

»Du hast in dem Punkt nichts zu sagen.«

»Das werden wir ja sehen!«

Sie funkelten einander einen langen, angespannten Moment lang böse an. Jessie war außer sich vor Wut. Sie hatte nicht damit gerechnet, daß er so autoritär sein würde. Chase war genauso wütend wie sie. Ihm wurde klar, daß Jessie alles, was sie nur irgend tun konnte, getan hatte, um ihm die Existenz dieses Kindes zu verbergen, und beinah wäre es ihr sogar gelungen.

Chase stand abrupt auf. »Zieh dich an.«

»Mit Vergnügen«, erwiderte sie verbissen, doch erst, als sie sich vollständig angekleidet hatte, bemerkte sie, was ihr fehlte. »Wo ist mein Revolver?«

»In meiner Satteltasche.«

»Was?«

»Ich habe dich zu einer Frau gemacht, die den Launen eines Mannes auf Gedeih und Verderb ausgeliefert ist.« Er versuchte seinen Tonfall beiläufig zu lassen, doch er meinte es todernst. »Du kommst jetzt mit mir, Jessie, und dieses eine Mal bist du machtlos gegen mich.«

»Wohin soll ich mit dir kommen?« fragte sie.

»Nach Cheyenne. Ich habe dir doch gesagt, daß wir heiraten werden.«

»Chase.« Sie sprach mit gesenkter Stimme, obwohl sie am liebsten laut geschrien hätte. »Du kannst mich nicht zwingen, dich zu heiraten. Mit einem solchen langen Ritt vergeudest du nur deine Zeit, von meiner Zeit ganz zu schweigen.«

»Das glaube ich kaum, Jessie. Du gehst jetzt raus und steigst auf, oder muß ich dich tragen?«

Jessie ging starr vor Zorn an ihm vorbei und aus der Tür. Doch falls sie mit dem Gedanken gespielt hatte, blitzschnell zu ihrem Pferd zu stürzen und davonzureiten, dann konnte sie das jetzt gleich vergessen, denn Chase ging direkt hinter ihr her. Er hielt von Anfang an Blackstars Zügel fest.

Während der ersten Stunden des langen Ritts nach Cheyenne kochte Jessie ganz schlicht vor Wut. Doch es lagen noch viele Stunden vor ihnen, und diese Stunden verbrachte sie damit, sich Gedanken zu machen. Zu dem Zeitpunkt, zu dem sie die Stadt erreichten, war sie zu etlichen Lösungen gekommen.

Es war zwar schon spät, doch Chase ritt direkt zur Kirche. Sie stiegen gemeinsam ab. Dann richtete Chase seine Waffe auf sie. Damit hatte Jessie allerdings gerechnet. Sie war belustigt, aber es gelang ihr, das zu verbergen. Es war die reinste Ironie. Hatte sie in der Nacht, in der sie sich entschieden hatte, ihn zu heiraten, nicht mit dem Gedanken gespielt, ihn auf eben dieselbe Weise vor den Altar zu schleppen? Und jetzt wollte er sie mit gezogener Waffe vor den Altar schleppen.

Sie blieb stumm, während er den Geistlichen aus dem Bett holte, während er sie vor dem Altar aufstellte, während die ersten Worte gesprochen wurden. Sie wußte, daß der Geistliche die Waffe nicht sehen konnte, die er ihr in den Rücken bohrte. Ihr Schweigen dauerte bis zu dem Augenblick an, in dem es an der Zeit war, daß sie antwortete.

Chase biß die Zähne zusammen und wartete darauf, daß Jessie etwas sagen würde, doch sie war stur. Er drückte die Waffe in ihr Kreuz, ohne sich davon wirklich etwas zu versprechen, doch als er es tat, kam ihre Antwort klar und deutlich. Chase war so erstaunt, daß er einen Moment brauchte, um selbst die Antwort zu geben. Im Handumdrehen waren sie verheiratet, und Jessie schmierte sogar hastig ihren Namen auf die Heiratsurkunde, ehe sie die Kirche verließ, ohne auf Chase zu warten.

Er lief ihr eilig nach. »Es tut mir leid, daß ich es auf diese Weise tun mußte, Jessie.«

»Mach dir doch nichts vor«, erwiderte sie. »Wir wissen doch beide, daß du nicht auf mich geschossen hättest. Und du weißt auch, daß ich nicht mitgespielt hätte, wenn ich nicht dazu bereit gewesen wäre. Aber glaube bloß nicht, du hättest damit irgend etwas erreicht, Chase Summers. Ich habe meinem Kind die Legitimität gegeben, das ist alles. Jetzt kannst du ziehen, wohin du willst, nach Spanien oder wohin auch immer. Tu, was du willst. Ich bleibe hier. Du bist von Zeit zu Zeit als Besucher willkommen, aber mehr ist nicht drin. Ich werde nicht mit dir zusammenleben – ist das klar?«

Sie wartete seine Antwort nicht ab, sondern stieg auf und ritt zum Hotel. Chase starrte ihr nach, und sein Gesicht verfinsterte sich zusehends. *Das werden wir ja sehen. Hol mich der Teufel, wenn wir nicht zusammenleben werden.*

36

Als Chase erwachte, zog sich Jessie gerade mit höllischer Eile an. Er sagte nichts, sondern beobachtete sie verstohlen. Ihr Gesicht sagte ihm deutlich, in welcher Stimmung sie war. Wahrscheinlich hatte es ihr gar nicht gepaßt, ihn in ihrem Bett vorzufinden, als sie erwachte.

Er war ihr nicht sofort ins Hotel gefolgt, sondern war in den nächsten Saloon gegangen. Dort war niemand, den er wiedererkannte, und er ließ sich wegen der Ablenkung, die ihm dadurch geboten wurde, zu einem Kartenspiel verleiten, Siebzehnundvier. Doch nach einer Weile erkannte man ihn, und im Lauf des Abends konnte er sich jede Menge Sticheleien darüber anhören, was in Silver Annies Zimmer geschehen war. Er war eine Berühmtheit. Im Laufe des Abends hörte er auch eine Schilderung, aus der er entnehmen konnte, welche Rolle Jessie an jenem Abend gespielt hatte. Er war überrascht. Als er ins Hotel kam und feststellte, daß Jessie Mr. und Mrs. Summers angemeldet hatte, war er noch überraschter. Doch seine freudige Erregung fand ein rasches Ende, als er das Zimmer betrat und Bettzeug und ein Kissen vorfand, das sie ihm auf den Boden geworfen hatte. Er tat das Bettzeug wieder dahin, wohin es gehörte und nahm seinen Platz neben seiner Ehefrau ein.

»Es hat sich also niemand etwas an dem zu schaffen zu machen, was dir gehört, was?«

Jessie wirbelte herum, um ihn anzusehen, und ihr Mund sprang vor Staunen weit auf. Doch sie fing sich schnell wieder.

»Du hast also davon gehört?«

»Eine amüsante Geschichte.«

»Mach dir bloß keine falschen Vorstellungen, Chase«, sagte sie herablassend. »An dem Tag hatte ich gerade erfahren, daß ich ein Baby bekomme, und ich hatte mich entschlossen, dich zu heiraten. Es war nichts... Persönliches.«

»Das war also der Grund, aus dem du in jener Nacht in den Saloon gekommen bist, um mich zu suchen?«

»Ja. Die Umstände, unter denen ich dich vorgefunden

habe, haben natürlich jedem Gedanken an eine Heirat ein Ende gemacht. Trotzdem war ich wütend, daß jemand dich fast umgebracht hätte. Schließlich bist du der Vater meines Kindes.« Sie wandte sich verlegen ab. »Das, was ich zu deinem Flittchen gesagt habe, habe ich nur gesagt, um etwas klarzustellen, sonst gar nichts.«

Chase zuckte zusammen. Er hätte wissen müssen, daß es keinen Sinn hatte, diese Thema zur Sprache zu bringen.

»Das ist zu schade«, sagte er zart.

»Wieso?« Sie hatte ihn falsch verstanden. »Ich glaube nun mal zufällig, daß Silver Annie mehr mit dem Überfall auf dich zu tun hatte, als sie zugegeben hat. Sie brauchte eine Warnung.«

»Diese Episode ist aus und vorbei, und am besten vergißt man sie.«

Jessie schnappte nach Luft, und ihre türkisfarbenen Augen wurden kugelrund. »Das ist doch wohl nicht dein Ernst, oder? Das soll doch wohl nicht heißen, daß du nicht herausfinden willst, wer dir ein Messer in den Rücken gerammt hat?«

»Nicht unbedingt«, erwiderte Chase. Er lachte über ihr empörtes Gesicht.

Chase empfand keine Rachegelüste. Er war demjenigen, der ihn überfallen hatte, dankbar. Wäre seine Verwundung nicht gewesen, so hätte Jessie ihn niemals auf die Ranch mitgenommen, und er hätte Wyoming verlassen, ohne etwas von dem Baby zu erfahren. Bei dem Gedanken daran, daß sie nicht vorgehabt hatte, ihn von diesem Umstand zu unterrichten, verflüchtigte sich seine wohlmeinende Stimmung.

»Hattest du vor, dich heute morgen aus dem Hotel zu schleichen, ohne mich zu wecken, Jessie?«

»Zufällig ist es bereits nachmittag. Wir haben beide verschlafen.«

»Beantworte meine Frage.«

»Ich hatte nicht vor, einfach zu gehen«, sagte sie mürrisch.

»Das bezweifle ich.«

»Bezweifle alles, was du willst, aber es ist eine Tatsache, daß ich dich etwas fragen wollte, und ich hätte nicht gut weggehen können, ohne dir diese Frage zu stellen.« Sie unterbrach sich, und offensichtlich fehlten ihr die rechten Worte.

»Sprich weiter. Ich höre mit gespannter Aufmerksamkeit zu.«

Sie zögerte, ehe sie damit herausplatzte. »Ich will, daß du mit mir auf die Ranch zurückkommst.«

»Das hatte ich ohnehin vor.«

Sie kniff die Augen zusammen. »Wenigstens so lange, bis Rachel geht.«

»Ach ja, ich hatte ganz vergessen, wieviel Nutzen du aus dieser Eheschließung ziehen wirst.«

»Du brauchst nicht sarkastisch zu werden, Chase.«

»So? Verzeih mir, wenn ich mich irre, aber ich wette, daß du es kaum abwarten kannst, Rachel von unserer Heirat in Kenntnis zu setzen. Ich habe doch recht, oder?«

»Nein, diesmal irrst du dich. Ich will, daß *du* es ihr sagst. Ich hatte nämlich vor, direkt auf die Weiden zurückzureiten. Ich will sie überhaupt nicht sehen.«

»Nicht einmal, um dich von ihr zu verabschieden?«

»Ich habe keinen Grund, mich von ihr zu verabschieden«, erwiderte sie steif. »Ich habe sie nie eingeladen, und ich werde auch nicht so tun, als täte es mir leid, daß sie keinen Vorwand mehr hat, zu bleiben.« Ihr Stimme wurde flehentlich. »Würdest du es ihr an meiner Stelle sagen?«

»Und was passiert, wenn sie herausfindet, daß ich ein Ehemann bin, von dem ständige Abwesenheit erwartet wird?«

Jessies Augen verfinsterten sich. »Das brauchst du ihr nicht zu sagen!«

»Warum nicht? Fürchtest du, sie könnte es für ihre Pflicht halten, noch ein paar Jahre zu bleiben?«

Jessie funkelte ihn böse an. Chase stand langsam auf und glättete die Kleider, in denen er geschlafen hatte. Er ließ sie eine Zeitlang kochen, und seine Laune wurde zunehmend besser.

»Weißt du, Jessie, diese neue Situation ist wirklich reichlich lustig.«

»Falls du Erpressung in Betracht ziehen solltest, würde ich das kaum als komisch bezeichnen. Genau daran denkst du doch, oder?« Er grinste breit, und sie fauchte: »Das geht auch nur, solange Rachel da ist.«

»Stimmt. Aber wie lange wird sie noch bleiben? Hast du vor, nach Hause zu reiten und ihr zu sagen, daß sie augenblicklich ihre Sachen packen soll?«

»Wenn du es nicht tust, dann denke ich, daß ich es wohl tun muß! Weshalb willst du dich überhaupt mit mir anlegen?« schrie sie. Sie war außer sich. »Du wolltest dich nicht seßhaft machen. Es mag zwar sein, daß du mich zu einer Heirat gezwungen hast, aber schließlich wissen wir beide, warum. Es war sehr großzügig von dir, und ich danke dir auch wirklich. Warum kannst du mir nicht dafür danken, daß ich dir die Freiheit zugestehe, die du doch eigentlich willst? Du mußt deinen Vater finden, hast du das vergessen? Geh nach Spanien, Chase. Such ihn. Das kannst du unmöglich mit einer Frau im Schlepptau bewerkstelligen.«

»Warum denn nicht? Du könntest mich begleiten, nachdem das Baby geboren ist, versteht sich.«

»Ich werde die Ranch niemals verlassen, Chase.«

Sie wollte sich nicht erweichen lassen, um ihre Seele zu retten.

»Vielleicht ist es dir noch nicht klargeworden, aber diese Ranch gehört jetzt auch mir«, sagte er gereizt.«

Jessie fuhr zusammen. »Was willst du damit sagen?«

»Ich will damit sagen, meine Liebe, daß ich dort bleibe, wenn ich bleiben will.«

»Tu, was dir beliebt«, sagte Jessie eisig. »Aber du wirst noch wünschen, du hättest es nicht getan.«

37

Der Ritt zur Ranch war eine angespannte, bittere Reise, denn sowohl Jessie als auch Chase kochten innerlich über den erzwungenen Waffenstillstand, den sie hinnehmen mußten. Sie erreichten das Tal direkt vor Einbruch der Abenddämmerung, und sie ritten ebenso verdrossen und nicht sehr gesprächig auf die Ranch zu, in der gleichen Art und Weise, wie sie sich schon seit Cheyenne verhielten.

Jessie freute sich einerseits auf die Gegenüberstellung mit Rachel, aber andererseits auch gar nicht. Sie wollte, daß Rachel verschwand, doch ihr war klar, daß sie ihre Mutter anschließend nie wiedersehen würde.

Als sie Rachel sah, die sie in der Küchentür erwartete, als Jessie vom Stall zurückkam, verstärkte das nicht gerade ihre Zuversicht, dieses Zusammentreffen ruhig und gefühllos hinter sich bringen zu können. Jessie griff auf frühere Erinnerungen zurück, um sich in ihrer Entschlossenheit zu bestärken. Erinnerungen an ihren Vater, der mit einer Whiskeyflasche am Küchentisch saß und murmelnd trügerische Huren und ihren Hang zum Verrat beklagte. Erinnerungen an ihn, der mit zornigen Erklärungen über die Abwesenheit ihrer Mutter hinwegzukommen versucht hatte. Erinnerungen an ihn, der schrie, er hätte Rachel mit Will Phengle zusammen entdeckt.

Rachel verstellte ihr den Weg und wirkte in einem geblümten Kleid sauber und ordentlich. Jessie wünschte, sie hätte sie nur ein einziges Mal mit Schmutz im Gesicht gesehen, mit Staub auf den Kleidern, mit ein paar einzelnen Haaren, die verrutscht waren – irgend etwas, was sie menschlicher hätte erscheinen lassen.

»Hat deine Rückkehr zu bedeuten, daß der Ärger vorbei ist?« fragte Rachel, als Jessie auf sie zukam. »Hast du sämtliche Rinder jetzt endlich zusammengetrieben?«

Jessie ging einfach weiter und zwang Rachel, zurückzuweichen, damit sie die Küche betreten konnte. Sie blieb vor dem Küchentisch stehen, zog ihren Hut und ihre Handschuhe aus und ließ sie auf den Tisch fallen. Sie war angespannt, und ihre Anspannung wuchs zusehends. Gott sei Dank hatte sie heute nach ihrer morgendlichen Übelkeit noch einmal geschlafen. Mit soviel Unruhe an einem Tag konnte ihr Magen nicht zurechtkommen.

Rachel musterte sie aufmerksam. »Wird *er* jetzt gehen?«

Jessie sah ihr fest in die Augen. »Die Antwort auf alle deine Fragen lautet nein, Rachel.«

»Oh. Ja, aber du hast doch gesagt, du kämst erst von den Weiden zurück, wenn alles in Ordnung ist.«

»Wir werden morgen wieder hinausreiten. Chase und ich kommen gerade aus Cheyenne.«

»Ach?!« Rachel zog besorgt die Augenbrauen hoch.

»Was ist?«

»Nun, Jeb ist mit Billy losgeritten, um dich zu suchen. Verstehst du, ich schicke Billy nach Chicago zurück. Ich kann nicht zulassen, daß er weiterhin seine Schule vernachlässigt«, erklärte sie. »Aber er wollte sich unbedingt noch vorher von dir verabschieden. Ich hoffe, die beiden hören nicht, daß ihr in Cheyenne wart, denn sonst könnten sie sich entschließen, euch den ganzen Weg nach Cheyenne zu folgen.«

»Du regst dich wegen nichts und wieder nichts auf«, sagte Jessie ungeduldig. »Jeb hat genug Verstand, um nicht so weit mit dem Jungen zu reiten.«

»Wohin mit dem Jungen zu reiten?« fragte Chase, der in den Türrahmen getreten war.

Rachel weigerte sich, ihn anzusehen, und daher mußte Jessie sich an ihn wenden.

»In die Stadt, damit er mich findet, um sich von mir zu verabschieden«, antwortete Jessie so freundlich wie möglich. »Sie schickt Billy weg, damit er etwas lernt.«

Chase sah Jessie an und zog fragend die Augenbrauen hoch. »Du hast es ihr also noch nicht gesagt?«

»Mir was gesagt?« fragte Rachel.

»Ich überlasse Jessie das Vergnügen, Gnädigste«, sagte er. »Ich habe nur kurz vorbeigeschaut, damit sie es tun kann. Was hält dich noch zurück, Jessie? Bereitet es dir Schwierigkeiten, die rechten Worte zu finden?«

Jessie bedachte ihn mit einem vernichtenden Blick.

»Wir sind gestern nach Cheyenne geritten, um zu heiraten, Rachel. Chase ist mein Ehemann.«

Rachel sah zwischen den beiden hin und her, doch sie wirkte nicht im entferntesten überrascht.

»Ich verstehe«, sagte sie schließlich. Sie lächelte. »Als du fortgegangen bist, Chase, habe ich mich gefragt, ob du wohl wieder zu Sinnen kommst Aber schließlich ist alles gut ausgegangen.« Sie strahlte die beiden begeistert an.

Jessie konnte es nicht fassen. »Was zum Teufel soll das heißen?«

»Nichts weiter, nur daß ich wußte, daß es so kommen würde, das war doch klar«, sagte Rachel ruhig.

Jessies Augen blitzten auf. »Das ist ausgeschlossen!«

»Meinst du? Zwei Menschen, die einander so viel bedeuten wie ihr beide, sind immer füreinander bestimmt. Ich kann euch gar nicht sagen, wie froh ich bin, daß es euch klargeworden ist.«

Einen Moment lang herrschte schockiertes Schweigen.

»Wie kannst du das sagen? Hast du denn vergessen, daß du dich gegen ihn gestellt hast?«

»Nein.« Rachel lächelte. »Und als ich mich gegen ihn gestellt habe, hast du ihn verteidigt. Du könntest es als... als eine gewisse Taktik bezeichnen.«

»Ich bezeichne das als Blödsinn!« fauchte Jessie. »Taktik!«

Chase kicherte in sich hinein. »Hast du mich wirklich verteidigt, mein Liebling?«

Jessie funkelte ihn wütend an. Dann wandte sie ihren zornigen Blick Rachel zu. Ihr fielen keine Worte ein, die ihrer Wut einen angemessenen Ausdruck verliehen hätten, und daher drehte sie sich brüsk herum und ließ die beiden stehen.

Chase amüsierte sich immer noch, und als er Rachel in die Augen sah, grinste er. »Du hast mich ganz schön getäuscht, Rachel. Jessie hast du auch getäuscht. Du weißt doch, daß sie deshalb so wütend ist, oder sie hat sich von deiner Seite eine rundum gänzlich andere Reaktion ausgerechnet.«

»Ich weiß.« Rachel lächelte. »Ich hätte nicht versuchen sollen, sie zu täuschen. Man kann nicht behaupten, daß ich über das, was du getan hast, nicht entsetzt war, merk dir das, Chase Summers.«

»Natürlich«, stimmte Chase mit feierlicher Miene zu.

»Aber ich hatte das ganz sichere Gefühl, daß ihr beide die Richtigen füreinander seid«, fuhr sie fort.

Chase war bekümmert. Hätte sie bloß die Wahrheit gekannt, die zu dieser Ehe geführt hatte!

»Mach dir keine Sorgen!« Seine Stimme klang tröstlich. »Sie wird sich wieder beruhigen.«

»Glaubst du? Noch vor meiner Abreise?«

»Wann reist du ab?«

»Ich wollte Billy morgen in den Zug setzen. Für mich besteht ja kein Anlaß mehr, nicht mit ihm zu fahren, oder?«

»So schnell schon?«

»Ja. Und daher sollte ich wohl am besten mit Jessica reden, ehe sie Gelegenheit hat, sich zu sehr in ihren Zorn hineinzusteigern. Ich kann nicht im Ärger von ihr gehen.«

»Wenn du schon vorhast, mit ihr zu sprechen, Rachel, meinst du dann nicht, das es auch an der Zeit ist, ein paar andere Dinge aus der Welt zu schaffen? Es könnte deine letzte Gelegenheit sein, ihr die Vergangenheit aus deiner Sicht zu schildern.«

Rachels Lächeln verblaßte. »Ich nehme an, daß ich es versuchen sollte... wieder einmal. Wenn sie weiß, daß ich abreise, hört sie mich diesmal vielleicht zu Ende an.«

Rachel wartete nicht ab, bis Jessie auf ihr Klopfen geantwortet hatte, sondern öffnete die Tür ihres Zimmers und trat entschlossen ein. Ein Blick in Jessies kaltes Gesicht, und sie wäre fast wieder ins Wanken geraten. Sie hatte keine Ahnung, wie sie anfangen sollte.

»Äh... Kate hat einen Braten aufgesetzt, und er ist fast fertig. Ißt du mit uns zu Abend, Jessica?«

»Nein.«

»Ich wünschte, du würdest es dir noch einmal überlegen«, sagte Rachel ruhig. »Es ist unsere letzte Möglichkeit, als Familie gemeinsam zu Abend zu essen. Ich reise morgen früh mit Billy ab.«

Es entstand eine Pause. »Ich habe uns nie als *Familie* angesehen, Rachel. Und ich könnte nicht behaupten, daß es mir leid tut, daß du abreist. Du hast doch sicher nichts dagegen, wenn ich nicht da bin, um mich von euch zu verabschieden? Ich habe viel Arbeit, wie du weißt.«

Rachel empfand den Stachel dieser Worte wie einen Schlag in ihr Gesicht. Sie wäre am liebsten davongelaufen, aber sie konnte so nicht abreisen. Sie wußte, daß sie es sich selbst nie verziehen hätte, wenn sie sich bei diesem letzten Anlauf nicht nach Kräften bemühte.

»Warum wolltest du dir die Geschichte nie von meiner Seite anhören?« sagte Rachel abrupt.

Jessie wandte sich ab und starrte aus dem Fenster. »Wozu? Damit du Thomas verleumden und ihn als Lügner darstellen kannst? Er war ein Mann, den man nicht leicht lieben konnte, nicht einmal mögen, aber er war alles, was ich hatte. Wenn ich in dem Glauben wäre, daß die Hölle, die diese letzten zehn Jahre für mich bedeutet haben, für nichts und wieder nichts war, würde ich sein Grab ausschaufeln und ihm noch ein paar zusätzliche Kugeln durch seinen Körper jagen. Wenn allerdings ein Mann, ob betrunken oder nüchtern, immer wieder dieselbe Geschichte erzählt, dann besteht gewöhnlich der Verdacht, daß es sich um die Wahrheit handelt.«

»Die Wahrheit, *an die er glaubt*, ja. Aber was ist, wenn die Wahrheit, so, wie er sie gesehen hat, keineswegs die Wahrheit war?«

Jessie drehte sich langsam um. Ihre Augen waren so hart wie Türkise. »Also gut. Seit du hier bist, verzehrst du dich schon danach, es zu sagen, und jetzt sag, was du zu sagen hast, und geh dann!«

»Ich war deinem Vater nie untreu, Jessica.«

»Natürlich nicht. Und als nächstes wirst du mir erzählen, daß Billy Thomas Blairs Sohn ist.«

»Das ist er auch.«

Die Worte waren kaum hörbar, doch Jessie hörte sie.

»Zum Teufel mit dir, aber wenn das die Wahrheit ist, warum hast du sie ihm dann nicht gesagt, ehe du weggegangen bist? Du weißt doch, daß er nie etwas anderes haben wollte als einen Sohn.«

»Es war zu spät, um ihm irgend etwas zu sagen, selbst, wenn ich noch dazu gekommen wäre.«

»Ein netter Versuch, Rachel«, höhnte Jessie, »aber ich kaufe dir kein Wort ab. Er hat dich mit seinen eigenen Augen mit Will Phengle im Bett liegen gesehen – in eurem Bett. Er war einen Monat lang fortgewesen, einen Monat, den du zweifellos dazu genutzt hast, mit deinem Liebhaber zusammenzusein, den es schon vorher die ganze Zeit gegeben hat. Wenn Billy der Sohn von irgend jemandem ist, dann ist er Phengles Sohn.«

»Mein Gott!« Rachel wurde ziemlich blaß. Sie setzte sich auf Jessies Bett. »In der Nacht hat also... Thomas hat von Will gesprochen, aber er hat mir nie genau gesagt, was diesen blindwütigen Zorn bei ihm ausgelöst hat. In meinem eigenen Bett!«

»Das war gut, Rachel«, sagte Jessie trocken. »Das war sogar ganz ausgezeichnet. Du hast deine wahre Berufung wirklich verfehlt.«

Jessies Sarkasmus ließ Rachel aufbrausen, und die Sanftheit, die man von ihr gewohnt war, verschwand. »Wenn dein Vater gesehen hat, daß Will Phengle in meinem Bett eine Frau geliebt hat, dann muß diese Frau Kate gewesen sein, denn ich war es nicht, Jessica. Ich war den ganzen Tag nicht auf der Ranch.« Sie unterbrach sich, ehe sie fortfuhr. »Einer der Siedler aus der Umgebung war an jenem Morgen zu mir gekommen, um mich um Hilfe zu bitten, weil seine Frau in den Wehen lag. Sowohl die Mutter als auch das Kind sind gestorben. An jenem Abend kam ich völlig krank vor Erschöpfung und Angst nach Hause. Du warst eine sehr schwierige Geburt gewesen, verstehst du, und ich wußte, daß ich selber wieder schwanger war. Es gab im ganzen Umkreis keinen Arzt, damals noch nicht.

Es war ein Wunder, daß Thomas Billy nicht umgebracht hat, denn er hat mich in dem Moment, in dem ich das Haus betreten habe, ganz fürchterlich zusammengeschlagen. Er hat mir nie die Gelegenheit gegeben, auch nur irgend etwas dazu zu sagen, Jessie, nicht das geringste konnte ich dazu sagen. Nachdem er mit mir fertig war, konnte ich nicht mehr sprechen. Mein Kiefer war gebrochen, und ich war kaum noch bei Bewußtsein.

Frag Kate. Sie war hier die einzige andere Frau, Jessica, und daher müssen es sie und Will gewesen sein. Frag sie.«

Jessie sagte gar nichts. Ihr Ausdruck blieb unverändert,

und als sie endlich sprach, war ihre Stimme hart. »Du hast zehn Jahre Zeit gehabt, um diese Gesichte in allen Einzelheiten zu erfinden. Wer könnte dir widersprechen? Phengle ist nicht da. Thomas ist nicht da. Kate wird es natürlich abstreiten, aber sie ist ja nur eine Indianerin, und wer würde mehr auf ihr Wort geben als aus deins, stimmt's?«

»Frag sie, Jessica«, sagte Rachel mit einem stummen Flehen.

»Mit einer solchen Frage würde ich sie demütigen und beleidigen. Mein Gott, ist dir eigentlich klar, was du damit sagst?« Jessie hob ihre Stimme. »Du sagst damit, daß Kate während all dieser Jahre ihren Mund gehalten hat, daß sie niemals vorgetreten ist, um ein gräßliches Unrecht richtigzustellen! Warum hätte sie ihr Schweigen bewahren sollen? Wozu? Thomas' Haß hat diesen Ort hier zur Hölle gemacht. Hier hat es nie Wärme gegeben. Warum hätte sie es dabei belassen sollen?«

»Ich weiß nicht, warum, Jessica, aber das hat sie getan.«

»Nein!«

Jessie wandte sich wieder ab. Rachel blieb regungslos sitzen. »Und was ist, wenn ich die Wahrheit sage, Jessica?« flüsterte sie, ehe sie aufstand, um zu gehen. »Macht mich das zu einer Verbrecherin – oder zu einem Opfer? Darüber kannst du jetzt selbst nachdenken.«

38

»Mutter, ich kann die Indianerfeder nicht finden, die Jeb mir gestern abend geschenkt hat!«

Rachel schüttelte den Kopf. Sie sah Chase von der Seite an, und dann wanderten ihre Blicke zu einem überquellenden Koffer, der offen auf dem Bett lag. Sie seufzte. Der Vormittag war hektischer verlaufen, als sie es sich erträumt hatte.

»Würde es dir etwas ausmachen, meinen Koffer zuzumachen und ihn vor das Haus zu tragen? Ich kann mir vorstellen, daß mein Sohn noch diverse andere fehlende Gegenstände entdeckt, ehe wir seinen Koffer schließen können. Wenn wir nicht bald abfahren, kann es uns noch pasieren, daß wir die Nacht in Cheyenne verbringen müssen. Das wäre mir gar nicht lieb.«

Chase nickte wortlos. Er wußte, daß Rachel ihre Rolle gut spielte und in Wirklichkeit nur mit Mühe Haltung bewahrte. Sie hatte ihm von ihrem Gespräch mit Jessie berichtet. Er wußte, daß es sehr schmerzlich für sie sein mußte.

Und Jessie? War sie wirklich so herzlos, oder war sie ganz sicher, daß Rachel log? Er hatte Kate selbst ausfragen wollen, nachdem er die ganze Geschichte gehört hatte, doch die Indianerin war nicht auffindbar gewesen. Außerdem hatte es an diesem Vormittag auch kein Frühstück gegeben. War Kate für immer verschwunden? Bewies das denn nichts?

Chase seufzte und machte sich daran, Rachels großen Koffer zu verschließen. Würde Jessie wenigstens auftauchen, um sich endgültig zu verabschieden? Billy himmelte sie an. Es würde ihm das Herz brechen, wenn sie nicht auftauchte.

Selbst nach dem dritten Versuch wollte sich der Koffer noch nicht schließen lassen, und Chase fluchte, als er ihn wieder öffnete, um das Hindernis zu entdecken, das den Deckel klemmen ließ. Ein dünnes Buch, das aus dem Futter des Kofferdeckels gefallen war, hatte sich jetzt quergestellt und verhinderte das Schließen des Koffers. War das das Problem? Chase warf das Buch wieder in den Koffer und probierte noch einmal, das verdammte Ding zu schließen. Es war ihm ein Rätsel, warum Frauen mit so vielen Kleidern reisen mußten. Vielleicht war es sogar gut, daß Jessie fest entschlossen war, nicht mit ihm nach Spanien zu reisen, dachte er mürrisch. Er malte sich bereits aus, wie er jedesmal, wenn sie an einen anderen Ort zogen, dieses Kofferschließen vor sich hatte. Wenn sie allerdings reich wären und Dienstboten hätten, die sich mit solchen Dingen befassen konnten – oh, zum Teufel!

Der Koffer wollte sich immer noch nicht schließen lassen. Schon wieder dieses Buch. Er hatte es nicht weit genug in die Mitte geschoben. Eine Ecke schaute aus dem Koffer raus. Er versuchte, es reinzudrücken, ohne den Deckel ganz anzuheben, doch die Kleidungsstücke waren zu dicht gepackt. Er spürte die Versuchung, das Buch einfach rauszunehmen und Rachel nach iher Ankunft in Chicago rätseln zu lassen, was dem Buch wohl zugestoßen sein mochte.

Chase warf einen Blick auf die Tür, um sich zu vergewissern, daß er nicht auf frischer Tat ertappt werden konnte. Dann warf er das Buch auf den Fußboden und wollte es gerade unter das Bett kicken, als sein Blick auf das Wort ›Tagebuch‹ fiel. Mehrere Sekunden lang starrte er es unbeweglich an. Das konnte er nicht machen. Nicht mit einem Tagebuch. Das war etwas, was Rachel nicht einfach ersetzen konnte. Er hatte es ursprünglich für einen Roman gehalten. Komisch, aber er hätte nie vermutet, daß Rachel zu der Sorte von Frauen gehörte, die Tagebücher führten. Nein, Rachel nicht.

Schließlich schloß Chase den Koffer und trug ihn vor das Haus. Jeb wartete bereits mit einem Wagen vor der Haustür.

»Kommen noch mehr von der Sorte?« brummte Jeb, während er den Koffer hinten in den Wagen schob.

Chase grinste. »Ich bezweifle, daß Billys Sachen ganz so schwer sein werden. Sorgen Sie bloß dafür, daß Sie jemanden zum Abladen haben, wenn Sie in der Stadt ankommen.«

»Uff. Ein Angeber sind Sie. Als wenn ich das Ding nicht allein stemmen könnte! Wenn diese Frau sich nicht bald in Bewegung setzt, wir es Nacht, ehe wir in die Stadt kommen.«

»Haben Sie Jessie zufällig irgendwo gesehen?« fragte Chase.

»Sind Sie blind, Sie junger Spund? Sie sind Ihr gerade im Salon begegnet.«

Chase drehte sich herum. Er freute sich für Rachel und für Billy, daß Jessie doch noch aufgetaucht war.

Mitten in der Türöffnung blieb Chase wie angewurzelt stehen. Das Mädchen, das auf einem Stuhl vor dem knisternden Feuer saß, war fast nicht wiederzuerkennen. Es war Jessie, das schon, aber es war eine Jessie, die zu sehen er nie erwartet hatte. Sie trug ein Kleid aus rosafarbenen

Samt mit Spitzen. Ihr Haar war aufgesteckt, und sie hatte sich weiße Bänder ins Haar geflochten, die einen unglaublichen Kontrast zu ihrem glänzenden schwarzen Haar bildeten. Er war sprachlos. Sie war die schönste Frau, die er je gesehen hatte.

In dem Moment betraten Rachel und Billy den Raum. Beide waren fassungslos.

»Mann, o Mann.« Billy strahlte von einem Ohr zum anderen. »Gegen dich müßten sich alle Mädchen zu Hause im Osten vor Scham verstecken.« Er eilte zu Jessie, und sie stand auf. Seine Arme glitten um ihre Taille. Jessie hätte Billy gern näher an sich gezogen und ihn so fest an sich gedrückt, wie sie noch nie jemanden gedrückt hatte, doch über Billys Kopf hinweg sah sie Rachel an, und ihre Arme wollten sich nicht rühren. Sie fühlte sich, als müsse sie ersticken. Sie hätte nicht kommen sollen. Sie hätte sich in ihrem Zimmer einschließen sollen, bis sie fort waren.

Billy bemerkte gar nicht, daß sie seine Umarmung nicht erwiderte. »Ich werde dich ganz schrecklich vermissen, Jessie. Darf ich wieder zu dir kommen und dich besuchen?«

Ein Laut entrang sich ihr, doch niemand außer Billy hörte diesen Laut. Sie beugte sich zu ihm hinunter und flüsterte ihm zu: »Wenn du es nicht tust, werde ich dir das nie verzeihen, Kleiner.«

Ihre Lippen streiften zart seine Wange, als sie sich wieder aufrichtete. Billy trat mit einem strahlenden Lächeln zurück und stieß einen Schrei der Begeisterung aus, ehe er aus dem Salon rannte und Chase dabei fast umgeworfen hätte.

Rachel trat voller Hoffnung näher. »Jessica, ich...«

»Auf Wiedersehen, Rachel.«

Jessies Züge waren hart. Sie hatte die Kontrolle über sich verloren, doch jetzt, da Billy den Raum verlassen hatte, hatte sie ihre Selbstbeherrschung wiedergefunden.

Rachel ließ ihre Blicke über ihre Tochter gleiten, die bezaubernder aussah, als sie es sich je hätte träumen lassen – gleichzeitig aber auch meilenweit fern von ihr.

»Dafür danke ich dir«, sagte Rachel mit einer Geste, die besagte, daß sie von Jessies Kleid sprach.

Jessie nickte nur flüchtig, ehe sie sich abwandte.

Rachel starrte ihren unbeugsamen Rücken etliche Sekunden an. »Ganz gleich, was du glaubst, Jessica: Ich habe dich sehr lieb.«

Der Klang von Rachels Schritten, mit denen sie das Zimmer durchquerte, dann das Schließen der Tür hallten in ihrem Kopf nach. Das Atmen fiel ihr schwer. Sie tastete nach der Stuhlkante, und als sie sie fand, ließ sich sich behutsam auf den Stuhl gleiten. Jeb rief den Insassen des Wagens etwas zu, und der Wagen rollte davon. Sie konnte ihn immer noch hören, immer noch, immer noch... sie hörte ihn nicht mehr.

»Du bist wirklich ungewöhnlich, Jessie.«

Wie lange war er schon dort? Wie lange hatte sie dagesessen, seit der Wagen abgefahren war?

»Was?«

»Du hast gehört, was ich gesagt habe«, sagte Chase, als er näherkam und neben ihr stehen blieb. »Du bringst es fertig, dem Jungen zu zeigen, daß du ihn magst, obwohl du gar nicht daran glaubst, daß er dein Bruder ist, aber deiner Mutter zeigst du es nicht – deiner eigenen Mutter.«

»Weil ich sie nicht mag«, sagte Jessie leise.

»Lügnerin!«

Sie schoß aus dem Stuhl, doch er packte ihren Arm und zog sie herum, bis sie ihm ins Gesicht sehen mußte. »Du kannst die Vorstellung nicht ertragen, daß du dich geirrt hast, daß du dich während all dieser Jahre geirrt hast.«

»Du hast ja keine Ahnung!«

»So, habe ich keine Ahnung? Schau mal, Kate ist verschwunden. Oder hast du das nicht gewußt?«

»Kate ist fort?« wiederholte Jessie.

»Das bestätigt doch gewissermaßen das, was Rachel gesagt hat, oder etwa nicht? Wahrscheinlich hat Kate gehört, daß du deine Mutter gestern nacht ihretwegen angeschrien hast.«

»Und wenn sie es gehört hat!« gab Jessie zurück. »Das heißt noch nicht, daß sie verschwunden ist. Sie ist hier in der Nähe.«

Chase zwang sich, sie nicht anzuschreien. Er zerrte sie zum Sofa und stieß sie darauf.

»Bleib ruhig sitzen«, kommandierte er mit scharfer Stimme. »Ich habe etwas, wovon ich möchte, daß du es dir ansiehst.«

Im nächsten Moment war er wieder da und warf ein schmales Büchlein neben sie auf das Sofa.

»Ich habe nicht die geringste Ahnung, was in diesem Buch steht«, sagte Chase. »Ich habe es aus dem Koffer deiner Mutter geholt, nachdem sie das Zimmer verlassen hatte, und ich habe vergessen, es ihr zurückzugeben. Vielleicht ist es nur Unsinn – aber vielleicht auch nicht. Schau rein, Jessie. Vergewissere dich selbst, worüber eine Frau wie Rachel zu schreiben hat.«

Chase verließ das Zimmer. Er ließ Jessie allein. Sie hob das Buch auf und warf es dann zornig wieder hin. Nein, Rachel hätte keine Lügen hineingeschrieben, nicht, wenn sie die Dinge für sich selbst hinschrieb, nicht in einem Tagebuch. Das Buch war nur für ihre Augen bestimmt.

Jessie starrte das Buch an und hob es dann eilig wieder auf.

12. Dezember 1863. Ich hätte mir nicht träumen lassen, daß meine Finger so gut heilen würden, wie es der Fall ist. Als Dr. Harrison mir vorgeschlagen hat, als Übung für meine Finger etwas zu schreiben, habe ich gelacht. Ich habe niemanden, dem ich schreiben könnte. Es war ein gutes Gefühl, festzustellen, daß ich trotz allem wieder lachen konnte. Mein Kiefer tut nicht mehr weh. Und Dr. Harrison versichert mir, daß dem Baby wohl nichts passiert ist, da ich erst im zweiten Monat schwanger war. Das glaube ich allerdings erst dann, wenn ich spüre, daß es um sich tritt.

13. Dezember 1863. Ich kann immer noch nicht über das schreiben, was im Rocky Valley passiert ist. Ich glaube nicht, daß ich je dazu in der Lage sein werde. Dr. Harrison hat gesagt, ein Tagebuch sei eine ganz ausgezeichnete Idee, und er findet, ich sollte über das schreiben, was Thomas mir angetan hat. Ich kann es nicht.

23. Dezember 1863. Ich habe vergessen, wie man sich mit ei-

nem vollen Magen fühlt. Ich hätte niemals Dr. Harrisons Pflege verlassen dürfen und mit dem wenigen Geld, das er mir gegeben hat, weiterziehen. Gott segne ihn für sein Vertrauen in mich, daß ich es ihm auf irgendeine Weise zurückzahlen werde. Aber ich kann keine Arbeit finden. Mein Körper ist noch zu schwach für harte Arbeit.

27. Dezember 1863. Endlich habe ich Arbeit bekommen. Ich bin in einer Kleinstadt, von der ich vorher noch nie etwas gehört habe. Genauso weit bin ich mit Dr. Harrisons Geld gekommen. Das Bedienen an den Tischen wäre wesentlich einfacher, wenn die Arbeitszeit nicht so lange wäre. Selbst, wenn ich jeden Penny spare, wird es noch weitere drei Wochen dauern, bis ich genug Geld habe, um Jessica aufsuchen zu können.

30. Dezember 1863. Wie kann ich bloß darüber schreiben? Aber warum eigentlich nicht? Was bedeutet es, von einem betrunkenen alten Mann vergewaltigt zu werden, wenn man es damit vergleicht, von dem Mann, den ich liebe, fast totgeschlagen zu werden? Dieser Mann war einer der Kunden, oder zumindest glaube ich das. Er hat mich vor dem Restaurant abgefangen. Gott sei Dank war es ganz schnell vorbei. Werde ich immun gegen Schmerz?

18. Januar 1864. Es dauert länger, als ich vorhergesehen habe, ehe ich von hier fort kann. Der erste Tritt des Babys hat mich so verblüfft, daß ich einen Stapel Geschirr fallengelassen habe. Das muß ich jetzt bezahlen, indem ich es abarbeite. Aber das Baby hat um sich getreten! Gott sei Dank, daß Thomas nicht seinen eigenen Sohn getötet hat!

26. Januar 1864. Gott steh mir bei, aber ich beginne, Thomas zu hassen. Es hat nicht gereicht, daß er mich grundlos geschlagen und mich aus dem Haus geworfen hat, ohne sich etwas daraus zu machen, ob ich es überlebe oder ob ich sterbe. Aber jetzt hat er mir Jessica weggenommen. Das einzige, was mich in ihrer Schule erwartet hat, war ein Brief von Thomas,

in dem stand, daß er sich von mir scheiden läßt und daß er mich umbringt, wenn ich jemals versuchen sollte, Jessica wiederzusehen. Er hat sie vor mehr als drei Monaten aus der Schule genommen. Jeb muß ihm erzählt haben, daß ich seine Schläge überlebt habe. Andernfalls hätte er Jessica in der Schule gelassen. Was kann ich jetzt tun?

8. Februar 1864. Ich glaube, daß Jonathan Ewing mir das Leben gerettet hat. Einen derart freundlichen Mann habe ich noch nie kennengelernt. Da für eine Frau in meinem Zustand keine Arbeit zu finden war, hatte ich mich auf das Betteln verlegt. Thomas hatte dafür gesorgt, daß die wenigen Freunde, die ich noch hatte, mir nicht helfen wollten. Was ist aus dem Mann geworden, den ich geliebt habe? Werde ich je verstehen, warum Thomas sich gegen mich gestellt hat? Hat er den Verstand verloren?

Mit dem Tagebuch, das sie an ihre Brust gepreßt hatte, stürzte Jessie aus dem Zimmer.

39

Die Union Pacific hatte Verspätung. Andernfalls hätten Rachel und Billy den Zug verpaßt. Ihre Koffer waren verladen worden, und es war gerade Zeit zum Einsteigen. Rachel wartete auf dem Bahnsteig, während Billy noch ein paar letzte Worte mit Jeb wechselte. Sie bemühte sich, nicht an den Abschied von der Rocky-Valley-Ranch zu denken, daran, wie sie Rocky Valley wieder einmal verlassen hatte.

»Mutter?«

Rachel erstarrte. Das war nicht Billys Stimme. Sie sah den Hengst, der am Ende des Bahnsteigs stand, und sie erkannte die Reiterin. Jessie saß auf ihrem Pferd und starrte Rachel einen Moment lang an, ehe sie von Blackstar absprang.

Sie nahm nichts von dem wahr, was sich um sie herum abspielte, nur Rachel, und sie hatte nichts anderes im Sinn, als so schnell wie möglich zu Rachel zu kommen. Sie rannte. Ein Orkan von Emotionen fegte durch sie hindurch.

Rachel hielt den Atem an, als ihre Tochter auf sie zulief. Jessies Augen spiegelten Gefühle wider, die sie nie in diesen Augen gesehen hatte – Elend, Verzweiflung. Sie sah das Buch, das Jessie ihr mit ausgestreckter Hand hinhielt, und sie errötete heftig, als ihr bewußt wurde, was Jessie gelesen hatte. Was bedeutete es, daß Jessie jetzt mit diesem Buch hierstand? Dieses alberne Buch hatte erreicht, was mit keinem anderen Mittel zu erreichen gewesen war!

»Jessica?« Rachel streckte zögernd eine Hand aus, doch in dem Augenblick, in dem sich ihre Finger berührten, fiel jede Selbstbeherrschung von Jessie ab, und sie warf sich in Rachels Arme. »Mutter! O Mutter, es tut mir so leid! Ich war so grausam zu dir«, schrie Jessie aus. »Aber ich konnte dir einfach nicht zeigen, daß ich dich liebhabe, daß ich dich immer liebgehabt habe.«

»Ich weiß es, mein Schatz. Das spielt jetzt keine Rolle mehr.« Rachel brachte die Worte kaum heraus, denn ihre Kehle war zugeschnürt. »Oh, Jessica, weine nicht.«

»Wenn ich daran denke, was du meinetwegen durchgemacht hast und was Thomas dir angetan hat, oh, Mutter, dir ist soviel Unrecht widerfahren!«

»Jessica – Jessie, sieh mich an.« Rachel zog ihr Gesicht zwischen ihre Hände. »Nichts von alledem war deine Schuld, mein Liebling. Und nichts von alledem spielt jetzt noch eine Rolle – nicht mehr, wenn ich dich jetzt wiederhabe.«

Jessie sah ihrer Mutter in die Augen. Sie weinte nur noch heftiger. »Halt mich fest, Mutter. Wenn du nur wüßtest, wie oft ich davon geträumt habe, wieder in deinen Armen zu liegen!«

Die Lokomotive pfiff. Rachel zuckte zusammen und erstarrte. Jessie sah zu ihr auf, und in ihrem Gesicht stand helle Panik.

»Du kannst doch jetzt nicht gehen – nicht jetzt!«

Rachel lächelte zart. »Unser Gepäck ist bereits im Zug verstaut.«

»Dann holen wir es eben wieder raus.«

Rachel lachte über die Halsstarrigkeit, die gar so leicht bei ihrer Tochter durchbrach. »Mein Liebling, du brauchst Zeit, um mit deinem frischgebackenen Ehemann allein zu sein.«

»Verdammt noch mal, nimm das nicht als Vorwand. Du wärst nicht abgereist, wenn ich ihn nicht geheiratet hätte.«

»Du hast es aber getan.«

»Dann lasse ich mich eben wieder von ihm scheiden!«

»Nein, das wirst du nicht tun, Jessica. Dein Baby braucht ihn, auch wenn du dir einbildest, daß du ihn nicht brauchst.«

Jessie senkte die Lider, und ihre Wangen erröteten. »Ich nehme an, er hat es dir erzählt?«

»Ja.«

»Ich brauche aber trotzdem keine Zeit für ihn allein.«

»Doch, das brauchst du. Alle Jungvermählten brauchen Zeit für sich selbst. Aber ich komme zurück, sobald ich Billy in einer Schule untergebracht habe und mich um einige geschäftliche Angelegenheiten gekümmert habe, die ich in letzter Zeit vernachlässigt habe. Es dauert nicht lange, Jessica. Einverstanden?«

»Du versprichst mir, daß du zurückkommst, Mutter?«

In Jessies Stimme lag ein solches Flehen, daß Rachel fast entschlossen war, zu bleiben. Doch sie hatte das ausgeprägte Gefühl, sich in den ersten Wochen dieser jungen Ehe nicht einmischen zu sollen. Chase und Jessie brauchten Zeit. Es herrschte nicht das ungetrübteste Glück zwischen den beiden.

»Ich verspreche dir, daß ich zurückkomme. Aber ich möchte auch, daß du mir versprichst, Chase eine Chance zu geben. Er ist ein guter Mann.«

Jessie seufzte. »Darüber können wir sprechen, wenn du wieder da bist.«

Rachel grinste. »Stur bis zum Schluß, mein Liebling.«

Jessie drückte Rachel das Tagebuch in die Hand.

»Du hast es doch nicht von Anfang bis Ende gelesen, oder?« fragte Rachel. Sie dachte daran, wie sehr sie in der allerletzten Zeit diesem Buch ihr Herz ausgeschüttet hatte.

»Nein, aber ich würde es gern ganz lesen.«

Rachel tätschelte Jessies Wange und zog sie noch einmal in

ihre Arme. »Ich glaube, daß keiner von uns beiden noch einmal in diesem Buch lesen muß.«

»Ich habe dich lieb, Mutter.«

»Oh, Jessica, ich habe so lange darauf gewartet, das von dir zu hören.« Wieder kamen ihr die Tränen. »Ich habe dich auch lieb, und ich bin bald wieder da, mein Schatz.«

Als der Zug schon längst nicht mehr zu sehen war, stand Jessie immer noch auf dem leeren Bahnsteig. Jeb hatte sich in den Saloon verzogen, sowie er gesehen hatte, daß Jessie und Rachel einander in den Armen lagen. Er wußte, daß Jessie jetzt eine Zeitlang allein sein mußte.

Chase fand Jessie eine Weile später auf dem Bahnhof vor. »Sie ist abgefahren?« fragte er zögernd.

Jessie wollte ihn nicht ansehen. »Ja.« Sie starrte weiterhin auf die leeren Geleise.

»Warum ziehst du denn ein so langes Gesicht?« fragte er zögernd.

Jessie hob langsam ihre Lider. »Sie wollte nicht bleiben – deinetwegen.«

»Jetzt mach aber mal einen Punkt, Jessie. Was habe ich denn plötzlich mit dieser ganzen Geschichte zu tun?«

»Sie fand, ich sollte mit dir allein sein.«

»Ach so.« Chase grinste. »Das hat etwas für sich.«

»Hat es nicht!« gab Jessie zurück, ehe sie herumwirbelte und zu Blackstar ging.

Chase folgte ihr geschwind. »Wohin willst du?«

»Nach Hause.«

»Das kannst du nicht machen, Jessie. Es ist zu spät, um diese lange Strecke zurückzulegen.«

»Ich kann bei Mondschein reiten.«

»Du wirst erfrieren«, hob er hervor.

»Ich reite zu schnell, um zu frieren.«

Er hielt sie an den Schultern fest. »Warum hast du es so eilig? Du bist bisher nie nachts zurückgeritten.«

»Ich sehne mich nach einer vertrauten Umgebung. Ich will in meinem eigenen Bett schlafen, in meinem Zimmer, und ich will meine Sachen um mich haben.« Sie schüttelte seine Hände ab, und sie war böse auf sich selbst, weil sie zuviel gesagt hatte. Sie fühlte sich beraubt – als hätte sie ihre Mutter wieder endgültig verloren. »Ich habe dich nicht gebeten, mitzureiten, wenn es das ist, was dir Sorgen macht. Du kannst morgen früh mit Jeb zurückreiten.«

Ohne seine Antwort abzuwarten, stieg sie auf und ritt davon, ohne sich auch nur noch einmal umzusehen.

40

Jessie wußte nicht, was sie ursprünglich auf die drei anderen Reiter aufmerksam gemacht hatte. Sie waren zu weit weg, als daß sie ihre Pferde hätte hören können, doch sie hatte ihre Anwesenheit gewissermaßen gespürt. Kurz darauf sah sie sie auch. Die Haare in ihrem Nacken stellten sich prickelnd auf, als ihr bewußt wurde, wie nah sie der Ranch schon war und daß die drei Reiter sich eilig von der Ranch entfernten.

Der Umstand, daß sie nicht den Weg zur Stadt einschlugen, sondern querfeldein ritten, als wollten sie niemandem begegnen, war es, was Jessie beunruhigte. Sie dachte nicht länger nach, sondern beschloß sofort, Blackstar vom Pfad abzubringen und ihnen zu folgen. Sie fragte sich auch nicht, ob Chase ihr Verschwinden entdecken würde. Er war ihr den ganzen Weg gefolgt, doch er hatte einen ziemlich großen Abstand eingehalten und war hinter ihr hergeritten. Sie wußte, daß er da war, doch sie machte sich nichts daraus. Dies waren Jessica Blairs Angelegenheiten, und sie würde ihre Interessen wahren, ohne die Hilfe eines Ehemannes anzunehmen, der sich in ihre Angelegenheiten einmischte.

Blackstar ließ sich von Jessies Drängen anstecken, und der Abstand zwischen Jessie und den drei Reitern verringerte sich im Handumdrehen. Sie hörten sie. Der erste Schuß zischte dicht an ihrem Ohr vorbei und ließ sie ihre Waffe ziehen. Sie gab zwei Schüsse ab, während sie noch scharf galoppierte, ehe ihr Blackstars Zügel aus der anderen Hand glitten und sie rasend darum kämpfen mußte, die Zügel wieder in den Griff zu kriegen. Die Männer feuerten einen weiteren

Schuß auf sie ab, doch inzwischen rasten sie um ihr Leben, und ihr Ziel war sehr beweglich.

Jessie setzte ihre Jagd unerschrocken fort. Sie konnte erkennen, wer die Männer waren. Der Mond schien hell genug, um sie zu erkennen. Sie war so wütend, daß sie nicht aufgegeben hätte, ehe alle drei tot im Staub vor ihren Füßen lagen. Gott sei Dank hatte sie sich umgezogen und trug kein Kleid mehr, und Gott sein Dank trug sie ihre Waffe bei sich. Doch dann tauchte hinter ihr ein Pferd auf, und Chase riß ihr die Zügel aus der Hand.

»Bist du verrückt?« schrie sie ihn an. »Sie entkommen!«

»Ich halte nichts davon, mir meine Frau mit gebrochenem Genick vorzustellen«, sagte er, während er Blackstar anhalten ließ. »Du weißt doch, daß man nachts nicht derart schnell durch unwegsame Gegenden galoppieren kann. Denk wenigstens an dein Pferd, wenn du schon nicht an dich selbst denkst.«

Er hatte recht. Ein Loch im Boden konnte einen Menschen ebenso leicht töten wie eine Kugel, denn jedes Pferd hätte sich unter diesen Umständen ein Bein gebrochen. Doch das konnte ihren Zorn nicht abschwächen. Sie beobachtete, wie sich die Reiter weiter und weiter entfernten.

»Du verfluchter Kerl! Jetzt ist es zu spät!« schrie sie Chase an.

»Sag mir, was passiert ist, Jessie.«

»Sie haben auf mich geschossen. Ich habe die Schüsse erwidert.«

»Und?«

Sie zuckte die Achseln. »Wahrscheinlich habe ich den, auf den ich gezielt habe, verwundet.«

»Jessie, wer...?«

»Bowdres gedungene Schurken. Ich habe gesehen, daß sie von der Ranch fortgeritten sind. Als ich nahe genug an sie herangekommen war, um sie zu erkennen, haben sie auf mich geschossen.«

»Clee und Charlie? War Bowdre der dritte Mann?«

»Ich wünschte, es wäre Bowdre gewesen, aber es war Blue Parker! Dieser nichtsnutzige Schuft!«

»Bist du sicher?«

»Er hat mir mitten ins Gesicht gesehen, ehe er seinem Pferd die Sporen in die Flanken gepreßt hat. Ich kenne ihn schon zu lange, um ihn mit jemandem zu verwechseln.«

»Parker hat sich ihnen also wirklich angeschlossen«, sagte Chase nachdenklich. »Sie müssen ihm einen Haufen Geld angeboten haben.«

»Es ist wahrscheinlicher, daß er es aus Gehässigkeit tut. Er hat sich für mich interessiert, und er wollte mich heiraten«, erklärte sie. »Seit deiner Ankunft hat er geglaubt, daß ich ihm deinetwegen aus dem Wege gehe. Er hat nicht gewußt, daß ich die Ranch zweimal verlassen habe, um in den Norden zu reiten. Eines Tages, als er mir zufällig begegnet ist, hat er mir vorgeworfen, daß ich ihn deinetwegen fallen lasse. Ich habe ihm gesagt, daß das nicht stimmt, aber er hat mir nicht geglaubt. Er ist genauso wie mein Vater, ein Mensch, der glaubt, jedes Übel rächen zu müssen.«

»Was könnten diese Männer vorgehabt haben?« fragte Chase.

Jessie hielt den Atem an. Ihr Zorn hatte sie ihre Ängste vergessen lassen.

»Reiten wir schnell zur Ranch«, rief sie, während sie Blackstar kehrtmachen ließ. »Ich fürchte fast, daß ich erraten kann, was sie getan haben.«

Baldy stieß auf sie, sowie sie wieder den Pfad erreicht hatten, der ins Tal führte. Er war losgeritten, um sie zu suchen. Als er ausgeredet hatte, war Jessie völlig benommen. Sie hatte geglaubt, das Problem lösen zu können, indem sie das Vieh zusammentrieb, doch damit hatte sie nur erreicht, daß das Vieh leichter abgeknallt werden konnte. Fast die Hälfte der Herde war tot oder lag im Sterben. Ramsey war noch bewußtlos, weil er einen Schlag auf den Kopf bekommen hatte, und die restliche Herde war direkt zu dem vergifteten Wasserloch getrieben worden. Baldy war gerade noch rechtzeitig ins Lager zurückgekehrt, um den entstandenen Schaden einzuschätzen, und er konnte gerade noch die drei Männer sehen, die davonritten. Er war ein Mann, der sein ganzes Leben lang mit Rindern gearbeitet hatte, und jetzt war er angesichts der Verheerungen, die er hatte sehen müssen, in Tränen aufgelöst.

Baldy hatte kaum ausgeredet, als Jessie den orangefarbenen Schein über der Erhebung entdeckte, hinter der das Tal lag. Chase sah ihn eine Sekunde später. Ein tiefer tierischer Laut entrang sich Jessies Kehle. Sie trieb Blackstar mit den Sporen an, und Chase folgte ihr voller Sorge.

Jessie ritt nicht weiter als bis auf den Hügel, von dem aus man die Ranch sehen konnte. Der Schein des Feuers fiel auf ihr Gesicht, das Seelenqualen ausdrückte, die Chase das Herz zerrissen.

Jedes einzelne Gebäude der Ranch wurde von den Flammen verzehrt.

41

Zwei Wochen waren vorübergegangen, seit die Ranch gebrannt hatte, zwei Wochen, an die Jessie sich nicht erinnern konnte. Sie war in Chicago, im Haus ihrer Mutter. Sie erinnerte sich nicht im entferntesten an die Reise hierher. Sie erinnerte sich an überhaupt nichts.

Doch Jessie war keine Schlafwandlerin mehr. Sie wandte sich um, um ihre Mutter anzusehen, und zum ersten Mal seit zwei Wochen war ihr Blick lebendig. »Wie kann er es wagen, mich zu verlassen? Ich bin doch kein altes Gepäckstück, das er einfach wegwerfen und vergessen kann!«

»Jessica, du hast nicht zugehört«, sagte Rachel ganz ruhig.

Jessie ging weiterhin auf dem dicken Teppich, mit dem das Zimmer ihrer Mutter ausgelegt war, auf und ab. »Ich habe sehr wohl zugehört. Ich konnte es gar nicht glauben, als ich heute erwacht bin und mir gedämmert hat, was du mir gestern erzählt hast. Das war doch gestern, oder?« Sie wartete die Antwort nicht ab. »Jedenfalls mache ich das nicht mit. Er kann mich doch nicht einfach auf deiner Schwelle aussetzen. Er bleibt doch für mich verantwortlich und nicht du.«

»Zunächst einmal, Jessica, hat Chase dich hier nicht einfach abgeliefert. Du bist seit einer Woche hier, und er ist Tag und Nacht nicht von deiner Seite gewichen. Und zweitens läßt er dich nicht sitzen. Ich bin sicher, daß er wieder da ist, ehe das Baby geboren wird.«

»Das glaube ich nicht. Er kommt nicht mehr zurück. Er wird seinen Vater finden und sich entschließen, in Spanien zu bleiben. Warum sollte er auch zurückkommen? Er wollte mich ohnehin nicht heiraten. Er hat es nur getan, damit das Baby nicht illegitim ist.«

»Es hat andere Gründe gegeben, Jessica, und das weißt du selbst.«

»Warum ist er dann nicht hier? Wie konnte er mich in der Verfassung, in der ich war, verlassen?«

»Du hast gar nicht wahrgenommen, daß er da war, mein Liebling«, erklärte Rachel sachte. »Du hast während dieser ganzen Zeit nur auf mich reagiert, auf meine Stimme. Du hast nichts mitgekriegt. Und man konnte beim besten Willen nicht sagen, wie lange das anhalten würde. Deine Apathie hätte über Monate andauern können, aber du warst nicht mehr in Gefahr. Da Chase somit ohnehin nichts für dich tun konnte, hat er es für das Beste gehalten, die Reise nach Spanien jetzt endlich hinter sich zu bringen. Wenn er nicht abgereist wäre, würdest du wahrscheinlich immer noch in dem Schneckenhaus leben, in das du dich verkrochen hast. Du bist nur aus diesem Zustand erwacht, weil du gehört hast, daß er abgereist ist.«

»Das tut nichts zur Sache«, sagte Jessie hartnäckig. »Er hat mich trotz allem dir überlassen, damit du dich um mich kümmerst. Jetzt, wo ich nichts mehr habe – nichts, was mir gehört.« Einen Moment lang schnürte es ihr die Kehle zu, doch dann blitzten ihre Augen wieder auf. »Deshalb hat er mich verlassen! Weil ich keinen Penny mehr besitze! Damit kommt er mir nicht davon!«

»Also wirklich, Jessica, was du da sagst, ist absolut unsinnig. Chase hat dich wirklich nicht wegen deines Geldes geheiratet. Und mir bist du ganz gewiß keine Last. Offen gesagt, mich begeistert die Vorstellung, daß du während deiner Schwangerschaft bei mir bist. Ich werde dir sicher noch helfen können. Willst du mir etwa diese Gelegenheit streitig machen, dich bemuttern zu können?«

»Mich braucht man nicht zu bemuttern, Mutter.« Jessie lächelte. »Ich freue mich, daß es mich weniger Zeit gekostet hat, dich wieder Mutter zu nennen als...« Sie wollte nicht näher darauf eingehen. »Versteh mich, es geht nicht darum, daß ich nicht gern bei dir bleiben würde. Nichts wäre mir lieber. Es geht nur darum, daß ich mich nicht von dir abhängig machen will. Chase wird nicht zurückkommen.«

»Das weißt du doch gar nicht«, sagte Rachel beharrlich.

»Doch, ich weiß es. Verstehst du, als wir geheiratet haben, habe ich klargestellt, daß ich nicht mit ihm zusammenleben will. Damals hatte ich die Ranch noch. Ich hatte das Gefühl... ich wollte nicht... er ist ein Frauenheld, Mutter.« Sie platzte wütend damit heraus. »Ich wußte, daß ich damit nicht leben kann. Ich hatte das Gefühl, wenn er andere Frauen haben will, dann wäre es besser, wenn er möglichst fern von mir herumhurt, damit ich nichts davon erfahre.«

»Ich verstehe«, sagte Rachel leise.

»Wirklich?« fragte Jessie hoffnungsvoll. »Dann verstehst du also, warum ich ihm nachreisen werde.«

»Moment mal, Jessica.« Rachel horchte auf. »Ihm nachreisen?«

»Ich muß es tun«, sagte Jessie mit fester Stimme. »Er weiß, daß sich für mich alles geändert hat, seit ich ihm gesagt habe, daß er sein eigenes Leben leben kann. Er weiß, daß ich nicht allein für mich sorgen kann, jedenfalls im Moment nicht. Wenn er mich dazu zwingen konnte, ihn zu heiraten, dann kann er sich verdammt noch mal jetzt, in einem Moment, in dem ich ihn brauche, um mich kümmern.«

»Ist das der einzige Grund, aus dem du ihm folgen willst, Jessica?« fragte Rachel sanft.

»Natürlich«, sagte Jessie ganz schlicht. »Welchen Grund sollte ich sonst haben?«

»Daß du ihn liebst.«

Daß du ihn liebst. Diese Worte verfolgten Jessie im Zug nach New York, in den entsetzlichen Nächten, die sie eingezwängt in der engen Schiffskabine verbrachte, und sie verfolgten sie auch auf der noch erstaunlicheren Reise, die sie allein durch die unbekannte Landschaft Spaniens zurücklegte. Diese Worte konnten sie nicht trösten. Sie lösten lediglich Verzweiflung bei ihr aus. Sie konnte doch nicht einen Mann wie Chase Summers lieben, einen Mann, dem sie nicht vertrauen konnte, einen Mann, der nichts empfand, was auch nur die entfernteste Ähnlichkeit mit Liebe aufgewiesen hätte. Das konnte sie doch nicht tun!

Sie wollte nicht mehr daran denken. Sie drängte diese Worte durch andere Überlegungen zurück, wenn sie sich daran erinnerte, wie ihre Mutter schließlich nachgegeben und darauf bestanden hatte, sämliche Reisekosten zu übernehmen; wenn sie an die Hektik beim Packen dachte, denn sie hatten sämtliche Kleider eingepackt, die Rachel für sie hatte anfertigen lassen; wenn sie an den Abschied und an die Tränen dachte und an die Ermahnungen, daß sie augenblicklich zurückkehren sollte, falls sie Chase vor seiner Abreise nach Spanien nicht mehr in New York antreffen würde. Doch er war am Morgen des Tages ihrer Ankunft in New York abgereist, und sie war nicht umgekehrt.

Sie hatte sich eine Karte gekauft für die Überfahrt auf dem nächsten Schiff, das nach Europa fuhr – voller Angst und doch voller Entschlossenheit.

Doch alle Bücher, die sie gelesen hatte, und alle Geschichten, die sie gehört hatte, hatten sie nicht auf die Schrecken des Ozeans und die der Reise über den Ozean vorbereitet. Wenn sie sich gerade nicht zu Tode fürchtete, war ihr langweilig. Sie verbrachte viele der endlosen einsamen Stunden damit, in ihren vagen Erinnerungen an die zwei Wochen nach dem Brand zu forschen.

Das unklare Bild eines Zimmers stand vor ihr, das ihr nicht vertraut war, und Chase hatte Kate zu ihr gebracht. Es kam ihr eher wie ein Traum vor, als sie hörte, daß Kate um Vergebung dafür bat, Thomas nie gesagt zu haben, daß sie diejenige gewesen war, die er mit Will Phengle vorgefunden hatte, ihr Geständnis zu hören, daß sie Thomas während all dieser Jahre geliebt hatte und im ersten Jahr, nachdem Rachel fort war, seine Mätresse gewesen war, daß er sie wegen einer anderen sitzengelassen hatte, weil sie ihm nicht den Sohn hatte schenken können, den er sich wünschte. Kate hatte Thomas dennoch geliebt, selbst danach noch. Sie hatte ihr Schweigen über Rachel bewahrt, weil sie panische Angst vor dem gehabt hatte, was Thomas ihr angetan hätte, wenn er die Wahrheit erfahren hätte. Das war nur ein Teil der Wahrheit, und schließlich hatte sie eingestanden, daß sie Thomas keine Beichte abgelegt hatte, weil sie befürchten mußte, daß er Rachel wieder zu sich genommen hätte.

Jessie wußte nicht, was sie zu Kate gesagt hatte, falls sie überhaupt etwas gesagt hatte. Sie konnte nicht einmal sicher sein, ob sie all das nicht nur geträumt hatte. Das gehörte zu den vielen Dingen, die sie Chase fragen mußte. Er hatte ihr auch irgend etwas über Jeb erzählt und etwas darüber, daß Rachel die Schulden bei der Bank bezahlt hatte, und er hatte auch von Vereinbarungen gesprochen, die er mit dem Sheriff getroffen hatte. Doch all das war nur unklar.

Als sie nach ihrer Ankunft in Cadiz endlich festen Boden unter den Füßen hatte, fühlte sie sich wieder besser. Es war nicht schwierig, herauszufinden, daß Chases Schiff nicht hier angelegt hatte. Es war noch nicht einmal schwierig, in Erfahrung zu bringen, daß es einen reichen Mann namens Carlos Silvela gab, der in der Nähe von Ronda lebte. Informationen jeder Art waren tatsächlich leicht zu erhalten, und Jessie mußte feststellen, daß die Spanier geradezu erschrekkend gastfreundlich waren, und sie waren nur zu freudig bereit, alles stehen und liegen zu lassen, um einem Fremden zu helfen. Sie war sehr froh darüber, denn je mehr sie von Spanien sah, desto fremder fühlte sie sich dort. Das neu gegründete Wyoming hatte sie nicht auf ein Land vorbereitet, in dem Geschichte noch lebendig war. Cadiz nahm tatsächlich für sich in Anspruch, die älteste ständig bewohnte Ansiedlung des westlichen Europas zu sein. Noch mehr staunte Jessie über die ersten Palmen, die sie sah.

Nach einem Tag in dieser südlichen Hafenstadt stand Jessie vor einem Dilemma. Sie konnte nicht einfach hierbleiben und auf Chase warten, denn sein Schiff konnte überall an der stark besiedelten Küste einlaufen und mußte nicht notwendigerweise nach Cadiz kommen.

Sie hatte wirklich keine andere Wahl. Alles sprach dafür, daß Chase schließlich nach Ronda und zur Familie Silvela kommen würde, und daher traf sie Vorkehrungen für die Reise. Dieses prächtige Land mit seinen Schlössern und seinen alten Kirchen und der großartigen Landschaft beeindruckte sie tief. Die gewundenen Wege waren holprig, und der Wagen, den sie gemietet hatte, war alt und quietschte, doch Jessie war fasziniert von dieser Reise.

Sie fragte sich immer noch, was sie dieser Familie sagen sollte, als sie drei Tage später kurz nach Einbruch der Dunkelheit vor dem riesigen weißen Haus auf dem Anwesen der Silvelas in der Umgebung von Ronda ankam. Wenn Chase noch nicht eingetroffen war – wie sollte sie dann erklären, wer sie war? Das Dienstmädchen, das die Tür öffnete, war höflich, konnte ihr aber nicht weiterhelfen. Zu Jessies Erleichterung kam ein junger Mann an die Tür und schickte das Dienstmädchen fort. Er war mittelgroß und hatte kurzgeschnittenes blondes Haar und goldbraune Augen, die so sinnlich waren, daß Jessie der Atem stockte, als diese Augen sie mit offensichtlichem Interesse musterten.

»Kann ich Ihnen zu Diensten sein, Señorita?«

»Ich bin Señora Jessica Summers, und Sie könnten mir vielleicht wirklich helfen. Ich bin aus Cadiz gekommen – genau genommen aus Amerika –, weil ich Carlos Silvela suche.«

In die goldenen Augen des Mannes trat Neugier. »Sie kommen aus Amerika und sprechen ausgezeichnet Spanisch, und doch ist Ihre Haut so hell...«

»Ich bin keine Spanierin«, erklärte Jessie eilfertig. »Ich habe die Sprache im Rahmen meiner Ausbildung gelernt. Meine Muttersprache ist Englisch.«

»Ach so, ich verstehe.«

»Wegen Señor Silvela«, wiederholte sie, während sie überlegte, wie lange er sie in der Tür würde stehen lassen.

»Verzeihen Sie mir«, sagte der Mann. »Was müssen Sie von mir halten, wenn ich Sie einfach so stehen lasse!«

»Das ist schon in Ordnung«, sagte Jessie höflich.

»Sie sind ebenso gütig wie schön, Señora. Dennoch darf mein Onkel Carlos keine Besucher empfangen. Er ist ziemlich krank, verstehen Sie.«

»Er liegt doch nicht etwa im Sterben?« Jessie wußte, daß diese Frage recht roh war, doch wie würde sich Chase fühlen, wenn er ihn nicht mehr zu sehen bekam?

Der Mann blieb unschlüssig in der großen Eingangshalle stehen. Er wußte nicht recht, was er mit Jessie anfangen sollte. »Es ist wirklich ein Jammer, daß Sie ausgerechnet zu diesem Zeitpunkt gekommen sind, und auch noch von so weit her. Vielleicht kann ich Ihnen behilflich sein. Mein Onkel... kann niemanden empfangen.«

Jessie dachte in rasender Eile nach. Was sollte sie bloß tun? Wenn sie nicht von ihm empfangen wurde, wie konnte sie dann in Erfahrung bringen, ob er der Richtige war?

»Kalifornien!« platzte Jessie heraus. »Wissen Sie, ob Ihr Onkel vor vielen Jahren dort war?«

»Ich glaube ja. Damals, ehe die Familie das Land verkauft hat, das wir dort besessen haben. Aber das ist sehr lange her, vielleicht vierundzwanzig Jahre. Sie scheinen mir nicht alt genug zu sein, um...«

»Nein, Señor Silvela. Ich wollte nicht sagen, daß ich Ihren Onkel kenne.«

»Ach, ich muß feststellen, daß es mir schon wieder am rechten Benehmen fehlt, Señora. Ich habe mich noch gar nicht vorgestellt. Ich bin Rodrigo Suárez. Onkel Carlos hat nur Schwestern, und meine Mutter ist eine seiner Schwestern. Er ist der einzige Silvela, den es noch gibt.«

»Er... er hat keine Kinder?«

Er schien sich nicht an dieser persönlichen Frage zu stören. »Er hatte eine Tochter, aber sie ist im Säuglingsalter gestorben. Seine Frau konnte anschließend keine Kinder mehr bekommen. Aber er hat sich nie von ihr scheiden lassen und auch nach ihrem Tod nicht wieder geheiratet.«

»Er muß sie sehr geliebt haben.«

Rodrigo lächelte. »Wer kann das so genau wissen? Er wirkte eher gleichgültig als hingebungsvoll. Aber es stimmt, daß es romantischer ist zu glauben, daß er sie geliebt hat.«

Sein Lächeln vertiefte sich. Jessie gewann den Eindruck, daß er ein Romantiker war, ein Mann, der in die Liebe verliebt ist. Ein Charmeur war er außerdem. Doch sie war verlegen, weil sie dieses allzu intime Thema berührt hatte, und ihre Verlegenheit zeigte sich in ihrer zögernden Haltung. Sie senkte die Lider.

»Rodrigo, hast du vor, mich den ganzen Abend warten zu lassen?« Beide drehten sich um, als die junge Frau aus einem der Zimmer auftauchte, die von der Halle abgingen. »Das Spiel ist noch nicht zu Ende – aber wer ist das?«

»Das weiß ich selbst nicht so recht, Nita«, erwiderte Rodrigo lächelnd. »Sie ist aus Amerika gekommen und glaubt, mit Onkel Carlos sprechen zu müssen.«

Jessie war sofort wieder auf der Hut, als die dunkel gekleidete Nita ihre dunkelbraunen Augen zusammenkniff und sie ansah. Sie war nicht viel älter als Jessie, und sie war unglaublich hübsch, selbst in Trauerkleidung. Ihr dunkelblondes Haar war streng im Nacken geknotet. Die Knochen ihres Gesichtes waren ausgeprägt, ihre Züge aristokratisch. Sie war unwahrscheinlich schön. Und äußerst herablassend.

»Eine Freundin aus Amerika? Eine Verwandte?« höhnte Nita. »Vielleicht gar eine uneheliche Tochter, die hofft, einen Teil meines Erbes beanspruchen zu können?«

Jessies Wut flackerte auf. »Nein, die Frau eines unehelichen Sohnes«, sagte sie kühl. So, jetzt war es ausgesprochen, und es stand im Raum.

Nita wurde aschgrau. »Sie lügen, Señora«, zischte sie. »Onkel Carlos hat keinen Sohn. Wo ist er denn, dieser Sohn? Weshalb sind Sie hier? Ich werde Ihnen sagen, warum Sie hier sind: Weil Sie auf Geld aus sind. Sie hoffen, einem Kranken fälschlicherweise einreden zu können, daß er einen Sohn hat. Sie hoffen, daß er sich reinlegen läßt.«

»Ich...« setzte Jessie an, doch Nita sagte: »Wirf sie raus, Rodrigo.«

»Nita, bitte«, versuchte Rodrigo zu schlichten. »Wenn das, was sie sagt, wahr ist...«

»Genau«, warf Jessie zufrieden ein. »Sie wollen doch sicher nicht, daß Ihr Onkel erfährt, wie ungastlich Sie sich gegenüber seiner Schwiegertochter verhalten wollten, insbesondere, da ich zufällig gerade sein erstes Enkelkind erwarte. Oder doch? Natürlich wollen Sie das nicht. Warum laufen Sie also nicht gleich los und machen ein Zimmer für mich bereit, Nita?«

»*Vayase Ud. a paseo!*« zischte Nita. Sie stolzierte aus dem Raum.

»Ich habe keineswegs die Absicht, ausgerechnet *dort* hinzugehen.« Jessie grinste den verlegenen Rodrigo an.

Sein Lächeln entwaffnete sie, und es erinnerte sie sehr an Chases Lächeln.

»Ach, Señor, damit Sie Bescheid wissen und ihn nicht fortschicken – mein Mann heißt Chase Summers. Mit seinem Eintreffen ist täglich zu rechnen.«

42

Das Januarwetter war äußerst freundlich. Die Atmosphäre im Haus der Silvelas konnte das keineswegs für sich beanspruchen. Drei Tage lang bemühte sich Jessie, Onkel Carlos zu sehen, doch er wurde keinen Moment allein gelassen, und jedesmal, wenn sie versuchte, sein Zimmer zu betreten, wurde sie augenblicklich wieder fortgeschickt.

Sie fand keinen Frieden, weil es jederzeit soweit sein konnte, daß der alte Mann starb. Würde er nicht unbedingt wissen wollen, daß er einen Sohn hatte? Würde ihm dieser Umstand nicht eine große Freude bereiten? Chase würde es ihr nie verzeihen, wenn Don Carlos starb, ohne vorher noch erfahren zu haben, daß er einen Sohn hatte, nicht, wenn sie in einem Haus mit ihm war. Es ließ sich nicht mit Sicherheit sagen, wann Chase ankommen würde, und daher war es unsinnig, auf ihn zu warten und vorher nicht mit Don Carlos zu reden.

Jessie erfuhr sehr schnell etwas über Don Carlos' Familie. Emilia, das kleine Mädchen, das Rodrigo ihr als Zofe zugewiesen hatte, war ein wahrhaft übersprudelnder Informationsquell. Jessie erfuhr, warum Nita so wütend über ihr Eintreffen und über ihre Aussage gewesen war, Don Carlos habe einen Sohn. Die Eltern des Mädchens waren gestorben, ohne einen Penny zu hinterlassen, und Don Carlos war derjenige, der sie versorgte. Sie hatte zwei Jahre unter seinem Dach gelebt und eine Heirat ausgeschlagen, um für ihn sorgen zu können. Recht edelmütig, wären ihre Motive nicht so offensichtlich gewesen.

Rodrigo dagegen war aus echter Sorge um seinen Onkel dort. Er war von Geburt aus reich, da seine Mutter eine wesentlich weisere Ehe geschlossen hatte als ihre Schwester. Sie war gesellig und gern unterwegs, und im Moment reiste sie gerade durch Europa. Nachrichten von der schlechten Verfassung ihres Bruders hatten sie bisher nicht erreicht.

Es war beunruhigend zu erfahren, daß Don Carlos' Gesundheit schon vor vielen Jahren nachgelassen hatte. Er war immer ein sehr aktiver Mann gewesen, doch eine üble Lungenentzündung hatte ihn so sehr geschwächt, daß er kaum noch aufstehen konnte. Dieser Umstand hatte andere Leiden nach sich gezogen.

Am dritten Abend in diesem seltsamen Haushalt wartete Jessie, bis sie hörte, daß Nita das Zimmer von Don Carlos verlassen und Rodrigo sie abgelöst hatte. Sie verließ ihr eigenes geräumiges Zimmer und schlich sich auf Zehenspitzen durch den Gang. Es war noch früh. Ihr blieb noch viel Zeit bis zehn Uhr, der komischen Uhrzeit, zu der das Abendessen serviert wurde. Sie mußte sich noch an die ungewöhnlichen Zeiten gewöhnen, zu denen hier die Mahlzeiten eingenommen wurden. Dieser Tagesablauf wurde durch die dreistündige Siesta bestimmt, an die sich das ganze Land hielt.

Kein Laut drang aus Don Carlos' Zimmer. Wahrscheinlich schlief der alte Mann, und Rodrigo saß neben seinem Bett. Als Jessie das letzte Mal versucht hatte, in dieses Zimmer zu kommen, war eine fette alte Dienerin dagewesen, und Jessie hatte nicht ein Wort anbringen können, während die alte Frau einen Wortschwall aus ›psst‹ und ›ruhig‹ losgelassen hatte.

Sie konnte nur hoffen, daß Rodrigo allein war. Mit Rodrigo

konnte sie umgehen. Das hatte sie bereits am ersten Tag gemerkt.

Die Tür ließ sich lautlos öffnen, und Jessie war bereits an das Fußende des gewaltigen, vierpfostigen Bettes geschlichen, ehe sich Rodrigo, der an dem Fenster zum Hof stand, umdrehte und sie sah. Vor dem Bett hingen Vorhänge aus feiner Gaze, doch nur ein Licht brannte am anderen Ende des Zimmers, und es war unmöglich, durch die Vorhänge zu sehen.

»Wozu diese Isolierung? Leidet er an einer ansteckenden Krankheit?«

»Natürlich nicht«, flüsterte Rodrigo. »Sein Arzt hat dazu geraten, alles Störende von ihm fernzuhalten, und wir richten uns nach seinen Anweisungen.«

»Aber der Mann braucht doch Luft und Licht. Er liegt ja da wie in einem Leichentuch.«

»Das finde ich auch, aber ich verstehe nichts von Medizin, und ich kann nicht sagen, was das beste für meinen Onkel ist.«

»Der gesunde Menschenverstand... ach, schon gut«, sagte Jessie gereizt. Es war ihr verhaßt, sich als ein Eindringling zu fühlen, doch hier war sie ein Störenfried.

»Sie müssen jetzt wieder gehen, Jessica«, sagte Rodrigo sanft, aber entschieden.

Jessie runzelte die Stirn. »Man hat ihm nicht gesagt, daß ich da bin, oder? War das auch eine Idee des Arztes, oder war es Nitas Idee?«

»Sie sind ungerecht. Verstehen Sie denn nicht, wie anstrengend es für ihn wäre, wenn er sich mit etwas befassen müßte, was vielleicht nicht wahr ist?«

»Ihr Onkel wüßte, ob es die Wahrheit ist.«

»Aber haben Sie auch bedacht, daß der Schock ihn umbringen könnte?« fragte Rodrigo.

»Es tut mir leid«, räumte Jessie ein, »aber ich glaube, es ist das Risiko wert.«

»Rodrigo, wer ist das, den du heute bei dir hast?«

Jessies Blick wandte sich der zarten Stimme zu. Rodrigo ermahnte sie stumm mit seinen Augen.

»Hier ist niemand, Onkel.« Seine Stimme war jetzt kein Flüstern mehr.

»Du belügst mich, mein Junge!« schalt ihn die Stimme. »Meine Augen haben mir den Dienst nicht versagt. Ich kann aus diesem Mausoleum herausschauen, auch wenn du nicht hereinschauen kannst.«

»Ich wollte dir nur eine Störung ersparen, Onkel«, sagte Rodrigo zerknirscht. »Du brauchst Ruhe.«

»Ich habe viel zuviel Ruhe. Was ich brauche, ist Ablenkung. Also, wer ist das?«

Lange, schmale Finger zogen den dünnen Vorhang zurück, und Jessie schnappte nach Luft. »Sie sind ja noch ganz jung!«

»Nicht so jung wie früher, Mädchen.«

»Aber ich habe mir Sie ganz anders vorgestellt«, platzte sie heraus, ohne vorher nachzudenken. »Grauhaarig, faltig... verdammt noch mal, ich wollte damit nicht sagen...«

Don Carlos kicherte in sich hinein. »Welches Vergnügen Sie mir bereiten, junge Frau! Kommen Sie näher, damit ich sehen kann, ob Sie so hübsch sind, wie es den Anschein erweckt. Meine Augen versagen mir zwar nicht den Dienst, aber das Licht hier ist jämmerlich schlecht.«

Jessie trat an sein Bett, und ihr Staunen nahm zu. Sie hatte nicht bedacht, daß sich die Wahrheit durch eine allzu große Ähnlichkeit bestätigen würde, doch genau das war der Fall. Der Mann, der in dem gewaltigen Bett lag, sah Chase so unwahrscheinlich ähnlich, daß es schon unheimlich war. Natürlich war er älter, aber nicht annähernd so alt, wie sie erwartet hatte. Sie war nicht auf den Gedanken gekommen, daß er so jung gewesen sein könnte, als er Mary kennengelernt hatte. Er war jetzt erst sechsundvierzig oder siebenundvierzig Jahre alt, hager und bleich und ziemlich untergewichtig, doch all das konnte nicht über die Tatsache hinwegtäuschen, daß er viel zu jung zum Sterben war. Sein Haar war so schwarz wie ihr eigenes, und nur vorn über seiner Stirn befand sich eine graue Strähne. Seine Augen waren dunkel und wißbegierig. Während sie ihn musterte, schob er die Lippen vor, ganz so, wie Chase es immer tat.

»Du scheinst von meinem Anblick noch viel überraschter zu sein, als du es vorher schon warst«, sagte Don Carlos.

»Señor«, erwiderte Jessie fassungslos, »das liegt nur daran, daß Sie aussehen wie jemand, den ich kenne.«

»Jessica«, ertönte warnend Rodrigos Stimme.

»Es ist wahr, Rodrigo.« Er erfaßte den doppelten Sinn dessen, was sie gesagt hatte, und sie nickte ihm zu. »Aber ich habe unsere Unterhaltung nicht vergessen.«

»Ihr habt wohl über mich gesprochen, was?« seufzte Don Carlos. »Ein unerfreuliches Thema für junge Menschen, über das sie besser gar nicht sprechen sollten. Ihr solltet über schöne Dinge sprechen und über Partys und – hat mein Neffe etwa noch nichts von seinen Fähigkeiten als Matador erzählt?«

»Nein, Señor, das hat er nicht getan.«

»Wirklich, Rodrigo? Gewöhnlich lockst du deine neuen Damen doch mit den Schilderungen deiner Tapferkeit.«

Jessie errötete angesichts dieser Unterstellung.

»Sie täuschen sich, was Rodrigo und mich betrifft. Wir haben uns gerade erst...«

»Dann sind Sie eine Freundin von Nita?«

»Nein, ich... mein Name ist Jessica Summers. Ich bin auf Reisen und...«

Jessie konnte den Satz nicht beenden. Wie konnte sie ihn belügen?

»Auf Reisen?« wiederholte Don Carlos. »Vielleicht auf einer Europareise? Und jetzt sind Sie mein Gast? Aber das ist ja wunderbar. Es freut mich, daß sich die Gastfreundschaft meines Hauses ausgeweitet hat, wenngleich ich sie auch nicht selbst aussprechen konnte. Und wo sind Sie zu Hause, Señorita?«

»Señora, und ich bin in Amerika zu Hause.«

»Amerika. Wie schön. Sie müssen mich oft besuchen, und dann werden wir Englisch miteinander sprechen. Mein Englisch ist eingerostet, und ich würde es gern wieder einmal anwenden.«

»Ich komme mit Freuden, Señor.«

»Señor, Señor! Du mußt mich Carlos nennen. Und wo

steckt dieser Mann, der das Glück hat, dein Ehemann zu sein?«

»Wir... äh... wir wurden leider auf der Reise voneinander getrennt.«

»Aber er wird dich hier finden?«

»Dessen bin ich mir ganz sicher, Don Carlos.«

»Gut, gut. Sobald er eintrifft, mußt du mit ihm heraufkommen und ihn mir vorstellen. Und du hörst auf mit dem Unsinn, Rodrigo, daß ich zu krank bin, um Besuch zu empfangen. Ich brauche etwas Anregendes. Sieh mal, die Gesellschaft dieser jungen Dame hat mir unendlich gutgetan.«

Rodrigo lächelte. »Das ist wunderbar, Onkel, aber jetzt solltest du dich wirklich ausruhen.«

»Du hörst mir nicht zu, Rodrigo. Warum läufst du nicht einfach los und läßt mich mit meiner Besucherin allein? Hast du ihr nicht von meinen Reisen nach Amerika erzählt? Wir beide haben vieles zu besprechen.«

»Reisen, Onkel? Aber du warst doch nur einmal in Amerika, und damals warst du noch jünger als ich heute.«

»Unsinn«, verkündete Don Carlos. »Ich bin vor zehn Jahren nach Amerika zurückgekehrt, aber davon weißt du natürlich nichts. Es war direkt nach Franciscos Beerdigung, und deine Mutter hat dich damals sofort nach Frankreich mitgenommen.«

»Du bist nach Amerika gereist? Warum?« fragte Rodrigo.

»Um jemanden zu suchen.«

»Sie haben sie aber nicht gefunden, oder?« fragte Jessie so schnell, daß Rodrigo sie nicht zurückhalten konnte.

»Nein. Dieses Land, aus dem du kommst, ist viel zu groß, Mädchen«, erwiderte Don Carlos betrübt. Er sah sie seltsam an.

Jessie registrierte den verblüfften Blick, der jetzt auf seinem Gesicht stand, und sie merkte, daß sie einen Schnitzer gemacht hatte. Sie hatte angenommen, daß er zurückgekehrt war, um Mary zu suchen, und sie hatte gesagt »sie gefunden«.

»Ich... ich sollte jetzt aber wirklich gehen, Don Carlos«,

sagte Jessie, der unwohl zumute war. »Ich könnte es mir nicht verzeihen, Sie zu überanstrengen.«

»Du hast mich nicht angestrengt, das versichere ich dir«, erwiderte er mit ungewöhnlich ruhiger Stimme. »Aber du wirst doch wiederkommen?«

»Ja, natürlich.«

»Dann muß ich dich jetzt wohl gehen lassen.«

Sie nahm seine Hand, und er führte ihre Finger an seine Lippen. Währenddessen sahen seine Augen sie so durchdringend an, daß sie das Gefühl hatte, er könne jeden einzelnen ihrer Gedanken lesen.

Don Carlos rief sie zurück, als sie die Tür erreicht hatte. Seine englischen Worte, die ersten, die er zu ihr sprach und von denen sie wußte, daß Rodrigo sie nicht verstehen konnte, ließen sie den Atem anhalten.

»Noch eins, Jessica Summers. Dieser Mann, an den ich dich erinnere und über den mein übervorsichtiger Neffe nicht sprechen will – wer ist das?«

Jessie drehte sich um und sah ihn an. Sie glaubte, Hoffnung aus seiner Stimme herausgehört zu haben. Unmöglich. Er konnte nicht darauf gekommen sein, nicht nach den wenigen Worten, die sie gesagt hatte. Doch wie die Dinge jetzt lagen, mußte er es wissen.

»Er ist mein Mann, Don Carlos.«

»Mein Gott«, flüsterte er gebrochen. »Ich danke dir.«

43

Die Sonne hatte ihren höchsten Stand erreicht, und himmlische Düfte kamen zusammen mit der Hitze aus dem Garten durch ihr offenes Fenster geweht. Doch Jessie wußte den schönen Tag nicht zu schätzen. Sie hatte eine schlaflose Nacht hinter sich, in der sie über Don Carlos nachgedacht hatte. Sie hatte den Verdacht, das, was sie vorgehabt hatte, bereits in die Tat umgesetzt zu haben, doch sicher konnte sie nicht sein. Wo blieb nur Chase?

Als hätte sie nicht schon genug Sorgen gehabt, hatte sie in der letzten Nacht auch noch die ersten Regungen ihres Babys gespürt, nichts weiter als schwache Regungen, doch das hatte ausgereicht, sie an die kommenden Monate denken zu lassen. Dieser verfluchte Chase, wann würde er endlich ankommen?

Chase konnte sein Glück kaum fassen. Eine Zeitlang hatte nichts so recht geklappt, nachdem sie auf dem Meer in einen bösen Sturm geraten waren, der sie so weit von ihrem Kurs abgetrieben hatte, daß sie mit einer knappen Woche Verspätung rechnen mußten. Er war in Malaga von Bord gegangen und hatte einen Übersetzer gefunden, der gleichzeitig auch bereit war, ihn auf seiner weiteren Reise zu begleiten. Besonders vielversprechend war, daß der Name Carlos Silvela durch seine Schiffs- und Bankgeschäfte gut bekannt war. Es erwies sich als ein Leichtes, ihn zu finden, und jetzt war er eingetroffen. Doch er fürchtete, sein Glück könnte ihn jetzt wieder im Stich lassen, denn die schöne Blondine, die ihm die Tür geöffnet hatte, sah ihn an, als hätte er zwei Köpfe. Ihr Mund stand offen, doch kein Wort kam heraus. Er wollte gerade seinen Übersetzer zur Hilfe rufen, als die Frau schließlich doch etwas sagte.

»Es ist also doch wahr!«

»Entschuldigen Sie bitte«, erwiderte Chase. »Ich spreche kein Spanisch.«

»*Dispense.* Ich... ich spreche Englisch, aber nicht allzu gut. Sie kommen wegen... um zu...«

»Carlos Silvela«, sprang Chase ein. »Mein Begleiter hat mir versichert, dies sei der richtige Ort. Ist er da?«

»Langsamer, Señor. Das war zu schnell für mich.«

»Es tut mir leid. Ich suche Carlos...«

»*Si, si*«, unterbrach sie ihn. »Das weiß ich. Ihre Frau, sie sagt, Sie kommen. Ich habe ihre Geschichte nicht geglaubt.«

»Meine Frau?« Chase runzelte die Stirn. »Nein, das muß ein Mißverständnis sein... ich hole meinen Reisebegleiter.«

»Sind Sie nicht Chase Summers?«

Er hatte sich umgedreht, doch jetzt wandte er sich wieder ihr zu. »Wie können Sie das wissen?«

»Es ist, wie ich sage, Señor, Ihre Frau ist hier.«

»Ausgeschlossen!«

Jessie hatte dieses Spielchen lange genug beobachtet. Sie trat aus ihrem Versteck in die Eingangshalle.

»Das ist gar nicht so ausgeschlossen, Chase.«

Nita sah zwischen Jessie und Chase hin und her, und eine große Verwirrung überkam sie. »Sie sehen, Señor, Ihre Frau. Jetzt lasse ich sie mit Ihnen... Ihr Englisch zu verstehen hat mir einen schmerzenden Kopf gemacht.«

Jessie sah Nita nach, die die Eingangshalle verließ. Die reizenden Gesichtszüge der Spanierin wurden von einem äußerst säuerlichen Ausdruck überzogen. Doch sie verschwendete keinen weiteren Gedanken an Nita, sondern drehte sich wieder zu Chase um. Sie fragte sich, weshalb er erstarrt stehengeblieben war und entgeistert wirkte.

»Hast du eine absolut vernünftige Erklärung dafür, daß du hier bist, oder muß ich dich übers Knie legen und dir den Hintern versohlen, weil du das verantwortungsloseste...«

»Schlag mir gegenüber nicht diesen Tonfall an, Chase Summers!«

Er stürzte auf sie zu, doch sie wich zurück.

»Wie kannst du es wagen, in deinem Zustand zu reisen? Denkst du denn kein bißchen an dich selbst und an das Kind? Was wäre, wenn etwas schiefgegangen wäre?« Dann veränderte sich sein Tonfall. »Ist etwas passiert? Bist du in Ordnung?«

»Interessiert dich das wirklich?«

»Jessie!«

»Mir geht es gut.«

»Was zum Teufel tust du hier? Ich lasse dich sicher und geborgen bei deiner Mutter zurück...«

»Werden wir doch deutlicher«, brauste Jessie auf, die sich im Angriff immer wesentlich wohler fühlte als in der Verteidigung. »Du hast mich meiner Mutter aufgehalst, und dann hast du mich im Stich gelassen!«

»Dich im Stich gelassen? Hat Rachel dir denn nicht gesagt, daß ich zurückkomme, ehe das Baby auf die Welt kommt?«

»Sie hat es mir gesagt«, sagte Jessie steif. »Aber ich habe es nicht geglaubt, und ich glaube es immer noch nicht. Ich habe dir selbst gesagt, daß du dein eigenes Leben leben kannst. Du verdammter Kerl, du hast wirklich keine Zeit vergeudet, ehe du mich verlassen hast. Es scheint, als hättest du es kaum erwarten können.«

»Noch ein Wort, Jessie, und ich drehe dir den Hals um!«

»Noch ein Wort, und ich breche dir das Nasenbein«, gab sie zurück. »Aber ich bezweifle, daß das eine Lösung ist.«

Sie funkelten einander etliche Sekunden lang wütend an. Dann wich der Ärger aus Chases Augen, und sie nahmen eine samtige Braunfärbung an.

»O Gott, ich bin ja so froh, daß du hier bist«, sagte er. »Ich habe dich vermißt, Jessie.«

Er riß sie in seine Arme, und seine Lippen verschmolzen mit den ihren. Er küßte sie wie den ersten Bissen Nahrung, den ein Verhungernder findet. Es dauerte keine Sekunde, bis Jessie seinen Kuß mit derselben Glut erwiderte. Sie preßte sich an ihn, umklammerte ihn, und ihre Finger gruben sich in seinen Rücken. Wie sehr sie den Geschmack seiner Lippen vermißt hatte, seine Arme, die sich um sie schlangen! Sie hatte nahezu vergessen, was er bei ihr auslösen konnte und wie sehr es ihm gelang, sie ihn über alles begehren zu lassen und den Rest der Welt zu vergessen.

»Du hast mich auch vermißt, Liebling.«

Die Worte kamen erstickt aus irgendeiner weiten Ferne. Er knabberte an ihrem Nacken.

»Ich habe dich nicht vermißt«, antwortete Jessie automatisch.

Chase richtete sich auf, und seine Augen strahlten vor Glück.

»Wenn du dich erinnerst, Jessie – eins der letzten Male, die du überhaupt mit mir gesprochen hast, war in Cheyenne. Du standest kurz vor den Tränen, weil deine Mutter nicht bei dir bleiben wollte. Daher dachte ich, du würdest dich freuen, eine Weile mit ihr zusammen zu sein. Für mich war das die bestmögliche Gelegenheit, diesen Bereich meines Lebens zu klären. Du konntest ohnehin nicht reisen. Oder du hättest es zumindest nicht tun sollen.«

»Ich nörgele nicht an deinen Motiven herum, Chase«, sagte Jessie mit unbewegter Stimme. »Ich würde noch nicht einmal sagen, du hättest warten können, bis das Baby geboren ist. Du hast mich verlassen, ohne es mir zu sagen. Du hast nicht mit mir darüber gesprochen.«

»Wie hätte ich das tun können? In deinem Zustand? Es war nicht vorhersagbar, wie lange du noch unter Schockwirkung stehen würdest.« Er sah sie jetzt argwöhnisch an. »Wann bist du eigentlich wieder zu dir gekommen – sobald ich fort war?«

»Du hast es exakt getroffen.«

»Danke«, brummte er. »Ich nehme an, jetzt willst du mir erzählen, daß meine Gegenwart das war, was dich in diesen Schockzustand versetzt hat?«

»Nein, aber dein Gehen war das, was mich aufgerüttelt hat, und der Schock hat nachgelassen«, gab sie zu.

»Du hast mich also doch vermißt! Es hat dir nicht gefallen, daß ich nicht mehr da war?«

»Nun… nein«, gab sie nach.

»Dann tut es mir leid für Rachel. Sie muß Schreckliches durchgemacht haben, wenn sie deine Koller aus nächster Nähe erlebt hat.« Er schüttelte betrübt den Kopf.

»Hör auf, dich über mich lustig zu machen, Chase. Ich finde das überhaupt nicht komisch. Du hattest nicht das Recht, mich bei meiner Mutter zu lassen. Sie ist nicht für mich verantwortlich, sondern du. Du wolltest mich heiraten, und jetzt hast du mich am Hals.«

»Ist das dein Ernst, Jessie?«

Seine weiche Stimme ließ sie unvorsichtig werden. »Natürlich ist es mein Ernst.«

»Wenn das so ist, beklage ich mich nicht, mein Liebling.«

»Du beklagst dich nicht?«

Er grinste sie an. »Mir gefällt die Vorstellung, dich am Hals zu haben. Warum zeigst du mir jetzt nicht dein Zimmer? Wir sind bisher immer noch nicht dazu gekommen, unsere Ehegelübde zu besiegeln.«

Jessie errötete.

»Es ist die dritte Tür nach links«, sagte sie. »Ich kann dir erst von deinem... von Don Carlos erzählen, wenn wir allein sind.«

44

Jessie wickelte sich eine seiner Haarlocken um ihre Finger und seufzte voller Zufriedenheit. Chase lag auf ihr, und er lag so still, daß man hätte glauben können, er schliefe. Aber er schlief nicht.

Jessie kicherte, als sie sich an die Fahrt im Wagen erinnerte. »Ich dachte, du schläfst nie auf dem Bauch.«

»Das tue ich auch nicht.« Chase rührte sich nicht. »Ich schlafe auf dir.«

»Ich weiß, daß du dich leicht machst. So kannst du dich nicht entspannen...«

»Ich fühle mich da, wo ich bin, ganz ausgezeichnet«, murmelte er.

»Komm schon, du kannst jetzt ohnehin nicht schlafen. Siesta ist erst in einer Stunde oder so. Vorher kommt noch das Mittagessen, und du mußt deinen Cousin und deine Cousine kennenlernen und...«

Er sah sie mit einem breiten Grinsen an. »Willst du damit sagen, daß wir heute ohnehin noch mal in dieses Zimmer kommen, ohne daß sich jemand etwas dabei denkt?«

»Du bist schrecklich, Chase.«

»Bin ich das? Es ist ewig her, seit ich dich das letzte Mal gesehen habe.«

»Es ist nur ein paar...«

»Ewig.« Er küßte sie, um ihr das Wort abzuschneiden. Dann setzte er sich auf, und seine Stimmung änderte sich. Sie wußte, daß er es kaum erwarten konnte, ihr Fragen zu stellen, doch gleichzeitig fürchtete er sich. Sie entschloß sich, ihm zu helfen.

»Willst du denn nicht nach Don Carlos fragen?«

Er sah nicht auf. Eine endlose Zeit verging, ehe er reagierte.

Endlich murmelte er: »Das hat keine Eile.«

»Ich glaube nicht...«

»Fang nicht davon an.«

»Aber du bist von so weit her gekommen!«

Er sah sie an und schaute dann wieder weg. »Jessie, es ist zwanzig Jahre her, seit meine Mutter mir zum ersten Mal von diesem Mann erzählt hat. Das ist eine teuflisch lange Zeit, um über einen Menschen zu rätseln. Es ist auch eine lange Zeit für...« Er unterbrach sich. »Du kannst mich einen Feigling schimpfen, aber ich will es lieber gar nicht hören.«

Sie durfte nicht zulassen, daß er verzagte, nicht nach all dieser Zeit.

»Chase«, sagte Jessie zart zu ihm, »Don Carlos ist schon seit langem krank, und jetzt... jetzt geht es ihm noch schlechter. Man wollte mir gar nicht gestatten, ihn zu sehen, aus Angst, ich könnte ihn beunruhigen.«

»Aber er ist am Leben? Bist du ganz sicher, Jessie?« Er packte sie an den Schultern.

»Ja, ich bin sicher. Es ist mir gelungen, ihn trotz allem zu sehen.«

»Liegt er im Sterben, Jessie?«

»Ich weiß es nicht«, seufzte sie. »Niemand hat das tatsächlich ausgesprochen, aber sie behandeln ihn, als sei es so. Nita trägt bereits Trauerkleidung. Sie ist übrigens deine Cousine. Das Mädchen, das dir die Tür aufgemacht hat.«

»Das ist jetzt egal. Sprich weiter.«

»Mir ist er nicht vorgekommen wie ein Mann, der im Sterben liegt. Seine Stimme war fest. Er nimmt alles wahr. Er ist nur einfach schwach, und vielleicht fehlt ihm nur ein Grund, um weiterzuleben.«

»Eine typisch weibliche Diagnose«, sagte Chase abwertend.

»Es wäre doch immerhin möglich. Jedenfalls hatte ich die Absicht, ihm alles über dich zu erzählen, aber Rodrigo...«

»Rodrigo?«

»Don Carlos hatte zwei Schwestern. Nitas Mutter ist tot.

Rodrigo ist das Kind der anderen Schwester. Sie lebt noch und ist im Moment auf Reisen. Jedenfalls war Rodrigo gestern abend bei Don Carlos. Er hat mir klargemacht, daß derart schockierende Neuigkeiten Don Carlos mehr schaden als nützen könnten.«

»Hat er so viele Kinder, daß ein weiteres ihm eine zu große Belastung wäre?«

»Er hat keine Kinder, Chase. Deshalb mußte ich auch so entschieden vorgehen. Ich dachte, es könnte ihn freuen, von dir zu erfahren. Aber wenn der Schock seinen Zustand verschlimmern könnte, kann ich es ihm nicht erzählen.«

»Er weiß es also bisher nicht? Und jetzt sagst du mir, daß ich die ganze Reise umsonst gemacht habe, weil ich gar nicht erst versuchen sollte, ihn zu sehen?«

Sie ließ ihm eine Sekunde Zeit, ehe sie verkündete: »Wenn er dich sieht, weiß er im selben Augenblick Bescheid. Was glaubst du denn, weshalb Nita so überrascht war, als sie dich gesehen hat? Du siehst ihm unglaublich ähnlich, Chase.«

Sie beobachtete sein Gesicht, während er diese Feststellung in sich einsickern ließ. Wenn er Don Carlos wie aus dem Gesicht geschnitten war, dann war Don Carlos wirklich sein Vater. Er blieb stocksteif stehen und sah ins Weite. »Das heißt, er wirft einen Blick auf mich und fällt im Schock tot um, was?«

Jessie nahm an, daß es nichts schaden konnte, ihm von dem vagen Eindruck zu berichten, den sie hatte.

»Eigentlich«, setzte sie zögernd an, »ich meine, also... ich bin natürlich nicht sicher...«

»Verdammt noch mal, seit wann bereitet es dir Probleme, dich auszudrücken? Damit hattest du früher doch nie Schwierigkeiten.«

»Laß deine Launen nicht an mir aus, Chase Summers. Wenn du nicht hören willst, was ich zu sagen habe, dann sage ich eben kein Wort mehr.«

Er setzte sich wieder auf das Bett. »Es tut mir leid, Jessie. Du mußt verstehen, daß...«

»Ich verstehe es«, unterbrach sie ihn. »Und was ich dir sagen wollte, ist, daß dein Vater unter Umständen von selbst erkannt hat, was ich ihm sagen wollte und nicht über mich gebracht habe. Aber hüte dich – ich bin nicht sicher.«

»Wie kann das sein?« Er war so bestürzt, daß es ihr weh tat, ihn anzusehen.

»Ich war über die Ähnlichkeit zwischen euch beiden erstaunt, und er hat mein Erstaunen bemerkt. Ich habe zugegeben, daß er mich an jemanden erinnert, den ich kenne. Aber...«

Sie bemühte sich, sich an jede Einzelheit zu erinnern.

»... es war nicht nur das. Wir haben über Amerika gesprochen, und er hat erwähnt, daß er vor zehn Jahren nach Amerika zurückgekehrt ist, um jemanden zu suchen. Ich weiß nicht, wie ich darauf gekommen bin, daß es deine Mutter gewesen sein muß, die er dort gesucht hat, aber ich habe es angenommen. Außerdem habe ich angenommen, daß er sie nicht gefunden hat, und das habe ich auch gesagt. Er hat mich ganz seltsam angesehen, als ich ›sie‹ gesagt habe. Und dann, als ich gerade gehen wollte, hat er mich unverblümt gefragt, wer derjenige ist, an den er mich erinnert. Ich dachte, es kann nichts schaden, wenn ich zugebe, daß es um meinen Mann geht, und das habe ich auch getan. Ich hatte den Eindruck, daß er sich daraufhin bei mir bedankt hat, aber natürlich kann ich das leicht mißverstanden haben. Ich stand am anderen Ende des Zimmers und konnte ihn kaum hören.«

»Aber es besteht die Möglichkeit, daß er es weiß und überhaupt nicht schockiert war!«

»Ja.«

Es herrschte Schweigen, und dann sagte Chase: »Gehen wir! Gehen wir zu... meinem Vater.«

45

Ihre Eile war unnütz. Don Carlos schlief. Sie konnten kaum einen Fuß in sein Zimmer setzen, ehe die alte Dienerin, die direkt neben der Tür saß und Wache hielt, sie zurückschickte. Chase hatte keine andere Wahl, als noch ein wenig zu warten.

Sie schlossen sich ihren jungen Gastgebern beim Mittagessen an. Die Atmosphäre war angespannt, als sie sich einander vorstellten. Die beiden Männer zogen es vor, Jessie nicht als Dolmetscher zu benutzen, sondern einander zu ignorieren. Ganz im Gegensatz dazu ließ Nita Chase keinen Moment lang aus den Augen. Sie buhlte sichtlich um seine Gunst, und was ihr gebrochenes Englisch nicht übermitteln konnte, das war aus ihren Blicken zu lesen. Jessie war angewidert.

Sie hätte keine größere Sache daraus gemacht, wenn Chase diese Annäherung nur höflich geduldet hätte, doch er schien sich in der übertriebenen Überschwenglichkeit der Blondine wohl zu fühlen. Zweifellos glaubte er, eine neue Eroberung gemacht zu haben. Und das unter den Augen seiner Ehefrau.

Ehe der zweite Gang serviert wurde, stand Jessie unter einem gemurmelten Vorwand vom Tisch auf und ging. Chase holte sie am unteren Treppenabsatz ein, und auf seinem Gesicht stand ein belustigter Ausdruck.

»Hast du keinen Hunger mehr?«

»Mir reicht es!«

Er grinste. »Ich dachte mir doch, daß mein kleiner Auftritt deiner Aufmerksamkeit nicht entgeht.«

»Du Lügner!« zischte Jessie. »Wenn du von mir erwartest, daß ich dir glaube, daß dieses widerwärtige Schauspiel für mich inszeniert worden ist...«

»Aber natürlich war das für dich bestimmt. Es ist jetzt Essenszeit, Jessie, und sie werden Don Carlos das Essen bringen müssen. Er wird jetzt wach sein.«

»Ja, klar. Du kannst mir nicht erzählen, daß du es nicht genossen hast, dich von Nita verwöhnen und umgarnen zu lassen. Nichts wäre ihr lieber, als dich mir wegzunehmen, weil sie weiß, wer du bist. Sie ist hinter dem Vermögen deines Vaters her, und du stellst eine Bedrohung ihres Erbes dar.«

»Eifersüchtig, Schätzchen?«

»Auf dieses... dieses spanische Flittchen? Bilde dir bloß nichts ein. Es hat mich ganz schlicht angeekelt.«

»Jetzt hör aber auf, Jessie. Sie ist meine Cousine.«

»Das ist ihr ganz egal. Aber ich warne dich, Chase...«

»Ich weiß, ich weiß«, schnitt er ihr mit einem amüsierten Grinsen das Wort ab. »Wenn ich es wage, eine andere Frau auch nur anzusehen, wirst du auf einen gewissen Teil meiner Anatomie schießen. Einen Teil, der dir recht lieb ist. Stimmt's?«

»Mach dich nur darüber lustig«, sagte sie steif. »Aber das ist schließlich der Grund, aus dem ich dich gar nicht erst heiraten wollte. Man kann auf deine Treue nicht vertrauen.«

»Schenk mir etwas mehr Vertrauen, Jessie«, sagte er ernst. »Ich hatte bisher nie einen Grund, treu zu sein. Aber ich habe dich geheiratet. Ich habe meinen Entschluß gefaßt. Und ich nehme diese Ehe nun einmal ernst, auch, wenn du es nicht tust. Es war doch nicht meine Idee, daß wir getrennte Leben leben. Das war deine Idee. Von dem Moment, in dem wir die Kirche verlassen haben, war ich bereit, mich seßhaft zu machen. Was hältst du denn für den Grund dafür, daß ich geblieben bin, nachdem ich gesund genug war, um die Ranch zu verlassen? Ich...«

»Señora Summers, Don Carlos fragt nach Ihnen.«

Sie sahen beide auf. Die alte Dienerin stand oben auf der Treppe und sah sie streng an.

Don Carlos saß aufrecht im Bett. Ein ganzer Berg von Kissen stützte ihn. Neben dem Bett stand ein halbleeres Tablett mit dem Eßgeschirr. Die Dienerin kam nur herein, um das Tablett zu entfernen. Dann ging sie wieder. Die Vorhänge waren offen, und das Zimmer war lichtdurchflutet. Jessie war froh, das zu sehen. Sie war auch froh, daß Chase draußen im Gang auf sie wartete. Es hätte Don Carlos zu sehr erschrecken können, wenn er Chase plötzlich ohne jede Vorwarnung gesehen hätte.

Jessie trat ans Fußende des Bettes, doch Don Carlos bedeutete ihr, näher zu kommen. »Ich habe schon gefürchtet, ich hätte Sie gestern abend überanstrengt«, begann sie.

»Unsinn.« Er beruhigte sie mit einem Lächeln. »So gut ist es mir seit Monaten nicht mehr gegangen.«

»Das freut mich sehr.«

»Dein Mann ist eingetroffen.«

»Man hat es Ihnen erzählt?«

»Das brauchte mir niemand zu erzählen, Kleines. Von dir geht ein Schimmer aus.«

Jessie war verlegen. Wenn sie lebendig wirkte, dann lag das eher daran, daß sie sich mit Chase gestritten hatte. Doch das konnte sie Don Carlos nicht so ohne weiteres erzählen.

»Ich... äh... ich freue mich wohl sehr darüber, ihn zu sehen«, wich sie aus.

»Du brauchst mir gegenüber nicht schüchtern zu sein. Es ist gut, daß du deinen Mann liebst. Genauso sollte es sein. Was für eine Art von Mann ist er? Ich nehme an, ich sollte das nicht fragen. Ist er...?«

Er ließ den Satz unvollendet in der Luft hängen und Jessie konnte spüren, wie nervös er war.

»Sie wissen es also?« fragte Jessie einfach.

»Ich habe viele Jahre lang nach meinem Kind gesucht, Jessica. Aber ohne Erfolg. Ich konnte nur hoffen, daß das Kind mich finden würde. Jedesmal, wenn ich einen Fremden treffe, hoffe ich. Es war leicht, das, was ich hören wollte, aus deinen Worten herauszuhören. Im ersten Moment dachte ich sogar, du seist es – bis du gesagt hast, daß ich dich an jemanden erinnere. Verstehst du, in meiner Familie ist die Ähnlichkeit in der männlichen Linie stark ausgeprägt. Ich sehe so aus wie mein Vater und mein Großvater, und so ist es schon seit Jahrhunderten. Die Haarfarbe und die Augenfarbe wechseln, doch die typischen Züge der Silvelas tauchen in jeder Generation wieder auf ganz bemerkenswerte Weise auf.«

Jessie lächelte. »Jetzt hast du deinen Sohn gefunden – und außerdem wirst du bald Großvater sein.«

Seine Augen wurden größer, und er griff nach Jessies Hand. »Ich danke dir, mein Kleines. Du hast mir neuen Atem eingehaucht.«

»Das ist auch gut so, denn du mußt gesund werden. Ich habe meine Großeltern nicht gekannt, und ich will, daß mein Kind seine Großeltern kennt. Aber im Moment wartet Chase draußen.«

»Es scheint, als hätte ich ein Leben lang darauf gewartet, ihn zu treffen. Bring ihn bitte zu mir.«

Jessie brauchte Chase nur anzulächeln, und er wußte, daß alles in Ordnung war. Dennoch wollten seine Füße sich kaum von der Stelle rühren, als er das Zimmer betrat. Er hatte Angst. Es war das Ende eines sehr, sehr langen Weges.

Jessie fühlte sich als Eindringling, während sie beobachtete, daß die beiden einander verdutzt betrachteten. »Und jetzt werde ich euch zwei miteinander allein lassen.«

»Nein!« hielt Don Carlos sie zurück. »Es wird leichter für uns sein, wenn du bleibst. Bitte.«

Jessie war heilfroh, daß Don Carlos so gut Englisch sprach. Wie unbeholfen wäre diese Zusammenkunft andernfalls verlaufen.

»Don Carlos, das ist mein Mann, Chase Summers. Chase...«

»Das ist nicht nötig, Jessie«, schnitt ihr Chase nervös das Wort ab.

Don Carlos kam ohne Umschweife zur Sache. »Deine Mutter – sie hat dir von mir erzählt?« Seine Stimme bebte.

»Sehr wenig«, sagte Chase kühl.

Jessie hätte ihm einen Tritt in den Hintern verpassen können. Was war bloß los mit ihm? Er hatte es kaum erwarten können, nach Spanien zu reisen, um diesen Mann zu finden, und jetzt diese kühle Haltung!

Don Carlos wußte nicht, wie er die Sache anpacken sollte. Haßte der junge Mann ihn?

»Ich glaube, wir täten gut daran, Fragen aus dem Weg zu räumen«, schlug Don Carlos behutsam vor. »Es muß vieles geben, was du mich gern fragen möchtest, und ich habe auch viele Fragen an dich.«

»Soll das heißen, daß du dich wirklich für mich interessierst?«

»Chase!« schnappte Jessie.

Don Carlos überging seinen Sarkasmus. »Dieser Mann, dieser Summers. Hat er dich gut behandelt?«

»Sie hieß in Wirklichkeit Ewing, nachdem sie geheiratet hatte. Es gab keinen Summers. Sie hat Ewing erst geheiratet, als ich zehn Jahre alt war. In den ersten zehn Jahren meines Lebens hat sie sich als die Witwe Summers ausgegeben, um ihre Schande zu verbergen. Sie war keine Frau, die gut mit dieser Schande umgehen konnte.«

»Nein, das hätte auch nicht zu Mary Beckett gepaßt«, sagte Don Carlos betrübt.

»War das ihr Name?« rief Chase aus.

»Soll das heißen, daß sie dir nie ihren richtigen Namen genannt hat?«

»Das Äußerste, was sie mir von sich erzählt hat, war, daß sie aus New York kam. Sie hat nie von ihrer Vergangenheit gesprochen. Sie war sehr bitter.«

»Und auch du bist verbittert, wie ich sehe«, erwiderte Don Carlos sanft. »Das kann ich dir nicht zum Vorwurf machen. Ich war selbst in all den Jahren von Bitterkeit erfüllt, seit mein Onkel gestorben ist und ich alles erfahren habe, was er mir bis dahin vorenthalten hat.«

»Willst du damit sagen, daß du nicht wußtest, daß sie schwanger war?« fragte Chase, dessen gesamte Haltung deutlich seinen Unglauben ausdrückte.

»Es ist noch viel schlimmer, mein Junge. Siebzehn Jahre lang habe ich geglaubt, daß deine Mutter zu ihrem reinen Vergnügen mit meinen Gefühlen und meiner Zuneigung gespielt hat. Von den Machenschaften meines Onkels Francisco habe ich erst vor zehn Jahren erfahren, als er im Sterben lag und sich entschlossen hatte, das Unrecht zu bekennen, das er mir zugefügt hatte.

Siehst du, ich hatte von Anfang an die Absicht, Mary Beckett zu heiraten, aber ich hatte sie noch nicht um ihre Hand gebeten, weil ich es als meine Pflicht empfand, zuvor meinem Onkel meine Absichten zu erklären. Er war mein Vormund, als ich in Amerika war, und daher war das nur angemessen.«

»Und er hat sich dem entgegengestellt?«

»Nein, er war nicht glücklich darüber, aber er hat sich nicht widersetzt. Was er getan hat, und davon ahnte ich nichts, war, dafür zu sorgen, daß ich deine Mutter nicht sehen konnte. Er hat mich laufend auf der Hacienda beschäftigt und mir einen Auftrag nach dem anderen gegeben, damit ich keine Zeit hatte, sie zu sehen. Und wenn sie kam, weil sie mich sehen wollte, sagte er ihr, ich sei nicht da, und er hat mir nie gesagt, daß sie da war. Er fand, ich sei zu jung, um zu wissen, was gut für mich ist. Er glaubte, es sei nichts weiter nötig, als uns voneinander fernzuhalten, und er glaubte, daß die Jugend schnell vergißt.«

»Aber er hat doch von ihrer Schwangerschaft gewußt. Sie hat mir erzählt, daß sie ihn mit ihrem Vater aufgesucht hat und daß ihr Vater gefordert hat, daß du sie heiratest.«

»Ja, das stimmt. Und mein Onkel war von diesen Neuigkeiten derart überrascht und fassungslos, daß er das Erstbeste sagte, was ihm durch den Kopf ging – ich sei bereits nach Spanien zurückgekehrt, die Ehe mit einer *americana* sei ohnehin unpassend, ich sei bereits einer anderen versprochen, und ich sei auf dem Rückweg nach Spanien, um diese erfundene *novia* zu heiraten.«

»Aber du hast doch sicher versucht, sie wiederzusehen?«

»Ich glaubte, es würde noch Wochen dauern bis zu ihrer Abreise. Das Ganze hat sich innerhalb von wenigen Tagen abgespielt. Ich habe mir keine Sorgen darum gemacht, ein paar Tage dadurch zu verlieren, daß ich meinem Onkel helfe. Schließlich hatte ich Mary für den Rest meines Lebens. Doch ihr Vater war so wütend auf meinen Onkel, daß er noch in derselben Nacht abreiste, nachdem sie meinen Onkel aufgesucht hatten. Als ich erfuhr, daß das Schiff ausgelaufen war, verstand ich gar nichts mehr. Ich wollte ihr mit dem nächsten Schiff nach New York folgen.

Dann hat mein Onkel seine Lügen ausgeweitet, indem er mir erzählt hat, er habe Mary mit einem anderen Mann gesehen und sie um meinetwillen angesprochen. Er hätte durchblicken lassen, daß ich Heiratsabsichten hätte. Und hier benutzte er wieder dieselbe Lüge, die er ihrem Vater gegenüber gebraucht hatte, indem er mir sagte, sie hätte ihn ausgelacht und erwidert, sie würde niemals einen Ausländer heiraten, sie sei bereits verlobt, und sie hätte nur noch ein wenig ihren Spaß haben wollen, ehe sie sich an diesen Mann band. Das Schiff war ausgelaufen, und ich beging den Fehler, meinem Onkel zu glauben. Er war der Bruder meines Vaters, und er hatte sich immer sehr um mich gekümmert, da er keine eigenen Kinder hatte. Ich wäre nicht im Traum auf die Idee gekommen, daß er mich belügen könnte. Dieser Gedanke ist mir nie gekommen. In der Folgezeit war ich derart verzagt, daß er Vorkehrungen traf, mich wieder nach Hause zu schikken, weil er nicht wußte, was er sonst mit mir anfangen sollte. Sobald ich wieder zu Hause war, ließ ich zu, daß meine Mutter mich mit dem erstbesten Mädchen verheiratete, das sie für passend hielt. Es war mir einfach vollkommen egal.«

»Aber warum um Gottes willen hat sich dein Onkel eingemischt?«

»Onkel Francisco hat seine Vormundschaft zu ernst genommen. Er hat aus dem Gefühl heraus gehandelt, das Rechte zu tun, und er war der Meinung, ich sei wirklich noch zu jung, um eine derart bedeutende Entscheidung zu treffen. Außerdem fürchtete er, daß meine Mutter seine Einwilligung hätte mißbilligen können. Er hatte ihr geschrieben und sie um ihren Rat gefragt, aber natürlich ging alles viel zu schnell. Als er mit Marys Schwangerschaft konfrontiert war, geriet er in Panik. Er nahm zu Lügen Zuflucht, weil er wirklich nicht wußte, was er tun sollte.«

»Du nimmst ihn in Schutz?« fragte Chase erbost.

»Nein«, erwiderte Don Carlos. »Ich habe ihn selbst verflucht, als er es mir erzählt hat, und ich konnte ihm die Vergebung, um die er mich vor seinem Tod gebeten hat, nicht gewähren. Aber ich verstehe ihn inzwischen besser. Er hat auch wirklich versucht, es wiedergutzumachen. Siehst du, er hatte Schuldgefühle, weil aus meiner Ehe keine Kinder hervorgegangen waren, keine Kinder, die am Leben geblieben sind. Dennoch wußte er, daß ich irgendwo in Amerika ein Kind haben muß. Daher hat er mir sein gesamtes Vermögen zur Verfügung gestellt, damit ich dieses Kind suchen kann. Genau dafür habe ich nahezu die Hälfte seines Vermögens ausgegeben, aber ohne Erfolg. Jetzt, da ich dich gefunden habe, kann ich seine letzten Anordnungen befolgen. Sein restliches Vermögen soll an dich gehen. Es gehört dir.«

»Nein, ganz bestimmt nicht«, sagte Chase automatisch. »Der Teufel soll mich holen, wenn ich sein Geld auch nur anrühre.«

»Aber du mußt es annehmen«, sagte Don Carlos. »Es ist dem Kind von Mary Beckett hinterlassen worden. Es ist immer noch eine beträchtliche Summe übrig, und auch ich habe einiges wiedergutzumachen.«

»Nein! Ich bin nicht hierhergekommen, weil ich Geld von dir will, und ganz bestimmt schon nicht von deinem Onkel.«

»Du hast dich deutlich genug ausgedrückt, Chase«, warf Jessie ein, die sich über seine Starrköpfigkeit ärgerte. »Aber wir nehmen das Geld an, Don Carlos.«

»Einen Dreck werden wir!«

»*Ich* werde das Geld ganz bestimmt annehmen. Ich bin nicht starrköpfig genug, um Geld aus dem Fenster zu werfen.«

»Ich kann dich ernähren, Jessie.«

»Ja, darüber können wir uns später unterhalten«, sagte sie ausweichend. Sie bereute, daß sie den Mund aufgemacht hatte. »Ich glaube, ich gehe jetzt, Chase, nachdem du das Eis auf so nette Weise gebrochen hast.«

Jessie konnte es kaum erwarten, das Zimmer zu verlassen. Sie bereute ihren Sarkasmus, doch sie fragte sich, warum Chase nicht etwas liebenswürdiger sein konnte. Als ihr einfiel, wie sie ihre eigene Mutter behandelt hatte, vergaß sie diesen Gedanken sofort wieder. Sie ging in ihr Zimmer und lief nervös auf und ab.

Jessie war verblüfft, als es an ihrer Tür klopfte, aber sie seufzte, als sie sah, daß es Rodrigo war. »Ich habe Sie für meinen Mann gehalten.«

»Sie wollen Ihren Mann nicht sehen?«

»Woher...? Wir hatten nur einen kleinen Streit, nichts weiter.«

Rodrigo trat in das Zimmer. »Sie brauchen mir nichts zu

erklären. Ich mußte unfreiwillig hören, was auf der Treppe gesprochen wurde.«

»Oh.« *Diesen* Streit hatte sie bereits vergessen.

»Ich habe die Worte nicht verstanden, aber der Tonfall war unmißverständlich.«

Jessie errötete. »Hat Nita uns auch gehört?«

»Nein, das glaube ich nicht. Aber es muß Ihnen nicht peinlich sein, daß ich es weiß. Ich freue mich ganz herzlich darüber.«

Er griff nach ihrer Hand, aber Jessie wich stirnrunzelnd einen Schritt zurück. »Es freut Sie? Ich glaube, wir haben es hier mit einem sprachlichen Problem zu tun. Und dabei dachte ich, mein Spanisch sei so gut.«

Rodrigo schüttelte den Kopf und sah sie lächelnd an. »Sie mögen mich für herzlos halten, aber es freut mich zu wissen, daß zwischen Ihnen und Ihrem Mann etwas nicht stimmt. Ich wünschte, ich hätte Ihnen meine Gefühle bereits eher gestanden. Dann hätte ich sie in diesen letzten Tagen nicht zu verbergen brauchen.«

»Rodrigo, was genau wollen Sie damit sagen?«

Er lächelte. »Vom ersten Tag an, an dem ich Sie gesehen habe, wußte ich, daß ich Sie liebe.«

Jessie schnappte nach Luft. »Aber Sie können mich nicht lieben. Ich bin gerade erst hier angekommen, und Sie kennen mich kaum.«

»Was bedeutet die Zeit in Herzensangelegenheiten?«

Jessie hätte beinah gelacht, doch sie verkniff es sich gerade noch rechtzeitig.

»Rodrigo, Sie sind ganz reizend, aber ich kann das nicht ernst nehmen. Und ich bin sicher, daß es Ihnen auch nicht ernst ist.«

»Sie zweifeln an mir?« Er wirkte nicht verletzt, aber sehr entschlossen. »Ich habe es mir erträumt, Ihnen meine Seele bloßzulegen. Ich habe es mir erträumt...«

Er zog sie in seine Arme. Sein Kuß war verblüffend, weder willkommen, noch unangenehm. Jessies einziger Gedanke war: Ich bin jetzt verheiratet – niemand außer Chase darf mich küssen. Es war beunruhigend, daß sie nur an Chase dachte, wenn ein anderer Mann sie küßte, und noch dazu ein gutaussehender Mann.

Sie legte ihren Kopf auf die Seite, um Rodrigo auszuschelten. Die Worte blieben ihr in der Kehle stecken. Sie blickte zur Tür, und dort stand Chase. Sie hatte ihn nie mit einem so verzerrten Gesicht gesehen.

»Das ist es, was ich mir erträumt habe, meine Geliebte«, sagte Rodrigo in seiner seligen Unwissenheit um Chase. »Dies und noch viel mehr. Wenn wir erst verheiratet sind...«

»Hören Sie auf, Rodrigo!« Jessie stieß ihn von sich und wandte ihren Blick von Chase ab, um Rodrigo böse anzufunkeln. »Sie haben viel zuviel daraus geschlossen, daß Sie einen kleinen Streit mitangehört haben. Ich habe einen Ehemann. Und jetzt muß ich ihm das erklären.«

»Du wirst es ihm sagen? Aber das ist ja wunderbar!«

»Ich habe nicht die Absicht, ihn zu verlassen«, sagte Jessie barsch. »Aber ich werde ihm erklären müssen, was Sie hier tun. Verstehen Sie, er steht nämlich eben in diesem Moment direkt hinter Ihnen.«

Rodrigo wandte sich blitzschnell um. Jessie war froh, daß Chase kein Spanisch verstand. Sie konnte die Situation herunterspielen, weil er Rodrigos Erklärung nicht verstanden hatte.

»Gehen Sie jetzt einfach, Rodrigo«, seufzte Jessie. »Ich glaube, hier wird es zu einem weiteren Streit kommen.«

Widerwillig tat Rodrigo das, worum sie ihn gebeten hatte. Aber er konnte Chase nicht in die Augen sehen und ging mit äußerster Behutsamkeit an ihm vorbei. Was hätte er auch sagen können? Ein guter Anfang für zwei Cousins.

»Warum machst du die Tür nicht zu?« fragte Jessie nervös, als Chase sich nach einer unerträglich langen Zeitspanne noch keinen Zentimeter von der Stelle gerührt hatte.

Er schloß die Tür ganz langsam und trat dann ins Zimmer. »Verbessere mich bitte, wenn ich mich irre, aber hast du mir nicht erst heute grausige Warnungen für den Fall unschicklichen Verhaltens angedroht?«

»Du verstehst das nicht, Chase«, sagte sie eilig.

»Doch, ich verstehe es. Es ist ja nur allzu klar. Ich bin der einzige, dem die kleinste Unachtsamkeit untersagt ist. Du dagegen beanspruchst für dich die Freiheit, deine Ehegelübde nach Lust und Laune zu verhöhnen.«

»Nein, das tue ich nicht«, erwiderte sie empört. »Und ich habe es auch nicht getan. Verdammt noch mal, kann ich es dir jetzt erklären?«

»Unter allen Umständen«, sagte er gepreßt. »Das dürfte hochinteressant werden.«

Jessie reckte stur ihr Kinn in die Luft. »Wenn du dich auf diesen Standpunkt stellst...«

»Jessie, wenn es dir lieber ist, daß ich damit rausrücke, was ich wirklich empfinde...«

»Nein! Ich meine, du hast einfach nicht den geringsten Grund, wütend zu sein.« Ihre Hand glitt nervös zu ihrer Kehle. »Es ist nicht so, daß mir Rodrigos Umarmung willkommen gewesen wäre. Er hat sich einfach hinreißen lassen.«

»Und natürlich hast du ihn nicht dazu ermutigt.«

»Verdammt noch mal, er bildet sich ein, mich zu lieben. Ich war genauso überrascht wie du.«

»Überrascht trifft bei mir nicht ganz zu, Jessie«, erwiderte Chase kühl.

»Was hätte ich denn tun sollen?« fragte sie erbost. »Er hat gehört, daß wir uns gestritten haben, und er hat angenommen, daß zwischen uns etwas nicht in Ordnung ist. Andernfalls hätte er nichts gesagt. Er hatte mir gerade erst seine Gefühle erklärt und mich geküßt, um mir zu beweisen, daß es ihm ernst sei, als du reingekommen bist. Ich habe ihn nicht ernstgenommen, aber ich habe ihm erklärt, daß er sich irrt, was uns betrifft, Chase.»

»So, hast du das getan? Was hättest du ihm erzählt, wenn ich nicht dazugekommen wäre, Jessie?«

»Wie kannst du es wagen!«

»Wie?« Chase explodierte jetzt. »Das kann ich dir genau sagen! Jedesmal, wenn ich mich auch nur umdrehe, gibt es einen neuen liebeskranken Kavalier, der dir zu Füßen liegt. Erst ein Cowboy, der sich für deine Ablehnung an dir rächt. Dann ein Sioux-Krieger, der mit Freuden für dich töten würde. Ein Cheyenne, der sich danach verzehrt, dich zu beschützen. Und jetzt läßt sich mein Cousin in deinen Bann ziehen. Wie lange war das schon so, ehe ich da war, Jessie?«

»Du Mistkerl!« fauchte Jessie. »Wenn du dich über das ärgerst, was in Don Carlos' Zimmer vorgefallen ist, dann sag es, aber benutze das nicht als Vorwand, dich mit mir zu streiten.«

»Darauf komme ich ein anderes Mal zurück.«

»Nein, bestimmt nicht«, erwiderte Jessie eisig. »Diese Art der Behandlung kann ich nicht gebrauchen, nicht in meinem Zustand. Raus jetzt. Such dir ein anderes Zimmer«, fügte sie steif hinzu. »Dieses hier ist belegt.«

46

Rodrigo hielt die Kutsche an und band die Pferde los, die sie für den Rest der Reise mitgenommen hatten. Jessie hatte die sanfteste Stute aus dem Stall von Don Carlos bekommen, wogegen Rodrigo auf einen der prachtvollen spanischen Araber von Don Carlos stieg. Wie sehr Jessie ihren geliebten Blackstar vermißte, der gemeinsam mit Goldenrod in Chicago auf sie wartete! Doch sie entrüstete sich nicht darüber, daß man ihr das zahme Pferd gegeben hatte. Sie wußte, daß sie gar nicht auf einem Pferd hätte sitzen sollen, nicht einmal mit einem Damensattel und so stark gepolstert, wie sie ritt. Sie hätte, so wie die Dinge standen, das Haus gar nicht erst verlassen sollen, doch zwischen Chase und ihr herrschten solche Spannungen, daß sie Zeit für sich brauchte.

Sie war auf dem Weg nach Ronda, um Rodrigo zuzusehen, während er ein großes Publikum mitriß, indem er seine Fähigkeiten im Stierkampf bewies. Es wäre alles nicht so schlimm gewesen, wenn nicht der einzige Weg nach Ronda ein alter Mauleselpfad gewesen wäre, den man mit einem Wagen nicht befahren konnte. Das mußte gut für die legendären andalusischen Banditen gewesen sein, die Ronda während des letzten großen Aufstands der Mauren gegen Ferdinand und Isabella zu ihrer letzten Festung gemacht hatten. Ein einziger schmaler Pfad war leicht zu bewachen. Doch für eine hochschwangere Frau war er verflucht schwer zu passieren.

Jessie war im Laufe der letzten drei Monate bereits mehrfach mit Rodrigo und Nita in Ronda gewesen, doch noch immer überkam sie dieselbe Ehrfurcht wie beim ersten Mal, als sie die Stadt sah, die hoch über einem Felsspalt thronte, der hundert Meter tief war. Drei Brücken überspannten diese Kluft. Es hatte ihr Grauen eingejagt, die Puente Nuevo zu überqueren, die höchste der Brücken, und in die Schlucht hinabzuschauen, die die Stadt spaltete. Weit unter ihr waren die beiden anderen Brücken, die beide auf alten römischen Fundamenten erbaut worden waren.

In der Altstadt konnte man auf den Straßen Zigeuner sehen und ihnen zuschauen, wenn sie den wilden, leidenschaftlichen Flamenco tanzten. Nita behauptete voller Stolz, besser tanzen zu können als die Zigeunerinnen.

Die Todesnähe des Don Carlos wurde mit keinem Wort mehr erwähnt. Seit Chases Ankunft hatte sich sein Zustand täglich gebessert, und er verließ ein- bis zweimal täglich sein Zimmer und schwor, wieder der Alte zu werden. Es wurde bereits von Reisen gesprochen, sogar davon, daß er gemeinsam mit Chase und Jessie nach Amerika zurückkehren wollte.

Chase war begeistert. Er und sein Vater kamen einander immer näher. Jessie sah den Chase, den sie kannte, eigentlich nur noch, wenn er mit Don Carlos zusammen war. Im übrigen war er kalt und unnahbar.

Sie begann zu glauben, Chase würde ihr niemals verzeihen, was zwischen Rodrigo und ihr vorgefallen war. Er hatte ihren Erklärungen keine Aufmerksamkeit geschenkt. Es schien, als seien sie einander fremd. Sie war mehrfach auf dieses Thema zu sprechen gekommen, doch daraufhin hatte er jedesmal das Zimmer verlassen. Er wollte ganz einfach nichts mehr mit ihr zu tun haben.

Die letzten Monate waren unerträglich gewesen. In ihrer Einsamkeit hatte sie immer mehr Zeit mit Rodrigo und dann sogar mit Nita verbracht. Rodrigo hatte ihr nie mehr seine Liebe gestanden, doch er war immer aufmerksam und ständig darauf bedacht, ihr zu gefallen.

So kam es, daß sie jetzt in Ronda war. Sie wußte, daß sie nicht hätte reisen dürfen, nicht so kurz vor ihrer Entbindung. Rodrigo war natürlich der Meinung, daß ihr nicht das geringste passieren konnte, weil er bei ihr war.

Der schwere Duft der Orangenblüten brach über sie herein, als sie an den Gärten des Paseo de la Merced in Mercadillo vorbeikamen, dem neueren Bezirk von Ronda, der jedoch nur wenige Jahrhunderte neuer war. In diesem Teil der Stadt befand sich die Stierkampfarena. Um die Wahrheit zu sagen – Jessie hätte sich lieber ins Bett gelegt und sich ausgeruht. Doch Rodrigo hatte ihr schon so viel über den Stierkampf erzählt, und er hatte ihr auch seine eigenen Fertigkeiten so glühend geschildert, daß sie es nicht über ihr Herz brachte, ihn jetzt zu enttäuschen.

Sie rief sich die drei Aspekte in Erinnerung, unter denen die Kritiker den Stierkampf beurteilten. Punkt eins war der Kampfstil des Matadors. Das hieß, aufrecht und unbeweglich dazustehen, ohne einen Zentimeter zu weichen, und den Stier mit einer Anmut zu umgehen, die keinerlei Boden verlor. Die Beherrschung des Stiers, die Kontrolle über jede einzelne Bewegung des Tiers und die Fähigkeit, es beliebig herumwirbeln zu lassen, war der zweite Aspekt. Der dritte Punkt war, diese Manöver so langsam wie möglich durchzuführen, denn je länger diese gefährliche Nähe andauerte, desto besser standen die Möglichkeiten des Stieres, seine Taktik zu ändern und den Matador auf die Probe zu stellen.

Rodrigo ließ sie auf der Tribüne zurück und ging fort, um sich umzukleiden. Sie sah ihn erst bei der Eröffnungsparade in der Arena wieder, bei der alle Teilnehmer des Spektakels auftraten. Es gab noch zwei weitere Matadore neben Rodrigo, und in ihren enganliegenden Seidengamaschen, ihren knielangen Hosen und den mit funkelnden Edelsteinen besetzten Jacken sahen sie alle großartig aus. Der größte Teil des Publikums hatte sich ebenfalls feingemacht, und das außergewöhnlich warme Wetter gestattete es den Frauen, ärmellose Blusen zu tragen. Sie trugen farbenfrohe Röcke mit Rüschen und Bordüren, und ihr Haar war unter Spitzentüchern mit Kämmen hochgesteckt. Doch der maurische Einfluß war nicht gänzlich verlorengegangen. Manche Frauen bedeckten ihr Haar und die untere Gesichtshälfte unter besticktem Leinen, und ihre Kleidung war wesentlich dunkler.

Nach der Parade wurde der erste Stier losgelassen, und die Manöver begannen. Dann kam Rodrigo, der erste Matador, der seine Geschicklichkeit mit seinem roten Umhang demonstrierte, und die Spannung nahm spürbar zu. Eine Zeitlang vergaß Jessie ihre quälenden Kreuzschmerzen und die allgemeinen Beschwerden, die in der letzten Woche aufgetreten waren. Sie sah Rodrigo zu, der mit dem Stier spielte, ihn neckte und das riesige Tier reizte, und sie fiel in das grölende »Olé!« der Menge ein, die Rodrigo zujubelte.

Beim vierten »Olé!« krümmte sich Jessie unter einem heftigen Krampf. Es gab noch so viel zu sehen; den Auftritt der Pikadore mit ihren Lanzen, das Reizen der Stiere durch die Matadore, die Banderillas, die zwischen die Schulterblätter der Stiere gesetzt wurden, dann das letzte Aufbäumen des Stieres, ehe er getötet wurde. Doch all das würde Jessie verpassen. Sie hoffte, daß sie sich irrte, doch ein weiterer Krampf machte diese Hoffnung zunichte.

Sie mußte die Arena verlassen, ehe die Menge sich zerstreute und sie anstieß. Das Gehen fiel ihr nicht leicht, da sie immer wieder nach wenigen Minuten stehenbleiben mußte, um zu warten, bis der nächste Krampf vorübergegangen war, und sich dann langsam weiterbewegen konnte. Sie fühlte sich wie eine große, unförmige Kuh.

Sie wußte nicht, wohin zum Teufel sie eigentlich ging oder was sie tun würde, wenn sie dort ankam. Warum war Chase jetzt nicht hier, um ihr zu helfen? Er hätte sich anerbieten sollen, mitzukommen. Es war schließlich sein Baby, verdammt noch mal. Er hätte jetzt hier sein sollen, um sich um sie zu kümmern und um sie auszuschelten, um ihr zu sagen, er hätte ihr schließlich gesagt, daß sie diese Reise nicht unternehmen sollte, um ihr zu sagen, daß alles gut werden würde. Wo war er? Haßte er sie denn wirklich?

»Señora Summers!«

Jessie drehte sich langsam um, und eine Woge der Erleichterung strömte über sie hinweg, als sie Magdalena Carrasco gegenüberstand, einer Frau, die sie in Ronda kennengelernt hatte, einer alten Freundin von Don Carlos. Magdalena brauchte nur einen Blick auf Jessie zu werfen, die bleich und verkrampft wirkte, um zu wissen, was hier vorging.

»Wo ist Ihr Mann, Jessica?«

»Er ist heute nicht mitgekommen«, keuchte Jessie.

»Und Sie hätten auch nicht herkommen sollen, *Por Dios*!«

Jessie nickte schuldbewußt. »Wie komme ich denn jetzt nach Hause?« fragte sie zaghaft.

»Nach Hause? So ein Unsinn! Dafür ist es jetzt zu spät. Sie werden jetzt mit mir kommen, und ich werde Sie in meinem Haus unterbringen.«

»Aber... mein Mann?«

»Ich werde nach ihm schicken lassen«, versicherte ihr Magdalena entschieden. »Sie brauchen sich jetzt mit nichts mehr zu belasten.«

Jessie war mehr als froh, Magdalena alles Weitere überlassen zu dürfen. Sie hatte ohnehin schon genug Sorgen.

47

Jessie verlor jedes Zeitgefühl. Die Schmerzen waren so schlimm, daß sie am liebsten nur noch laut geschrien hätte. Dieses lange Warten und der Schmerz waren eine ganz schreckliche Belastung. Sie konnte sich nicht erinnern, jemals derart erschöpft gewesen zu sein, doch Magdalena sagte immer wieder: »Entspannen Sie sich, es ist noch längst nicht soweit.«

Und dann glaubte sie zu träumen. Chase stand da. »Ich könnte dir den Hals umdrehen, ist dir das klar?« Seine sanfte Stimme strafte seine Worte Lügen.

»Das höre ich nicht zum ersten Mal.«

»Diesmal bist du zu weit gegangen, Jessie.« Sein Gesicht war von Ängsten gezeichnet.

»Woher hätte ich das denn wissen sollen?« gab sie schuldbewußt zurück. »Wenn du nur gekommen bist, um mich anzuplärren, kannst du auch...«

Sie konnte nicht weiterreden. Diesmal stieß sie, aus reiner Gehässigkeit gegen ihn, einen Schrei aus, als der Schmerz seinen Höhepunkt erreicht hatte. Es befriedigte sie, festzustellen, daß jeder Rest von Farbe aus Chases Gesicht wich. Vielleicht würde er sie jetzt nicht mehr anfauchen, weil sie so dumm gewesen war. Sie wußte schließlich selbst, wie töricht sie gehandelt hatte.

»Jessie, um Gottes willen, du brauchst einen Arzt!« flüsterte er eindringlich.

»Ich war bei einem Arzt«, sagte Jessie matt, »und Magdalena ist im Nebenzimmer.«

»Wo ist der Arzt?«

»Er kommt später wieder.«

»Aber er sollte jetzt hier sein!«

»Und wozu? Er kann mir nicht helfen, noch nicht, erst später. Man hat mir gesagt, daß es noch lange dauern wird.«

»Jesus!«

»Ich kann gar nicht verstehen, warum du dich darüber aufregst. Ich dachte, du wüßtest mehr darüber als ich.«

»Nicht über die Praxis – fehlt dir etwas? Kann ich etwas für dich tun?«

Sie hätte am liebsten gelacht.

»Ja... es gäbe etwas, was ich...«

»Alles, Jessie, alles.«

»Es gibt etwas, was du klarstellen könntest.« Sie mußte warten, bis die nächste Wehe vorübergegangen war, ehe sie fortfahren konnte. »Ich... habe nur ganz vage Erinnerungen an alles, was passiert ist, nachdem die Ranch abgebrannt ist. Hast du... hast du Kate irgendwo mit mir zusammengebracht?«

»Ja, im Hotel, an dem Vormittag, an dem wir Cheyenne verlassen haben. Ich habe sie in einem der Saloons gefunden. Sie wollte dich nicht sehen, aber ich dachte, wenn du sie siehst, kommst du vielleicht wieder zu dir, und der Schock läßt nach. Aber es hat nichts genützt.«

»Habe ich Kate verziehen? Worüber haben wir gesprochen? Hast du recht gehabt?«

Er nickte. »Wenn diese Frau während all der Jahre keine Gewissensbisse hatte, dann hat sie sie, glaube ich, jetzt. Wenn du mich fragst, ist das ein sehr geringer Preis, den sie für das zahlt, was sie dir und Rachel angetan hat. Du hast überhaupt nicht mit ihr gesprochen, sie nur angestarrt und dich dann abgewandt.«

Jessie stöhnte. Die Wehen wurden jetzt intensiver, und die Abstände zwischen den einzelnen Wehen verringerten sich.

»Was ist aus Jeb und meinen Leuten geworden?«

»Jeb hat gesagt, er würde sich darum kümmern, daß die anderen gehen, doch er würde noch dableiben und die Rinder, die noch übrig waren, zusammentreiben. Ich habe ihm gesagt, daß er alles behalten kann, was er noch findet. Rachel hat als Hochzeitsgeschenk deine Schulden abgezahlt, und somit schuldest du niemandem etwas. Ich dachte, du hättest sicher nichts dagegen, daß Jeb die Rinder behält, die er findet, und mit ihnen anfängt, was er will.«

»Nein, natürlich nicht. Ich bin froh darüber. Das war sehr klug von dir.«

»Er hat es verdient, Jessie.«

»Ja, ganz gewiß. Oh! Und was war mit dem Sheriff?«

»Ich habe ihm die Personenbeschreibungen gegeben und Belohnungen auf Clee, Charlie und Blue Parker ausgesetzt.«

»Was ist mit Laton Bowdre?«

»Ich konnte ihm nichts zur Last legen.«

»Was?«

»Jessie, Bowdre hat die Stadt einen Tag vor dem Brand verlassen, und daher konnte er nicht mit einbezogen werden. Der Mann ist geschickt. Aber vielleicht ist er nicht geschickt genug.«

»Chase, sag mir, was...«

»Es könnte seinen Untergang bedeuten, daß du die Leute erkannt hast, die er für sich hat arbeiten lassen. Ich habe die Sache mit dem Sheriff besprochen, und er hat sich einverstanden erklärt, daß er, wenn er einen von den dreien schnappt, denjenigen laufen läßt, wenn er ihm freiwillig den Namen des Mannes nennt, der ihn engagiert hat. Clee und Charlie mögen vielleicht der Auffassung sein, daß Loyalität über alles geht, aber ich zweifle daran, daß Parker es so sieht. Es ist nur noch eine Frage davon, wenigstens einen von ihnen zu schnappen.«

»Glaubst du, daß Hoffnung besteht, sie zu finden?« fragte sie eifrig.

»Wir können die Belohnung immer noch erhöhen«, sagte Chase.

»Wovon?« fragte sie. »Du bist nicht direkt reich, weißt du. Und ich bin völlig pleite.«

»Nun«, erinnerte er sie, »ich habe schließlich eine beträchtliche Summe geerbt, als ich meinen Vater gefunden habe.«

»Du nimmst das Geld an?« fragte sie überrascht.

»Ich wäre der größte Narr aller Zeiten, wenn ich diese Angelegenheit durch meine schlechte Laune entschieden hätte. Und außerdem...«

Jessie hatte sich bemüht, ihre Schreie zu unterdrücken, doch diesmal gelang es ihr nicht. Selbst in ihren eigenen Ohren klang der Schrei ganz gräßlich. Chase geriet in Panik, weil er annahm, daß etwas passiert war. Er griff nach ihrer Hand.

»Jessie, du darfst nicht sterben, das darfst du einfach nicht tun! Ich liebe dich! Wenn du stirbst, dann hilf mir...«

»Wirst du mir dann den Hals umdrehen?« sagte Jessie schwach. Sie sah ihn lange an. »Mich lieben?« sagte sie sanft. »Du hast eine nette Art, mir das zu zeigen, wenn ich bedenke, wie du mich in letzter Zeit behandelt hast.«

»Ja«, sagte er schlicht. »Verdammt noch mal, ich war in meinem ganzen bisherigen Leben noch nie auf irgend etwas oder irgend jemanden eifersüchtig, und jetzt, ganz plötzlich... ich wußte nicht, wie ich damit umgehen soll, Jessie. Ich wollte dich anschreien, aber auf der anderen Seite wollte ich dich auch lieben. Ich wollte um dich kämpfen, aber ich habe meine gesamten Gefühle zurückgehalten, weil ich Angst hatte, dich zu sehr aus der Fassung zu bringen. Glaub mir, Jessie, wenn du nicht schwanger wärst, hätten wir das alles schon längst hinter uns gebracht. Ich habe mich in meinem ganzen Leben noch nicht so elend gefühlt wie in diesen letzten Monaten, in denen ich in deiner Nähe war und dich doch nicht berühren konnte, und in denen ich Angst hatte, das zu sagen, was ich empfunden habe. Und du hast Rodrigo immer wieder ermuntert...«

»Das habe ich nicht getan«, unterbrach sie ihn barsch. Dann wurde ihre Stimme zarter. »Rodrigo ist ganz reizend und unterhaltsam, aber er... er ist nicht du, Chase. Ich habe nicht das geringste empfunden, als er mich dieses eine Mal geküßt hat. Ich nehme fast an, kein anderer Mann kann mir etwas geben.«

Ehe Chase antworten konnte, schrie Jessie wieder auf. Magdalena kam ins Zimmer, um zu sagen, daß sie nach dem Arzt geschickt hatte. Sie versuchte, Chase dazu zu bringen, daß er ging, doch er wollte nicht von der Stelle weichen. Das ziemte sich nicht, und sie ging kopfschüttelnd wieder hinaus.

Jessie entspannte sich wieder und lächelte Chase an. »Sie hat recht. Du solltest jetzt besser gehen. Es ist schon schlimm genug, daß ich mir meine eigenen Schreie anhören muß, aber du solltest dir das nicht auch noch antun.«

»Das ist doch absurd!«

»Nein, ich würde mich wirklich wohler fühlen, wenn ich mich nicht darum sorgen müßte, daß du ohnmächtig werden könntest.«

»Damit scherzt man nicht, Jessie.«

»Es tut mir leid, Chase. Würdest du bitte draußen warten? Ich will ganz einfach nicht, daß du mich so siehst.«

Einer so ernstgemeinten Bitte konnte er sich nicht widersetzen, doch er ging nur zögernd aus dem Zimmer, und sein Gesicht war eine kummervolle Maske, als er bei jedem Schritt zu ihrem Bett zurückblickte.

»Chase.« Jessie hielt ihn zurück, als er schon in der Tür stand. »Ich liebe dich auch.«

48

»Pedro?« rief Jessie aus. »Hat sie dich wirklich Pedro genannt?«

»Erstaunt?« Chase grinste.

»Aber ich hätte gedacht, daß sie alles Spanische ablehnt.«

»Ich glaube, daß meine Mutter ihr Selbstmitleid wirklich genüßlich ausgekostet hat.«

»Aber warum hast du den Namen geändert?«

»Mit meinem dunklen Haar und einem solchen Namen war ich in Chicago als Ausländer abgestempelt. Jungen können ziemlich roh mit Fremden umgehen. Mir scheint, ich mußte mich täglich prügeln. Und daher habe ich meinen Namen geändert – und alle davor gewarnt, sich jemals wieder an den Namen Pedro zu erinnern.«

»Aber Pedro ist doch ein schöner Name.«

Sie lachten beide und schmiegten sich auf dem Divan dichter aneinander. Im Nebenzimmer schlief der zwei Monate alte Charles. Ein Sohn, der ganz wie sein Vater und sein Großvater aussah. Darüber platzten beide Männer fast vor Stolz. Jessie stellte sich gern vor, daß das, was in Chases Augen aufleuchtete, wenn er seinen Sohn ansah, nicht nur Stolz war. Vielleicht war es auch Glück. Zufriedenheit. Mit Sicherheit Liebe. Er liebte diesen Jungen wirklich. Und in den letzten zwei Monaten hatte sie sich seiner Liebe so sicher gefühlt, wie sich Charles seiner Liebe sicher fühlen konnte.

Liebe war nicht das Märchen, von dem sie einst geglaubt hatte, daß es Liebe sei. Liebe war etwas Wirkliches, und sie war wunderbar, und Jessie blühte darin auf. Die Liebe war das Herz des Glücks, und Jessie hatte ihr Glück in ihrem Mann und ihrem Kind gefunden.

Jessie küßte Chase auf die Wange, und er drehte seinen Kopf um und nahm ihre Lippen gefangen. Sie seufzte, als seine Hand über ihren Rücken strich. Sie hatte es gelernt, ihre ungestüme Leidenschaft manchmal zu zügeln, denn es gab so vieles zu sagen. Doch eine ungestüme Vereinigung hatte auch ihr Gutes. Sie warf einen Blick auf das Bett und seufzte wieder. Es war noch früh.

»Hast du inzwischen darüber nachgedacht, was du tun willst, wenn wir wieder in Amerika sind?« fragte Jessie.

»Wir sollten deine Mutter vielleicht eine Zeitlang besuchen. Ich glaube, daß Rachel meinen Vater mögen wird.«

»Du willst die beiden verkuppeln, stimmt's?«

»Ich habe nicht vor, mich in das Leben anderer einzumischen, nur in mein eigenes.«

»Das ist dir allerdings gelungen«, sagte Jessie lächelnd. »Wir können aber nicht ewig bei meiner Mutter bleiben.«

»Denkst du an etwas Bestimmtes?« fragte er.

»Ich würde meine Ranch gern wieder aufbauen. Wenn du magst«, sagte sie.

»Aber, Jessie, wir können uns irgendwo ein Haus kaufen und uns um die Erziehung unseres Sohnes kümmern. Du brauchst nicht zu arbeiten.«

»Und ich kann faul und fett werden und an Langeweile sterben«, entgegnete Jessie mißmutig. »Ich will eine Ranch, Chase. Tu diese Idee nicht einfach ab.«

»Sie einfach abtun?« Er lachte. »Als ob du das zulassen würdest. Oh, mein Gott, ich hätte mir nie träumen lassen, daß ich einmal als Rancher ende.«

»Ist das dein Ernst?« fragte sie aufgeregt.

»Ja«, seufzte er. »Aber wenn es schon eine Ranch sein muß, dann machen wir es diesmal richtig. Nicht nur so, daß es mit Hängen und Würgen klappt. Und ich hoffe doch sehr, daß du dich nicht darauf versteifst, dich in Wyoming niederzulassen? Willst du nicht eine neue Ranch an einem Ort aufziehen, an dem es wärmer ist? In Texas oder Arizona?«

»Nein«, sagte sie entschieden. »Es mag zwar sein, daß die Winter in Wyoming etwas kühl sind...«

»Etwas!«

Sie grinste. »Es gibt Mittel, sich aufzuwärmen, Mittel, die Spaß machen können.«

»Wirst du sie mich alle lehren?«

»Wenn du mich freundlich darum bittest.«

»Verführerin.«

»Schmeichler.«

»Ich liebe dich, mein Schatz.«